N&K

Rolf Lappert
Der Himmel der perfekten Poeten

Roman

Nagel & Kimche

Meinen Eltern gewidmet
(Das ist nun der Dank)

Umschlag von Urs Stuber
unter Verwendung eines Gemäldes von Urs Brunner

ISBN 3-312-00194-3

Prolog

Ergibt sich für einen die Möglichkeit, mehrere Wochen, ja gar Monate in dieser Wüste zu verbringen, so ist man aufgefordert, sich hinzugeben den Gefühlen von Gelassenheit und Schwermut, welche diese Landschaft im empfänglichen Menschen hervorzurufen vermag. Offen und dankbar sollte gerade der Dichter dieser vermeintlich unbeseelten Weite begegnen und, gerüstet mit Sprache, ihre Herausforderung annehmen. Eine Ruhe wird sich seiner sanft bemächtigen, und ein nie zuvor gesehener, ja geahnter Himmel wird sein Licht ergießen bis ins kalte Mark, bis hinunter in den Abgrund der dämmernden Seele.

Ein Mann, der in diesem Land gelebt und gearbeitet hat, der hochverehrte Poet Carl Sandburg, hat in einem seiner Werke ausgerufen: «Oh prairie mother, I am one of your boys!» Und so möchte auch ich einstimmen in diese von Ergriffenheit und Leidenschaft getragene Botschaft und kundtun: «Oh desert mother, I am one of your boys!»

Benedetto Russolos Eintrag ins Gästebuch der Stiftung, datiert vom 22. September 1987

«Fick dich ins Knie, Russolo!»

Anonymer Eintrag ins Gästebuch der Stiftung, Datum unbestimmt

Erster Teil

Heaven is a place
a place where nothing
nothing ever happens
Simply Red

1

Al kümmerte sich nicht um das Licht, es war ihm egal. Er kam durch die schmale Gasse zwischen den beiden Bungalows und ging langsam über den Platz in Richtung Haus. Wäre eine Kassette in der Videokamera gewesen, die aus Al's Kopf ragte wie eine futuristische Prothese, man hätte beim Betrachten der Aufnahmen eine Sonnenbrille tragen müssen. Den kleinen Al scherten weder Überbelichtung noch Gegenlicht, er wollte einfach mit diesem Ding vor dem Auge in der Gegend rumlaufen. Viel zu filmen gab es hier sowieso nicht: das große Steinhaus mit Anbau und fünf Bungalows aus weißgestrichenem Holz in einem flachen Stück Land, ein ehemaliges Motel, drei Meilen von der Straße entfernt.

Luca Varese lehnte im Türrahmen seiner Hütte und sah Al nach, der vorsichtig einen Fuß vor den anderen setzte. Wenn einer ihn fragte, wo er wohne, antwortete Luca: «Draußen in der Wüste», und noch immer klang der Satz für ihn so ungewöhnlich, als hörte er ihn in einem Film. Seit einem halben Jahr fragte ihn sowieso niemand mehr, weil im Kaff vorne jeder Bescheid wußte. Verirrte sich alle paar Wochen mal ein Fremder zu ihnen, erzählte Luca ihm, das hier wäre ein Altersheim oder Sanatorium. Und obwohl das ehemalige Motel-Schild, ein ramponierter Neonschriftzug auf einem vier Meter hohen Holzgerüst, noch immer vorne bei der Einfahrt stand, glaubten sie ihm, stiegen in ihren Wagen und fuhren weiter.

Jetzt änderte Al die Richtung, machte vor dem Haus kehrt und einen letzten großen Schwenk mit der Kamera über den Platz, steuerte auf Gianninis Bungalow zu und verschwand dahinter. Leonardo Desiderio Giannini konnte jeden Tag stundenlang im Schatten seiner Veranda hocken und ein Blatt Papier zum Himmel machen, für den er das gleißende Gestirn immer wieder mit Worten neu erfand. Am Tag zuvor hatte er die Sonne den Ausguß eines kosmischen Hochofens genannt, und Luca Varese hatte genickt zu dieser Metapher. Luca brachte dem alten Dichter dreimal am Tag einen Behälter mit Eis, und immer war der gelbliche, unlinierte Bogen auf Gianninis Knien am Morgen und am Nachmittag leer und erst am Abend, bei Lucas letztem Gang, mit ein paar Zeilen beschrieben. Giannini badete seine Füße in Eiswasser, er legte sich kalte Wickel in den Nacken, er rieb sich mit den rasch schmelzenden Würfeln über die Schläfen und zerbiß das Eis mit seinen gelben Zähnchen.

Al tauchte nicht mehr auf; vermutlich stand er jetzt bis zu den Knien im lauen Wasser des Swimmingpools und richtete sein elektronisches Auge auf die Blätter, toten Käfer und die Papierschnipsel, die von Lardellis Bungalow herüberwehten.

Umberto Lardelli, der am Tag seiner Ankunft ganz offensichtlich nicht gewußt hatte, ob er lachen oder einen Wutanfall bekommen sollte, verbrachte seine Zeit mit trotzigem Schreiben. Fast alles, was er sich abrang, zerfetzte er, kaum daß er es zu Papier gebracht hatte, und ließ es ein wenig schneien in der Wüste. Am Abend, wenn es kühler wurde, setzte er sich in die Bibliothek, betrank sich mit Bier und redete von seiner Abreise, die er für den jeweils folgenden Tag plante. Dann blieb er doch, tobte ein bißchen herum, schwitzte Wut und üble Sätze, und seine weißen, mit roter Tinte beschriebenen Flocken sprenkelten den Sand. Lardelli hatte sich das alles ganz anders vorgestellt. Er fühlte sich als Opfer, hergelockt von vorgespiegelten Tatsachen und irgendwie betrogen. Eigentlich blieb er nur, um nicht vor Ablauf der drei Monate in Mailand aufzutauchen, wo er die dummen Fragen seiner Freunde hätte beantworten müssen. Außerdem kostete ihn der Aufenthalt nichts, selbst das Bier, das er literweise in sich reingoß, bezahlte er mit seiner bloßen Anwesenheit. Lardelli bezeichnete sich als potentiell bedeutenden Schriftsteller, was heißen sollte, daß er überzeugt davon war, irgendwann einen großen Roman zu schreiben. Für seine Schreibblockade machte er die ihn umgebende Ödnis verantwortlich und meinte damit nicht nur die Wüste. Seit auch noch die Espressomaschine in der Lobby hinüber war und die Ersatzteile auf sich warten ließen, vermutete er Kräfte am Werk, die seine Arbeit sabotierten. Im Suff redete er von einem Fluch, der über der Wüste, ja über diesem ganzen kulturlosen Land liege. Vor ein paar Tagen hatte er sich geweigert, weiterhin Miller's Bier zu trinken und statt dessen nach europäischen Export-Marken verlangt. Sein Eau de toilette von Armani benutzte er wie Weihwasser, und das AC-Mailand-Leibchen, das er ursprünglich mitgenommen hatte, um es bei Gelegenheit zu verschenken, trug er jetzt selber, als wär's ein Kettenhemd gegen die Pfeile von Unbill und Pein. Lardelli hatte zweifellos den heftigsten Wüstenkoller, seit Giacomo Carrieri, der damals mit einer Postkarte von Rom und einem Kissen in die flirrende Menschenleere gestolpert und erst nach zwei Tagen gefunden worden war.

Im Bungalow Nummer Eins, der dem Lardellis gegenüber lag, wohnte Bozzetto, der alles Amerikanische liebte und sich gerne Frank statt Francesco nennen ließ. Die meiste Zeit des Tages verbrachte er in dem kleinen Lokal vorne im Ort, saß an seinem Tisch mit Blick auf die kaum befahrene Straße und schrieb farbige, linierte Hefte voll. In Italien war Bozzetto ein Niemand, den außer den Verwandten und ein paar Freunden kaum einer kannte. Seine Bücher, mittlerweile ein halbes Dutzend Titel, druckte sein Schwager in Bergamo, und Bozzetto schickte sie an Zeitungen, Radiostationen und sogar als Geschenke an Bibliotheken. Eigentlich hätte der sizilianische Lyriker Giuseppe Mancini nach Arizona fliegen sollen. Der war aber angeblich krank geworden, worauf die Stiftung in aller Eile Ersatz besorgen mußte. So kurzfristig für drei Monate verreisen konnte nur Bozzetto, der in Seregno in der Nähe von Monza zusammen mit seiner Schwester eine Zoohandlung führte. Als Bozzetto in der Halle des Flughafens von Rom erschienen und zu den übrigen Gästen der Stiftung getreten war, um sich ihnen vorzustellen, hatte das bei Lardelli den ersten, nur mäßig unterdrückten Anfall ausgelöst.

Aus Cesare Ferras Bungalow, der etwa fünfzehn Schritte von Lucas Unterkunft entfernt lag, drang Fernsehlärm. Ferra, ein sechsundzwanzigjähriger Anwaltssohn aus Florenz, hatte vor zwei Jahren einen beachtlichen Erfolg mit einem halbdokumentarischen Roman über Jugendbanden erzielt, dessen wohltemperierte Mischung aus Gewalt, Sex und Sozialkritik allen Beteiligten gute Kasse brachte.

Jetzt hockte der arme Kerl an seinem Schreibtisch und kaute sich die Fingernägel runter bis aufs Blut, weil ihm für ein zweites Buch der Stoff fehlte. Wenn er den Anblick des leeren Blatt Papiers, das aus der Maschine hing wie die Zunge eines Spötters, nicht mehr ertragen konnte, schlich er in seinen Gummischlappen, den knapp über den Knien abgetrennten Jeans und dem Guns n' Roses-T-Shirt hinüber zum Haupthaus, um sich eine Dose Cola, einen Bleistift, den ‹Corriere della Sera› oder weiß der Henker was zu holen. War das dezente Rattern der Schreibmaschine doch einmal zu hören, tippte er einen Brief an seine Freundin, den Luca später nach Phoenix zur Post bringen würde. Nur einen einzigen davon zu lesen wäre dem Boten eine Zwölferpackung Bier wert gewesen.

2

Es wurde Zeit für Luca, die Kühlschränke in der Küche und der Bibliothek aufzufüllen, bevor der Alte seinen Mittagsschlaf hielt und Ruhe wollte im Haus. Das dritte Exemplar, das in der Lobby stand und immer als erstes leergeräumt war, hatte Luca wie üblich bereits in der vergangenen Nacht mit neuen Getränken bestückt. Er schlüpfte in das ärmellose Hemd, dem vorne alle Knöpfe fehlten, setzte die Schirmmütze der Washington Redskins auf und ging über den staubigen Platz zum Haupthaus. Das große, weißgestrichene Steingebäude warf um diese Tageszeit kaum eine Handbreit Schatten, und Luca beeilte sich, um aus dem verschwommenen Bild, das die Hitze draußen produzierte, in die abgeschottete Kühle der Vorhalle zu gelangen. Hier, wo früher der Empfang des Motels gewesen war, standen jetzt die schweren Sessel aus braunem Rindsleder, der Billardtisch, der Großbildfernseher, der Kühlschrank und das Kopiergerät.

Noch keine fünf Monate zuvor war in diesem Raum und der Bibliothek ein Empfang gegeben worden, an welchem der stellvertretende Kulturminister Marenzoni und eine Handvoll literaturinteressierter Exil-Italiener teilgenommen hatten. Paolo Vanzetti war gekommen, um aus seinem neuen Manuskript zu lesen, und die quellbrüstige Frau des Ministers hatte einige Bauernlieder aus der Toskana zum besten gegeben, am Flügel begleitet von einem jungen Professor für Kunstgeschichte aus Neapel, der an der University of California in Los Angeles lehrte. Drei, vier Journalisten waren der Einladung gefolgt, und zwei Typen eines italienischen Privatsenders hatten Aufnahmen für das Kulturmagazin gedreht. Damals mußte Luca noch die weiße Kellneruniform tragen, die der Alte für ihn bei einem italienischen Schneider in Tucson hatte anfertigen lassen. Der Professor für Kunstgeschichte wäre in jener Nacht vermutlich in der mit Erbrochenem gefüllten Kloschüssel ertrunken, hätte Luca ihn nicht, unbemerkt von den übrigen Gästen, nach draußen unter den sternenklaren Himmel geschafft.

«Was bist'n du, 'n verdammter Engel?» hatte der Professor Luca gefragt und nach der Brille getastet, die vor seine Füße in den Sand gefallen war.

«Erraten», hatte Luca geantwortet. Er schwitzte, und das Knirschen der Brillengläser unter seinen Schuhen klang wie Packeis, das am anderen Ende der Welt gegeneinanderrieb.

Inzwischen stand der Flügel im Vorratsraum, wo sich im Wechsel der heißen Tage und kalten Nächte sein Holz unter dem Bettlaken, das ihn vor Staub schützen sollte, für alle Zeiten verzog. Und der letzte erwähnenswerte Gast, der die Stiftung besucht hatte, war ein Sekretär der italienischen Botschaft in New York gewesen, der den weiten Weg von seinem Ferienort Las Vegas herübergekommen war und die Reise wohl spätestens dann bereut hatte, als Luca ihn mit der Harley vom Flughafen in Phoenix abholte. Der schwarze Lincoln Continental stand gerade mit Getriebeschaden in der Werkstatt, und der Toyota Geländewagen wartete auf eine neue Wasserpumpe, deren Lieferung sich so verzögerte, daß das Teil in Lucas Vorstellung in Tokio handgefertigt und per Dschunke über den Pazifik nach Amerika gebracht wurde.

«Ist das Drachenboot schon gelandet?» hatte Al ihn damals täglich gefragt, und Luca hatte geantwortet: «Noch nicht, wurde vermutlich von Piraten aufgehalten.»

Für solche Scherze hatte der Botschaftssekretär keinen Sinn gehabt, und nach einer beklemmenden Nacht, in deren Verlauf er Zeuge eines Handgemenges zwischen Lardelli und Ferra geworden war, die sich um den letzten Becher mit italienischem Pistazien-Eis stritten, holte ihn eine telephonisch in Phoenix georderte Limousine ab und schaukelte ihn zurück in die richtige Welt.

Im Vorratsraum stellte Luca zwei Kisten mit verschiedenen Getränken zusammen und trug sie in die Bibliothek. Die beiden Ventilatoren an der Decke liefen auf unterster Stufe, und das Geräusch, das ihre Holzrotoren erzeugten, war leiser als das Rauschen des Blutes im Ohr. Um die Temperatur für die Nachmittagsstunden etwas herunterzukühlen, schaltete Luca die Klimaanlage ein, deren Anlaufphase von einem scheppernden Surren begleitet wurde, das die Stille für eine Weile unterbrach.

Nachdem er den Kühlschrank aufgefüllt hatte, trug er die restlichen Flaschen und Dosen in die Küche, um sie in dem Zweieinhalbmeterkasten von General Electric zu verstauen. Das Gerät erhob sich vor der weißgekachelten Wand wie ein Sarkophag des Raumfahrtzeitalters, und öffnete man ihn, fiel einem sein gelbliches Licht als kalter Schauer über den Körper. Luca stieß die schwere Tür mit dem Fuß zu und ließ die beiden leeren Kisten über den Steinboden schlittern. Die erste rutschte knapp an Thelmas braunen Schuhen vorbei, die zweite rammte ihren Knöchel, als sie, einen Eimer mit Gemüse gegen die flache Brust gedrückt, aus dem dunklen Vorratsraum trat.

«Mister Beltrametti schläft», sagte die Haushälterin nur und machte einen Bogen um die Kisten, ohne einen Blick nach unten zu werfen. Thelma Erikson war, abgesehen vielleicht von Giannini, der einzige Mensch hier, der Emilio Beltrametti, den Gründer der Stiftung und Besitzer des ehemaligen Motels, bei seinem Nachnamen nannte, auch wenn er nicht anwesend war.

«Tut mir leid», sagte Luca und bückte sich nach den Kisten, um sie in den Vorratsraum zu tragen. «Haben Sie den Zettel?»

Als er zurückkam, lag das Blatt Papier auseinandergefaltet auf dem Arbeitstisch neben dem vierschlitzigen, verchromten Toaster, der aussah wie ein öffentlicher Briefkasten in Metropolis. Luca nahm sich einen Apfel aus einer Tonschale, setzte sich hin und las: 17 00 SIGNORE LARDELLI. 1 BOTTIGLIA DI BAROLO, FORMAGGIO, FRUTTI. 18 00 LUCA. 20 00 SE. «SE» stand für Signora Erikson und bedeutete, daß die Haushälterin um acht Uhr ein letztes Mal bei Beltrametti vorbeischauen mußte, bevor er sich schlafen legte.

«Heute ist doch Ferra an der Reihe», sagte Luca mehr zu sich selber als zu Thelma, die nicht gerade ein Ausbund an Gesprächigkeit war. «Lardelli wäre erst das nächste Mal dran.»

«Das ist der Zettel», meinte Thelma und ließ Kartoffeln ins Spülbecken rumpeln.

Luca nickte, mit dem Computerbogen wedelnd, auf dem der Tagesbefehl des Alten ausgedruckt war. «Das ist der Zettel», wiederholte er.

Nach einer Weile faltete er das Papier zusammen, steckte es in die Hemdtasche und erhob sich. Thelma ließ Wasser ins Becken laufen und griff sich ein Messer aus der Schublade. Luca tat so, als suchte er ein Werkzeug in einem der Schränke an der Wand, warf in Wahrheit jedoch verstohlene Blicke auf Thelma, die ihm das Profil zugewandt hatte und jetzt damit begann, das Gemüse zu putzen. Vom ersten Tag an war er fasziniert gewesen von der absolut unattraktiven Erscheinung Thelmas, die der unsensible Betrachter nach einem flüchtigen Augenschein als häßlich bezeichnet hätte. Bei Luca hingegen war es wie ein Zwang; wann immer er in Thelmas Nähe war, glitten seine Blicke über diesen kleinen, unscheinbaren Körper, seine Makel und mißlungenen Proportionen, um schließlich einige Male über das Gesicht zu huschen, bis Thelma den Kopf drehte oder aufschaute und Luca rasch den Blick abwenden mußte, wollte er nicht in die graublauen Pupillen sehen, die in den Höhlen trieben wie zwei unbewohnte Planeten.

Al war Thelmas zehnjähriger Sohn, dessen Vater die beiden schon vor Jahren verlassen hatte. Manchmal versuchte Luca sich vorzustellen, wie dieser Mann mit Thelma geschlafen hatte und was das für ein trauriges Bild gewesen sein mußte. Al hatte ihm ein Photo von dem Mann gezeigt: ein großer, magerer Kerl mit einem schiefen Lächeln vor einem polierten, schwarzen Packard. Luca schämte sich seiner Gedanken und der Tatsache, daß er für Thelma kaum etwas anderes als Mitleid empfand. Er fragte sich, ob die Frau bemerkt hatte, daß er sie heimlich anstarrte, und ob sie wohl wußte, weshalb er es tat. Vielleicht war es ihr ja egal, vielleicht litt sie aber auch darunter, von Leuten ihrer Häßlichkeit wegen begafft zu werden. Was war, wenn sie sich schämte für ihr Aussehen, an dem sie nichts ändern konnte?

Luca wurde wie gewohnt unwohl bei diesen Überlegungen, und er nahm irgendeinen Schraubenzieher aus einem Fach, sagte: «Bye, Thelma», und verließ hastig den Raum.

In der Lobby legte er einen Stapel Blätter in das Nachfüllfach des Kopierers, wischte mit einem Staubtuch über den Monitor des Fernsehers, klaubte ein paar Krümel vom grünen Filz des Billardtisches. Danach rückte er die Ledersessel zurecht und ging hinüber in die Bibliothek, wo er den Regler der Klimaanlage auf die erste Position zurückdrehte. Einige Zeitungen und

Illustrierte mußten noch in einem Regal verstaut, Tische abgewischt und Aschenbecher geleert werden, dann waren die Aufgaben im Haus fürs erste erledigt, und Luca konnte sich in seiner Unterkunft eine Weile hinlegen, bevor es Zeit für die Vorbereitungen zum Mittagessen wurde.

Seinen Bungalow, der nicht größer war als ein geräumiges Hotelzimmer, hatte Luca kaum mit persönlichen Dingen wohnlich zu machen versucht; über dem breiten Bett hing die großformatige Reproduktion einer Schwarzweißphotographie von Henri Cartier-Bresson, welche eine alte, in die amerikanische Flagge gehüllte Indianerin zeigte, darunter waren ein paar Postkarten und Polaroidphotos an die Wand gepinnt. Auf der Kommode reihten sich vielleicht fünfzehn Bücher, zerfledderte Paperback-Ausgaben von Stephen King, John Steinbeck und Tom Wolfe neben Gedichtbänden von William Butler Yeats und Robert Frost, die Luca in einem Antiquariat in San Francisco gefunden hatte. Etwas abseits standen ein Wörterbuch Italienisch-Englisch, ein Reiseführer für Kalifornien und ein paar Bände mit Cartoons von Gary Larson. In einer Ecke lehnte ein Baseballschläger, Kleidungsstücke hingen an Haken von der Decke, und auf einem Regal lagen Dinge wie Taschenmesser, Schreibzeug und Sonnenbrille.

3

Luca war vor fast genau einem Jahr als Tontechniker mit der Equipe eines italienischen Rundfunksenders nach Arizona gekommen, wo das Team für das Ressort Literatur eine Sendung über Beltramettis Stiftung, die FOUNDATION FOR ITALIAN LITERATURE AND POETRY

ARIZONA, produzierte. Mit von der Partie waren der Kulturredakteur Mario Bodoni sowie die Produzentin Laura Lafranca. Zu Beginn war alles bestens gelaufen, das Material nach vier Tagen auf Band, und die Stimmung entsprechend gut. In Los Angeles dann, von wo aus die drei zurück nach Rom hätten fliegen sollen, wollte Bodoni unbedingt eine Konserve von Gregory Corso machen, dessen Lesung in einer Buchhandlung an der Melrose Avenue stattfinden sollte. Nach einem Telephongespräch mit dem Intendanten, der für die Sache grünes Licht geben mußte, ließ das Trio sich per Taxi an die auf einem Flugblatt angegebene Adresse bringen.

Vor dem Geschäft herrschte ein großes Gedränge, eine ganze Menge Leute wollte Corso sehen und hören, und nur weil Bodoni dem Mann am Eingang seine Karte und Luca ihm die Aufnahmegeräte zeigten, bekamen sie einen der winzigen Tische in der vordersten Reihe. Gregory Corso hätte um elf Uhr lesen sollen, aber um Mitternacht hockte noch immer ein Mädchen namens Lindsay Crenshaw am Pult auf der knöchelhohen Bühne und las endlose Naturhymnen in einem Singsang, bei dem sich Lucas Bandmaterial kräuselte.

«Warum erschießt sie keiner?» flüsterte Bodoni und trank einen Schluck Jack Daniel's aus der Flasche, die in einer braunen Papiertüte auf dem Tisch stand.

Laura machte sich Notizen und photographierte den Typen, der um halb eins auf die Bühne stieg, um seine Vorgängerin abzulösen. Lindsay Crenshaw erntete einen Applaus, der klang, als versuchten drei, vier erschöpfte Leute ein paar Fliegen totzuschlagen. Der Mann, ein Hüne in einem zu engen dunkelbraunen Anzug, setzte sich auf den Stuhl und sagte erst einmal eine ganze Weile gar nichts. Nach zwei oder drei Minuten angelte er einige zusammengefaltete Blätter aus der Innentasche seines Jacketts, breitete sie aufreizend gemächlich vor sich aus, strich sie mit unendlich langsamen Bewegungen glatt und begann dann zu lesen, nicht ohne vorher jeden einzelnen Anwesenden mit wässrigem Blick zu fixieren, als versuche er herauszufinden, ob der Betreffende auch bereit sei für das Kommende. Als erstes trug er ein Gedicht vor über einen Lachs im East River, das recht witzig war und beim Publikum ein paar Lacher sowie beifälliges Murmeln auslöste. Dann aber verscherzte er es mit sämtlichen Zuhörern, indem er ihnen erneut eine Pause von mindestens zwei Minuten aufzwang, während der er auf die Tischplatte starrte, schwer atmete und an seinem Bart herumfingerte. Die meisten Leute im Raum waren nun nicht mehr so scharf auf sein zweites Gedicht, das von einem Kloster in Brooklyn, von Mönchen und Säufern, Engeln und Huren handelte. Spätestens nach dem vierten Gedicht haßten ihn ausnahmslos alle, und ein paar Jungs in den hintersten Reihen begannen «Corso, Corso!» zu skandieren. Jemand warf ein zerknülltes Flugblatt nach vorne. Der Poet der provozierenden Pausen, Jeffrey Stettelburger hieß er, schien davon gänzlich unbeeindruckt zu sein. Jedenfalls hob er mit fester Stimme zu seinem fünften Gedicht an, konnte damit jedoch nicht verhindern, daß die Menge immer unruhiger wurde und seine Verse allmählich vom anschwellenden Lärm geschluckt wurden wie Krümel von einem Staubsauger.

«Das macht der absichtlich!» rief Bodoni Luca zu und bedeutete ihm, den Tumult aufzunehmen. «Der will einen kleinen Skandal anleiern und seinen Namen in der Zeitung finden!» Er zerknüllte die Papiertüte, in die der Whisky eingepackt gewesen war, und schmiß sie dem Dichter verblüffend treffsicher an den Kopf.

Stettelburger las gefaßt zu Ende, faltete die Blätter betulich zusammen, steckte sie zurück in die Jackentasche und erhob sich. Bedächtig schob er den Stuhl an das Pult und verließ die Bühne.

Als er am Tisch der Radio-Leute vorbeiging, drehte er sich ohne Hast um, packte Bodoni mit seinen großen Händen am Hemd, hob ihn aus dem Sessel und schleuderte ihn in die nächste Reihe. Bodoni fiel mit hochgerissenen Armen rückwärts über einen Mann in Anzug und Krawatte, der offensichtlich zu fett war, um rechtzeitig Platz zu machen. Während Laura längst in Richtung Ausgang gerannt war, versuchte Luca die Geräte in die Metallkoffer zu packen, was in der Enge und dem ausbrechenden Chaos nicht einfach war, zumal Stettelburger plötzlich versuchte, sich des Tonbandgerätes zu bemächtigen.

Endlich hängten sich der Typ, der die Leute eingelassen hatte, und zwei Helfer an den rabiaten Poeten und brachten es irgendwie fertig, ihn hinaus auf die Straße zu drängen, wo kurze Zeit später ein beachtlicher Haufen Schaulustiger beisammenstand, um der kleinen Rauferei den nötigen Rahmen zu verleihen.

Bodoni saß inzwischen in der Buchhandlung an die Wand gelehnt auf dem Fußboden und versicherte allen, die neben ihm knieten und besorgte Fragen stellten, es ginge ihm gut, er wolle sich nur kurz ausruhen. Laura tauchte auf und half ihm auf die Beine, sagte, er sei ja bloß besoffen, und sah sich ohne großes Interesse eine Hautabschürfung an Bodonis Hüfte an. Währenddessen wurde es draußen ruhiger. Vereinzelt kamen die Leute wieder zurück in den Laden, vermutlich noch immer auf das Erscheinen Gregory Corsos hoffend. Es war inzwischen nach eins, und Bodoni schlug vor, bis zwei Uhr zu warten. Sie setzten sich wieder an ihren Tisch und hörten einer Frau von der Buchhandlung zu, die sich für den Zwischenfall mit Jeffrey Stettelburger entschuldigte. Sie redete etwas über die Unberechenbarkeit von Künstlern, womit sie sowohl den prügelnden Stettelburger als auch den unpünktlichen Corso meinte, und sagte dann ein Gitarren-Duo an, das die

Wartezeit etwas verkürzen sollte. Noch immer kamen Leute von der Straße herein; Stettelburger schien entweder von der Polizei mitgenommen worden oder sonstwie verschwunden zu sein.

Als es gegen halb drei ging, wies Bodoni Luca an, die Geräte in die Koffer zu packen. «Scheiß auf die Unberechenbarkeit der Künstler!» sagte er und erhob sich, vom Whisky weich in den Knien geworden, etwas schwerfällig von seinem Stuhl. «Mir reicht's!» Er nahm sein Jackett von der Lehne, krempelte die Hemdsärmel herunter und steckte die Zigarettenpackung, die auf dem Tisch gelegen hatte, in die Brusttasche. Luca öffnete gerade den Aluminiumkoffer für das Tonbandgerät, als vorne beim Eingang erneut ein Tumult ausbrach. Er sah hin und erkannte Stettelburger, der zusammengeknüllte Blätter aus einer Plastiktüte fischte und damit nach den Leuten warf. Eine Frau neben Luca wurde von einem Geschoß am Bauch getroffen. Das Geräusch, das dabei entstand, klang recht seltsam für ein Papierknäuel. Als das Papier am Kleid kleben blieb und die Frau aufschrie, sah Luca den Grund: Stettelburger hatte die Blätter, Photokopien seiner Gedichte, mit Scheiße gefüllt. Ob der Dichter eigene Exkremente oder Hundekot verwendet hatte, vermochte Luca nicht zu bestimmen, und er war auch gar nicht versessen darauf, es herauszufinden. Zehn, vielleicht zwanzig solcher Bomben konnte Stettelburger in die kreischende und fluchende Menge schmeißen, bevor er von einem halben Dutzend Männer, ein paar davon reichlich besudelt, überwältigt wurde.

«Bloß raus hier, verdammt noch mal!» schrie Bodoni in den Lärm, schnappte einen der beiden Koffer und bahnte sich einen Weg durch die Leute, die jetzt zusehen wollten, wie Stettelburger jeder Knochen im Leib einzeln gebrochen wurde. Luca nahm den anderen Materialkoffer und drängte ebenfalls zum Ausgang. Er glitt beinahe auf einem der verschmierten Blätter aus und war heilfroh, als er auf dem Gehsteig stand. Nachdem er tief durchgeatmet hatte, sah er Laura und Bodoni auf der anderen Straßenseite winken und ging hinüber zu ihnen. Eine Weile saßen die drei auf einem Fassadenvorsprung und sahen in die beleuchteten Schaufenster der Buchhandlung.

«Die bringen ihn um», meinte Laura und warf die Zigarette, die sie sich eben angezündet hatte, auf den Boden.

«Tote Dichter sind die berühmtesten», sagte Luca und strich ein paarmal mit den Schuhsohlen über das Pflaster, um sie zu reinigen. Noch immer johlten Leute in dem Geschäft.

«Die bringen ihn wirklich um!» Laura stand auf, nahm die Kamera aus der Schultertasche und überquerte die Straße.

«Was machst du, verdammt nochmal?» rief Bodoni. «Laura, verflucht, bleib hier!» Als sie nicht reagierte, erhob er sich, ging ein paar Schritte und fuchtelte mit den Armen. «Laura, verdammt, hast du noch nicht genug Kacke gehabt für heute?» Er lehnte sich gegen einen geparkten Lieferwagen, dessen Kühlerhaube ziemlich schludrig mit Grundierfarbe gestrichen war. «Was hockst du da und glotzt?» bellte er nach einer Weile Luca an, der allmählich müde wurde und zurück ins Hotel wollte. «Bring die verdammte Spinnerin her, ich besorg uns inzwischen 'ne Taxe!»

Luca versuchte gar nicht erst zu protestieren; Bodoni war sein Chef, und wenn Laura abhanden kam, hätte das nur die Rückkehr ins Hyatt verzögert. Bodoni war achtunddreißig, vierzehn Jahre älter als Luca, und es ließ sich leidlich gut unter ihm arbeiten, solange alles glatt und nach seinem Willen lief. Gab es aber ernsthafte Schwierigkeiten, konnte er äußerst unangenehm werden. Luca dachte noch einmal an sein Hotelbett und beeilte sich, Laura einzuholen und sie davon abzuhalten, irgend etwas Unüberlegtes zu tun. Laura Lafranca war zweiunddreißig Jahre alt, mit ihrem Job verheiratet und für Lucas Geschmack eine Spur zu naßforsch in Fällen, in denen ein klarer Kopf und etwas Fingerspitzengefühl angebrachter gewesen wären. So hatte sie zum Beispiel in Rom einem Beamten fast die Nase gebrochen, weil der sie trotz Ausweis nicht in den Gerichtssaal hatte einlassen wollen, wo gegen Maurizio Vasci verhandelt wurde, den Mann, der im Verlauf von etwa zwanzig Jahren an die fünfzehntausend Bücher aus Supermärkten, Buchhandlungen und Bibliotheken gestohlen und mit ihnen seine Wohnung gefüllt hatte.

Jetzt stand Laura zwei Schritte weit im Innern des Ladens und nahm die Kappe vom Objektiv des Photoapparates. Luca stellte sich hinter sie und berührte ihren Arm. Ein paar Meter vor ihnen auf dem Boden wälzten sich noch immer vier ehemalige Poesiefreunde mit Jeffrey Stettelburger, der unter den Leibern fast verschwand. Wann immer sich eine Lücke auftat und einen Körperteil des Dichters bloßlegte, schlugen die Männer zu, ziemlich kraftlos mittlerweile, aber mit kaum nachlassender Wut. Als das Blitzlicht von Lauras Kamera den Raum erhellte, hielten die Kämpfenden verwirrt inne und sahen in ihre Richtung.

«L.A. Weekly», sagte Laura und drückte noch ein paarmal ab.

Obwohl der Akzent unüberhörbar war, schienen die Männer ihr die Reporterin abzunehmen und rappelten sich auf. Alle vier waren mit Scheiße beschmiert, und Laura machte noch ein Gruppenbild von ihnen.

«Laß uns verschwinden!» zischte Luca in Lauras Nacken und griff nach ihrem Unterarm. Stettelburger lag auf dem Rücken wie eine Schildkröte, die in eine Schiffsschraube geraten und an den Strand gespült worden ist.

«Was willst du mit den Photos?» fragte einer der Männer, die Stettelburger verdroschen hatten, und trat einen Schritt auf Laura zu.

«Gute Story», gab Laura zurück, dann wurde sie von Luca in Richtung Tür gezogen.

«Die Stille zwischen den Sätzen ist das Wichtigste, nicht das Wort», hörte Luca den Dichter noch sagen, dann kam Bewegung in die Männer. «Mein Bild bringst du nicht in deine verdammte Zeitung!» rief einer aus dem Quartett, ein braungebrannter Mittvierziger, dessen Haar von der Prügelei völlig zersaust war. Auch die anderen forderten jetzt die Herausgabe des Films.

«Die Stille ist der Himmel, den ihr nicht hören wollt, ihr übersättigten Wortfresser!» schrie Stettelburger. Luca zerrte seine Kollegin hinaus auf die Straße und rannte mit ihr auf das Taxi zu, neben dem Bodoni stand und winkte. Als er endlich merkte, daß Luca und Laura von vier fluchenden Typen verfolgt wurden, riß er die hintere Wagentür auf, hechtete förmlich auf den Sitz neben dem Fahrer, ließ das Fenster herunter und schlug mit der flachen Hand gegen das Blech. Während der Fahrer den Motor startete, brüllte Bodoni «Macht schon!» und «Schneller!» und sah dabei aus wie einer der Betreuer, die bei Radrennen in den Begleitfahrzeugen sitzen und ihre Schützlinge anfeuern.

Als sie endlich mit knappem Vorsprung das Taxi erreicht hatten, schob Luca Laura mit beiden Händen auf die Rückbank und zwängte sich hinterher. Einer der Verfolger, ein junger Kerl von vielleicht zwanzig Jahren, dem ein Striemen Scheiße wie Kriegsbemalung quer über das Gesicht ging, hatte sie als erster eingeholt und bekam Lucas Bein zu fassen.

«Fahren Sie los, machen Sie schon!» schrie Luca. Er lag auf dem Rücken und trat mit dem freien Fuß nach seinem Widersacher, während Laura, die ihre Tür verriegelt hatte, Luca am Hosenbund festhielt und dabei die wüstesten Flüche ausstieß, auf englisch und italienisch, wie es ihr gerade über die Lippen kam.

«Das sind Mörder!» schrie Bodoni den Mexikaner an, der krumm und verschreckt hinter dem Steuer saß. Die anderen drei Männer waren inzwischen auch beim Wagen angekommen und hämmerten mit den Fäusten gegen die Scheiben, forderten Lauras Kamera, nannten sie eine Zeitungs-Nutte und hatten so rein gar nichts mehr von den Poesie-Liebhabern an sich, als die sie vor Stunden in die Buchhandlung gegangen waren. Als der Fahrer zögernd ein Stück weit rollte, vor lauter Aufregung die Scheibenwischer in Gang setzend, klatschte Bodoni ihm einen Hundertdollarschein auf das Armaturenbrett und brüllte so laut in sein Ohr, daß der arme Kerl endlich das Gaspedal durchdrückte. Jetzt schaffte Luca es, sein Bein freizubekommen, aber es gelang ihm nicht, die Tür zuzuziehen, an der ein fetter Kerl in einem hellbraunen Cord-Anzug hing und sich mitschleifen ließ.

«Laß doch los, du verdammter Idiot!» schrie Luca und versuchte, den Griff zu fassen zu kriegen, wobei er sich ein ganzes Stück aus dem schlingernden Wagen lehnen mußte. Der Fahrer jammerte leise und hielt sich mitten auf der leeren Straße, um mit der offenen Tür nirgendwo dagegenzurammen.

Die Seitenstraße, in die der Ford schließlich mit kreischenden Reifen einbog, war um diese Zeit ebenfalls leer, und als der Wagen über eine Bodenwelle sprang, fiel auch endlich der Typ im Cord-Anzug wie ein nasser Sack ab. Luca und Laura drehten sich in der bangen Ahnung um, den Mann als lebloses Bündel auf dem Asphalt liegen zu sehen, konnten aber aufatmen, als der Kerl sich offensichtlich unverletzt aufrappelte und ihnen eine Serie international verständlicher Handzeichen hinterherschickte.

«Heilige Mutter Gottes, das war knapp!» stieß Bodoni hervor und klopfte dem Fahrer auf die Schulter. «Gut gemacht», lobte er ihn und steckte ihm den Geldschein in die Brusttasche des Hemdes. «Zum Hyatt Hotel.» Er nahm die Brille ab und rieb sich eine Weile die Schläfen.

Laura kurbelte das Fenster etwas herunter, um die kühle Nachtluft ins Wageninnere zu lassen, während Luca sich zurücklehnte und die Augen schloß. «L.A. Weekly», murmelte er und schüttelte träge den Kopf.

Laura verstaute die Kamera in der Schultertasche und zündete sich eine Zigarette an. «Ich hab ihm seinen Arsch gerettet», sagte sie nach dem ersten Zug.

«Hast du gesehen, wie die Mistkerle ihn zugerichtet haben?» Sie drehte das Fenster wieder hoch und wischte sich eine Haarsträhne aus dem Gesicht.

«Nein», gab Bodoni zurück. «Aber du hast bestimmt ein paar tolle Aufnahmen von ihm gemacht.»

Laura warf sich in die Rückenlehne. «Ach, fick dich!» murmelte sie, aber Bodoni reagierte nicht darauf. Er war zu müde zum Streiten, wollte duschen und ins Bett.

«Wo sind die Koffer?» fragte Luca plötzlich mit einem Gefühl im Magen, als hätte er Blei gefressen.

Für die Dauer von etwa fünf Sekunden war es totenstill im Wagen. Der Fahrer schielte beunruhigt in den Innenspiegel, an dem ein Kruzifix und ein farbiges, gerahmtes Bildchen der Mutter Gottes baumelten. Er beschleunigte ein wenig. Sie befanden sich inzwischen auf dem etwas belebteren La Cienega Boulevard, und das Hotel war nicht mehr allzu weit entfernt.

«Hast *du* sie denn nicht?» fragte Bodoni zurück, und Luca hätte ihn erwürgen können dafür.

«Wann hätte ich mich denn um die verdammten Koffer kümmern sollen, kannst du mir das verraten?

Ich dachte, sie wären im Kofferraum!» Luca sah aus dem Fenster und verwünschte jedes einzelne Gebäude, jede Straßenlampe, jede einzelne Palme dieser verfluchten Stadt.

«Ich hatte genug damit zu tun, dieses gottverdammte Taxi aufzutreiben!» schrie Bodoni und schlug mit der Faust gegen das Armaturenbrett. Sie rasten jetzt beinahe, der Fahrer klammerte sich steif wie ein Brett an das Lenkrad, und Laura legte ihre großen, ringlosen Hände auf das Gesicht.

«Aber danach hattest du jede Menge Zeit, die Dinger zu holen», sagte Luca, der nur mit Mühe verhinderte, daß seine Stimme sich überschlug. «Sie standen ein paar Meter entfernt. Hättest ja den Fahrer schicken können, um sie zum Auto zu tragen.» Es roch ein wenig nach der Scheiße, die noch an Lucas Schuhen klebte.

«Bin *ich* vielleicht für die elenden Mistdinger verantwortlich?» rief Bodoni gegen die Windschutzscheibe. «Das ist *dein* Teil des verdammten Jobs. Ich hatte wirklich andere Sorgen als die, wo wohl deine bescheuerten Koffer waren!»

Luca erwiderte eine Weile nichts, sah aus dem Fenster und versuchte sich zu beruhigen. «Ich weiß, was mein Job ist!» gab er dann zurück, keine Spur ruhiger. «Aber war es vielleicht auch *mein* Job, Lauras Kindermädchen zu spielen und sie von diesen Bekloppten wegzuschleppen?»

Laura nahm die Hände vom Gesicht und wandte sich an Luca. «Was?» Sie machte diese übertriebene Grimasse, die ausdrücken sollte, daß sie das, was sie eben gehört hatte, nicht zu glauben gewillt war. Sie hatte sehr schöne, ebenmäßige und weiße Zähne in einem sehr breiten Mund, und eine Sekunde lang fragte Luca sich, wie manche Leute es wohl fertigbrachten, ein so makelloses Gebiß zu besitzen.

«Stimmt's vielleicht nicht?» fragte er zurück und richtete den Blick wieder aus dem Fenster, sah jedoch nur Striemen von Licht und verwischte Fassaden, die vorbeizogen wie ein Zeitrafferfilm.

Laura lachte höhnisch auf, was sie geradezu perfekt beherrschte. «Du hättest ruhig zugesehen, wie sie diesen … Stadelberger fertigmachen, was?» Sie wollte sich eine weitere Zigarette anzünden, aber ihr Feuerzeug war leer. Das Klicken machte Luca wahnsinnig, aber weder er noch Bodoni boten ihr Feuer an. Der Fahrer scherte sich auch nicht darum, zählte bereits die Meter bis zum Hotel.

«Stettelburger», sagte Luca lustlos, als ob das irgendwie von Bedeutung gewesen wäre. «Nein, ich hätte bestimmt nicht dabei zugesehen», fuhr er dann im selben matten Tonfall fort. «Ich hätte mich in ein Taxi gesetzt, mich zum Hotel bringen lassen und ins Bett gelegt. Ich würde seit einer Stunde selig schlafen.»

Laura stieß verächtlich Luft durch die Nase aus. «Was seid ihr für elende Windelpisser», sagte sie ganz ruhig, den Kopf in den Nacken gelegt. «Feiglinge, alle beide. Sie hätten den Kerl lynchen können, es wär euch egal gewesen.»

Bodoni nahm wieder die Brille ab, um ausgiebig seine Augen zu reiben. «Halt den Mund, Laura!» sagte er erstaunlich emotionslos.

«Immerhin hätte ich meine verdammten Koffer!» Das war das letzte, was Luca oder irgendwer im Wagen von sich gab, bis sie vor dem Hotel hielten.

«Wohin willst du?» fragte Bodoni Luca, als der die Tür öffnete, um auszusteigen.

«Na, was glaubst du, wohin ich will, verdammt?» fragte Luca zurück. Eine böse Ahnung pumpte Blut in sein Hirn, das sich bereits auf Schlaf eingerichtet hatte.

«Ich würde sagen, du nimmst dieses Taxi und fährst sofort zurück. Die Koffer stehen möglicherweise noch immer dort. Oder denkst du, wir schreiben die Dinger einfach ab? Verloren, Pech gehabt, Ende?» Bodoni warf einen flüchtigen Blick in den Innenspiegel, konnte Luca aber nicht sehen.

«Ende, genau», meinte Laura mit ihrer dunklen Stimme. Sie stieg ächzend aus dem Wagen, machte ein Photo von dem Fahrer, der den Motor laufen ließ und sich mit keiner Faser rührte, und ging ins Hotel.

«Du verlangst *wahrhaftig*, daß ich noch mal dorthin fahre? *Jetzt*?» Luca tippte mit dem Finger gegen das Glas seiner Uhr. «Weißt du, wie *spät* es ist? Und glaubst du allen Ernstes, die Koffer stehen noch vor dem Haus, bei dem ganzen Gesocks, das heute nacht dort rumlief?» Er lachte wieder und stieg aus, blieb aber neben dem Wagen stehen, dessen Antenne seit dem Zwischenfall völlig verbogen war.

Bodoni bezahlte den Fahrer und wies ihn an, Luca zurück zur Melrose Avenue zu bringen. Dann stieg er ebenfalls aus, kämmte sich die Haare mit einem Kamm, den er aus der Gesäßtasche seiner Hose gezogen hatte. Als er sich an Luca wandte, um seinen Worten Nachdruck zu verleihen, preschte der Fahrer mit aufheulendem Motor davon, schlingerte über den Parkplatz und auf die Straße und jagte davon in die Nacht.

Eine Weile standen die beiden schweigend da und sahen in die Richtung, in die der Wagen gerast war. «Sieht so aus, als müßtest du dir ein anderes Taxi suchen.» Bodoni zuckte mit den Schultern und ging auf die Eingangstür zu, hinter der ein Mann in Uniform stand und mit zusammengekniffenen Augen durch das getönte Glas nach draußen spähte.

«Einen Scheiß werd ich tun!» rief Luca, eilte an Bodoni vorbei in die Empfangshalle und holte seinen Schlüssel beim Nachtportier. Dann fuhr er mit dem Lift in die achte Etage, ging in sein Zimmer, zog sich aus, duschte, nahm eines dieser winzigen Whiskyfläschchen aus der Minibar und legte sich aufs Bett. Kaum hatte er das eine der beiden monströsen Kissen unter seinen Kopf geschoben und den ersten Schluck getrunken, klingelte das Telephon auf der Kommode neben dem Bett. Luca ließ es ein paarmal läuten, bevor er sich hinüberrollte und den Hörer abnahm, ohne sich jedoch zu melden.

«Hör zu, Luca!» tönte Bodonis Stimme aus der Muschel. «Wenn du dich nicht nullkommaplötzlich in Bewegung setzt und in die Taxe steigst, die ich habe kommen lassen, bist du gefeuert! Verstanden?»

Luca wollte den Hörer auf die Gabel knallen, aber sein Chef war schneller. Eine Weile blieb Luca auf dem Rücken liegen und lauschte dem knisternden Summen, das aus der Plastikmuschel kam. Dann legte er den Hörer neben den Apparat und trank den restlichen Whisky. Um das Tuten des Telephons nicht hören zu müssen, schaltete er den Fernseher ein; Männer in Maßanzügen lieferten sich eine Schießerei auf einem Schrottplatz, dazwischen jagte ein Polizeiwagen über staubige Straßen. Luca ging ins Badezimmer, wo noch immer das Licht brannte, rasierte sich aus purer Ruhelosigkeit und schnitt sich danach die Zehennägel über der Kloschüssel. An Schlaf war nicht mehr zu denken, obwohl er noch vor ein paar Minuten stehend hätte einnicken können. Trotzdem legte er sich wieder hin, wechselte mit der Fernbedienung die Kanäle und aß Erdnüsse mit Salz- und Honiggeschmack.

Nach etwa einer Stunde wälzte er sich vom Bett, zog sich an und fuhr hinunter in die Lobby. Er fragte den Mann an der Rezeption nach dem Taxi, das natürlich schon lange nicht mehr da war, und ließ ein neues kommen.

Der gelbe Lieferwagen einer Reinigungsfirma parkte vor der Buchhandlung, in dessen Räumen unverändert geschäftiges Treiben herrschte. Es roch noch immer ein wenig nach Scheiße, sogar draußen auf dem Gehsteig, und an einer Hausfassade klebte eines der Gedichte Stettelburgers. Luca überflog es mit angehaltenem Atem; es handelte von einem U-Bahnzug, der mit seinen Passagieren von der Lower East Side in die Hölle fuhr, die letzten Zeilen waren kotbedeckt und unleserlich. Luca wechselte die Straßenseite, obwohl er schon von weitem sah, daß die Koffer nicht mehr dort waren.

Zehn, fünfzehn Minuten lang suchte er die Gegend ab, dann gab er es auf. Weil er keine Lust hatte, schon wieder in ein Taxi zu steigen und dieselbe Strecke zurückzulegen, beschloß er, zu Fuß zu gehen und irgendwo auf einen Milkshake und einen Doughnut haltzumachen.

Ein paar Blocks weiter fand er einen Coffeeshop, der rund um die Uhr geöffnet hatte. Er ging hinein, setzte sich auf einen der Hocker an der Theke und bestellte bei der Kellnerin, die um die siebzig zu sein schien und verblüffende Ähnlichkeit mit Barbara Bush hatte, einen Bananenshake und zwei Doughnuts mit Apfelfüllung.

Außer Luca saßen nur noch zwei Männer an der Theke. Sie betrachteten ihre müden Spiegelbilder im Kaffee, der in großen weißen Tassen vor ihnen stand.

An einem Tisch hinter Luca teilten sich drei junge Farbige eine Zeitung, weiter hinten saß ein altes Paar, schäbige Koffer zwischen den Füßen. Neben den Koffern stand eine verschnürte Pappkiste, deren Tragegriff mit Stoff umwickelt war. Der Mann trug einen Panamahut, die Frau einen dunklen Mantel, viel zu dick und schwer für Kalifornien. Die Frau hatte sich eine Papierserviette auf den Schoß gelegt und schälte einen Apfel. Fast heimlich schnitt sie ihn dann in Stücke, entfernte das Kerngehäuse und reichte ihrem Mann seinen Teil. Dabei warf sie immer wieder einen Blick in Richtung Theke, als befürchtete sie, von der Serviererin getadelt zu werden.

Länger, als es dauerte, den Milkshake zu trinken und

die klebrigen Doughnuts zu essen, blieb Luca in dem Lokal, dann zog er weiter, fand nach einer Weile ein Taxi und ließ sich zurück ins Hotel bringen. Das Radio spielte eine unerträgliche Mischung aus Klassischer Musik und Rock, die wie der Soundtrack zu einem Film mit Barbra Streisand und Arnold Schwarzenegger klang, und Luca bat den Fahrer, den Ton leiser zu drehen. In seinem Zimmer legte er den Hörer wieder auf die Gabel, zog sich aus und ging ins Bett. Eine Weile dachte er noch an den übel zugerichteten Stettelburger und an den Taxifahrer, der jetzt wahrscheinlich zu Hause am Küchentisch saß und Gott dafür dankte, in dieser verfluchten Nacht einer Horde Irrer entkommen zu sein, dann schlief er ein.

Nur zwei Stunden später klingelte sein Telephon, und kurz darauf klopfte es an der Zimmertür. Luca fühlte sich mehr tot als lebendig, als er aus dem Bett stieg und Hosen und T-Shirt anzog. Wirre Träume von einem Koffer, in dem Jeffrey Stettelburgers abgetrennter Kopf lag, hatten seinen kurzen Schlaf nicht eben erholsam werden lassen, sein Schädel schien enger geworden zu sein, und das darin eingezwängte Hirn hämmerte gegen die Schläfen.

Als er Lauras Stimme hörte, war er erleichtert, denn er hätte darauf gewettet, daß Bodoni draußen auf dem Flur stand. «Moment noch!» rief er und klatschte sich im Bad eine Handvoll Wasser ins Gesicht, bevor er die Tür öffnete.

Laura sah auch nicht sehr ausgeruht aus, hatte inzwischen aber immerhin ein volles Feuerzeug aufgetrieben. «Ciao», sagte sie und betrat das Zimmer mit einer Eile, die Luca einen Blick auf den Flur werfen ließ, um zu sehen, ob sie verfolgt wurde. Sie setzte sich in einen der Polsterstühle; die Beine ausgestreckt, sagte sie eine Weile nichts.

Luca fand seine Schuhe unter der Kommode, ging dann ins Bad und kämmte sich, leckte etwas Zahnpaste aus der Tube und spülte den Mund mit Wasser. Danach packte er seine Toilettensachen ein und legte die Reisetasche auf das Bett, um auch noch die paar Kleidungsstücke, die verstreut herumlagen, darin zu verstauen. «Was macht Mario?» fragte er, während er sein schwarzes Baumwolljackett aus dem Schrank nahm.

Laura ließ sich Zeit mit der Antwort, und Luca ahnte, daß die Welt nicht heil war an diesem Morgen. «Er ist stinksauer», sagte Laura schließlich. «Deshalb bin ich hier.» Sie lehnte ihren Oberkörper etwas nach vorne und sah Luca eindringlich an. «Es ist besser, ihr geht euch heute aus dem Weg. Daß du letzte Nacht nicht noch mal zurückgefahren bist, nimmt er dir unheimlich übel.»

«Aber ich *bin* zurückgegangen!» rief Luca, warf ein Hemd auf das Bett und setzte sich in den zweiten Sessel, der dem Lauras gegenüber stand. «Ich bin zurück zur Melrose, aber die verfluchten Koffer waren natürlich weg!»

Laura legte den Kopf in den Nacken und redete zur Decke. «Ich glaub's einfach nicht!» stöhnte sie, dann sah sie Luca an. «Wann, zum Teufel, warst du denn dort? Mario hat dich nicht gesehen!»

«Mario?» rief Luca und saß mit einem Mal kerzengerade da. «War der etwa *auch* dort?»

Laura schüttelte langsam den Kopf, aber nicht, um Lucas Frage zu verneinen. «Er sagt, du hättest dich geweigert. Er ist dann selber mit dem Taxi hingefahren. Als er ankam, waren die Koffer zwar noch da, doch ein paar Typen interessierten sich dafür, Punks, wie Mario sagt, obwohl für ihn jeder, der sich nicht von Cerruti und Versace einkleiden läßt, ein Punk ist. Jedenfalls sahen die Jungs nicht ein, weshalb sie diesem aufgeregten Kerl mit dem komischen Akzent die schönen, schweren

Aluminiumkoffer überlassen sollten, die sie zwar nicht öffnen konnten, aber gefunden hatten und jetzt als ihr Eigentum betrachteten.» Laura grinste ihr Grinsen mit den hochgezogenen Augenbrauen. «Und als der konfuse Typ patzig wurde und sich die Koffer einfach nehmen und damit abhauen wollte, reagierten die Jungs ein bißchen ärgerlich und klopften ihm auf die vorwitzigen Finger.»

Luca lehnte sich zum Tisch hinüber und schüttelte eine von Lauras Zigaretten aus der Packung, zündete sie an und ließ sich zurück in den Sessel fallen. Er haßte es, wenn Laura dieses Märchentanten-Nummer abzog. Um das Ganze jedoch nicht unnötig zu verlängern, hütete er sich davor, sie zu unterbrechen. «Dann versuchte es der nervöse Fremde auf die versöhnliche Tour und bot den Jungs Geld für die Koffer. Die Schurken nahmen das Geld, aber sie behielten auch die Koffer. Und sie nahmen auch gleich die ganze Brieftasche, und die Uhr, und das Armband, die Halskette...»

«Schon gut!» rief Luca und hob die Zigarette auf, die ihm aus der Hand gefallen war und bereits ein Brandloch in den Teppich gesengt hatte.

«Und den Ledergürtel!» setzte Laura noch eins drauf, dann war sie ruhig.

«O Gott!» stieß Luca aus. Von der Zigarette auf nüchternen Magen war ihm ein wenig übel geworden. Er setzte sich ans Fußende des Bettes, ließ sich auf den Rücken fallen und verschränkte die Arme hinter dem Kopf.

Die Zimmerdecke wies keinen einzigen Riß auf; in einer Erdbebenstadt wie Los Angeles hatte er Risse an der Decke erwartet, zumindest ein paar ganz feine.

«Sag ihm, daß du da warst!» meinte Laura. «Das ändert zwar vermutlich nicht viel an seiner Laune, aber vielleicht feuert er dich wenigstens nicht.»

Luca wälzte sich auf den Bauch. Er betrachtete den

Faltenwurf des Bettlakens wie ein Pilot die unter ihm ausgebreitete schneebedeckte Landschaft und dachte nach. Einerseits amüsierte ihn die Vorstellung, wie Bodoni von den Punks geschröpft worden war, andererseits wollte er seinen Job nicht verlieren. Er arbeitete jetzt seit anderthalb Jahren beim Radio, und es war besser, als Verstärkeranlagen zu löten oder Mischpulte zu verdrahten. Jedenfalls wollte Luca die Stelle behalten, und wenn er dafür mit Bodoni reden und sich sogar bei ihm entschuldigen mußte, würde er das tun.

«Er ist unten in der Bar», hörte er Laura sagen und erhob sich so lustlos, als hätte er einen Termin beim Arzt, um sich einen vereiterten Zehennagel ausreißen zu lassen.

Bodoni war der einzige Gast; er saß an einem der hintersten Tische, und obwohl er Luca den Rücken zugewandt hatte, sah er ihn in der getönten, die Wand bedeckenden Spiegelfront kommen.

«Hast ja allerhand Nerven, mir jetzt schon unter die Augen zu treten!» rief er in den Spiegel, worauf Luca stehenblieb und sich kurz nach Laura umsah. «Mir zittern noch die Hände vom Überfall, und du tanzt hier ungeniert an, frisch und munter nach einem erholsamen Schläfchen!» Als er das mit den zitternden Händen sagte, hob er die Arme und zappelte ein bißchen mit den Fingern. Luca hätte beinahe gelacht und Bodonis Theater mit seiner Schilderung der Geschichte, der klärenden Wahrheit also, beiseite gewischt, aber er blieb stehen, wo er war, und schwieg vorerst.

«Einem Schläfchen, das mir leider nicht vergönnt war», fuhr Bodoni fort. Weil sie in der Hotel-Bar waren, brüllte er zwar nicht, aber seine Stimme dröhnte noch immer laut genug, um den Mann hinter der Theke verunsichert dreinblicken zu lassen. «Denn ich mußte ja versuchen, deine gottverdammten Koffer wieder aufzutreiben. Und diese Straßen-Gang hat mich wahrscheinlich nur am Leben gelassen, weil die Typen gerade nicht in der Stimmung waren, jemanden abzuschlachten. Außerdem machten sie ja fette Beute, das hat sie wohl davon abgehalten, mich zu massakrieren!» Er hob in einer vagen Bewegung die Hand zur Kehle. «Du bist gefeuert», sagte er ruhig, aber mit einem Ton in der Stimme, der kalt war wie ein toter Fisch am Grund des Polarmeeres.

Jetzt wurde es höchste Zeit für Luca, sich zu verteidigen, und er setzte sich drei Tische von Bodoni entfernt hin. Der hielt sein leeres Glas hoch und ließ die Eiswürfel darin klirren. Luca wartete, bis der Barmann den neuen Drink gemacht hatte, bestellte für sich einen Tomatensaft und warf einen Blick auf Laura, die an der Theke stand und in einer Tasse Kaffee rührte. Sie nickte ihm zu, und Luca begann, von seinem nächtlichen Sinneswandel, von Reue, Einsicht und der vergeblichen Suche nach den Koffern zu erzählen. Bodoni glaubte ihm kein Wort, nannte ihn einen elenden Lügner und riet ihm, schleunigst zu verschwinden. Ausgeplündert, von asozialen Elementen verhöhnt und einem Nervenzusammenbruch nahe, hatte er Luca schon vor Stunden entlassen. Mit rutschenden Hosen auf der Melrose Avenue stehend, hatte er die fristlose Kündigung in den fahlen Nachthimmel geschrien, und nichts, nicht einmal die Wahrheit, konnte sein Verdikt rückgängig machen.

«Aber es ist *wahr*, herrgottnochmal!» rief Luca, breitete die Arme aus und stieß dabei sein Glas mit Tomatensaft um.

Als der übernächtigte Bodoni die rote Flüssigkeit zu Boden tropfen sah, wurde ihm erneut bewußt, daß er in der zurückliegenden Nacht nur knapp einem Angriff entkommen war, bei dem Blut, sein Blut hätte fließen können, und ein leises Frösteln kräuselte seine Magenwände.

«Ich war dort, himmelherrgottnochmal!» rief Luca sich in Bodonis unerquickliche Gedanken zurück. «Ich kann es beweisen!» Er hatte einen Stapel Papierservietten in die Tomatensaftpfütze gelegt, um die Schweinerei in Grenzen zu halten. «Frag den Kerl an der Rezeption, der für mich das Taxi gerufen hat, frag den Wachmann, der letzte Nacht hier war!» Der Barkeeper brachte Bodonis Drink und warf einen flüchtigen, aber unverhohlen abschätzigen Blick auf Lucas Tisch. Luca rückte um zwei Stühle näher an Bodoni heran. «Frag den Taxifahrer!»

«Der Nachtportier und alle anderen sind längst zu Hause, das weißt du verdammt genau», sagte Bodoni plötzlich. Er klaubte eine Zigarette aus der Packung und drehte sie, ohne sie anzuzünden, zwischen den Fingern. Während der ganzen Zeit würdigte er Luca, dem es immer elender wurde, keines Blickes. «Und den Taxifahrer zu finden, ist ein Ding der Unmöglichkeit, auch das weißt du. Also gib den Versuch auf, deine Haut zu retten, indem du mir irgendwelche Geschichten erzählst.» Er schob die Zigarette in die Packung zurück. «Abgesehen davon... Selbst wenn du nochmals hingefahren bist, später, ist mir das egal. Du bist nicht gegangen, als ich's dir gesagt habe, und deswegen bin ich von diesen elenden Dreckskerlen ausgenommen worden. Hast du's jetzt kapiert, Varese?» Für den Bruchteil einer Sekunde sah er Luca an. «Das Ticket für Rom hast du ja, aber im Sender will ich dich nur noch einmal sehen, und zwar dann, wenn du deinen Kram abholst.» Damit schien die Sache für ihn erledigt zu sein. Er trank sein Glas leer, nahm die Zigaretten und erhob sich.

Mit einem Schlag, den er als Ruck im ganzen Körper spürte, wurde Luca bewußt, daß er keine Chance mehr hatte, die Sache mit Bodoni zu klären. Er saß da und war für einen Augenblick versucht, laut zu lachen, fühlte sich aber wie gelähmt und schaffte nur ein leises Glucksen. Der Barmann holte Bodonis Glas und tauschte den benutzten Aschenbecher gegen einen neuen aus, dann kümmerte er sich um die mit dem Tomatensaft durchtränkten Servietten. Luca legte ihm Geld hin, mehr als nötig, stand auf und ging zum Lift. Laura erwartete ihn, und sie fuhren gemeinsam nach oben.

Erst als sie im achten Stockwerk ausstiegen und den Flur betraten, sagte Laura: «Was wirst du jetzt tun?» Sie sah Luca dabei nicht an, sondern kramte in ihrer Handtasche.

Luca, dem nicht nach Reden zumute war, zuckte nur mit den Schultern. «Wahrscheinlich ist es besser, wenn du nachher ein eigenes Taxi zum Flughafen nimmst», sagte Laura nach einer Weile. Luca nickte.

Sie verabredeten sich für einen der nächsten Tage zum Abendessen in einem teuren Restaurant an der Via Veneto, obwohl noch immer dieses Blei Lucas Magen füllte und er sich nicht vorstellen konnte, in absehbarer Zeit auch nur einen einzigen Bissen herunterzukriegen. Dann ging auch Laura, die ein schlechtes Gewissen plagte, weil Luca schließlich ihretwegen keine Zeit gehabt hatte, sich um die Materialkoffer zu kümmern.

Luca legte sich auf das Bett und blieb dort bis zum übernächsten Morgen. Er hatte Bodoni und Laura alleine zurückfliegen lassen, das Ticket zerriß er in kleine Schnipsel, die er ins Klo warf.

Ein billigeres Zimmer zu finden, war kein Problem

In Venice mietete er ein Fahrrad, mit dem er fast eine Woche lang die Stadt durchstreifte und dabei diesen Typen kennenlernte, der drei seiner fünf Harleys verkaufte, weil er eine Weile nach China gehen wollte, «Leute zählen», wie er sagte. Luca plünderte nahezu sein gesamtes Kreditkartenkonto, um sich die 78er Low Rider zu kaufen, mit der er dann zu Beltramettis Literatur-Motel nach Arizona fuhr. Von seinem ersten Besuch wußte er, daß der Alte jemanden brauchte, der italienisch und englisch sprach, sich um die Autoren kümmerte und im Haus und Garten half. Luca bekam den Job, seinen eigenen Bungalow, freie Kost und mehr Geld als beim Radio. Er schickte seinen Eltern und Laura einen Brief und Bodoni eine Ansichtskarte mit der Großaufnahme eines Nilfpferdarschlochs, die er in einem Laden in Pasadena gefunden hatte.

4

Luca lag auf dem Bett. Die Klimaanlage lief auf mittlerer Stufe, der Kassettenrecorder, dem der allgegenwärtige Sand etwas zugesetzt hatte, ließ «Beds Are Burning» aus den Lautsprechern scherbeln, und einer der Literaten, vermutlich Lardelli, hustete lange und spuckte aus. Luca balancierte eine Flasche Soda auf der Brust und spürte, wie das Wasser, mit dem das eiskalte Glas beschlagen war, durch sein T-Shirt sickerte.

Kurz vor zwölf stand Luca auf, schaltete das Kassettengerät aus, zog Hemd und Schuhe an und ging zum Haupthaus, das seiner Veranda genau gegenüber lag.

In der Vorhalle roch es nach Essen, und Luca füllte seine Lungen mit dem Duft, bevor er in den Speisesaal ging, um den Tisch zu decken. Das Eßzimmer war ein schlicht, aber keineswegs kärglich eingerichteter Raum mit einem massiven Eichentisch in der Mitte, der zwanzig Personen Platz bot. Die Stühle waren aus demselben dunklen Holz, Sitzfläche und Lehne mit schwarz und weiß geflecktem Rinderfell bezogen. Ein Geschirrschrank, klotzig und mehrere hundert Pfund schwer, stand an der einen Längswand, Beistelltische, Servierwagen und Spirituosen-Vitrine an der anderen. Zwei Longhornschädel und indianische Webereien schmückten den großen, hellen Raum, dessen einziger Nachteil darin bestand, daß man mit den Speisen einen weiten Weg von der Küche durch die Bibliothek gehen mußte, um ihn zu erreichen. Schon wenige Wochen nach seinem Arbeitsantritt hatte Luca die Küchentür durch eine Schleuse aus transparentem Kunststoff ersetzt und den einen Flügel der schweren Doppeltür, die ins Eßzimmer führte, ausgehängt und in den Vorratsraum geschleppt. Außerdem hatte er sämtliche Läufer, die den dunklen, kühlen Steinboden bedeckten, so verschoben, daß man den Weg gehen konnte, ohne zu stolpern oder mit dem Servierwagen hängenzubleiben.

Nachdem Luca den Tisch gedeckt hatte, ging er in die Küche, um nachzusehen, wie weit Thelma mit dem Mittagessen war. Al stand auf einer Holzkiste am Arbeitstisch und rührte in einer Schüssel, als hinge sein Leben davon ab. Vor ein paar Wochen war er auf dem Schulhof mit seinem Skateboard gegen eine Mauer geprallt und hatte sich dabei den Kiefer gebrochen und die Schulter ausgerenkt. Die untere Hälfte seines Gesichts steckte in einem starren Verband, essen konnte er nur Flüssignahrung aus der Plastikflasche, deren Schlauch er in die schmale Öffnung der Kieferstütze schieben mußte.

«Hi, Astronaut», begrüßte Luca den Jungen und knuffte ihn gegen die heile rechte Schulter. Al wollte Luca in die Seite boxen, verfehlte ihn aber und hatte dann Mühe, sich auf der Kiste zu halten. Er trug verwaschene Jeans, die an den Knöcheln hochgekrempelt waren, und ein T-Shirt mit dem Aufdruck «Desert Storm Victory of the Brave.» Ein Kampfflugzeug jagte über seine Brust, und von seinem Bauch richtete sich das Geschützrohr eines Panzers gegen den Betrachter. Sogar Erwachsene hatte Luca in solchen und ähnlichen Leibchen herumlaufen sehen.

Luca setzte sich auf einen der unbequemen Hocker, die Ernie Fullerton, der ehemalige Postbeamte aus dem Kaff, herstellte, seitdem er pensioniert war. Beltrametti hatte dem alten Mann aus Gutmütigkeit zwanzig Stück abgekauft, von denen mittlerweile die meisten im Garten hinter dem Geräteschuppen lagerten.

«Na, pünktlich, wie immer?» fragte er nach einer Weile Thelma, die gerade etwas in den Backofen geschoben hatte und sich ein Geschirrtuch über die Schulter warf.

«Sicher», gab die Frau tonlos zurück, ohne Luca auch nur mit einem flüchtigen Blick zu streifen.

Manchmal fragte Luca sich, ob das simple Unhöflichkeit war, oder ob Thelma ihn einfach nicht besonders gut leiden konnte, oder, und das hielt er für die wahrscheinlichste Möglichkeit, ob sie ihrer Häßlichkeit wegen keinem ins Gesicht sehen mochte. Vielleicht hatte sie diesen leicht erstaunten, irritierten Blick der Leute, die mit ihr redeten, satt, und es war ihr egal, als unhöflich zu gelten, wenn sie dafür nur diesen Ausdruck der peinlichen Berührtheit nicht mehr ertragen mußte.

Luca kam sich immer ziemlich mies vor, wenn er so über Thelma nachdachte, und sobald ihm die Niedertracht seines unqualifizierten Psychologisierens bewußt wurde, verfiel er in hektische Betriebsamkeit, um sich abzulenken. «Okay, dann mal los!» rief er, griff sich einen Porzellanteller und einen Löffel und rannte damit aus der Küche.

Vor dem Haus übergab Luca die Utensilien an Al, der auf ein Zeichen hin begann, den Löffel gegen den Teller zu schlagen. «Essen ist gleich fertig!» rief Luca, während sie zu ihrer täglichen Runde entlang der Bungalows losstapften. Vor noch nicht allzulanger Zeit hatte Luca sich jeweils zum Idioten machen und in seiner weißen Kellneruniform, ein Dreiton-Xylophon schlagend, umhergehen müssen, um vor jedem der vier Gäste-Bungalows den Spruch «In fünfzehn Minuten wird im Speisesaal das Mittagessen serviert» aufzusagen. Jene Tage der Peinlichkeiten waren vorbei, und wären die Umstände, die zu dieser Veränderung geführt hatten, nicht so unerquicklich gewesen, hätte Luca sich über die neuen Verhältnisse sehr viel unbeschwerter freuen können.

Als Luca vor Gianninis Bungalow stehenblieb, stolperte Al mit gesenktem Kopf in ihn hinein und ließ den Teller fallen.

«Deinetwegen hat der Liebe Gott hier alles mit Sand ausgelegt», sagte Luca, während Al sich bückte, um den Teller, der ganz geblieben war, aufzuheben. Luca horchte einen Augenblick lang auf Geräusche, und als sich drinnen nichts tat, klopfte er an die Tür und trat ein. «Signore Giannini?» rief er, dann sah er den alten Mann, der sein Hörgerät so gut wie nie trug, im Badezimmer vor dem Spiegel stehen und ging zu ihm hin.

«Zeit zum Futtern?» fragte Giannini, der sich mit einer kleinen Spezialschere die Haare in den Nasenlöchern stutzte. Er trug diese alten Unterhosen aus Baumwolle, die ihm um das magere Gesäß schlackerten, und seine Füße steckten in Lederschlappen, die so alt sein mußten wie ihr Besitzer.

«In zehn Minuten wird serviert», antwortete Luca. Er sah sich diskret im Raum um, in welchem bereits wieder ein beachtliches Chaos herrschte, obwohl Luca jeden zweiten Tag für eine halbe Stunde herkam, um aufzuräumen. Wenn der achtundsiebzigjährige Giannini seinen Kugelschreiber, ein paar Socken oder eines der kleinen Notizbücher suchte, ging er vor wie die übelgelaunten Bullen in den Krimis bei einer Hausdurchsuchung. Fand er irgend etwas nicht sofort, konnte er äußerst ungeduldig werden, und dann hörte man ihn Schranktüren knallen und Schubladen auf dem Boden auskippen. Gianninis graue Zellen setzten Kalk an, und er fuhrwerkte bisweilen nur deshalb so ungehalten herum, weil es ihn ärgerte und erschreckte, daß er sich nicht daran erinnern konnte, wo er seine Sachen hingelegt hatte.

«Sehr schön», meinte Giannini. Er schob die Schere in die dafür vorgesehene Schlaufe eines Lederetuis und sprühte sich dann reichlich Deodorant unter die Arme.

«Bis gleich also», sagte Luca und wandte sich zum Gehen.

«Sicher», entgegnete Giannini, klappte das Etui mit den Scheren und Feilen zu und trug es zur Kommode, wo er es in die mittlere Schublade zwischen die Unterwäsche legte. In ein paar Tagen würde er bestimmt die ganze Bude auseinandernehmen, um das verdammte Ding zu finden.

Als Luca ins Freie trat, sprang Al vom Verandageländer und begann augenblicklich wieder damit, den Löffel gegen den Teller zu schlagen. Ein roter Kardinalsvogel flatterte von einer der unzähligen Saguaro-Kakteen auf und flog in die Wüste hinaus. Kumuluswolken standen wie Pappkulissen am Horizont, bewegten sich scheinbar keinen Meter und veränderten stundenlang kaum ihre Form. An Lardellis Bungalow vorbei gingen Luca und Al zurück ins Haus, brachten Teller und Löffel in die Küche und beluden dann den Servierwagen mit dem Brotkorb, den Wasserkaraffen und den Schüsseln, die Thelma bereitgestellt hatte.

5

Früher, als Beltrametti das Haus noch wie ein Erstklasshotel geführt sehen wollte, aß Luca in der Küche, nachdem die Gäste bedient und mit Kaffee in der Bibliothek versorgt waren. Jetzt, wo der Alte kaum noch herunterkam, saß Luca mit Lardelli, Giannini und Ferra am Tisch im Eßzimmer, und die Autoren bedienten sich selber. Nur ab und zu mußte Luca noch aufstehen, um in der Küche mehr Brot oder aus dem Keller eine neue Flasche Wein zu holen.

«Wie geht es mit der Arbeit voran?» fragte Giannini in die nur vom Besteckeklappern gestörte Stille hinein. Er hatte sich, wie für jede Mahlzeit, auf die ihm eigene, etwas schludrige Art feingemacht. Immer waren seine Fliegen unsorgfältig gebunden, hing die Krawatte schief, löste sich ein Manschettenknopf oder prangte ein Eigelbfleck auf dem zerknitterten Hemd. Oft kam er mit offenem Hosenschlitz in den Speisesaal, und Luca mußte ihn fast jeden Tag auf lose Schnürsenkel aufmerksam machen.

Lardelli und Ferra murmelten etwas Unverständliches, worauf wieder für zehn Minuten Ruhe herrschte.

«Soll ich noch eine holen?» fragte Luca dann und ließ die beiden leeren Weinflaschen gegeneinanderschlagen.

«Ich nähme noch ein Gläschen», meldete sich Giannini; was Lardelli und Ferra von sich gaben, deutete Luca ebenfalls als Aufforderung, in den Keller zu gehen. Der Alkoholkonsum hatte in letzter Zeit beachtlich zugenommen, seit Lardelli und Ferra ihren Frust mit Bier, Wein und Schnäpsen zu mildern suchten. Lardelli vertrug recht viel, und seine Laune verbesserte sich jeweils von Glas zu Glas. Wenn aber Ferra sein Hirn in Sprit einlegte, verfiel er endgültig den Depressionen, die seine Schreibunfähigkeit ihm bescherte. Luca schwankte dann immer zwischen dem Wunsch, Ferra zu trösten, und dem Verlangen, ihn zum Teufel zu jagen.

Als Luca mit dem Wein aus dem Keller zurückkam, brachte Thelma gerade eine weitere Platte Lasagne herein. Während sie die leeren Flaschen und Schüsseln auf den Servierwagen lud, hob Lardelli zu einem seiner üblichen Witzchen an.

«Filmquiz», sage er, nachdem er einige Male mit dem Messer gegen sein Weinglas geschlagen hatte, um die Aufmerksamkeit der Runde zu gewinnen. Immer, wenn Thelma den Raum betrat, kam Leben in Lardelli; die Haushälterin war nach Bozzetto sein liebstes Opfer.

«Filmquiz», wiederholte er, als alle außer Luca zu ihm hinsahen. «Was für ein Film ist das? Zwei Frauen, eine häßliche ... ratet mal wer ... und eine schöne, überqueren die Straße. Ein Auto rast heran und fährt die Schöne tot. Wie heißt der Streifen?» Lardelli grinste und sah von einem zum andern. Keiner wußte die Lösung. «Na?» Lardelli trank einen Schluck, bevor er mit der Antwort herausrückte. «Die Wüste lebt!» rief er, und er und Ferra brüllten los, während Giannini, der die Pointe nicht mitbekommen hatte, gedankenverloren eine Weile vor sich hinlächelte. Seine rechte Manschette war voller Tomatensoße, weil er damit in die Lasagne-Schüssel geraten war, als er nach dem Salzstreuer gegriffen hatte.

Während Thelma, die kaum je ein Wort Italienisch von sich gab, den Servierwagen aus dem Zimmer rollte, wurden Lardelli und Ferra noch immer von Lachen geschüttelt. «Damit ich's nicht vergesse. Der Alte möchte dich heute um fünf zu einem Plauderstündchen sehen», wandte Luca sich an Lardelli, dessen Grinsen augenblicklich erstarb.

«Schon *wieder* ich?» stieß er nach einem leeren Schlucken hervor und schaute drein, als wäre er gerade dazu auserkoren worden, die Sickergrube hinter den Bungalows leerzuschaufeln. «Ich war erst vorgestern oben, ich bin gar nicht an der Reihe!»

«Ich weiß», bestätigte ihm Luca, der es insgeheim genoß, Lardelli leiden zu sehen. «Es sieht so aus, als würde sich der Alte nicht mehr an die Reihenfolge halten.»

Er trank einen Schluck Wein und wischte sich mit der Stoffserviette über den Mund. «Er scheint dich zu mögen.»

«Großartig!» rief Lardelli und leerte sein Glas in einem Zug. «Dann darf ich ab jetzt vielleicht jeden Tag mit ihm über Leopardi, seine verdammten Kakteen und Baseball quatschen!» Er lehnte sich über den Tisch, um sich die Weinflasche zu greifen, die bei Ferra stand.

«Und über Ausgrabungen», meldete sich Ferra, dem die Erleichterung ins Gesicht geschrieben stand.

«Seine Scheiß-Archäologie, genau!» Lardelli füllte sein Glas und behielt die Flasche bei sich. «Und was interessieren mich seine Kakteen? Bin ich vielleicht Botaniker? Und dann Baseball. Er will mir dauernd die verdammten Regeln erklären. Er ist doch Italiener, oder? Warum redet er dann nicht über Fußball, warum will er nicht über guten, normalen Fußball reden? Da weiß ich Bescheid, Herrgott!»

Niemand am Tisch antwortete ihm. Aus Beltrametti wurde keiner schlau; seine Marotten hatte man zu akzeptieren, wie man die Hitze und den Sand hier akzeptieren mußte.

«Und wenn ich einfach nicht hingehe?» fragte Lardelli nach einer Weile und sah jeden am Tisch einzeln an. «Ich meine, er ist nicht der Papst, und ich hab um keine Audienz gebeten.» Ein unsicheres Lächeln zuckte in seinen Mundwinkeln.

«Dann muß ich ihm in die Klamotten helfen, ihn die Treppe runtertragen und mit dem Rollstuhl in deine Hütte schieben», antwortete Luca ruhig, trank sein Glas leer und erhob sich. Daß er diese Konsequenz nur erfunden hatte, um Lardellis Hoffnungsschimmer auszublasen, ließ er sich mit keiner Regung der Gesichtsmuskeln anmerken.

«Du lieber Heiland», murmelte Lardelli, den Blick auf die weiße Tischdecke gerichtet, als wäre sie eine

Leinwand, auf der er sich und den Alten in seinem Bungalow sitzen und über Kakteen und Baseball reden sah.

Luca räumte das Geschirr auf den Servierwagen und schob ihn in die Küche. Ein Grinsen lag auf seinem Gesicht, und er hätte Thelma gerne alles erzählt, wußte aber, daß es sie nicht interessieren würde. Nichts, was Lardelli betraf, interessierte sie, und wenn Luca es sich recht überlegte, konnten ihr so ziemlich alle hier gestohlen bleiben, außer natürlich Al. Und außer Beltrametti, der für sie mehr war als nur Brötchengeber.

Nachdem er die restlichen Sachen abgeräumt und die zu einem Knäuel gerollte Tischdecke in die Küche gebracht hatte, servierte er den Kaffee in der Bibliothek, wo die Schriftsteller schon in den Sesseln hingen und rauchten. Giannini las in einer Literaturzeitschrift, die jeden zweiten Monat aus Italien kam, und Ferra blätterte lustlos in der «Gazzetta dello Sport», die Füße auf den kniehohen Tisch gelegt.

«Wie immer?» fragte Luca die Runde, während er die kleinen Silberlöffel in die Untertassen legte.

«Meinen heute vielleicht mit einer Idee mehr Milch», meldete sich Giannini. «Ich will nachher ein Nickerchen machen.»

«Nicht zuviel Zucker», verlangte Lardelli, der mit finsterem Gesichtsausdruck in seinem Polsterstuhl saß und eine neue Zigarette in den Halter aus schwarzem Horn und Elfenbein steckte.

Luca schaufelte ihm wie üblich drei gehäufte Löffel in die Tasse. Nachdem er allen ihren Kaffee gebracht hatte, stellte er eine Dose mit Gebäck und einen geschnittenen Nußkuchen in die Tischmitte und ging dann zum Kühlschrank, um den Grappa herauszunehmen. «Sprit für alle?» fragte er auf dem Weg zu der Kommode aus Kirschbaumholz, in der hinter verzierten Glastüren die Schnaps- und Likörgläser standen.

«Für mich heute nur ein Schlückchen Portwein»,

meinte Giannini, der süße Weine und klebrige Liköre den harten Spirituosen vorzog. Er hatte die Zeitschrift weggelegt und reinigte die Gläser seiner Brille mit einem Taschentuch.

Die beiden anderen schwiegen, was hieß, daß Grappa ihnen recht war. Nachdem Luca alle bedient hatte, setzte er sich ebenfalls in einen der Sessel, aß ein Stück Nußkuchen und trank den eiskalten Schnaps, der in seinem Magen zusammen mit dem Kaffee eine beachtliche Hitze erzeugte.

«Wie kommt es eigentlich, daß der Alte dich plötzlich von seiner Besucherliste gestrichen hat?» fragte Lardelli nach einer Weile und griff sich ein paar Kekse aus der Blechdose. «Warum ist das wohl so, sag mal!» Er hatte die Angewohnheit, Fragen ein zweites Mal und in etwas umformulierter Fassung zu stellen; bei den meisten Leuten löste das ein leichtes Unbehagen aus, was genau das war, was Lardelli beabsichtigte.

«Keine Ahnung», gab Ferra zurück, wobei er einen möglichst unbekümmerten Ton anzuschlagen versuchte.

«Ach was, komm schon!» hakte Lardelli nach. «Da muß es doch einen Grund geben. Du mußt irgendwas gemacht haben, daß der Alte dich nicht mehr empfangen will, obwohl du an der Reihe bist. Würde mich wirklich interessieren!» Er spürte, daß er Ferra, der sich in seinem Sessel wand und ein dummes Grinsen nicht verkneifen konnte, gleich soweit hatte.

«Wie, zum Teufel, hast du das bloß fertiggebracht?»

Ferra gönnte sich erst einen Schluck Grappa, bevor er loslegte. «Na ja, das war so … wie ich mal bei ihm oben bin, fragt mich der Alte, ob ich nicht ein paar Manuskriptseiten mitbringen kann, um ihm daraus vorzulesen.» Ferra kicherte dämlich, während er sich mit fahrigen Bewegungen eine Zigarette anzündete. «Manuskript, daß ich nicht lache. Ich hab so viele Manuskriptseiten, wie es auf dem Mond U-Bahnstationen gibt!» Endlich brannte seine Zigarette, und er machte ein Maul wie ein Karpfen an Land, um den Rauch auszustoßen.

Giannini nippte an seinem Port und lächelte verbindlich, obwohl er ohne Hörgerät von Ferras Gerede nicht ebenviel mitbekam. «Ich also ran an die Schreibmaschine, ein paar Seiten getippt und ihm beim nächsten Mal vorgelesen. Und seither will er mich nicht mehr sehen, tja.» Er belohnte sich für seine Ausführungen mit einem Glas Grappa und lehnte sich so in seinem Sessel zurück, daß er fast lag.

«Was hast du ihm denn vorgelesen, Allmächtiger?» fragte Lardelli sofort. «Was hast du bloß geschrieben?»

«Brutalo-Porno», antwortete Ferra, der offensichtlich nicht recht wußte, ob er stolz auf seine Leistung sein durfte, oder ob er sich dafür schämen mußte.

«Ganz ekelhaftes Zeug, hab mich echt gegraust beim Schreiben.»

«Du hast ihm *Brutalo-Pornographie* vorgelesen?» Lardelli schob sich gedankenverloren einen Keks in den Mund, vergaß aber eine ganze Weile, ihn zu kauen.

«Na ja, ein paar Sätze bloß, nicht die ganzen zwanzig Seiten», murmelte Ferra, der rot im Gesicht war vor Besoffenheit und Scham.

«Zwanzig Seiten?» rief Lardelli. Dabei fiel ihm fast der Aschenbecher vom Knie. Er schnappte ihn gerade noch mit beiden Händen und stellte ihn auf den Tisch. «Du hast *zwanzig* Seiten davon geschrieben? Hast du sie noch? Ich meine, hast du die Seiten behalten?»

«Hab sie alle verbrannt, gleich nachdem ich vom Alten zurückgekommen bin. Wollte sie nicht behalten, ekelhaftes Zeug.» Ferra hatte Mühe damit, die Asche seiner Zigarette loszuwerden, bevor sie ihm auf das Hemd oder die Hose fiel.

«Und dann hat dich der Alte rausgeschmissen?» fragte Lardelli. «Aus dem Zimmer gejagt, mit Schimpf und

Schande?»

«Was?» Ferra war wieder etwas Asche auf das Hemd gefallen, und er mußte erst das Glas auf den Tisch stellen, bevor er sie mit der Hand wegwischen konnte.

«Der Alte», sagte Lardelli ungeduldig. «Hat er dich zum Teufel gejagt?» Er saß auf der vordersten Kante des Sessels und sah Ferra an wie der Chefredakteur den Reporter, der während Liz Taylors Hochzeitsnacht in ihrem Schlafzimmerschrank versteckt war.

«Na ja, nach ein paar Zeilen hat er gesagt, es sei genug und ich könne jetzt gehn.»

«Das war *alles*? Er hat *nicht* geschrien?» hakte Lardelli ein letztes Mal nach. «Ich meine, er war nicht wütend, so richtig außer sich?»

«Nein, ich glaube nicht.»

«Aha», sagte Lardelli nachdenklich. «Gut.» Er steckte eine neue Zigarette in den Halter, zündete sie an und lehnte sich zurück. «Gut», wiederholte er, dann herrschte wieder die gewohnte Ruhe in der Bibliothek.

6

Den Rest des Nachmittags verbrachte Luca damit, kleinere Reparaturen im Haus vorzunehmen, den Swimmingpool zu reinigen, das Sieb der Wasserpumpe auszuspülen, Öl im Generator nachzufüllen und nach dem Teich im Garten zu sehen. Al, der wegen seines Unfalls für ein paar Wochen nicht zur Schule mußte, half ihm bei den leichteren Arbeiten, und als es darum ging, einen völlig verrosteten Wasserhahn an der Rückseite des Hauses abzusägen, bestand der Junge sogar darauf, die Sache alleine zu erledigen. Luca sah unterdessen bei Lardelli vorbei, der einen Wackelkontakt am Lichtschalter im Badezimmer gemeldet und um rasche Behebung gebeten hatte.

«Der neben der Tür!», rief Lardelli vom Schreibtisch aus Luca zu. «Manchmal geht das Licht an, dann wieder nicht, mal läßt es sich nicht abschalten... Weiß der Teufel.»

«Werden wir gleich haben», meinte Luca. In dem engen Raum roch es betäubend nach Rasierwasser und Eau de toilette, nach Haartonic und Deodorant; die gesamte Ablagefläche unter dem Spiegel stand voll von dem Zeug. «Sag mal, Umberto, machst du das Licht mit Fußtritten an und aus?» Die Plastikabdeckung wies einen Sprung auf, und der Schalter bewegte sich lose in der Führung.

«Selbstverständlich *nicht*! Wieso?»

«Na hör mal, das ganze Ding ist zertrümmert!» Luca stellte die Werkzeugtasche auf den Fliesenboden und suchte sich einen kleinen Schraubenzieher heraus, mit dem er die Einfassung abmontierte. Tatsächlich war der Schalter am unteren Ende abgebrochen, und das lose Stück lag im Gehäuse, wo es wohl gelegentlich den Kontakt blockierte.

«Hast du's?» fragte Lardelli, der noch immer an seinem Schreibtisch saß und bisweilen etwas auf einen Block kritzelte.

«Ich muß den Schalter und die Abdeckung auswechseln. Hab die Ersatzteile aber nicht hier, muß sie in Phoenix besorgen. Morgen fahre ich sowieso hin.»

«Dann hab ich kein Licht bis morgen abend?» wollte Lardelli wissen, und es klang, als befürchte er, auf ein gewaltiges Stück Lebensqualität verzichten zu müssen.

«Ich flick es dir provisorisch», beruhigte Luca ihn. «Faß einfach nicht mit nassen Fingern hin!»

«Na wunderbar», meinte Lardelli und erhob sich von seinem Stuhl. «Und wenn ich nachts im Halbschlaf aufs Klo gehe, mir die Hände wasche und das Licht ausmache, bin ich tot. Großartig!»

«Okay, dann fixiere ich das Ding, und das Licht bleibt an. In Ordnung?»

«Ich kann nur bei völliger Dunkelheit schlafen», wandte Lardelli ein. Er hatte sich hinter Luca gestellt und sah ihm über die Schulter.

«Du pennst ja nicht im Badezimmer», sagte Luca ruhig, nachdem er den Kontakt arretiert und die Abdeckung mit Isolierband über die Öffnung geklebt hatte. «Mach halt die Tür zu!» Er bückte sich nach der Tasche, steckte den Schraubenzieher in sein Fach und verließ den Raum.

«Ach, Luca, eine Frage noch, bevor du gehst», hielt Lardelli ihn zurück. «Sag mal, wenn du dir was ausdenken müßtest ... was Schlimmes. Ich meine, was ist für dich das Schrecklichste, etwas ganz Grauenhaftes, so was wie ... sagen wir...» Er wedelte mit den Händen, blies die Backen auf und kniff die Augen dabei zusammen.

«Brutalo-Porno?» fragte Luca.

«Was?» Lardelli nahm die Hände herunter und sah Luca ein wenig verwirrt an. «Ja», sagte er dann und setzte sich zurück an das Pult. «Ja, zum Beispiel das. Aber ich brauche ... mich würde etwas anderes interessieren. Ich meine, ich suche etwas genau so Ekelhaftes ... Perverses.»

Luca konnte sich längst zusammenreimen, wofür Lardelli diese Anregungen brauchte, tat jedoch so, als hätte er keine Ahnung. «Laß mich mal überlegen.» Er setzte sich auf das Bett und stützte das Kinn in die Hand.

Lardelli nickte. Seine weißen Schuhe, die Socken und das weiße Hemd schimmerten im Licht des leeren Computerbildschirms, der einzigen Beleuchtung in dem abgedunkelten Raum. Oft blieben an Lardellis Bungalow die Fensterläden den ganzen Tag über geschlossen und die Vorhänge zugezogen; das an- und abklingende Tageslicht hätte auf das Verrinnen der Zeit hingewiesen.

«Luciano Pavarotti nackt auf einem Eisbärenfell», sagte Luca nach einer Weile, während der er vorgegeben hatte, ernsthaft zu überlegen.

«Wie?» Falten schraffierten Lardellis Gesicht. «Nein, nein, ich meine etwas wirklich Grauenhaftes, wovon dir speiübel wird, wenn du bloß daran denkst», sagte er ungeduldig und kritzelte wirre Muster auf das Papier. «Pavarotti nackt, das ist vielleicht geschmacklos, aber davon dreht es dir noch nicht gleich den Magen um.» Er schüttelte den Kopf und zeichnete ein fettes Strichmännchen.

«So mit halb erigiertem Penis und hängender Zunge?» fragte Luca.

«Ach komm, hör schon auf!» rief Lardelli und hob den Notizblock wie einen Schild vor seinen Kopf. «Ich rede von einem Thema wie zum Beispiel ... Kindesmißhandlung oder Teufelsanbeterei, Tierquälerei, Kannibalismus, so was in der Art!» Er ließ den Block wieder sinken und sah Luca entnervt an. «Also vergiß den verdammten Pavarotti! Ja?»

«Und goldenen Ringen durch die Brustwarzen», fuhr Luca unbeirrt fort. Er hatte einen Narren gefressen an Pavarotti auf seinem Eisbärenfell. «Und einer Tätowierung auf dem Oberarm, Mama, daneben ein Herz von einem Pfeil durchbohrt.»

«Weißt du was, Luca? Vergiß es!» Lardelli warf Block und Bleistift zurück in die Schublade und erhob sich mit einem Ächzen. «Ich meine, vielen Dank für deine Bemühungen, aber du verstehst vielleicht nicht ganz, was ich mir vorstelle.» Er rang sich ein Lächeln ab und brachte Luca zur Tür.

«Ich hab's!» rief der. «Grauen pur: der Grand Prix Eurovision de la chanson! Alle Sendungen ohne Unterbrechung hintereinander, Tag und Nacht!»

«Schon gut!» sagte Lardelli und öffnete die Tür. «Danke für die Reparatur. Bis zum Abendessen dann.» Er schob Luca ins Freie.

«Allein auf einer einsamen Insel, nur mit deinen Büchern!» beeilte sich Luca, als er die Veranda betrat.

«Ungeheuer komisch.» Lardelli schloß die Tür.

Als Luca zurück zu Al kam, hatte der den Wasserhahn schon abgesägt und die Schnittstelle mit der Eisenfeile bearbeitet. «Gut gemacht», lobte er den Jungen und ging in die Garage, wo der Toyota und die Harley standen, suchte den Gewindeschneider und montierte schließlich zusammen mit Al einen neuen Hahn an die alte Leitung.

Etwas später, während sie das Werkzeug zusammenräumten, zeigte Al mit dem Arm in Richtung des Zufahrtsweges, wo Bozzetto auf seinem Fahrrad daherkam. Weil die Straße schlecht und ständig mit Sandverwehungen bedeckt war, fuhr Bozzetto sehr langsam, schlingerte aber dennoch gefährlich und war oft nahe daran, zu stürzen. Er trug seine knielangen Hosen, das Kurzarmhemd und den Strohhut mit der breiten Krempe, die ihm der Wind manchmal so vor die Augen drückte, daß Bozzetto anhalten mußte, weil er nichts mehr sah. Al tippte Luca an und deutete auf den Sand vor ihren Füßen. THE FOOL hatte er mit der Fußspitze hingeschrieben; Luca las es und zuckte mit den Schultern. Wer war schon völlig normal hier draußen?

7

Am Abend baute Luca jeweils ein Kaltes Buffet in der

Lobby auf, an dem die vier Gäste sich selber bedienen konnten. Diese Art der Verpflegung hatte den Vorteil, daß keiner der Schriftsteller, die sich für Individualisten hielten, zu einer festgelegten Zeit zum Essen erscheinen mußte. So ließen sich zum Beispiel Lardelli und Ferra erst gegen acht oder neun blicken, während Bozzetto und Giannini meistens schon um sechs oder halb sieben auftauchten. Bozzetto war immer als erster dort, denn er hatte in der Stadt nichts zu Mittag gegessen und wollte es außerdem vermeiden, auf Lardelli zu treffen, der sich einen Spaß daraus machte, den Lückenfüller zu sticheln und zu provozieren. «Mäusekönig», «Rattenhändler» und «Herr der Hamster» nannte Lardelli den stillen Bozzetto wegen dessen Zoohandlung, und wenn es sich hin und wieder ergab, daß beide gleichzeitig in der Bibliothek saßen, unterzog Lardelli sein Lieblingsopfer regelrechten Verhören, deren Ziel es war, den Befragten bloßzustellen. Natürlich merkte Bozzetto, daß er vorgeführt und zum Hanswurst der zeitgenössischen italienischen Prosa gemacht wurde, aber er brachte dem vergleichsweise berühmten Kollegen viel zu großen Respekt entgegen, als daß er es gewagt hätte, sich ernsthaft zu wehren. Wenn Lardelli ihn mit gespieltem Interesse und berechnender Hinterhältigkeit über sein Werk ausfragte, gab Bozzetto bereitwillig Auskunft, und reichte Lardelli ihm die Narrenkappe, setzte Bozzetto sie mit einem verschämten Lächeln auf.

Pünktlich um sechs Uhr hatte Luca alles bereitgestellt und ging in seine Unterkunft, um sich vor der täglichen Besprechung mit Beltrametti umzuziehen. Trotz der beiden neuen Schicksalsschläge bestand der Alte darauf, daß weiterhin alles nach festgelegten Regeln ablief, und weil ihm in der etwas entrückten Welt seines Zimmers der Realitätssinn zusehends abhanden kam, lebte er im irrigen Glauben, die Dinge stünden noch genau so wie in den guten Zeiten. Wenn Luca ihm sagte, das Geld würde knapp, öffnete der Alte einen Tresor, nahm ein Bündel Scheine hervor und grinste augenzwinkernd, als könne diese Quelle nie versiegen. Und als Luca erwähnt hatte, daß in Rom niemand mehr die Angelegenheiten der Stiftung regle, erfand Beltrametti rasch einen neuen Sekretär, der in den nächsten Tagen die Arbeit aufnehmen würde. Der ehemalige Sekretär, ein Kerl namens Marcello Carnevale, war vor ein paar Wochen mit fast dem gesamten Stiftungsvermögen verschwunden, und sowohl die italienische Polizei als auch Interpol fahndeten bislang vergeblich nach ihm.

Luca stand vor dem Badezimmerspiegel und kämmte sich mit den Fingern die Haare, schlüpfte dann in das weiße Jackett und ging hinüber ins Haupthaus. Bozzetto saß mit einem Teller Kartoffelsalat und einem Truthahn-Sandwich in der Lobby und sah fern. Den Ton hatte er abgeschaltet, und als Luca den Raum betrat, zuckte er in seinem Sessel zusammen und drehte sich erschrocken um.

«Hi, Frank! Wie war dein Tag?» Luca fragte Bozzetto immer dasselbe, aber etwas anderes fiel ihm bei diesem Mann einfach nicht ein.

«Oh, gut, danke», gab Bozzetto zurück und lächelte verlegen. «Ich bin recht ordentlich vorangekommen heute.» Er hockte mit krummem Rücken in dem klobigen Sessel, und auf seinen Knien, die jetzt in langen Hosen steckten, stand der Teller mit dem Kartoffelsalat.

«Wie schmeckt's?»

«Oh, sehr gut, danke», beeilte sich Bozzetto und nickte heftig.

«Das ist ein sehr … guter Kartoffelsalat, wirklich.» Er hörte gar nicht mehr auf zu nicken.

«Ich habe Thelma ein paar Tips gegeben für die Soße.»

«Ah, ja?» Bozzetto ruckte mit dem Kopf wie diese Echsen, die draußen auf den Felsen in der Sonne hockten.

«Ich muß zum Alten», sagte Luca und klatschte in die Hände. «Wir sehen uns später.»

«Gut», antwortete Bozzetto.

Gespräche mit Bozzetto hatten den Unterhaltungswert eines leeren Aquariums. Lucas Versuche, eine Konversation in Gang zu bringen, scheiterten immer daran, daß Bozzetto nur gerade die ihm gestellten Fragen beantwortete und nie von sich aus einen Dialog anstrebte.

Als Luca die Treppe hinauf in den ersten Stock ging, spürte er wieder diese Leere und die leise Verzweiflung, an der nicht nur die armselige Unterhaltung mit Bozzetto schuld war. Seit Wochen machte ihm der unabwendbare Bankrott der Stiftung zu schaffen. Längst hatte er sich an die Eintönigkeit dieses Lebens in der Wüste gewöhnt und war von den sich kaum ändernden Ritualen in Sicherheit gewiegt worden. Doch mit Carnevales Veruntreuung des FILPA-Kapitals kamen die Probleme von außen, aus der realen Welt, die immer so weit weg gewesen war.

Der Zutritt zur oberen Etage war den Gästen der Stiftung nur gestattet, wenn sie von Beltrametti zu einer Visite eingeladen, beziehungsweise aufgefordert wurden. In den Anfängen, so hatte Al Luca erzählt, stand den Schriftstellern das gesamte Haus offen, ausgenommen natürlich Beltramettis Studio, welches ein Drittel der Fläche im Obergeschoß einnahm. In dem einen der drei Zimmer, die von den Autoren hatten benutzt werden dürfen, waren zwei Computer, ein Fax-Gerät und der Kopierer, der jetzt unten in der Lobby stand, installiert gewesen. Im anderen Eckzimmer hatte Beltrametti damals teure Fitness-Geräte aufstellen lassen, die Luca vor ein paar Tagen, zusammen mit den Computern, in Phoenix hatte verkaufen müssen, um die Haushaltskasse etwas aufzubessern. Das dritte, mittlere Zimmer schließlich, ein schalldicht isolierter Raum mit einem Wasserbett in der Mitte, wurde als einziges noch manchmal benutzt, und zwar von Luca und einem Mädchen namens Piper Zabriskie, dessen Onkel die Werkstatt im Kaff hatte. Ihr Körper war so wundervoll wie ihr Name, und wenn sie sich in dem Zimmer liebten, wurde das Leitungswasser unter ihnen zum Ozean, wo Fische aus Licht schwammen und Boote, die in ihren Bäuchen die Nacht von einem Ende der Welt ans andere trugen. Der frühere Zweck des Raumes hatte darin bestanden, den Dichtern einen Ort der absoluten Stille zu bieten, an dem sie eine Weile meditieren oder einfach abschalten konnten, um danach entspannt und mit neuer Energie ihre Arbeit fortzusetzen. So ähnlich stand es jedenfalls in den kleinen Broschüren, die früher allen Neuankömmlingen ausgehändigt worden waren und seit der Sache mit Carnevale irgendwo ungelesen vergilbten.

Luca hob gerade die Hand, um bei Beltrametti anzuklopfen, als die Tür aufgestoßen wurde und Lardelli ihm entgegentrat. «Bis morgen dann!» hörte Luca den Alten rufen, und Lardelli preßte etwas durch die Zähne, das nicht im entferntesten wie «Ich freu mich schon darauf» klang. Die Blätter in Lardellis Hand waren zerknittert, und sein Gesicht sah nicht viel besser aus.

«Na, wie war's?» fragte Luca ihn mit nach Ohrfeigen heischender Munterkeit, als käme Lardelli gerade aus dem Kino.

«Er will härteren Stoff», murmelte Lardelli. Er ging den Flur hinunter zur Treppe, kleine Papierschnipsel verstreuend. «Er soll härteren Stoff haben.»

Luca sah zu, wie Lardelli Richtung Lobby verschwand, ging dann zurück, um an die noch immer halb offen stehende Tür zu klopfen und einzutreten.

«Wer ist da?» kam Beltramettis dünne Stimme aus dem Nebenraum, der nur durch zwei bis an die Decke reichende Bücherregale von dem Teil des Zimmers getrennt war, in welchem Luca sich befand.

«Ich bin's!» rief Luca zurück und blätterte flüchtig in einem Bildband über Pompeji, der auf dem runden Marmortisch neben dem Sofa lag.

«Was?» tönte der Alte von nebenan. «Signore Lardelli? Haben Sie etwas vergessen?»

«Ich bin's, Luca!»

«Ah, Luca, du, natürlich!» rief der Alte, als er endlich mit dem Rollstuhl angefahren kam. Er trug einen seiner seidenen Pyjamas, den bordeauxroten seidenen Hausmantel und Pantoffeln aus Schlangenhaut. «Ich hab gar nicht gesehen, wie spät es ist.» Er rollte ans andere Ende des Raumes. Dort stand sein Schreibtisch aus Zedernholz, der größer war als eine Sozialwohnung in Palermo und mit all den Büchern, der Schreibmaschine, dem Computer und dem ganzen Kleinkram darauf ein Gewicht von mehreren hundert Pfund erreichte.

«Erst Viertel nach», sagte Luca nach einem Blick auf seine Uhr.

«Hier ist die Liste für morgen.» Der Alte nahm ein Computerblatt vom Pult und reichte es Luca. Er konnte noch immer nur den linken Arm bewegen; der rechte war zwar seit ein paar Tagen aus dem Gips, hing jetzt aber in einer Schlinge und mußte auf Anordnung des Arztes geschont werden. Vor fünf Wochen, am Vortag von Carnevales Verschwinden, war Beltrametti von der Leiter gefallen, auf die er jeweils stieg, wenn er ein Buch aus einem der obersten Regale nehmen wollte. Das unzureichend verankerte Büchergestell war auf ihn gestürzt, und Beltrametti hatte sich Arm und Becken gebrochen und eine schwere Gehirnerschütterung zugezogen. Die Nachwirkungen der Kopfverletzung zeigten sich als gelegentliche geistige Absenzen, kurze oder längere Aussetzer, während derer er meistens schweigend seine Füße anstarrte. Sein Kopf war noch völlig einbandagiert gewesen, als er aus dem Krankenhaus kam. Nachdem Al bei seinem Versuch, mit dem Rollbrett durch eine Mauer zu fahren, scheiterte und ebenfalls ein paar Meter Verbandstoff verpaßt bekam, stellte Luca die beiden nebeneinander und machte eine Aufnahme, von der jeder einen Abzug erhielt. MEN FROM OUTER SPACE hatte Luca unter sein Exemplar geschrieben, das in seiner Bude gerahmt an der Tür hing.

«Das Buch, das ich bestellt habe, sollte inzwischen eingetroffen sein» sagte Beltrametti. «Die Angaben stehen zuunterst auf dem Bogen.»

«Alles klar», erwiderte Luca, während er die Zeilen überflog. Das Buch, ein Bildband über Fossilienfunde in den nordamerikanischen Wüsten, würde bestimmt um die fünfzig Dollar kosten, was angesichts der finanziellen Lage der reine Luxus war. Er überlegte, ob er den Alten darauf hinweisen sollte, ließ es aber bleiben; Einsparungen in dieser Größenordnung würden den drohenden Ruin kaum verhindern.

«Wie geht es meinen Gästen?» wollte der Alte wissen. Er rollte zu dem Marmortisch und nahm sich ein Bonbon aus der Dose. Er wußte, daß Luca die süßen Dinger nicht mochte, und bot ihm deshalb gar nicht erst eines an.

«Gut», antwortete Luca, der sich auf die Armlehne des schwarzen Ledersessels gesetzt hatte. «Ob sie viel dichten, kann ich nicht beurteilen, aber ihr Appetit läßt auf ein gewisses Wohlbefinden schließen.» Natürlich erwähnte Luca dem Alten gegenüber nichts von Lardellis Wutausbrüchen, Ferras Depressionen, Bozzettos Abkapselung, oder den Trinkgelagen und täglichen Streitereien unter den Autoren. Ebensowenig versuchte er,

Beltrametti die Tragweite des Carnevale-Coups vor Augen zu führen. Wenn die Stiftung den Bach runterginge, sollte ihr Gründer so lange wie möglich trockene Füße behalten; was nützte es schon, wenn er alles mitbekam und sich verrückt machte, statt die letzten Wochen in seiner Wirklichkeit zu verbringen und glücklich dabei zu sein?

Emilio Giuseppe Beltrametti hatte sein bescheidenes Vermögen in den fünfziger Jahren zusammengetragen. Er hatte ausrangiertes Armee-Material aufgekauft und an Privatleute verschachert, eine Firma geführt, die auf den Bau von Tennisplätzen spezialisiert gewesen war, Hunderte von Näherinnen beschäftigt, die billige Kopien der gängigen Modelle schneiderten, war Besitzer einer kleinen Brauerei, Inhaber einer Ladenkette für Unterhaltungselektronik, zeitweise Reeder mit zwei Fährschiffen, Pächter von drei Lichtspiel-Theatern und fünf Expreß-Reinigungen gewesen, hatte sich mit Kleinkram wie Traktoren, Briefmarken und eingedosten Ananas abgegeben und Geld damit gemacht.

1963 flog er zum ersten Mal nach Amerika, wo er unter anderem Drive-In-Kinos auf deren Italientauglichkeit hin prüfen wollte. Die Maschine, die ihn an Bord hatte, landete auf dem Flughafen von Los Angeles exakt sieben Minuten nach der Ermordung John F. Kennedys, und als Beltrametti mit seinem Gepäck in der Warteschlange vor den Pulten der Einwanderungsbeamten stand, erhob sich in der Halle mit einem Mal ein solches Geschrei, daß sich die eben Angekommenen auf den Boden warfen oder hinter Bänke und Säulen hechteten, um Deckung vor der vermeintlichen Gefahr zu suchen. Beltrametti selber ging in die Hocke, klammerte sich an seinen Koffer und verharrte mit geschlossenen Augen so lange, bis eine Lautsprecherstimme die Leute zu beruhigen vermochte.

«President Kennedy! Bang! Dead!» versuchte es der fette, unterdrückt schluchzende Einwanderungsbeamte ein letztes Mal, als Beltrametti, der damals so gut wie kein Englisch sprach, den Grund für die Bestürzung nicht begriff.

Auf seltsame Weise verband ihn die Erschütterung dieses Tages mit Amerika und den Amerikanern. Er verkaufte in seinem Heimatland, was zu verkaufen war, erwarb ein Haus in Pacific Palisades und tat eine Weile gar nichts, außer endlich die Bücher zu lesen, die sich seit langem in seiner mittlerweile verkauften Römer Villa angehäuft hatten. Bei einer seit acht Jahren in Amerika lebenden italienischen Studentin lernte der ewige Junggeselle Englisch, schwängerte sie im Verlaufe der Unterrichtsstunden, bezahlte die Abtreibung und ein Schmerzensgeld, zog bald darauf – die Bücher waren gelesen – nach Pittsburgh, machte Geschäfte mit Verlust, kehrte nach Los Angeles zurück und kaufte schließlich, von der Idee einer Literatur-Stiftung beseelt, das alte Motel in Arizona. Außer der Literatur und Kunst gab es für ihn nichts, das ihn mit dem Land seiner Geburt verbunden hätte. Trotzdem beschloß er, die Stiftung in seiner ehemaligen Heimatstadt zu gründen und ihren Sitz dort zu belassen. Nur einmal noch hörte er von Rom, als nämlich die Fiskalbehörde gegen ihn aktiv wurde und Gewinnsteuern geltend machte, die Beltrametti ehemalige Firmen nie gezahlt hatten. Das war vor zwei Jahren gewesen, und es hatte Beltrametti dazu veranlaßt, endgültig seinen gesamten Besitz flüssig zu machen, die alten Steuern und die Strafe zu bezahlen und das restliche Geld in die Stiftung fließen zu lassen. Damit würde er, so hatte Beltrametti fälschlicherweise gehofft, in Zukunft seine Ruhe haben.

Die FILPA-Stiftung war organisatorisch gesehen ein Windei; dem Stiftungsrat gehörten neben Beltrametti dessen ehemalige Haushälterin, ein Spezi aus dem Botanischen Verein, ein Advokat und ein sechsundsiebzigjähriger Professor im Ruhestand für Literatur der Universität Bologna an. Der Advokat erledigte die juristischen und notariellen Angelegenheiten, der Professor a. D. beriet bei der Auswahl der Autoren, die von der Stiftung zu einem dreimonatigen Aufenthalt in Arizona eingeladen wurden. Was die ehemalige Haushälterin, eine Sardin von dreiundsechzig Jahren, die kaum eine Schule von innen gesehen hatte, und der um zwei Jahre ältere Vereinsbruder in dem Gremium verloren hatten, blieb Beltramettis Geheimnis. Auch die von ihm getroffene Wahl des Sekretärs war, wie sich mittlerweile herausgestellt hatte, nicht eben glücklich gewesen.

«Signore Lardelli scheint jedenfalls recht gut voranzukommen mit seinem Projekt», meinte der Alte und schob das Bonbon in die rechte Backe. «Ihm behagt unsere Wüste offensichtlich.» Er sagte immer «unsere» Wüste, als hätte er selber die Gegend mit Sand füllen lassen und ein paar Kakteen reingesteckt.

«Er sitzt jedenfalls viel in seinem Bungalow», sagte Luca vorsichtig. Er wäre glatt quer durch die Wüste gelaufen, um einen Blick auf Lardellis «Projekt» zu werfen.

«Und dieser Bozzetto, dem gegenüber ich anfänglich etwas skeptisch eingestellt war, arbeitet sehr fleißig an seinem Roman. Er hat mir kürzlich seine Hefte gezeigt, mindestens drei hat er vollgeschrieben.»

«Bozzetto ist erstaunlich, das stimmt», pflichtete Luca bei. Um Bozzettos Werk zu sehen, hätte er keinerlei Strapazen auf sich genommen. Er kannte Bozzettos Roman «Der letzte Herbst des Stefano Lazari», der, wie alle Werke der Stiftungsgäste, mit einer Widmung versehen in Beltramettis privater Bibliothek stand. Das Buch handelte von einem etwa fünfzigjährigen Geschichtslehrer, der, gerade von seiner Frau, einer mäßig erfolgreichen

Schauspielerin, geschieden, nach Ostia fährt, um über sein Leben nachzudenken. In dem kleinen Strandhotel lernt er die Tochter der Hotelbesitzer kennen, und obwohl das Mädchen kaum älter ist als seine eigene Tochter, entbrennt zwischen den beiden eine heftige Liebe, die damit endet, daß sich das Mädchen im Meer ertränkt. Der Mann, von Schuldgefühlen gebeutelt und von den Eltern des toten Mädchens bedroht, verläßt die Stätte der Tragödie und fährt ziellos durch Italien, an Plätze seiner Kindheit und Orte von finsterer Zukunftslosigkeit, ständig in seiner Erinnerung wühlend wie ein Hund in einem umgekippten Abfalleimer. Am Schluß des Buches stürzt sich der Held mit dem Auto über eine Klippe ins Meer, und der Leser darf befreit aufatmen. Obwohl Luca dem Buch gewisse stilistische Qualitäten nicht absprechen konnte, haßte er es, denn alle paar Seiten kam ein pathetischer Aufruf zur Nächstenliebe, Läuterung und Buße, und Luca empfand den erhobenen Zeigefinger darin schließlich als ebenso obszön wie den Penis eines Exhibitionisten. Zu allem Unglück war das Buch auch noch mit Illustrationen versehen, düsteren Kohlezeichnungen einer Frau, die um Gott weiß wie viele Ecken herum mit Bozzetto verwandt war.

«Maestro Giannini läßt die Dinge langsam reifen», meinte der Alte nach einer Weile, während der er und Luca über das Erstaunliche an Bozzettos Person sinniert hatten. «Er bringt seine vier, fünf Zeilen pro Tag zu Papier, das reicht ihm. Aber diese wenigen Zeilen sind makellos und perfekt, wiegen die Zeit ihrer Entstehung mit Leichtigkeit auf.» Beltrametti lutschte gedankenverloren an seinem Bonbon und nickte ein paarmal.

«Leonardo Giannini ist ein wahrer Poet», bestätigte Luca. «Ein großer Dichter, einer der letzten seiner Art.» Er wußte, daß der Alte solche Sätze liebte, und manchmal genoß Luca es, tief in den Topf der Schwülstigkeiten zu greifen.

«Nur der junge Ferra bereitet mir etwas Sorgen», sagte der Alte nachdenklich. «Seine Prosa ist dermaßen ... destruktiv, du kannst es dir gar nicht vorstellen.» Er zerbiß das Bonbon, und das Geräusch durchzuckte wie ein Schmerz Lucas Kiefer.

«Haben Sie ihn deshalb von der Besucherliste gestrichen?» fragte Luca. Es störte ihn nicht, daß er den Alten siezte, während er von ihm geduzt wurde. Niemandem sonst hätte Luca so etwas zugestanden.

«Deshalb auch, ja», sagte der Alte. Er fixierte einen Augenblick lang die Dose mit den Bonbons und überlegte wohl, ob er sich noch einmal daraus bedienen sollte, ließ es dann aber bleiben und rollte zurück zum Schreibtisch. «Er ist immer so nervös und unkonzentriert, scheint mit seinen Gedanken dauernd woanders zu sein. Es ist wirklich kein Vergnügen, sich mit ihm zu unterhalten.»

Luca blieb eine Weile auf der Sessellehne sitzen und wartete, aber Beltrametti schien nichts mehr auf dem Herzen zu haben. Als der alte Mann in einem Stapel Papier zu wühlen begann, erhob sich Luca und ging zur Tür. «Bis morgen dann, gute Nacht!» rief er, während er die Klinke hinunterdrückte.

«Gute Nacht, Luca», sagte der Alte, kurz aufblickend. «Träum von schönen Musen mit vollen Brüsten und breiten Hüften!» Jeden Abend sagte er das, und immer legte er soviel Gewicht und Klang in die Worte, als läge ein Geheimnis darin.

8

Lardelli und Ferra saßen in der Lobby, Giannini und Bozzetto in der Bibliothek. Im Fernseher, vor dem Ferra in einem der Sessel hing, lief ein alter Film mit Lana

Turner, der alle paar Minuten von Werbung unterbrochen wurde. Lardelli hockte mißmutig vor den Teilen der zerlegten Espressomaschine und starrte darauf wie ein Analphabet auf die Seiten eines Buches.

«Wann kommen die elenden Ersatzteile endlich?» fragte er, nachdem er aufgestanden war und sich ein Bier aus dem Kühlschrank geholt hatte.

«Keine Ahnung», gab Luca zurück. Er belud sich einen Teller mit kaltem Huhn, Kartoffelsalat und einer halben Avocado, nahm sich ebenfalls ein Bier und leistete Ferra Gesellschaft, obwohl er bezweifelte, daß der großen Wert darauf legte. Ferras Stellung in dem Ledersessel sah äußerst unbequem, ja geradezu schmerzhaft aus; sein Oberkörper war auf die denkbar unergonomischste Weise abgewinkelt, der Rücken völlig krumm, und das Kinn gegen die Brust gepreßt, während die noch immer in den abgetrennten Jeans steckenden Beine auf einem von Ernie Fullertons Holzschemeln lagerten. Am Boden neben dem Sessel standen ein halb leergegessener Teller und eine Bierbüchse, zerknüllte Papierservietten lagen vor dem Bildschirm, und der Aschenbecher auf der Armlehne war randvoll mit Stummeln und Kaugummiverpackungen.

«Guter Film?» fragte Luca.

«Mmh, geht so», murmelte Ferra. Er hatte sich ein Glas Whisky-Cola zwischen die Schenkel geklemmt, in der einen Hand hielt er eine Zigarette, in der anderen die Fernbedienung, die er jedoch nie betätigte.

«Läuft er schon lange?» Luca träufelte etwas Zitronensaft über die Avocadohälfte.

«Etwa eine Stunde oder so», antwortete Ferra, zog lustlos an der Zigarette und trank einen Schluck, als wolle er den Rauch hinunterspülen. «Schwer zu sagen bei der Scheiß-Werbung.»

«Wo hast du denn die Mistdinger bestellt?» fragte Lardelli aus dem Hintergrund.

«Was bestellt?»

«Die Ersatzteile!» rief Lardelli. «Von wo mußt du den Kram herschicken lassen?»

«L.A.», ließ Luca ihn wissen. «Und die müssen die Teile vielleicht in Italien bestellen. Laß dir von Thelma einen starken Kaffee brauen!» Er hatte Lardellis tägliche Fragerei nach den Ersatzteilen satt. Wenn er sich wenigstens jedesmal erkundigt hätte, ob die Gondel schon gelandet sei, wäre es ja noch als Scherz durchgegangen, aber so nervte das trotzige Spielchen nur.

«Das ist doch nicht dasselbe!» ereiferte sich Lardelli, und die Flaschen und Büchsen schepperten, als er die Kühlschranktür zuwarf. «Muß ich dir vielleicht den Unterschied erklären? Sollte ich dir das tatsächlich klarmachen müssen?»

«Nicht nötig», gab Luca zurück, wischte sich mit dem Handrücken über den Mund und erhob sich, um den leeren Teller und die Bierflasche auf den Servierwagen zu stellen. «Jedenfalls kann ich nichts tun, damit die Teile schneller hier sind.» Er nahm sich ein neues Miller's aus dem Kühlschrank, öffnete es und ging damit zum Billardtisch. «Irgend jemand für ein Spiel zu begeistern?» fragte er, nachdem er die Kugeln aufgestellt und sich ein Queue aus der Wandhalterung genommen hatte. Eigentlich richtete sich seine Frage nur an Lardelli, denn Ferra brachte während der nächsten Stunden nichts aus seinem Sessel, und Giannini und Bozzetto hatten von dem Spiel soviel Ahnung wie Grönländer vom Reisanbau. Eine Partie hatte Luca mal mit Bozzetto gespielt, frühabends, als die anderen noch in ihren Bungalows waren. Am Schluß war er froh gewesen, daß Bozzetto sich mit dem Queue nicht ein Auge ausgestochen hatte.

«Meinetwegen», ächzte Lardelli, trank sein Bier aus, holte ein neues und kam an den Tisch. «Einmal Zimmerservice, wie immer?» Er suchte sich ein Queue aus und bearbeitete die Spitze mit Kreide.

«Oder ein Fünfer», sagte Luca. Er warf eine Münze; Lardelli gewann und führte den Anstoß aus.

Giannini kam aus der Bibliothek herüber, um sich ein Lemonsoda aus dem Kühlschrank zu holen. Mit der Flasche in der Hand stellte er sich neben den Tisch und sah dem Spiel zu. «Wer gewinnt denn?» fragte er nach einer Weile. Seine Fliege stand fast rechtwinklig zur korrekten Position, und das Futteral der einen Seitentasche hing als weißer Zipfel aus der schwarzen Hose.

«Das ist die erste Partie.»

«Ah», meinte Giannini und sog mit hochgezogenen Augenbrauen am Trinkhalm. Nachdem das erste Spiel zu Ende war, wünschte er noch viel Vergnügen und schlenderte zurück in die Bibliothek. Erst jetzt sah Luca den rechten Hosenträger, dessen Klammer sich gelöst hatte und an Gianninis Rücken baumelte.

«Wie war's denn heute beim Alten?» fragte Luca nach der dritten Partie möglichst beiläufig. Es stand zwei zu eins für seinen Gegner, was Luca hoffen ließ, Lardelli könne vielleicht ein wenig gesprächiger sein als üblich.

«Hör bloß *damit* auf, herrgottnochmal!» entgegnete Lardelli und stieß die Spielkugel so heftig gegen die Elf, daß beide über die Bande sprangen und über den Boden rollten. Damit war das Thema fürs erste erledigt.

Um neun Uhr kam Al in die Lobby. Wie jeden Abend trug er rote Trainingshosen und ein gelbes T-Shirt mit dem Porträt von Bart Simpson auf der Brust. Er ging mit einem leeren Tablett umher und nahm die Bestellungen der Männer entgegen, holte Eis, Bier und Mineralwasser aus dem Kühlschrank, fuhrwerkte hinter der Bar und servierte die Getränke dann mit der um Virtuosität bemühten Gestik eines zwergwüchsigen, stummen Butlers. Für das Trinkgeld, das ihm dabei großzügig zugesteckt wurde, bedankte er sich mit teppichnahen Verbeugungen, als wäre das Geld Applaus und er ein begnadeter Solist. Nachdem alle bedient waren, setzte er sich neben Ferra in einen Sessel, übernahm die Fernbedienung und sah sich eine Aufzeichnung des Spiels der Los Angeles Lakers gegen die Chicago Bulls an. Wann immer Lardelli oder Luca nach einem Bier riefen, sprang Al auf und brachte das Gewünschte in Sekundenschnelle, kassierte das Trinkgeld mit bühnenreifem Diener und fläzte sich zurück in seinen Sessel.

Kurz vor zehn verabschiedeten sich Giannini und Bozzetto und gingen in ihre Bungalows. Lardelli versuchte vergebens, die beiden zu einem Schlummertrunk zu überreden. Wegen des Billardspiels hatte er völlig vergessen, Bozzetto ein wenig in die Mangel zu nehmen; jetzt, da sein Opfer sich zurückzog, reagierte er übellaunig wie ein Kind, dem das Spielzeug weggeräumt wird: «Was wollen die denn jetzt schon in ihren verdammten Betten? Ihr Tageswerk durchlesen und sich dabei einen von der Palme wedeln?»

«Sie sind *müde*, sie haben *gearbeitet*», sagte Luca ruhig und lochte seine Kugeln ein. «Leo ist achtundsiebzig! Was erwartest du? Daß er jede Nacht mit dir durchsäuft?» Er versenkte die Acht und stellte sein Queue zurück in die Halterung an der Wand.

«Ach was, arbeiten!» maulte Lardelli, bei dem es eine Weile dauerte, bis er merkte, daß das Spiel beendet war. «Hier *kann* man nicht arbeiten!» Nachdem er sich ein weiteres Bier geholt hatte, setzte er sich zwischen Ferra und Al auf den Boden und ließ sich von Ferra eine Zigarette und Feuer geben. Ferra kippte sich bei diesem Manöver sein Whisky-Cola über die Hosen, und Luca besorgte ihm ein Handtuch.

«Scheiß-Cola», nuschelte Ferra, der kaum mehr aus seiner Liegestellung hochkam, um sich die gröbste Schweinerei abzutupfen.

«Scheiß-Baseball», murmelte Lardelli. Weder Luca

noch Al, der gelegentlich mittels beschriebener Zettel kommunizierte, klärte ihn darüber auf, daß es sich bei dem, was im Fernsehen lief, um Basketball handelte.

Als die Aufzeichnung des Spiels zu Ende war, kam Thelma in die Lobby, um ihren Sohn zu holen und das übriggebliebene Essen wegzuschaffen. Al winkte wie ein Kosmonaut vor dem Flug ins All, und Thelmas «Gute Nacht» war so leise, daß es gegen den Fernseher nicht ankam.

«Nur einmal dir zu folgen, Holde, ins Gemach der süßen Lüste, wär mir wert das halbe Königreich!» rief Lardelli ihr nach, während er sich hochrappelte und in den freigewordenen Sessel fallen ließ. Ferra hätte bestimmt gekichert, wenn er nicht zu besoffen gewesen wäre. Luca nahm ihm das feuchte Tuch ab und brachte es zusammen mit den zerknüllten Servietten und einem vollen Aschenbecher in die Küche, wo Thelma die Reste des Kalten Buffets in kleinere Schüsseln umfüllte und diese in den Kühlschrank stellte. Als sie den Raum verließ, wünschte Luca ihr noch einmal eine gute Nacht, aber Thelma reagierte nicht darauf. Luca ging zurück in die Lobby, sammelte das restliche Geschirr, die leeren Flaschen und Büchsen und die Tischtücher ein, räumte alles weg und löschte dann das Licht in Vorratsraum und Küche.

«Wie steht's eigentlich beim Billard?» fragte Lardelli, als Luca den Raum betrat. Er nahm einen letzten Zug an seiner Zigarette und ließ den Stummel in die Bierflasche fallen.

«Sieben zu drei für den Sohn meines Vaters», antwortete Luca und deutete mit dem Kopf in Richtung des Zählrahmens.

«Ach, du Schande!» Lardelli stöhnte und lehnte sich in seinem Sessel vornüber, um die Flasche auf den Boden zu stellen.

«Differenz vier. Das macht zwanzig Mäuse für mich, cash, hier und jetzt.» Luca grinste, während er Lardelli die flache Hand hinhielt. Seit der Sache mit Carnevale ließ er sich freiwillig einen kleineren Monatslohn auszahlen und war deshalb nicht abgeneigt, nebenbei ein paar Extradollars zu machen. Wäre Lardelli als Gesamtsieger aus den Spielen hervorgegangen, hätte Luca ihm das Frühstück in den Bungalow bringen müssen; einmal oder mehrere Tage lang, je nach Anzahl der Differenzpunkte. Bis jetzt hatte Luca diesen Spezialservice erst einmal erbringen müssen und war sich dabei so bescheuert vorgekommen, daß er seither beim Spielen keine Kugel mehr verschenkte.

«Morgen trinke ich nur Mineralwasser und Kaffee, dann mach ich dich fertig.» Lardelli zählte die zwanzig Dollar aus einem Bündel und klatschte sie Luca in die Hand.

«Wird mir ein Vergnügen sein», gab Luca zurück und steckte die Geldscheine in die Tasche. «Trinken wir noch ein Bier in der Bibliothek?»

«Entsorgen wir erst unseren Flachmann, sonst steigt er womöglich wieder beim Mäusekönig in die Falle», sagte Lardelli und zeigte auf Ferra, der in einer geradezu artistischen Stellung in seinen Sessel gequetscht war und schlief. Ein paar Tage zuvor hatte Ferra in ähnlichem Zustand die Bungalows verwechselt und Bozzetto halb zu Tode erschreckt, als er sich neben ihn ins Bett legte.

«Was'n…?» brabbelte Ferra, als er an den Hand- und Fußgelenken gepackt, hochgehoben und weggetragen wurde. «Wo'n jetzt, spät is'n?»

«Heiazeit», sagte Lardelli und stieß im Rückwärtsgehen die Tür auf. Es war kühl draußen, und die Sterne glimmten wie Bootslichter in einem schwarzen Meer. Es herrschte beinahe Stille; Luca hörte nur das Summen des Generators, Ferras Stöhnen und Lardellis Keuchen.

Als sie an Bozzettos Bungalow vorbeikamen, schoß plötzlich ein Hund unter der Veranda hervor, rannte im Zickzack zur Straße und verschwand in der Dunkelheit.

«Heiliger Strohsack!» japste Lardelli. Er hatte beinahe Ferras Füße losgelassen vor Schreck. «Was war das? Was ist das eben gewesen?»

«Halbhund», murmelte Luca, der ebenfalls zusammengezuckt war.

«*Was?*» Lardelli setzte sich erst wieder in Bewegung, als Luca etwas schob.

«Gehn wir'n hin?» kam es irgendwie aus Ferra heraus, der durchhing wie ein erlegtes Tier und mit dem Gesäß im Sand schleifte. Er war einsneunzig groß und in betrunkenem Zustand das längere Elend als ein Güterzug voller Grabsteine.

«*Was* für ein Hund?» rief Lardelli ungeduldig aus. Er sah noch immer in die Richtung, in die das Tier verschwunden war.

«Ich nenn ihn Halbhund», antwortete Luca. Sie waren bei Ferras Bungalow angekommen und mühten sich mit den Stufen zur Veranda ab. Als Lardelli die Tür erreicht hatte, ließ er Ferras Füße auf die Holzbretter knallen, drehte sich um und schloß auf. Während Lardelli Licht machte, schleppte Luca den vor sich hin nuschelnden Ferra ins Zimmer und wuchtete ihn auf das Bett.

«Wieso Halbhund?» fragte Lardelli ungeduldig. Er streifte Ferra Schuhe und Socken von den Füßen. «Warum nennst du das Vieh Halbhund?»

«Er hat keinen Schwanz mehr, nur ein Auge, ein Ohr, er hinkt, und er kann nicht bellen.» Luca zog Ferra das T-Shirt über den Kopf und warf es auf einen Stuhl. «Die Hälfte fehlt ihm, also Halbhund.»

Lardelli verzog den Mund. «Und wie ist er diese Hälfte losgeworden?»

Luca knipste die Lampe auf dem Arbeitstisch an, damit Ferra Licht hatte, falls er aufwachen und sich fragen würde, wo er war. «Keine Ahnung», sagte er und ging zur Tür. «Sam Riley, der Typ, dem die Garage im Ort gehört, sagt, der Hund sei öfter von Autos angefahren worden, als die dienstälteste Hure bei Pitfall's Point die Beine breitgemacht habe.» Luca lächelte; genau so hatte es der alte Riley ausgedrückt. «Er sagt, vielleicht wolle der Hund sich umbringen und sei einfach zu dämlich dazu.» Er trat ins Freie, und Lardelli folgte ihm. Bevor er das Deckenlicht ausknipste und die Tür zuzog, warf er noch einmal einen Blick auf Ferra, der wieder völlig verdreht dalag und dem der Mund offenstand wie beim Zahnarzt.

«Ein Hund, der sich umbringen will? Komm schon!»

Sie folgten der Spur, die Ferras Hintern in den Sand gezeichnet hatte, während sie ihn an Händen und Füßen vom Haus zum Bungalow geschleppt hatten.

In der Bibliothek legte Luca eine Platte von Woody Shaw auf und setzte sich dann in einen der Sessel. Ein Zettel, wie sie Giannini dauernd mit sich herumtrug, lag halb zusammengeknüllt auf dem Tisch. Luca griff danach, glättete ihn mit den Fingern und las: SONNE, STETIG FLACKERNDES EINAUGE, SEHEND NUR ZUSAMMEN MIT DEM BETRETENEN MOND, DER BLIND IST FÜR IHR FEUER. Luca faltete das Papier und steckte es zu dem gewonnenen Geld in die Hosentasche. Woody Shaws Trompetenspiel füllte den Raum.

«Vielleicht liebt er Autos», meinte Lardelli. Er setzte sich neben Luca und streckte die Beine aus.

«Was?» Luca wandte ihm für einen Moment das Gesicht zu.

«Na ja, möglicherweise ist er verrückt nach Autos», erklärte Lardelli. «Wir hatten so einen Köter bei uns in der Nachbarschaft, der war verrückt nach Motorrädern. Aber nur nach den alten Mühlen, die so richtig lärmten. Denen ist er nachgerannt, bis er nicht mehr konnte.»

«Das ist wohl nicht ganz dasselbe», wandte Luca ein. Er stand auf und holte zwei Bier aus dem Kühlschrank. «Deiner ist Motorrädern *nach*gerannt. Halbhund wirft sich geradezu *vor* die Autos!» Er öffnete die Flaschen und reichte eine davon Lardelli, der seinen Boykott amerikanischer Produkte allmählich aufgab.

«Er hat nur noch ein Auge, sagst du? Kann doch sein, er *sieht* die verdammten Autos einfach nicht.» Lardelli trank das halbe Miller's, ohne abzusetzen. Winzige Schweißperlen standen auf seiner Stirn.

«Er *wartet* auf sie!» ereiferte sich Luca, obwohl er über den Hund nicht mehr wußte als das, was Sam Riley erzählt hatte. «Er versteckt sich hinter einem Busch am Straßenrand, und wenn ein Auto kommt, zack!» Das mit dem Verstecken hatte er sich eben ausgedacht, aber die Vorstellung, wie der verrückte Hund hinter dem Busch auf ein Auto lauerte, um sich überfahren zu lassen, gefiel ihm irgendwie.

Lardelli tippte sich mit der Flaschenöffnung gegen die gespitzten Lippen und sah ins Leere. «Wem gehört er?» fragte er nach einer Weile. «Wer ist sein Besitzer?»

«Herrenlos», antwortete Luca und erhob sich, um die Platte zu wenden.

«Vielleicht will er sich deshalb umbringen.»

«Möglich», sagte Luca. Er setzte sich wieder hin, und sie redeten kein Wort mehr, bis die Platte zu Ende war.

«Wenn ich so schreiben könnte, wie der Trompete spielt, würde ich mich auch umbringen.» Lardelli warf Luca einen flüchtigen Blick zu und nickte ein paarmal, die Lippen zusammengepreßt. «Ein Buch wie diese Musik, und es gäbe nichts mehr zu tun. Alles wäre erreicht. Bliebe nur noch der Abgang.» Lardelli schwenkte seine Flasche, trank sie aus und stellte sie neben den Sessel auf den Boden.

«Dann würde ich mit diesem Buch aber warten, bis ich neunzig bin», meinte Luca, nachdem er eine Weile nachgedacht hatte. Es fiel ihm schwer, bei Lardelli einen ernsthaften Ton anzuschlagen; Umberto Lardelli war schließlich der ungehobelte Polterer, der Bozzetto drangsalierte und Thelma verspottete, der tagsüber in seinem Bungalow wütete und nachts besoffen war. Das Nachdenkliche, Feinfühlige mochte er vielleicht in Mailand kultivieren – Luca wußte es nicht –, aber hier draußen schien er es abgelegt zu haben wie einen Mantel in der Hitze.

Das Schlimme war, daß es zur Zeit außer Lardelli niemanden gab, mit dem Luca ein paar Bier trinken und Billard hätte spielen können: Piper Zabriskie machte in Las Vegas eine Menge Trinkgeld als Kellnerin, und Wesley «Single Tree» Gomez, ein zwanzigjähriger Indianer, der ein paar Monate in Riley's Garage gearbeitet hatte und Nachtclub-Komiker in Los Angeles werden wollte, war ins Reservat zurückgekehrt, um seine Eltern weiterhin mit seinen Berufswünschen zur Verzweiflung zu bringen. Piper schrieb jede Woche einen Brief lausiger Handschrift, und Wesley schickte Kassetten mit seinen neuesten Nummern. Aber beide waren weit weg, was bedeutete, daß Luca in der Auswahl seiner Gesellschaft nicht wählerisch sein durfte.

Nachdem er sein Bier ausgetrunken hatte, ging Luca in die Küche, um für sich und Lardelli ein paar belegte Brote zu machen. Der Kühlschrank war trotz der finanziellen Notlage gut gefüllt, und wer immer diese eisige Jungfrau öffnete, mußte den Eindruck gewinnen, er befände sich im Hause reicher Leute, die das Wort «einschränken» nur aus der Zeitung kannten.

«Sag mal, Umbi, was hast du dem Alten eigentlich vorgelesen?» Luca nannte Lardelli ab und zu Umbi, und der ließ es sich halb widerwillig, halb geschmeichelt gefallen, denn obwohl es dämlich klang, machte es doch irgendwie jung. Lardelli war siebenundvierzig und sah es äußerst ungern mit an, wie er alt wurde.

«Warum mußt du mich dauernd an diesen Scheiß erinnern? Immer dann, wenn ich mal fünf Minuten nicht dran denke!» Lardelli biß in das Schinkenbrot und kaute übellaunig. Ein Klecks Senf zierte sein unrasiertes Kinn, und auf seinen Hosen lag ein Zwiebelring.

«Es interessiert mich eben. Du willst es doch machen wie Cesare, stimmt's? Es soweit treiben, bis der Alte auf die Plauderstündchen mit dir verzichetet.» Als er nach seinem Bier langte, warf Luca einen schnellen Seitenblick auf Lardelli, der den Zwiebelring auf seiner Hose entdeckt hatte und nun zu überlegen schien, wo er wohl hergekommen sei.

«Sagen wir mal so», antwortete Lardelli nach einer Weile, während der er den Zwiebelring betrachtet und schließlich auf sein Brot zurückgelegt hatte. «Es würde mir nicht gerade das Herz brechen, wenn mich der Alte nicht mehr raufbitten würde.» Er sah Luca an, verzog den Mund für den Bruchteil einer Sekunde zu einem Grinsen und griff sich dann sein Bier.

«Womit hast du's denn heute versucht?» Obwohl Luca Lardelli am liebsten mit einem nassen Tuch wachgeklatscht hätte, um ihn zum Sprechen zu bringen, bemühte er sich, seine Frage wie beiläufige Plauderei klingen zu lassen.

«Offenbar noch nicht mit dem Richtigen.»

Lardelli stellte den Teller mit der zerknüllten Papierserviette neben die Flasche und schüttelte sich eine Zigarette aus der Packung.

«Und das war?»

«Tierquälerei und Kindsmißhandlung», sagte Lardelli, nachdem er die Zigarette angezündet hatte. «Ein Typ und seine Alte, beide krank und moralisch verrottet, sammeln Hunde und Katzen von der Straße ein und nageln sie zu Hause im Wohnzimmer ans Kreuz.»

Ein dumpfer Lacher entfuhr seiner Kehle, und er schüttelte den Kopf, als glaubte er seinen eigenen Worten nicht. «Die kleine Tochter, die einen Wasserkopf hat, weil sie dauernd verdroschen wird, muß dabei zusehen, als Engel verkleidet.»

Luca schwieg: Obwohl er weder schockiert noch angewidert, ja nicht einmal sonderlich überrascht war, wußte er nicht recht, wie er reagieren sollte. «Kriegt man einen Wasserkopf, wenn man dauernd verprügelt wird?» fragte er schließlich, um irgend etwas zu sagen. «Keine Ahnung», meinte Lardelli. «Und es ist mir auch scheißegal.»

Er warf Luca einen müden Blick zu. «Ich hab's nicht recherchiert. Meinetwegen kann sie davon auch Krampfadern oder Glubschaugen kriegen!» Er trank einen Schluck, legte den Kopf in den Nacken und schloß für einen Moment die Augen.

«Und wie hat der Alte reagiert?»

«Jedenfalls nicht so, wie ich wollte.» Das war wieder so eine Lardelli-Antwort, die Luca wahnsinnig machte.

«Wie denn?»

«Er sagte, er hätte zwar Mühe mit dem Text, aber irgendwie fände er die Symbolik darin sehr interessant. Er hat tatsächlich *Text* und *Symbolik* gesagt!» Wieder lachte er und schüttelte träge den Kopf.

«Er war also nicht entsetzt?»

«Vielleicht war er's», murmelte Lardelli. «Aber vermutlich denkt er, das sei Kunst, also schluckt er's.»

«Dann will er dich auch weiterhin sehen?» Endlich hatte Luca sich den letzten Bissen seines Truthahnbrotes in den Mund geschoben und konnte den mit Ketchup verschmierten Teller beiseite stellen und sich die Hände abwischen.

«Ja», gab Lardelli zurück. Rauch entströmte seinem Mund, stieg empor und sah im Halbdunkel aus wie die letzte Blaswolke eines gestrandeten Wals.

«Und was jetzt?»

«Mal sehen, was er alles verträgt.» Lardelli erhob sich leidlich schwungvoll, streckte die Arme seitwärts aus und kreiste mit dem Kopf ein paarmal rechts- und ein paarmal linksherum. Dann trank er sein Bier aus, stellte die leere Flasche auf den Tisch und vollführte noch eine Serie reichlich seltsamer Streckübungen. «Ich werd mich mal aufs Ohr hauen», meinte er nach dem letzten Hüftdreher und hob andeutungsweise die Hand. «Bleibst du noch hier? Hängst du noch ’n bißchen rum?»

«Ich will noch aufräumen und leg mich dann auch hin.»

Eine halbe Stunde später stand Luca mit einem Glas Mineralwasser in der Hand vor dem Haus und sah eine Weile in den Himmel. Er dachte an Piper Zabriskie, die jetzt wahrscheinlich gerade irgendeinem Idioten einen Drink hinstellte, und ihm fiel ein, daß er ihren letzten Brief noch nicht beantwortet hatte. Aber was passierte hier draußen schon, über das zu schreiben sich lohnte? Vielleicht würde er ihr von Halbhund erzählen, der immer öfter in der Nähe des Motels auftauchte, vielleicht auch die ganze elende Geschichte von Carnevale. Er nahm es sich halbherzig vor, trank das Glas leer und ging über den Platz zu seinem Bungalow. Der Fetzen eines Songs von Woody Shaw ließ ihn nicht mehr los, und er summte die Melodie, bis er einschlief.

9

Nachdem er am nächsten Morgen die Reste des Frühstücksbuffets abgeräumt und die Kühlschränke mit Getränken aufgestockt hatte, ging er hinaus in den Holzschuppen, um den Ölstand des Toyota zu kontrollieren und die Scheiben zu reinigen. Al hielt den Eimer, und immer, wenn er sich ein Stück bewegte, schwappte ihm das Seifenwasser über die Brust.

«Sag mal, hast du den Hund heute gesehen?» fragte Luca ihn, als sie mit den Scheiben fertig waren.

Al schüttelte den Kopf, stellte den Eimer hin und begann, die Scheinwerfer und Blinklichter zu waschen. Seine Turnschuhe machten bei jedem Schritt ein saftendes Geräusch.

Zum Abschluß der Vorbereitungen für die Fahrt nach Phoenix nahm Luca die Musikkassetten aus dem Handschuhfach und legte ein paar neue hinein. Al würde nicht vom Wagen wegzukriegen sein, bevor nicht der letzte Tropfen im Eimer aufgebraucht war, und so ging Luca in die Küche, um Thelmas Einkaufszettel zu holen. Er las ihn durch, faltete ihn zusammen und steckte ihn in die Brusttasche seines Hemdes. «Bis später, Thelma», sagte er noch, bevor er sich umdrehte. Er hatte es geschafft, keine heimlichen Blicke auf Thelma zu werfen, und war fast ein wenig stolz auf diese Leistung.

«Ja, bis später», gab Thelma, die Geschirr in die Spülmaschine räumte, überraschenderweise zurück. «Und Al bleibt hier. Er kann wieder mit, wenn der Verband ab ist.»

«Klar», beruhigte Luca sie und verließ die Küche, um

in der Bibliothek die Wünsche und Bestellungen der Autoren entgegenzunehmen. Giannini war jedoch der einzige, den er antraf; er kramte in einem Regal und schreckte zusammen, als Luca hinter ihn trat und ihn ansprach.

«Was? Oh, Sie sind es. Sie wollen bestimmt die Briefe mitnehmen, warten Sie.» Er ging zum Salontisch und hob die neben dem Aschenbecher liegenden Umschläge auf. «Die drei hier, das ist alles», sagte er entschuldigend. Ein Brotkrümel klebte in seinem Mundwinkel, und auf dem Hemd, zwischen Kragen und Brusttasche, leuchtete rot ein Marmeladenfleck.

«Und was soll ich Ihnen mitbringen aus der Stadt?» Luca fragte, obwohl er wußte, daß Giannini so gut wie nie etwas brauchte. Nur einmal hatte er für ihn eine Dose Schuhcréme und ein Fläschchen Augentropfen besorgen müssen.

«Nichts», meinte Giannini denn auch und lächelte. «Ich habe ja hier alles, was ich brauche.» Er kreuzte die Hände vor der Brust wie ein genügsamer Mönch.

«Na dann», sagte Luca, schob die Briefe in die Hemdtasche und wandte sich zum Gehen. «Einen schönen Tag noch.»

Er war fast bei der Tür, als Giannini rief, er solle warten. Luca drehte sich um und setzte ein Lächeln auf. «Nur zu!» rief er. «Was soll's denn sein?»

«Vielleicht ein paar von diesen Schokoladeriegeln ... wie heißen die gleich?»

«Hersheys Almond Bars, meinen Sie die?» Luca hätte gar nicht zu fragen brauchen; Giannini aß Hersheys Almond Bars, seit er sie in Los Angeles in einem der Flughafen-Shops entdeckt hatte. Er aß jeden Tag mindestens drei Stück davon, tat aber immer so, als habe er keine Ahnung, wie die Dinger hießen.

«Ja, wenn das die sind, etwa so lang und mit Mandelfüllung.»

«Genau.» Luca nickte und hob den Daumen der rechten Hand. «Einen Karton, wie immer. Wird gemacht.» Die Schokoladeriegel standen bei jeder Einkaufstour auf der Liste, und Luca hatte es Giannini schon verschiedene Male gesagt, aber der greise Poet schien es entweder zu vergessen oder wollte auf Nummer sicher gehen.

«Vielen Dank, das ist wirklich sehr nett.» Giannini strahlte und winkte Luca nach. Es stimmte schon: die Menschen wurden im Alter wieder zu Kindern.

In der Tür stieß Luca beinahe mit Lardelli zusammen, der schon die Hand nach der Klinke ausgestreckt hatte.

«Ah, Luca, dich suche ich!» rief Lardelli und trat einen Schritt zur Seite.

Er trug sandfarbene Cordhosen und ein weißes Polohemd, an den Füßen weiße Segeltuchslippers. Außerdem hatte er ein kleines braunes Ledertäschchen bei sich, das ihm an einer Schlaufe am Handgelenk baumelte. «Ich will mitkommen nach Phoenix.»

«Geht nicht», gab Luca zurück, und steuerte auf seinen Bungalow zu, ohne seinen Schritt zu verlangsamen. «Francesco fährt schon mit.»

«Ich weiß.» Lardelli folgte Luca über die Veranda ins Zimmer. «Aber Cesare fällt aus, ich hab ihn gefragt. Er muß seinen Suff auskurieren.»

Luca nahm die Brieftasche und das Etui mit dem Führerschein aus der Kommode und die Sonnenbrille vom Regal. «Ist mir bekannt. Aber du weißt verdammt genau, warum es nicht geht. Du und Francesco. Und dann zusammen im selben Auto. Vergiß es!»

«Das geht schon, kein Problem.» Lardelli klebte an Lucas Seite wie ein aufdringlicher Straßenverkäufer. «Ich werde ihn in Ruhe lassen. Versprochen!» Er hob die Hand zum Schwurzeichen wie ein ältlicher Pfadfinder. Die Leute wurden offenbar nicht nur im hohen Alter kindisch.

«Ach Umbi, komm schon!» Luca blieb stehen und stemmte die Fäuste in die Seiten. «Ich weiß doch genau, wie das wird. Und ich hab absolut keine Lust darauf!»

«Aber du irrst dich! Ehrlich, ich rede kein Wort mit ihm. Versprochen!»

Luca sah weg, als Lardelli wieder die Hand hob. «Noch toller. Eisernes Schweigen von hier bis Phoenix und zurück. Das wird nett.»

«Ich kann auch ganz normal mit ihm plaudern, wirklich. Über irgendwas. Meinetwegen über Wellensittiche!» Lardelli wartete, bohrte seinen Blick in Lucas Schädel. «Ich kann den Alten fragen, der stellt mir ein Bewilligungsschreiben aus, mit Siegel, wenn's sein muß.» Er lächelte unsicher, weil er nicht wußte, wie diese unterschwellige Drohung bei Luca ankommen würde.

«Der schläft», gab Luca dumpf zurück, wohlwissend, daß Lardelli am längeren Hebel saß.

«Ich würde es wagen, ihn zu wecken.» Lardelli spürte Lucas nahendes Einlenken.

Luca schloß die Augen und atmete tief durch. «Wenn du mit deinem Mäusekönig-Scheiß anfängst, werf ich dich aus der Karre, egal wo!»

«Keine Bange», beruhigte Lardelli ihn. «Ich kann auch freundlich sein, verdammt. Aber ich muß für ein paar Stunden weg hier, ehrlich. Ich habe an dieser elenden Geschichte weitergeschrieben, du weißt schon. Die beiden Verrückten zerstückeln gerade einen Hund bei lebendigem Leib, und wie ich zum Fenster raussehe, läuft dieser Köter draußen vorbei, der von gestern nacht.»

«Halbhund?» Luca wischte die Gläser der Sonnenbrillle mit einem Hemdzipfel sauber.

«Wie auch immer du das Vieh nennst», sagte Lardelli. «Jedenfalls hab ich keine Lust mehr, heute in meiner

Bude zu hocken und diesen ekligen Schwachsinn zu schreiben!» Er fuhr sich mit einem Taschentuch über die Stirn, die Wangen und den Hals. «Verstehst du das? Kannst du das nachvollziehen?»

«Ja, ja, schon gut.» Luca ging die Stufen zu Bozzettos Veranda hinauf. «Aber halt dich an dein Versprechen!» Er sah noch, wie Lardelli, dieser elende Kindskopf, die Schwurhand hob, dann klopfte er an Bozzettos Tür. «Frank? Ich bin's, Luca! Können wir fahren?»

Fast im selben Augenblick ging die Tür auf. Entgegen Lucas Hoffnung trug Bozzetto seine kurzen Hosen, die weißen Kniestrümpfe und die Ledersandalen. Unter dem blaukarierten Hemd leuchtete ein gelbes T-Shirt, und statt des Strohhutes bedeckte ein weißer Schlapphut, wie sie die Zuschauer an Tennisturnieren tragen, seinen Kopf. Eine Sonnenbrille hing an einer schwarzen Nylonkordel um seinen Hals, und in der Schultertasche aus roter Fallschirmseide schleppte er Brieftasche, Paß, Schreibzeug, Heft, Photoapparat, Ersatz-Filme, Sonnencrème, Lippenpomade, Pfefferminzpastillen, Stadtführer, Taschenmesser, Kleenex und Aspirin mit sich herum. «Tag, Luca», sagte er aufgekratzt, schloß die Tür und blinzelte in das flirrende Licht außerhalb des Verandaschattens. «Tag, Umberto.»

«Hallo, Frank! Wie geht's?» rief Lardelli, machte einen kleinen Schritt nach vorne und hob unsicher die Hand, ließ sie aber gleich wieder sinken.

«Umberto fährt mit uns, wenn es dir nichts ausmacht», sagte Luca und ging die Holzstufen hinunter. «Cesare fühlt sich nicht wohl heute.»

«Ah, o ja, natürlich, nein, ich freu mich», beeilte sich Bozzetto, nachdem er einen Augenblick lang nur dagestanden und ins Leere geblickt hatte. «Sicher, gehen wir!» fügte er so gefaßt wie möglich hinzu und strebte mit einem tapferen Lächeln im Gesicht dem Garagengebäude entgegen.

«Siehst du, er freut sich sogar», raunte Lardelli Luca zu. Sie gingen ein paar Meter hinter Bozzetto her.

«Schon gut, Umbi», zischte Luca zurück, ohne Lardelli anzusehen. «Und mach bloß keine Bemerkung über seine kurzen Hosen!»

«Warum sollte ich? Sieht doch niedlich aus.» Lardelli kicherte, und Luca überlegte es sich beinahe noch einmal anders.

Dann waren sie beim Wagen, der nach Al's Behandlung strahlte wie frisch aus dem Schauraum des Händlers. Al hatte alle Türen geöffnet: Luca und Bozzetto stiegen vorne ein, Lardelli nahm hinten Platz. Obwohl das Tor des Schuppens breit genug war, um einen Truck durchzulassen, fuchtelte Al im Freien mit den Armen wie ein Einweiser auf einem Flugzeugträger.

Bevor Luca zur Zufahrtsstraße abbog, drehte er sein Seitenfenster herunter und reichte Al zwei Dollarscheine. «Hier, für deine Baseball-Sammelkarten! Wenn der blöde Verband ab ist, darf ich dich wieder mitnehmen! Okay?»

Der Junge nickte und nahm das Geld mit einer zögernden Geste. Er lief dem Wagen nach, bis sie das alte Neonschild passierten, blieb unter dem Gerüst stehen und winkte noch, als sich der aufgewirbelte Staub schon wieder legte.

10

Phoenix war Luca zu gleichgültig, als daß er sich die Mühe gemacht hätte, es zu hassen. Er beschränkte sich darauf, die Stadt nicht zu mögen.

Trotzdem fuhr er nicht ungern hin; die Abwechslung

tat gut, und er hatte die Möglichkeit, sich mit neuen Kassetten und Büchern einzudecken. Außerdem liebte er es, durch die Supermärkte und Einkaufszentren zu schlendern, nach schönen Verkäuferinnen und Kundinnen Ausschau zu halten oder sich in der Sportabteilung die besten Baseballschläger zeigen zu lassen.

Nach etwa fünf Kilometern, am Rand des Kaffs, steuerte Luca den Wagen vor die Zapfsäulen einer Tankstelle und stieg aus. Das weißgestrichene Gebäude, das in der Hitze zu schwanken schien, war Kassenhaus und Verkaufsladen in einem und etwa so groß wie eine Doppelgarage. Luca mußte den Kopf einziehen, als er durch die Tür den mit Regalen, Kühltruhen, Drehgestellen und Verkaufstischen vollgestellten Raum betrat. Sally Kennan, die hier arbeitete, saß hinter der Registrierkasse und heftete irgendwelche Zettel ab. Sie mußte nach Lucas Schätzung so um die vierzig sein, hatte kurzes blondes, beinahe farbloses Haar, ein rundes, mit blassen Sommersprossen gesprenkeltes Gesicht und einen Körper, dem man ansah, daß er den ganzen Tag inmitten griffbereiter Eßwaren verbrachte.

«Buon giorno, Luca!» rief sie, nachdem sie sich eine riesige Brille aufgesetzt und den Eintretenden erkannt hatte.

«Hallo, Sally. Sprit für fünfzehn Dollar und drei Büchsen Coke, bitte.» Luca ging zu einer der gläsernen, beleuchteten Kühlvitrinen und nahm die Getränke selber heraus.

«Hast du's eilig?» Sally griff sich einen Schlüssel vom Brett und kam hinter der Theke hervor. Sie trug ein großgeblümtes, verwaschenes Kleid und an den Füßen Holzpantinen. Obwohl es angenehm kühl war in dem Laden, schwitzte sie, und unter den Achseln und im Ausschnitt hatten sich dunkle Flecken auf dem Stoff gebildet.

«Hab zwei Typen im Auto, die ich keine Minute alleine lassen darf», antwortete Luca, nahm eine Packung Tortilla Chips aus dem Regal und folgte Sally ins Freie.

«Anhalter?» fragte Sally und blickte zum Wagen. Sie zog mit einem Ruck den Füllstutzen aus der Halterung und ging ein paar Schritte rückwärts, um den Schlauch abrollen zu lassen.

«Gäste», klärte Luca sie auf. Er blieb im Schatten des Daches und hielt die eiskalten Dosen gegen seinen Bauch gepreßt. «Aber die beiden sind wie Hund und Katz.» Hyäne und Hamster wäre der treffendere Vergleich gewesen, dachte er und blinzelte in den Himmel, der blank war wie ein polierter Kieselstein.

«Sitzen aber brav da, eher wie zwei dressierte Pudel», meinte Sally, die um den Wagen gegangen war und den Stutzen in die Tanköffnung gesteckt hatte.

Luca warf einen Blick auf Lardelli und Bozzetto, die tatsächlich bewegungslos auf ihren Sitzen hockten und geradeaus sahen. Luca war gleichermaßen erleichtert und beunruhigt; daß keiner der beiden die Lippen bewegte, bedeutete immerhin, daß Lardelli keine Beleidigungen von sich gab und Bozzetto sich nicht zu wehren brauchte. Andererseits saßen die beiden so stocksteif da, als wären sie in ihrem eisigen Schweigen erfroren.

«Geht's nach Phoenix?» fragte Sally, nachdem die letzte Gallone Benzin durch den Schlauch geflossen war und die Pumpe mit einem leichten Rumpeln aussetzte.

Luca nickte. Er wartete, bis Sally den Betrag in ein Heft notiert hatte, und unterschrieb dann. Hier im Ort ließ die Stiftung anschreiben und bezahlte per Monatsrechnung, in Phoenix benutzte Luca die Kreditkarte und Bargeld.

«Sag mal, Luca, kannst du mir einen Gefallen tun und Norman bis zu Hank Lowrys Haus mitnehmen und ihn dort absetzen? Er will mit Calvin ein Flugzeug basteln.»

«Sicher», sagte Luca und ging auf den Toyota zu.

«Kein Problem.» Lardelli und Bozzetto drehten gleichzeitig den Kopf, und Bozzetto lächelte Luca zu.

«Großartig, vielen Dank. Sonst hätte ich extra den Laden schließen und zweimal den Weg fahren müssen.» Sally wischte sich die Hände ab, warf das Tuch über eine Tanksäule und eilte ins Haus, auf dessen Flachdach ein Wassertank und ein abenteuerliches Metallgerüst standen. An dem Gerüst waren Neonbuchstaben befestigt, die nachts die Worte GAS & FOOD in die Dunkelheit schrieben und in der flachen Landschaft schon auf mehrere Meilen Entfernung zu lesen waren.

«Wir kriegen einen vierten Passagier», sagte Luca zu Lardelli und Bozzetto, die noch immer steif und schweigend im Wagen saßen. «Der Junge der Frau, die hier arbeitet.»

Eine Minute später kamen Sally und ihr Sohn aus dem Laden, und Luca startete den Motor. Nachdem Norman, der ein großes Paket bei sich trug, neben Lardelli Platz genommen und Sally sich noch einmal bedankt hatte, warf Luca einen Blick auf die leere Straße und fuhr los.

«Ihr wollt ein Flugzeug bauen, du und Calvin?» fragte Luca nach einer Weile und drehte sich kurz nach dem Jungen um.

«Bloß 'n Modell.» Der Kleine war in Al's Alter, und seine blonden Haare waren so dünn und fein, daß sie, elektrisch aufgeladen, in alle Richtungen vom Kopf abstanden.

«Aha», sagte Luca und nickte.

«Was macht'n Al?» wollte Norman kurz darauf wissen.

«Dem geht's gut.» Luca grinste in den Innenspiegel. «Der Verband kommt bald runter.»

«Sieht er dann aus wie'n Monster?»

«Was?» Luca lachte auf, während Lardelli belustigt gluckste und Bozzetto, der aus dem Fenster in die eintönige Landschaft blickte, vor sich hin lächelte und fast unmerklich den Kopf schüttelte.

«Wie'n Monster, so mit Schrauben im Kopf und genäht.» Der Junge klang völlig ernst.

«Wie kommst du denn *da* drauf?»

«Zuviel Glotzkiste», mutmaßte Lardelli.

«Randall Preston hat's gesagt.»

«Und wer ist Randall Preston?» fragte Luca. Er warf amüsierte Blicke in den Innenspiegel, wo er den Jungen sehen konnte.

«Aus der Schule», ließ Norman ihn wissen. «Sein Bruder is' von'ner Leiter gefallen, genau auf'n Kopp, un' die ham ihm so Schrauben reingetan, wie'm Monster.»

«Also Al hat keine Schrauben im Kopf, und wenn der Verband weg ist, sieht er genau so aus wie früher.» Luca ging etwas vom Gas, als das Farmhaus der Lowrys aus den Hitzeschwaden auftauchte. «Auf jeden Fall wird er nicht wie ein Monster aussehen.»

«Nich'?» Der Junge klang eher enttäuscht als beruhigt.

«Ganz bestimmt.» Luca steuerte den Wagen bis zu der schnurgeraden, staubigen Straße, die zur Lowry-Farm führte, und hielt an. Den Rest konnte der Junge zu Fuß gehen.

«Was für ein Flugzeug wollt ihr denn basteln?» fragte Lardelli, um zu beweisen, daß er umgänglich und kinderlieb sein konnte. «Was für ein Typ soll's denn werden?»

«B-52», antwortete Norman, öffnete die Tür, stieß sie mit beiden Füßen auf und und sprang hinaus. Er verabschiedete sich so höflich, wie es seine Eile erlaubte, und marschierte los, den großen Karton wie einen Koffer unter den Arm geklemmt.

«Kids», sagte Luca lächelnd, und Bozzetto lächelte kurz zurück.

«Hab mal eine B-52 gesehen, auf Sardinien», meldete sich Lardelli, nachdem sie wieder mit einer Geschwindigkeit von sechzig Meilen pro Stunde in Richtung Phoenix fuhren. «Mußte kurz vor Kriegsende auf einem Acker notlanden. Das Ding kann man heute noch besichtigen. Die hatten so ein Pin-Up-Girl auf den Bug gemalt, und die Propeller waren völlig verbogen.»

Das Thema interessierte weder Luca noch Bozzetto sonderlich. Luca schob eine Kassette ein; mit Rücksicht auf Bozzetto wählte er John Lee Hooker und drehte die Lautstärke nicht so weit auf, wie er es tat, wenn er alleine fuhr. War er mit Al unterwegs, dröhnte Heavy Metal aus den Boxen, und bei Piper Zabriskie mußten es immer Emmilou Harris, Ricky Lee Jones oder Janis Joplin sein, weil sie dann sämtliche Lieder mitsingen konnte.

«Stört die Musik jemanden?» frage Luca zur Sicherheit nach den ersten Takten; Bozzetto verneinte und fand, ein bißchen Musik sei nett, und Lardelli rief: «Nur zu!»

Während den nächsten Meilen wechselten sie ab und zu ein paar Worte über die seltsamen, mitunter poetischen Straßennamen, die auf großen Tafeln vor jeder Abzweigung standen, über die gewaltigen Trucks, die sie hinter sich ließen, oder über die toten Tiere, die immer wieder an den Straßenrändern lagen. Als sie einen plattgefahrenen Kojoten sahen, von dem Lardelli behauptete, es sei ein Hund, dachte Luca an Halbhund. Er fragte sich, ob es, abgesehen von Lemmingen, wirklich Tiere gab, die sich umbrachten. Er hatte von einer Katze gelesen, die aus dem Hochhausfenster in den Tod gesprungen war, nachdem sie eine kostbare Vase zerschlagen hatte und von ihrer Besitzerin angeschrien worden war.

«Begehen Tiere Selbstmord, Frank?» fragte er, gerade als John Lee Hooker einen besonders tristen Blues spielte.

«Wie?» Bozzetto, der gedankenverloren aus dem Seitenfenster geschaut hatte, setzte sich aufrecht hin wie ein Schüler, der vom Lehrer beim Tagträumen ertappt wurde. «Welche Tiere?» fragte er etwas verwirrt zurück und nahm die Sonnenbrille ab.

«Allgemein», sagte Luca und drehte die Musik leiser. «Gibt es Tiere, die sich umbringen?» Er blickte geradeaus auf die Straße, um Bozzetto nicht ein Gefühl von Bedrängnis zu geben.

«O ja, durchaus», meinte Bozzetto, ohne lange nachgedacht zu haben. «Gewiß.»

«Ich meine nicht die Lemminge.»

«Und auch nicht die Karnickel, die sich zu Tode rammeln», tönte es von der Rückbank, blieb aber wie die Sache mit dem sardischen Bomber von Luca und Bozzetto unbeachtet.

«Vögel, die nach dem Tod des Partners die Nahrungsaufnahme verweigern, bis sie vor Schwäche eingehen, oder Wale, die ohne ersichtlichen Grund an einer Küste stranden und verenden.» Bozzetto sprach ein wenig stockend, offensichtlich überrascht, plötzlich in einer solchen Angelegenheit konsultiert worden zu sein.

«Bei den Walen ist es wohl eher so was wie ein Versagen des Navigationssystems, ein Unfall sozusagen. Oder meinetwegen auch ein Handeln aus einem Instinkt heraus, wie bei den Lemmingen», meinte Luca und warf einen kurzen Blick auf Bozzetto. «Das mit den Vögeln klingt schon eher nach Selbstmord, ich meine, nach Suizid aus seelischen Gründen.»

Bozzetto nickte mit leicht zusammengekniffenen Augen. «Ja, vielleicht könnte man das so sagen.» Er nickte noch eine Weile, bis Luca wieder diese monoton wippenden Echsen vor Augen hatte.

«Ist das auch bei Hunden möglich?»

«Bei *Halb*hunden», schaltete sich Lardelli dazwischen, erneut gänzlich unbeachtet.

«Verweigerung der Nahrung bis zum Tod?» fragte Bozzetto. Er tippte mit den Bügeln seiner Sonnenbrille gegeneinander.

«Nicht nur», versuchte Luca zu erklären. «Zum Beispiel auch durch … einen Sprung aus dem Fenster. Oder indem sie vor ein Auto rennen.»

«Ich persönlich habe noch nie von einem solchen Fall gehört», meinte Bozzetto zögernd, unablässig an der Sonnenbrille herumfummelnd. «Aber es ist durchaus möglich. Hunde sind sehr empfindsam.»

Lardelli murmelte irgend etwas, das in der Musik und im Motorengeräusch unterging.

«War auch nur eine Frage.» Luca drehte den Ton wieder etwas auf.

«He, wollen wir anhalten und auf die Schnelle was trinken?» rief Lardelli plötzlich, lehnte sich, die Arme auf die Rückenlehnen gestützt, zwischen die beiden Vordersitze und zeigte auf eine Handvoll Gebäude, die etwas abseits der Straße um einen Parkplatz gruppiert waren. ROCK SPRINGS CAFE stand in großen, schwarzen Holzbuchstaben auf einer weiß getünchten Backsteinfassade, daneben war auf eine Blende aus hellgestrichenen Brettern das Wort SALOON gepinselt.

Ein kleiner Gemischtwarenladen, ein Souvenir-Shop und eine Tankstelle mit Schrottplatz gehörten ebenfalls zu der tristen Oase, wie man sie hier draußen alle paar Meilen antraf.

«Ich wollte eigentlich bis Phoenix durchfahren und dort was trinken», entgegnete Luca, von Lardellis Vorschlag nicht sonderlich begeistert.

«Ach, komm schon, ich war noch nie in einem Saloon!» Lardelli boxte Luca leicht gegen die Schulter. «Warst *du* schon mal in einem richtigen Saloon, Frank?» Er lehnte sich noch etwas weiter vor und sah Bozzetto an.

«Nein», gab dieser verlegen zurück. Seine Sonnenbrille machte einen zweiten Materialtest durch.

«Na, dann wird's doch höchste Zeit!» behauptete Lardelli erschlagend übermütig und klatschte in die Hände.

«Was meinst du, Frank, sollen wir anhalten?» Luca warf einen kurzen Blick auf Bozzetto. Sie fuhren langsam auf dem holprigen Seitenstreifen, die Musik hatte Luca abgedreht.

Schon wieder stand Bozzetto im Zentrum der Aufmerksamkeit; erst hatte er entscheiden müssen, ob Lardelli mitfahren dürfe, dann war seine Meinung als Tierexperte gefragt gewesen, und jetzt hing erneut alles von seinem Votum ab. Er schwitzte ein wenig vor Nervosität. «Von mir aus», sagte er nach einer kurzen Bedenkzeit.

Luca wendete den Wagen. Ganz so ungelegen kam ihm der neuerliche Halt nicht; die süße, klebrige Limonade hatte ihn durstig gemacht, und während der Fahrt war ihm aufgefallen, daß der rechte Vorderreifen ein wenig Luft vertragen konnte. Er ließ den Blinker ticken, bog in den Kiesweg ein und rollte auf den Parkplatz, wo ein halbes Dutzend Autos stand, darunter ein Truck mit dem verdreckten Anhänger einer Maschinenfabrik aus Boston, Massachusetts. Ein altes Ehepaar überquerte den sandigen Platz, langsam und gebückt, als suchten sie nach etwas Verlorenem. Beide trugen ausschließlich weiße Kleidung, und der Cadillac de Ville, auf den sie zusteuerten, war ebenfalls weiß. Er stand halb im Schatten neben dem Souvenir-Laden, einer einfachen Hütte aus Holz, wo man indianische Handarbeiten kaufen konnte. Die Wände der Bude waren vollgehängt mit Werbetafeln, und vor dem Eingang stand eine lebensgroße geschnitzte Häuptlingsfigur, der ein Pappschild mit der Aufschrift PLEASE COME IN am Hals baumelte.

Im Saloon war es so dunkel, daß Luca einen Moment stehenblieb und wartete, bis seine Augen sich an die Lichtverhältnisse gewöhnt hatten. Lardelli und Bozzetto kamen hinter ihm durch die tausendmal im Film gesehene doppelflügelige Schwingtür, blieben ebenfalls stehen und sahen sich schweigend um. Die paar Gäste an der Bar drehten die Köpfe nach ihnen, und Luca hatte das Gefühl, die Szene aus einem 08-15-Western nachzustellen. Wie sie so stumm dastanden und sich umblickten, als wollten sie die Feuerkraft ihrer Gegner bei einer Schießerei abschätzen, senkte sich plötzlich der Tonarm einer wild blinkenden Musikbox auf die Platte. Sekundenbruchteile nach den ersten Takten wandten sich die Leute wieder ihren Drinks zu, setzten ihr Gespräch fort oder lachten über eine Bemerkung, die, so mutmaßte Luca, ihnen, den drei Fremden galt.

Das Lokal war mit dunklem Holz getäfelt, der Boden, grauschwarzes Linoleum, schimmerte matt. Die tiefe Holzdecke wurde von Balken gestützt, welche, drei parallel verlaufende Reihen bildend, den Raum unterteilten. In einer Ecke standen eine Bühne und Lautsprechertürme, zwei Billardtische in einer anderen, den restlichen Platz nahmen die lange Theke und die Tische und Stühle ein. Zwischen schludrig gemalten Ölbildern mit Wüstenmotiven entdeckte Luca ein paar gerahmte Photographien, Titelblätter von Illustrierten und Reproduktionen alter Filmplakate.

HOPALONG RIDES AGAIN las er belustigt, und BUCK JONES THE SUNDOWN RIDER, darunter Schauspielernamen, von denen er noch nie gehört hatte.

«Was trinkst du, Luke?» hörte er plötzlich Lardelli rufen und drehte sich um. Lardelli hatte die Frage auf englisch durch das Lokal gerufen und dabei soviel Amerikanisch hineingelegt, wie er konnte. Er stand an der Bar zwischen zwei unbesetzten Hockern, und der Mann neben ihm musterte ihn mit einem kurzen Blick.

«Ein Soda mit Eis und Zitrone, bitte!» rief Luca auf

italienisch zurück, breit und gemächlich und so laut wie eben Lardelli. Er setzte sich zu Bozzetto an den Tisch, warf einen flüchtigen Blick auf seine Armbanduhr und lächelte, worauf Bozzetto ebenfalls lächelte. In dieser Hinsicht war Bozzetto wie ein Spiegel; man grinste hinein, und augenblicklich grinste es daraus zurück.

Nach einer Weile kam Lardelli mit einer Flasche und zwei Gläsern in den Händen durch den Raum. «Spielverderber», sagte er, als er sich auf den freien Stuhl setzte und Luca das Glas hinschob. Er hatte sich ein Budweiser genommen, Bozzetto trank wie Luca Sodawasser mit Eis.

«Was hast du denn vorgehabt?» «Wyatt Earp spielen?» Den Namen des Revolverhelden hatte Luca auf einem der alten Filmplakate gelesen.

«Na klar!» rief Lardelli. «Und Frank hier ist Doc Holiday! Nicht wahr, Frank?» Er lachte und prostete Bozzetto zu, nahm einen langen Schluck.

«Ich weiß nicht.» Bozzetto kicherte verlegen und nippte an seinem Glas. «Wer ist das?»

«Oder die zwei aus dem Film da», fuhr Lardelli fort, ohne Bozzettos Frage Beachtung zu schenken. «Butch Cassidy und der andere, wie hieß der noch gleich?» Er strich sich über den Bart und sah mit zusammengekniffenen Augen auf die Tischplatte, als wäre einer der dort eingeritzten Namen der gesuchte. «Paul Newman und Robert Redford.» Er stellte das Bier ab und sah Luca an. «Herrgottnochmal, wie heißt der zweite? Komm schon, Luca, das weißt du bestimmt!»

«Fällt mir im Moment auch nicht ein», gab Luca zurück. Er wußte, sie würden sich jetzt wegen diesem verdammten Namen das Hirn zermartern, bis einer die Erlösung brächte, wobei von Bozzetto kaum Hilfe zu erwarten war.

«Hast du den Streifen etwa nicht gesehen?» Lardelli pochte mit dem Boden der Bierflasche leicht gegen die

Stuhllehne; es klang wie das Ticken der Stoppuhr beim Fernsehquiz.

«Natürlich hab ich ihn gesehen.»

«Butch Cassidy und...» Lardelli schüttelte den Kopf und trank einen Schluck. «Mindestens fünfmal hab ich den Film gesehen!» Er starrte Bozzetto an, der sich beeilte, den Blick zu senken und in seiner Tasche zu kramen. Lardelli schien eine Weile die Luft anzuhalten, dann sackte er in sich zusammen. «Nichts zu machen, ich komm ums Verrecken nicht drauf!»

«Sundance Kid!» stieß Luca so plötzlich hervor, daß Bozzetto wie unter einem Stromschlag zusammenzuckte. «Butch Cassidy and the Sundance Kid!» Er griff nach seinem Glas, setzte es an die Lippen und leerte es bis auf einen kleinen Rest.

«Sundance Kid!» wiederholte Lardelli und lehnte sich erleichtert zurück. «Heilige Mutter Gottes. Zehnmal hab ich den Film gesehen. Ich werde alt, bei Gott, der verfluchte Kalk!» Er klopfte sich mit der Faust ein paarmal gegen die Schläfe.

«Ein Film?» klinkte Bozzetto sich zaghaft in das Gespräch ein, dem er soviel Interesse entgegenbrachte wie ein kirgisischer Bauer einer Durchsage von Radio Nairobi. Er hielt es für besser, dann und wann ein paar Töne von sich zu geben, um keine Fragen nach seinem Wohlbefinden zu provozieren. Das Lächeln hielt sich einigermaßen, und seine Finger fummelten jetzt statt an der Sonnenbrille an dem Glas herum.

«Ein Western», sagte Luca, hielt es aber für verschwendete Zeit, Bozzetto Näheres zu erzählen.

«Aha.» Lächeln, Nicken. Bozzetto war – das mußte Luca trotz aller Sympathie für den bemitleidenswerten Ersatzmann zugeben –, ein Ausbund an Fadheit. Seine Menschenscheue, gepaart mit einer beflissen praktizierten Religiosität und einem nie in Zweifel gezogenen Festhalten an Benimmregeln, machte ihn zum Sonderling, der überall leicht übersehen oder bewußt ignoriert wurde. Wenn er, was selten genug vorkam, unter Menschen war, saß er abseits wie ein verschüchterter, der Landessprache nicht mächtiger Fremder, den es aus irgendeinem gottverlassenen Winkel in diese Gesellschaft verschlagen hat. Bozzetto selbst litt kaum unter seinem Außenseitertum, sein selbstgewähltes Schicksal ertrug er mit fast einfältiger Würde. Als Schriftsteller zu leben bedeutete ihm alles, und Einsamkeit war der Preis, den es in seinen Augen dafür zu bezahlen galt.

«Toller Laden, ganz nach meinem Geschmack», sagte Lardelli in die entstandene Pause, faltete die Hände im Nacken und streckte die Füße unter dem Tisch aus. Er zwinkerte Luca zu und wandte sich dann an Bozzetto. «Was meinst du, Frank, großartig hier, nicht?» Seine krampfhaften Bemühungen, für Stimmung zu sorgen und Bozzetto seines Wohlwollens zu versichern, empfand Luca allmählich als anstrengend.

«Ja, mir gefällt es auch», sagte Bozzetto hastig.

Lardelli nickte zufrieden, trank sein Bier aus und orderte an der Theke eine weitere Runde. Danach stellte er sich breitbeinig vor die Musikbox, las die Titel, warf Geld in den Münzschlitz und drückte wahllos die Tasten.

«Hast du etwas Bestimmtes vor in Phoenix, Frank?» fragte Luca nach einer Weile, während der er die Bardame bei der Arbeit beobachtet hatte.

«Nein, nein», antwortete Bozzetto, mit dem Oberkörper einen Neunziggradwinkel zur Sitzfläche einnehmend. Seine Hände umschlossen das halbvolle Glas. «Vielleicht gehe ich in ein Museum, wie letztes Mal. Ich habe den Reiseführer dabei.» Er berührte die Umhängetasche, die auf seinen Schenkeln lag, mit der Hand.

Luca hätte am liebsten «Rühren!» gerufen, so kerzengerade und stramm saß Bozzetto da. «Es gibt bestimmt eine Menge interessanter Dinge in Phoenix zu sehen», meinte er dann, obwohl er selber weder das Heard Museum für Anthropologie und Archäologie, das Phoenix Art Museum, das Mineralienmuseum noch das Pueblo Grande Museum besucht hatte.

Schon nach wenigen Tagen in der Wüste hatte er gemerkt, daß er sich in der Kargheit der ihn umgebenden Landschaft wohler fühlte als in vollgestellten Museumsräumen.

Zu Beginn hatte Luca angenommen, das sei eine Nachwirkung der in Los Angeles erduldeten Reizüberflutung, mittlerweile hatte er erkannt, daß er einfach keine Städte mit tausend Bildern brauchte, wenn hier draußen ein Blick aus dem Fenster genügte, um ihm mit endloser Weite den engen Schädel zu sprengen.

Vier Männer in staubiger Arbeitskleidung, Baseballmützen auf den Köpfen, betraten das Lokal, musterten Luca und Bozzetto eher interesselos, stellten sich an die Bar, bestellten ihre Getränke und nahmen dann fast gleichzeitig die Mützen ab. Einer der Gäste an der Theke rief ihnen eine Frage zu, worauf eine Unterhaltung mit knappen Sätzen und rauhen Lachern zustande kam, an der sich bald auch die Bardame beteiligte. Eine Illustrierte machte die Runde, ein Bild darin wurde kommentiert, Witze gerissen.

«Hast du gesehen, wo Umberto hingegangen ist?» fragte Luca nach einer Weile und erhob sich. Die Bardame hatte ihm zugewinkt und auf die von Lardelli bestellten Getränke gezeigt.

«Wie?... Nein», antwortete Bozzetto. Er reckte sich in seinem Stuhl, die Hände auf den Armlehnen, und sah sich ostentativ im Raum um.

Luca bezahlte die Getränke an der Theke und trug sie zum Tisch. «Trinken wir zügig aus, dann können wir meinetwegen weiter», sagte er.

Als das letzte von Lardelli gedrückte Lied zu Ende war und die Musikbox wieder stumm vor sich hin blinkte, ging Luca hinaus auf den Parkplatz, um nachzusehen, wo Lardelli abgeblieben war. Die Mittagshitze schlug zittrige Wellen, und das grelle Licht zwang Luca, die Sonnenbrille aufzusetzen.

Lardelli war weder in dem an den Saloon angrenzenden Laden, der aussah wie eine Mischung aus Eisdiele und Apotheke, noch in dem Souvenirshop. Luca setzte sich in den Toyota und fuhr die paar Meter zur Tankstelle, stieg aus und ließ den Luftdruck in den Reifen prüfen. Hinter dem Gebäude, aus dem der Mechaniker mit einem toten, halbgerupften Huhn in den Händen getreten war, erstreckte sich ein notdürftig von Maschendraht umzäunter Schrottplatz. Autos, Trucks, Anhänger und landwirtschaftliche Maschinen standen dort herum, zu Haufen geschichtete Stoßstangen glänzten im Sonnenlicht, und weiter hinten türmten sich abgefahrene Reifen neben durchgerosteten Fässern. Das mannshohe geflügelte Mobil-Pferd aus Blech und Neon, das früher wohl das Dach der Tankstelle geziert hatte, lehnte an der Wand eines Holzschuppens, und Luca stellte sich vor, wie es geleuchtet hatte: ein perfektes Sternbild im Nachthimmel über der Wüste. Aus einem Wohnwagen kam eine Frau und trug einen Korb zu den Wäscheleinen, die in einer freien Ecke des Grundstücks zwischen Eisenpfählen gespannt waren. Kurz darauf kletterte ein Kind die Stufen herunter und lief der Mutter weinend hinterher.

«Soll ich das Öl nachsehen?» fragte der Mann, als Luca zum Wagen zurückkam. Er trug einen Overall mit dem Aufnäher einer Motorenölfirma auf Brust und Rücken.

«Nicht nötig.» Luca gab ihm ein Trinkgeld und stieg in den Wagen, startete und fuhr zurück auf den Parkplatz. Er fluchte leise über Lardelli, als er den Saloon betrat, wo Bozzetto noch immer alleine am Tisch saß. Zwei Männer, die gekommen sein mußten, als Luca draußen war, spielten an einem der Billardtische, und aus der Musikbox tönte wehleidig Willie Nelson. «Wo ist dieser Arsch bloß hingegangen, Herrgott?»

«Ich habe keine Ahnung», sagte Bozzetto ratlos und starrte Luca an, als steckten sie in einem Schlamassel, bei dem es um Leben und Tod ging. «Hoffentlich ist ihm nichts zugestoßen.»

«Wir warten noch fünf Minuten, dann fahren wir.» Luca fischte die Zitronenscheibe aus seinem Glas und warf sie in den Aschenbecher.

«Und Umberto?»

«Der kann mich mal.»

Zwei Minuten später legte Bozzetto seine Tasche auf den Tisch und erhob sich.

«Die fünf Minuten sind noch nicht ganz vorbei», sagte Luca nach einem Blick auf die Uhr.

«Ich bin gleich wieder da.» Bozzetto schob sorgfältig seinen Stuhl an die Tischkante.

«Wohin gehst du?» wollte Luca wissen. «Ich hab schon überall nach Umberto gesucht.»

Bozzetto trat neben Luca und beugte sich zu ihm herunter. «Ich muß auf die Toilette», raunte er, verharrte einen Augenblick in seiner Stellung, als wartete er auf Lucas Erlaubnis, und marschierte dann los.

«Komm mir bloß nicht auch noch abhanden!» rief Luca ihm hinterher und rezitierte leise ein paar Flüche aus Laura Lafrancas Kollektion.

Zwei Minuten später war Bozzetto wieder zurück am Tisch. Er holte, die Hände auf den Brustkorb gelegt, theatralisch Luft: «Umberto», hauchte er. «Ich habe ihn gefunden. Er ist da hinten.»

«Wo hinten?» fragte Luca. Dieser Ausflug mit den

beiden Idioten wurde zunehmend enervierender. «Was ist mit ihm?»

«Er ist eingesperrt, er kommt nicht mehr raus!» Bozzettos Stimme war heiser und sein vom täglichen Radfahren verbranntes Gesicht vor Aufregung eine Spur roter geworden. Er rüttelte an einer imaginären Türklinke.

«*Wo* kommt er nicht raus, verdammt nochmal?» Luca dachte daran, Bozzetto an die Gurgel zu gehen oder ihm ein paar zu scheuern, ließ es dann aber bleiben, weil die Typen an der Bar sich auf ihren Hockern umgedreht hatten und zu ihnen herstarrten.

Bozzetto lehnte sich über die Tischplatte. «Aus dem Klo», wisperte er. Dann ließ er sich mit einem gequälten Gesichtsausdruck auf den Stuhl fallen und hing da, als hätte ihn diese Auskunft den letzten Rest an Energie gekostet. Bozzetto schien für Krisensituationen, auch für solche der eher lachhaften Art, etwa so geeignet zu sein wie eine Papiertüte als Sturzhelm.

«Ich glaub's einfach nicht», murmelte Luca, dann stand er auf, von den geweiteten Augen Bozzettos verfolgt. «Du wartest hier. Ich sehe nach.»

Die Toilette befand sich im oberen Stockwerk am Ende eines finsteren Flurs, der mit Pappkartons und Getränkekisten vollgestellt war. Als Luca sich der Tür näherte, hörte er ein leises Kratzgeräusch und Lardellis Schnaufen, unterbrochen von gepreßten Flüchen.

«Steckt dein Pimmel im Reißverschluß fest?» rief Luca, den die absurde Situation trotz des Ärgers plötzlich erheiterte.

«*Luca?*» Lardelli klang wie ein Eingekerkerter, der nach fünfzig Jahren zum ersten Mal wieder die Stimme eines anderen Menschen vernimmt. «Heilige Scheiße, Luca, endlich kommst du. Ich dachte schon, ich müßte hier drinnen Silvester feiern, verflucht nochmal!» Er lachte hysterisch und ließ ein klägliches Stöhnen folgen.

«Was ist denn passiert?» fragte Luca. Er glaubte,

Schritte gehört zu haben und drehte sich um, aber der Flur war so menschenleer wie zuvor. Nur ganz schwach drang die Musik aus dem Lokal nach oben, versetzt mit Stimmen und Gelächter.

«Der verdammte Riegel ist abgebrochen, das Scheißding ist völlig verrostet», rief Lardelli, dann trat sein Schuh gegen die Tür.

«Hast du ein Taschenmesser?» fragte Luca, obwohl ihm klar war, daß er Lardelli genausogut nach einem ausgestopften Opossum hätte fragen können.

«Stell dir vor, nein!» kam Lardellis Antwort entsprechend gereizt zurück. «Aber ich weiß, wie ich rauskomme. Du mußt mir nur dabei helfen!»

«Im Wagen sind Schraubenzieher. Ich hole sie.» Luca wollte sich schon umdrehen, als er Lardellis Proteste gegen seinen Vorschlag hörte.

«Nein, Luca, bleib hier, verdammt! Die Schrauben von dem Schloß sind auch völlig eingerostet. Außerdem wäre es verflucht auffällig, wenn du mit deinem Werkzeugkasten durch das Lokal latschen würdest.»

«Ich hol ja bloß zwei oder drei Schraubenzieher», wandte Luca ein.

Er sah sich immer wieder um für den Fall, daß jemand den Gang entlang kam.

«Vergiß die Schraubenzieher, Luca! Ich habe eine bessere Idee. Hier drinnen ist ein Fenster, ziemlich hoch oben, aber groß genug für mich. Ich hab's schon offen.»

«Und?»

«Ich habe rausgeschaut», fuhr Lardelli fort. «Ist noch ein ziemliches Stück bis zum Boden. Du mußt eine Leiter oder ein paar Kisten oder irgendwas auftreiben, sonst brech ich mir den Hals!»

«Bist du sicher, daß du das verdammte Schloß nicht aufkriegst?»

Luca konnte Lardellis Vorhaben nicht viel abgewinnen. Er rüttelte ein wenig an der massiven Tür.

«Herrgott, *ja*!» rief Lardelli aufgebracht. «Stell einfach draußen irgendwas an die Wand, damit ich runtersteigen kann!»

Luca schloß die Augen. Als er sie wieder öffnete, stand er noch immer in dem dunklen Flur vor dieser zerkratzten Toilettentür, deren grüne Farbe in winzigen Schuppen abblätterte, und hinter der ein nicht ganz unbedeutender italienischer Schriftsteller sich ernsthaft mit dem Gedanken trug, aus dem Fenster zu klettern. Die Musikbox hatte aufgehört zu spielen, irgendwo summte eine Maschine oder eine Wasserleitung, und das Stimmengewirr im Lokal war auf ein dumpfes Gemurmel zusammengeschrumpft.

«He, bist du noch da?» Lardelli klang zunehmend nervöser; er schlug mit der flachen Hand gegen die Tür seines engen, stickigen Gefängnisses. «Was überlegst du? Ob du nicht lieber die Feuerwehr holst?»

«Reg dich ab, Umbi, ich geh schon! Häng dich schon mal aus dem Fenster, damit ich sehe, welches es ist!» Ohne Lardellis Antwort abzuwarten, ging Luca zurück ins Lokal und mit dem händeringenden Bozzetto im Gefolge nach draußen.

Die vier Männer in Arbeitskleidung hatten ihren klapprigen Lastwagen, einen hellblauen Chevy aus den Fünfzigern, im spärlichen Schatten einer kinoleinwandgroßen Werbetafel geparkt und wechselten den linken Vorderreifen. Ein fetter Kerl mit Cowboyhut stand in der Nähe und sah ihnen zu.

Die Fassade, aus der Lardellis Bein hing, grenzte an ein weites, bis auf ein paar Papierfetzen und herangewehtes Gestrüpp leeres Feld. Der Platz fiel hinten sanft ab und ging in Wüste über, während das Gebäude und einige schiefe Pfähle, zwischen denen irgendwann einmal Draht gespannt gewesen war, die seitlichen Begrenzungen bildeten. Luca fand einen an den Saloon angebauten Bretterverschlag, wo neben zerlegten Kühlschränken und kaputten Stühlen ein halbes Dutzend Holzkisten lagerten. Er reichte Bozzetto zwei davon, trug die restlichen vier zu der Stelle unterhalb des Fensters und stapelte sie, so gut es ging, aufeinander. Dann rief er Lardelli, dessen massiger Körper sich sogleich aus der verhältnismäßig winzigen Fensteröffnung zu schieben begann. Fünf, sechs Hühner liefen über den Platz. Hinter den Hühnern kam ein Indianerjunge um die Ecke, warf einen Blick nach oben und blieb stehen, verschränkte die Arme und wartete mit unbewegter Miene auf den Beginn der Vorstellung, als hätte er gerade an der Kasse Eintritt bezahlt.

Währenddessen zwängte Lardelli seinen für solche Manöver viel zu breiten Oberkörper aus dem Fensterviereck, reckte den vor Anstrengung roten Kopf nach vorne und blickte nach unten. Bis jetzt hatte er es erst geschafft, das linke Bein und den linken Arm ins Freie zu bekommen, der Rest steckte noch immer fest. Es war, als versuche sich ein Pferd durch eine Schießscharte zu zwängen, auch Kamel und Nadelöhr drängten sich als Vergleich auf.

«Du mußt mit beiden Beinen zuerst raus, Umbi!» rief Luca ihm zu, als er sah, daß Lardelli entweder festsitzen oder haltlos kopfüber in die Tiefe stürzen würde. «Halt dich mit den Händen am Sims fest und laß dich langsam herab!»

«Das mit den Kisten gefällt mir nicht, Luca!» keuchte Lardelli; in seiner verkrümmten, eingezwängten Haltung fiel ihm das Sprechen hörbar schwer. «Wenn ich da draufsteige, brech ich mir garantiert sämtliche Knochen!»

«Frank und ich halten die Dinger fest!» versicherte Luca ihm, obwohl auch sein Vertrauen in den wackligen Turm nicht allzu groß war. Aus den Augenwinkeln sah er den Jungen um die Hausecke verschwinden.

«Kriech zurück und komm mit den Füßen voran runter!»

«Großartig», murmelte Lardelli. «Mit den Füßen voran aus dem Scheißhaus.» Dann arbeitete er sich zurück. Als seine Beine aus dem Schatten der Fensteröffnung auftauchten, war der Indianerjunge wieder da. In seinem Gefolge sämtliche Gäste des Saloons, die Bardame und das Personal aus den Läden.

«Kriech wieder rein, Umbi!» rief Luca nach oben und trat ein paar Schritte von dem Kistenturm zurück. Bozzetto stand bewegungslos an der weißen Wand, als wartete er auf seine Erschießung.

«Was?» Lardelli hing jetzt zur Hälfte aus dem Fenster. «*Was* ist los?»

«Geh wieder zurück. Wir versuchen doch, die Tür zu öffnen!»

Luca ging mit einem unsicheren Lächeln auf die Bardame zu und erklärte ihr, was passiert war. Die Männer, die nicht gewußt hatten, ob Lardelli in das Gebäude einzudringen oder aus ihm zu entkommen versuchte, lachten, und zwei von ihnen boten sich an, nach oben zu gehen und die Tür aufzubrechen.

«Was ist los da unten, verflucht?» tönte Lardelli, der Zentimeter um Zentimeter nach unten rutschte, mit Brust, Armen und Kopf aber noch immer in der Fensternische steckte und folglich nicht sehen konnte, was unter ihm vor sich ging.

«Du sollst zurück!» rief Luca ihm zu und trat wieder neben die Kisten. «Sie brechen die Tür auf!»

«Hast du sie nicht mehr alle?» schrie Lardelli und tastete mit den Füßen nach einem Halt; bis zur obersten Kiste fehlten ihm vielleicht zwanzig oder dreißig Zentimeter. «Ich kann mich hier gerade noch halten, aber wieder hochziehen ist unmöglich. Wo sind die verdammten Kisten?»

Luca winkte den verstörten Bozzetto zu sich und bedeutete ihm, die Kisten festzuhalten. «Noch ein kleines Stück!» rief er Lardelli zu.

«Wieviel ist das, ’ne Handbreit oder zehn Meter?» Sein Ächzen und Strampeln amüsierte die inzwischen auf ein gutes Dutzend Neugieriger angewachsene Zuschauermenge; nur die Bardame schien um die Sicherheit des Gastes besorgt zu sein und schickte einen der Männer hinüber zur Tankstelle, um nach einer Leiter zu fragen.

«Zehn Zentimeter, Herrgott!» rief Luca verärgert. Die Gratisvorstellung, die sie hier gaben, wurde mit jeder Sekunde peinlicher, und er verfluchte sich selber, weil er Lardellis Drängen nachgegeben und ihm erlaubt hatte mitzukommen. Lardelli verfluchte er sowieso, und Bozzetto verfluchte er, weil der sich nicht gegen Lardellis Wunsch, mit ihnen nach Phoenix zu fahren, gewehrt hatte und dann auch noch mit dem Barbesuch einverstanden gewesen war.

«Heilige Mutter Gottes, ich stecke fest!» tönte es plötzlich von oben, und Luca trat ein paar Schritte zurück, um besser sehen zu können. Ein Raunen ging durch die Zuschauerschar, als Lardellis Körper sich wand und seine Beine wild in die Luft stießen, nur Zentimeter von den Holzkisten entfernt.

«Weiter, Umbi, verdammt. Du hast es fast geschafft!» In diesem Kaff würde er sich nie mehr blicken lassen können, ging es Luca durch den Kopf, in solchen Nestern war man dankbar für Vorfälle wie diesen; die Geschichte von dem fetten Itaker, der im Scheißhausfenster steckengeblieben war, würde bestimmt noch lange die Runde machen.

«Ich krieg die Schulter nicht raus, gottverdammt!» Lardellis Stimme klang hohl und gepreßt, er hing jetzt schlapp aus dem Fenster wie feuchte Wäsche, die gelegentlich von einem Lufthauch bewegt wird.

«Ich träume das alles nur», sagte Luca leise und drehte sich um. Der Mann, den die Bardame losgeschickt hatte, und der Mechaniker von der Tankstelle kamen mit einer Leiter über den Platz, und Luca wollte ihnen gerade entgegengehen, als plötzlich Stimmung in die Gruppe der Beobachter kam. Der Bardame entfuhr ein Aufschrei, die Hühner, die in der Nähe herumscharrten, stoben auseinander, und die beiden Helfer mit der Leiter blieben abrupt stehen, den Blick nach oben auf die Fassade gerichtet. Luca warf den Kopf herum und sah gerade noch, wie Lardelli ein paar Sekunden auf dem schwankenden Kistenturm stand, der in Bozzettos Richtung zu kippen begann. Dann lief alles wie eine Zeitrafferaufnahme vor Lucas Augen ab: Der Stapel fiel in sich zusammen, worauf Bozzetto endlich aus seiner Erstarrung erwachte und versuchte, sich aus der Gefahrenzone zu bringen. Stille, wie sie während Trapeznummern im Zirkus herrscht, lag über dem Platz, als Lardelli auf den Schultern des zur Flucht ansetzenden Bozzetto landete und dieser, krummbeinig unter Lardellis Gewicht, ein paar stolpernde Schritte von der Mauer weg vollbrachte, sich dann krümmte, als wolle er sich vor der gebannt starrenden Menge verbeugen, und so den mit rudernden Armen um Balance bemühten Lardelli loswurde. Der rollte sich beinahe perfekt von den Schultern seines unfreiwilligen Partners ab und landete im Sand, wo er, benommen vor Verwunderung über die geglückte Darbietung, in die leuchtendblaue Kuppel des Himmels blinzelte.

11

Luca hatte Lardelli und Bozzetto an der Ecke General Avenue und McDowell Road abgesetzt und war zum

Einkaufen gefahren. Jetzt, vier Stunden später, stellte er den vollgepackten Wagen vor dem Encanto Park, wo sie sich verabredet hatten, in eine Seitenstraße und stieg aus, um nachzusehen, ob die beiden schon irgendwo auf ihn warteten. Da er zwanzig Minuten zu früh war, traf er weder Bozzetto noch Lardelli beim vereinbarten Treffpunkt an, und so beschloß er, eine Bar zu suchen und die verbleibende Zeit dort verstreichen zu lassen. In einem Lokal, das gerade öffnete, setzte er sich an einen Fenstertisch und sah hinaus. Zwei Männer trugen einen gerollten Teppich, der in der Mitte durchhing, in ein Haus auf der gegenüberliegenden Straßenseite, und Luca mußte daran denken, wie er und Lardelli den besoffenen Ferra herumgeschleppt hatten.

Ein einziges Mal war Ferra mit nach Phoenix gekommen; in der zweiten Woche nach der Ankunft der Autoren waren er und Luca nach Tempe zum Sun Devil Stadium gefahren, um sich ein Footballspiel anzusehen. Bei diesem einen Mal war es dann geblieben. Ferra ging danach noch ab und zu in den Ort, trank im einzigen Lokal Bier und spielte stundenlang am Flipperkasten. Schließlich hockte er nur noch in seinem Bungalow, wo er, abgesehen von den Briefen an seine Freundin, keine Zeile zu Papier brachte und sich fragte, was er inmitten dieser Wüste eigentlich verloren habe. Dann fing er an mehr zu trinken, als er gewohnt war, und stellte sich überhaupt keine Fragen mehr. Am Morgen, wenn er zwar verkatert, aber noch nüchtern war, riß er den neuen Tag am Kalender ab und zerknüllte ihn, warf ihn ins Klo und schiß darauf, wässrig und kränklich und keineswegs nur symbolisch. Wer ihn aufzuheitern versuchte, gab sich vergeblich Mühe, denn Ferra wollte versinken in Scham und Suff. Er wollte die Augen schließen und vom Rest seiner Zeit an diesem unseligen Ort nichts mitbekommen, und er wollte sie erst wieder öffnen, wenn er in Rom landete. Zu diesem Plan gehörten

Alkohol und Schweigen und ein verdüsterter Raum, der erfüllt war von tobender Musik und tapeziert mit Liebesbriefen.

Als der Kellner das Getränk brachte, sah Luca draußen Lardelli vorbeigehen und klopfte gegen das Glas, winkte ihn herein. Nach der akrobatischen Darbietung in Rock Springs waren sie von der Bardame zu einem Drink eingeladen worden, und obwohl alle drei lieber so schnell wie möglich das Weite gesucht hätten, ließen sie sich von dem fröhlichen Zuschauerpulk zurück in den Saloon drängen und eine geschlagene halbe Stunde an der Theke festnageln. Auf den überstandenen Schrecken hin wurde ihnen ein doppelter Whisky verordnet, und sogar Bozzetto, der kaum je harte Getränke zu sich nahm, sah sich vom wohlwollenden Gejohle der heiteren Runde zu einem Glas genötigt.

Lardelli, Hauptopfer des verrosteten Türriegels, mußte während der kleinen Feier am meisten schlucken. Als sie, mit guten Wünschen versehen und von einer Handvoll lachender Männer begleitet, zum Wagen gingen, war er bereits über die ärgste Phase der Beschämung und Wut hinweg und brachte beim Losfahren sogar ein zaghaftes Lächeln und kurzes Winken zustande. Auf dem ganzen Weg bis Phoenix herrschte dann aber betretenes Schweigen, und weder Bozzetto noch Lardelli hatten etwas dagegen, als Luca eine Kassette von Greatful Dead einlegte und den Ton laut aufdrehte.

«Schon lange hier?» fragte Lardelli, nachdem er dem Kellner eine Bestellung zugerufen und sich neben Luca an den Tisch gesetzt hatte.

Er schwitzte und war rot im Gesicht.

«Gerade gekommen.» Luca deutete auf die volle Tasse. Er sah sich den Fensterkletterer an; entweder war Lardelli die letzten drei Stunden in einer Kneipe versackt oder, ungeachtet der prallen Nachmittagssonne, durch die Stadt gelaufen. «Was hast du gemacht?»

«Nicht viel», gab Lardelli zurück. Seit der Hechtrolle von Bozzettos Schultern fehlte es seiner Stimme ein wenig an Stärke und Sicherheit. «Hab mich mit einem Karton Bier an den Kanal gesetzt und die leeren Flaschen gegen 'nen Brückenpfeiler geschmissen.»

«Und Francesco?»

«Der hat was von Museum gesagt.» Der Kellner brachte sein Bier, und Lardelli trank es, als wäre es Medizin gegen die erlittene Schmach.

«Ich dachte, du wolltest heute nur Kaffee und Wasser trinken», sagte Luca, obwohl ihm bewußt war, daß sein Versuch, Lardelli von dem peinlichen Vorfall abzulenken, kaum eine Chance hatte.

«Was?»

«Du hattest vor, mich heute abend beim Billard zu schlagen.»

Lardellis Mimik ließ erkennen, daß er sich erinnerte. «Da muß ich wohl passen», meinte er dann, hob sein Glas und trank den Rest.

«Eilt ja nicht.» Luca zählte Geld ab und legte es auf den Tisch. «Gehen wir?» Lardellis Gesellschaft war im Moment so erbaulich wie Kerzenschein im Luftschutzbunker.

Auf dem Weg zum Wagen kamen sie an einem Spirituosenladen vorbei. Lardelli ging rein und kam wenig später mit einer Flasche Southern Comfort wieder raus.

«Trinken Extremkletterer denn Alkohol?» Luca konnte es nicht lassen, Lardelli ein wenig auf den Arm zu nehmen. Für Bozzetto und Thelma, sagte er sich.

«Halt den Mund!»

«Auch wenn dich die Nachricht hart trifft, Umbi... In Rock Springs kennt dich kein Schwein. Die kleine Zirkusnummer hat deiner literarischen Karriere nicht geschadet. Du hättest Strapse tragen können und ...»

«Schon gut, Luca, halt jetzt das Maul!» Lardelli schraubte den Deckel von der Flasche, blieb kurz stehen, um einen Schluck zu trinken, und ging dann weiter.

«Spar dir deine Niedergeschlagenheit auf für den Tag, an dem dir bei der Verleihung des Literatur-Nobelpreises vor laufenden Kameras die Hose runterrutscht.»

«Halt einfach den Rand!» Lardelli blieb wieder stehen und sah Luca an, zeigte mit dem Finger auf ihn. «Ja? Klappe zu. Sendepause. Mehr verlange ich nicht.»

Den restlichen Weg bis zum Wagen gingen sie schweigend nebeneinander her. Bozzetto stand im Schatten einer Hausmauer und kam mit einer Plastiktüte in der Hand über die Straße. Er schien ein wenig gebückt zu gehen, mit runden Schultern, aber dann fand Luca, er bilde sich das nur ein. Auf die Frage, wie er den Nachmittag verbracht habe, antwortete Bozzetto, er sei erst im Museum gewesen und habe sich dann in den Park gesetzt und gelesen.

«Gut», sagte Luca. «Dann also zurück nach Sand Quentin!» Der Witz kam so gut an wie ein Kaltes Buffet im Leichenschauhaus, und als sie im Wagen saßen, galt sein erster Griff einer neuen Musikkassette.

Auf dem Black Canyon Freeway fuhren sie zügig aus der Stadt heraus und waren bald wieder in flachem Gelände, das mit jeder zurückgelegten Meile leerer wurde. Der Sonnenuntergang war ein Albinoauge, das in trübem Wasser versank, stumpfe Hügel lehnten als schwarze Kulissen vor dem letzten Licht. Als ein einmotoriges Propellerflugzeug blinkend in den schmutzigrosa Himmel stieg, glaubte Luca für einen Augenblick, die Maschine stünde still in der Luft und müsse gleich herunterfallen wie ein Stein. Natürlich täuschte er sich; sie flog eine enge Kurve und verschwand in Richtung Flagstaff.

Er drehte die Musik leiser und zündete sich eine Zigarette an, um seine Mitfahrer zu ärgern. Bozzetto war zwar Pfeifenraucher, fröhnte diesem Laster aber nur in der Bibliothek, im Freien und im NO WATER CREEK INN, dem Lokal, wo er schreibend seine Tage verbrachte. Lardelli rauchte überall, hatte aber bei ihrer ersten Fahrt nach Phoenix Luca gegenüber erwähnt, im Auto würde ihm übel davon.

«Magst du 'nen Schluck?» Lardelli tippte Luca mit der Flasche gegen die Schulter.

«Wie du siehst, fahre ich», gab Luca zurück.

«Na und? Das Auto fährt auch und trinkt.» Lardelli gluckste über diesen Spruch und lehnte sich wieder zurück.

Hinter einer Ausfahrt leuchtete ein kleines Nest mit seinen paar Häusern, Straßenlampen und Neonreklamen, und irgendwo mitten im Feld loderte ein Feuer. Sie überholten einen Truck, dessen Kabine mit bunten Lämpchen und zerfransten Wimpeln bestückt war. TULSA TRANSPORTATION COMPANY stand auf dem Anhänger, darunter in ebenso großen Lettern eine Telephonnummer.

«Der feiert das ganze Jahr Weihnachten», murmelte Lardelli.

Ein Wagen der Highway Patrol mit eingeschaltetem Drehlicht und ein weißer Pontiac standen in der Nähe einer Tankstelle am Straßenrand; zwei Cops und ein Mann mit hellem Cowboyhut wurden in das farbige Licht getaucht, das vom Dach des Polizeifahrzeugs zuckte.

«Der hat bestimmt getrunken am Steuer», tönte Lardelli im Fond des Wagens. Wenig später beugte er sich nach vorne; der süßliche Geruch des Whiskylikörs war penetranter als der des Zigarettenrauchs. «Der hat getrunken am Steuer, jede Wette», wiederholte er und kicherte.

«Schon gut, Umbi, ich hab's gehört!» gab Luca zurück. «Mach 'ne Rolle rückwärts!» Ein Freund, mit dem er früher Fußball gespielt hatte, war von einem Besoffenen angefahren worden und hockte jetzt in seinem ehemaligen Kinderzimmer, sortierte Glasaugen für Teddybären und sah sich den ganzen Tag die bescheuerten Gameshows im Fernsehen an. Seit er Luca gebeten hatte, ihm ein paar Packungen Schlaftabletten zu besorgen, brachte Luca es nicht mehr fertig, ihn zu besuchen. Witze über Trunkenheit am Steuer fand er auch nicht mehr komisch.

Als sie an Rock Springs vorbeifuhren, war die Kassette zu Ende, und die plötzliche Stille im Wagen erinnerte Luca an jene angespannte Ruhe, die während Lardellis und Bozzettos gemeinsamem Auftritt unter dem Klofenster geherrscht hatte. Bozzetto, der noch immer die Sonnenbrille trug, sah aus dem Seitenfenster auf die Gebäudegruppe, und Lardelli nahm einen tiefen Schluck und murmelte etwas Unverständliches.

«Muß jemand auf die Toilette?» fragte Luca und grinste in den Rückspiegel. Der Vorfall lag mittlerweile lange genug zurück, daß er ihm eine gewisse Komik abgewinnen konnte. «Wir könnten auch einen heben, toller Saloon hier.»

Bozzetto krümmte sich unwillkürlich in seinem Sitz, als hockte ihm wieder jemand auf den Schultern. Er lächelte kurz in Lucas Richtung und sah dann aus dem Fenster.

«Die Geschichte kannst du übrigens für dich behalten, wenn wir zurück sind», sagte Lardelli nach einer Weile, und es klang, als würde er es ernst meinen. «Wir haben uns alle köstlich amüsiert bei der Sache, aber damit hat sich's… Das gilt auch für dich, Frank», fügte er hinzu.

«Wie?» Bozzetto drehte das Gesicht von der Scheibe weg und nahm endlich die Sonnenbrille ab.

«Ich sagte, ich wäre dir verbunden, wenn du die kleine Geschichte von heute mittag niemandem gegenüber erwähnen würdest.» Lardellis verkrampfte Mühe, einen ruhigen und höflichen Ton anzuschlagen, war unverkennbar.

«Oh, das hatte ich auch nicht vor», entgegnete Bozzetto, der sich auf seinem Sitz halb umgedreht hatte.

«Gut», meinte Lardelli und nickte. «Einen Schluck, Frank, auf unser Geheimnis?» Er hielt Bozzetto den Whiskylikör hin.

«Gerne.» Bozzetto griff zum maßlosen Erstaunen Lucas und zur erheiterten Verblüffung Lardellis nach der Flasche; nachdem er kurz an der Öffnung gerochen hatte, setzte er sie an die Lippen und nahm einen herzhaften Schluck.

«Sieh dir *den* an!» rief Lardelli und schlug Luca gegen den Oberarm. «Hat 'nen Zug am Leib wie der alte Hemingway!» Er lachte, tätschelte Bozzettos Schulter und ließ sich dann nach hinten kippen. «Wißt ihr was?» fragte er kurz darauf und schnellte wieder nach vorne. «Soll ich euch was sagen?» Er trommelte mit den Händen gegen die Nackenpolster. «Ich bin noch überhaupt nicht müde!»

«Na großartig» erwiderte Luca. «Dann kannst du ja nachher an deiner Geschichte weiterschreiben.»

«Scheiß auf die Geschichte», sagte Lardelli und nahm Bozzetto die Flasche aus der Hand. «Nein, im Ernst. Wollt ihr schon nach Hause, ich meine, zurück?» Er lehnte sich zwischen die beiden Vordersitze, um erst Bozzetto und dann Luca anzusehen. «Habt ihr Sehnsucht nach dem Motel Monoton?»

«Was soll die Frage, Umbi? In zwei Minuten sind wir da.» Luca konnte schon die Worte GAS & FOOD auf dem Dach von Sally Kennans Laden sehen.

«Wir können ja woanders hinfahren», meinte Lardelli und reichte die Flasche wieder an Bozzetto weiter.

«Ich bin über drei Stunden in Supermärkten rumgerannt», sagte Luca. «Ich bin ziemlich geschafft. Und Frank wird auch müde sein. Immerhin hat er dich heute auf den Schultern durch die Gegend getragen.» Er warf einen Blick auf Bozzetto, der gerade die Flasche absetzte und sich mit dem Handrücken über den Mund wischte.

«Ja, ja, schon gut! Was meinst du, Frank?» Lardelli tat wieder so, als wären er und Bozzetto die besten Kumpels. «Was sagst du, sollen wir noch wo hinfahren?»

«Hör schon auf, Umbi, wir sind gleich da!» Luca fand, es reichte für heute.

«Ich weiß nicht», sagte Bozzetto zögernd. «Wohin denn?»

«Keine Ahnung, irgendwohin!» rief Lardelli und schnappte sich die Flasche. «Wie hieß noch mal der Ort, den du gestern erwähnt hast, Luca?»

«Gestern? Keine Ahnung.» Die Lichter des Ortes tauchten vor ihnen auf, und Luca ging etwas vom Gas.

«Point irgendwas», sagte Lardelli.

«Herrgottnochmal, Umbi, du willst doch nicht im Ernst, daß wir jetzt zum Pitfall's Point fahren, oder?»

«Warum, ist es weit bis dorthin, eine lange Fahrt?»

«Fast zehn Meilen!!» rief Luca. Er schaltete für einen Moment das Fernlicht ein und betätigte dann den Blinker. «Außerdem, was willst du denn dort?»

«Mal sehen», meinte Lardelli. «Komm schon, fünfzehn Kilometer, das ist doch nichts!»

Luca fuhr an den Straßenrand und hielt an. «Es liegt mal wieder bei dir, Frank», sagte er dann zu Bozzetto. «Willst du ins Motel, duschen, was essen, dich hinlegen, oder noch einen Ausflug machen?»

«Hinlegen kannst du dich bei diesem Ausflug auch», scherzte Lardelli, war aber der einzige, der grinste, weil Bozzetto keine Ahnung hatte, worum es ging, und Luca der Humor bereits wieder abhanden gekommen war.

«Wohin würden wir denn fahren?» fragte Bozzetto. Obwohl einmal mehr die Last der Entscheidung auf ihm lag, war er nicht mehr so nervös wie am Nachmittag; der Whisky hatte ihn sichtbar gelockert, er schien sogar in einer Art aufgekratzter Stimmung zu sein, falls dieser Zustand bei ihm überhaupt möglich war.

«An einen, sagen wir, hochinteressanten Ort», antwortete Lardelli und rüttelte ein wenig an Bozzettos Schulter. «Du wirst staunen.»

«Ein Bordell», warf Luca ein. «Nicht mal das. Ein paar Wohnwagen abseits der Straße, schäbig und dreckig. Die Nutten tragen bunte Fummel, damit man sie von den Leguanen unterscheiden kann.» Das mit den Leguanen hatte er vom alten Riley.

«Klingt doch phantastisch!» Lardelli klatschte in die Hände. «Warst du mal dort? Bist du wirklich mal dort gewesen?»

«Zweimal», gab Luca zurück. «Das erste und das letzte Mal. Es war dermaßen trostlos, ehrlich.» Er sah Bozzetto an, der lächelte und die Schultern hob.

«Mit wem warst du denn dort?» wollte Lardelli wissen. Ein Truck donnerte an ihnen vorbei, der Lärm und der Luftdruck wuchteten gegen die Scheiben des Toyota. «Mit wem bist du hingegangen?»

«Ist doch völlig egal», sagte Luca. «Was ich wissen will, ist, ob *wir* hinfahren.» Es sah wieder Bozzetto an.

«Sag ja, Frank!» drängte Lardelli. «Das wird ein Heidenspaß. Wir können ja auch nur mal kurz anhalten und uns die Sache ansehen. Was meinst du? Wir brauchen gar nichts zu tun, ich meine, wir gucken bloß mal.»

«Halt jetzt mal die Luft an!» unterbrach Luca ihn. «Ihr habt Glück, daß ich diesmal kein Gefrierfleisch und keine Kühlprodukte eingekauft habe, sonst wären wir schon längst im Motel, und diese Debatte hätte gar nicht erst stattgefunden. Trotzdem wäre es mir verdammt recht, wenn wir endlich losfahren könnten. Zu den Nutten oder ins Motel, das ist mir egal, ihr seid die Chefs, ihr bestimmt, was läuft. Aber ich habe keine Lust, noch lange hier rumzusitzen.» Luca nahm die Packung Camel vom Armaturenbrett, klaubte eine Zigarette hervor und zündete sie an.

«Also...», begann Bozzetto, seine Tasche knetend, als wolle er ertasten, ob er alles Nötige für einen Puffbesuch bei sich habe.

«Überleg mal, wieviel Stoff für Bücher an so 'nem Ort vorhanden ist», quatschte Lardelli wieder dazwischen.

«Von mir aus können wir ja mal da hinfahren», meinte Bozzetto schließlich, hob die Augenbrauen und verzog den Mund zu einem Grinsen. «Uns das mal ansehen.»

«Ein Mann, eine schnelle Entscheidung, so liebe ich das», sagte Luca, startete den Motor und schlingerte mit durchdrehenden Reifen zurück auf die leere Straße. Es war eigentlich noch viel zu früh, um zum Pitfall's Point zu fahren, und er hoffte, da draußen niemanden anzutreffen, so daß Lardelli und Bozzetto enttäuscht würden umkehren wollen.

Er war vor etwa einem Jahr mit Wesley «Single Tree» Gomez dort gewesen, und sie hatten eigentlich nur ein Bier in dem barähnlichen Holzschuppen trinken wollen, gerieten dann aber mit Scott Pritchett, der so eine Art Zuhälter, Platzwart und Rausschmeißer in einer Person darstellte, aneinander, weil man Wesley als Indianer nicht bedienen wollte. Wesley, solche Behandlung gewöhnt, wollte gleich wieder gehen, aber Luca machte einen Aufstand, der nach einer wüsten gegenseitigen Beschimpfung zur Schlägerei ausartete. Luca zog gegen Pritchett, der zwar mager, aber schnell und fies war, den kürzeren und kam nur dank Wesleys Hilfe einigermaßen heil davon. Noch während der Rückfahrt hatte Wesley einen Sketch aus dem Vorfall gemacht und ihn dann morgens um zwei in der Lobby des Motels vor Luca getestet. Er hatte den Lichtkreis einer Stehlampe auf den Boden gerichtet, sich hineingestellt und die Nummer gebracht, und Luca hatte mit blutiger Nase zugehört.

Während der Fahrt drehte Luca die Lautstärke der Anlage auf, damit er sich Lardellis Gequatsche nicht anzuhören brauchte. Als sie vom Highway abbogen und die halbe Meile über die Staubstraße zu den Wohnwagen fuhren, machte Luca die Musik aus. «Ich bleib im Wagen», sagte er. Sie rollten auf die Caravangruppe zu, ein Hund schlug an, und das tiefe Stottern eines Dieselgenerators war zu hören. «Ich werde depressiv, wenn ich mir das noch mal ansehen muß.»

«Stehen ja eine Menge Karren hier», meinte Lardelli und zeigte nach vorne; sieben Wagen, alle alt und riesig, parkten neben dem Holzschuppen, der seit Lucas Besuch neu gestrichen und mit einem Blechdach versehen worden war. «Alles Kunden? Jeder Schlitten ein Freier?»

Luca warf einen Blick auf die Uhr. «Kaum, ist noch zu früh.» Er spähte aus dem Fenster, konnte aber den Hund, der noch immer bellte, in der Dunkelheit nicht sehen.

«Also, sehen wir uns mal ein bißchen um.» Lardelli verharrte einen Augenblick, als wartete er auf irgend etwas, dann öffnete er die Wagentür und stieg aus.

«Sag mal, hast du etwa die Absicht, Photos zu machen?» Luca deutete auf die Kamera, die Bozzetto aus der Tasche genommen hatte und an deren Objektiv er jetzt herumschraubte.

Bozzettos Gesichtsausdruck nach zu urteilen wurde ihm schlagartig bewußt, wie schwachsinnig sein Vorhaben war. «Nein», murmelte er, steckte den Photoapparat in die Tasche zurück und stieg hastig aus. Er setzte die Sonnenbrille auf und sah sich nervös lächelnd um.

«Habt ihr etwas Geld eingesteckt?» fragte Luca und kam sich dabei vor wie ein Vater, der seine Kinder vor dem Rummelplatz absetzt.

«Wieso, wofür?» Bozzetto faßte in seine Tasche und holte eine Geldbörse aus grünem Kunstleder hervor. Er war aufgeregt, als würde er gleich in den Weltraum geschossen.

Lardelli trat zu ihm, nahm ihm die Sonnenbrille ab und warf sie auf den Beifahrersitz. «Kann ja sein, daß wir was trinken wollen, Frankieboy.»

«Ah ja, klar, logisch.» Bozzetto räusperte sich und warf verstohlene Blicke zu den beleuchteten Wohnwagen.

«Okay, wir sehen uns später», sagte Lardelli zum offenen Beifahrerfenster gebeugt. «Du willst wirklich nicht mitkommen?»

Luca schüttelte den Kopf. Er sah den beiden nach, wie sie an den geparkten Wagen entlang zum Holzhaus gingen, und mußte lächeln bei dem Gedanken, daß es wirklich Umberto Lardelli und Francesco Bozzetto waren, die da gemeinsam auf ein billiges Bordell mitten in der Sonora-Wüste zumarschierten.

Als die zwei nur noch wenige Schritte von der Holzbude entfernt waren, gingen an der Fassade plötzlich Girlanden farbiger Glühbirnen an, deren Lichter sich in rasendem Kreislauf um Fenster, Tür und Verandageländer zu jagen schienen. Gleichzeitig ertönte Musik aus dem Innern des Gebäudes, und kurz darauf traten zwei Frauen aus einem der Wohnwagen. Lardelli und Bozzetto, die, vom plötzlichen Lichtergewirr überrascht, für einen Moment stehengeblieben waren, setzten ihren Weg fort und betraten die Veranda, um nach kurzem Zögern erst die Fliegengittertür und dann die Holztür zu öffnen und dahinter zu verschwinden.

Luca hatte sich eine Flasche Orangensaft und einen von Gianninis Schokoladeriegeln aus den Pappkartons geholt und beobachtete jetzt wieder das Haus. Etwa zehn Minuten nach Lardelli und Bozzetto hatten drei Frauen die Bar betreten, und so wie es aussah, waren sie noch immer drin. Luca trank von dem lauwarmen Orangensaft, drehte das Radio an, suchte lange, bis er einen passablen Sender gefunden hatte und lehnte sich dann zurück, die Füße auf dem Armaturenbrett. Inzwischen war eine halbe Stunde vergangen; ein Wagen war vorgefahren, eine leicht hinkende Frau mit einer Einkaufstüte ausgestiegen und in einen der Wohnwagen geklettert, ein kahlköpfiger Mann hatte einen Abfalleimer durch die Nacht geschleppt, und eine Eule war dicht an der Frontscheibe des Toyota vorbeigeflogen. Luca stieg noch einmal aus, um eines der Bücher, die er am Nachmittag im Antiquariat gekauft hatte, zwischen den eingekauften Waren hervorzusuchen. Er wollte sich gerade zurück in den Wagen setzen, als er den Mann wieder sah. Diesmal trug der Glatzkopf eine Kiste von einem der Wohnwagen zum Haus. Leises Klirren von Glas, Flaschen, die gegeneinander stießen, war zu hören. Bei der Veranda angekommen, sah er Luca, stellte die Kiste in den farbig flirrenden Sand und wischte sich mit einem Tuch, das er aus der Gesäßtasche gezogen hatte, über das Gesicht. Luca fragte sich, wo Pritchett wohl sein mochte und ob der Dreckskerl ihn wiedererkennen würde.

«Wir haben geöffnet, Sohn!» rief plötzlich der Glatzkopf und winkte mit dem Tuch. «Ist noch nicht viel los, kriegst vielleicht ’nen Sondertarif!» Er kam ein paar Schritte auf Luca zu.

«Danke, ich warte nur auf meine Freunde!» rief Luca zurück und öffnete die Wagentür.

«Keine falschen Hemmungen, Sohn. Die Zeugen für deine Sünden sind Wüstenratte und Langnasenfledermaus. Gott wendet seinen Blick schon seit 'ner Million Jahren von diesem Fleck ab, und der Papst war auch 'ne Ewigkeit nicht mehr hier!» Als er noch zwei, drei Meter von Luca entfernt war, blieb er stehen. «Ist mindestens 'n Monat her.» Er kicherte und stopfte sich das Tuch wieder in die Tasche.

Luca lächelte. «Ich warte wirklich nur auf meine beiden Freunde», sagte er. «Danke», fügte er hinzu. Die meisten Leute verstanden das und ließen ihn dann in Ruhe.

Nicht so der Glatzkopf. «Sind die schon drinnen, oder kommen sie noch?» wollte er wissen. Sein Gesicht war rund und fleischig, die bleiche Haut glänzte; ein Mondgesicht wie aus alten Kinderbüchern, mit den Kratern der Pockennarben.

«Sie sind schon drin», antwortete Luca und wies auf das Haus.

«Wie kannst du dann hier draußen bleiben, Junior? Drinnen spielt die Musik.»

«Ich weiß», sagte Luca, erneut ein rasches Lächeln aufsetzend. «Trotzdem...»

«Du bist nicht von hier, Junge, hab ich recht? Bist von weiter weg, das hör ich.» Seine Augen verengten sich, als würde er angestrengt nachdenken. «Europa», sagte er dann, und ein Strahlen zog sich über sein Mondgesicht.

«Italien.» Luca drehte das Buch in den Händen, hoffte, der Glatzkopf würde es bemerken, die richtigen Schlüsse daraus ziehen und ihn wieder alleine lassen.

«Italien», wiederholte der Mann, schnippte mit den Fingern und nickte heftig. «Italien.»

Luca öffnete die Wagentür und ließ das Buch auf den Sitz fallen. «Sagen Sie, arbeitet dieser Pritchett noch hier, Scott Pritchett?»

«Scottie?» fragte der Mann und sah Luca an, um den Blick gleich wieder zu senken. Er schüttelte den Kopf.

«Der ist tot, Junge. Von einem Indianer in die ewigen Jagdgründe geschickt.» Er konnte sich ein leises Kichern nicht verkneifen. «Etwa drei Wochen ist es her, seit sie ihn unter die Erde gelegt haben, drüben in Buckeye.»

Lucas Herz spielte für einen Moment dermaßen verrückt, daß sein Blut durch den Körper raste wie die Lichter an dem Holzschuppen und er sich an der Wagentür festhalten mußte. Wesley! Er hatte von Wesley «Single Tree» Gomez schon seit einem Monat nichts mehr gehört, keinen Anruf erhalten und auch keine Kassette!

«War wohl 'n Freund von dir, der alte Scottie.»

«Was? Ja, nicht unbedingt, ich...» Luca fuhr sich mit der Handfläche über das Gesicht, lehnte sich gegen den Wagen und sah an der Holzbude vorbei in die Dunkelheit. «Ich kannte ihn ... flüchtig.»

«Scheint dir an die Nieren zu gehn», meinte der Glatzkopf. Er lief mit krummen Beinen und grotesk abgewinkelten Armen hinter das Haus, tauchte mit zwei Holzkisten und einem Thermoskrug wieder auf, stellte eine der Kisten vor Luca in den Sand und sagte: «Setz dich hin, bist ja schon bleicher als ich!» Dann schraubte er den Becher von dem Krug, füllte ihn mit Kaffee und reichte ihn Luca.

«Woher wissen Sie, daß es ein Indianer war?» fragte Luca, nachdem er sich einigermaßen beruhigt hatte.

«Stand in der Zeitung, war eine Riesengeschichte.» Der Mann hatte sich inzwischen ebenfalls auf eine Kiste gesetzt. «Willst du sie hören?» fragte er überflüssigerweise. Die Innenbeleuchtung des Wagens brannte und warf ein gelbes Licht auf seinen großen, runden Schädel.

Luca nickte kraftlos. «Ja ... wenn Sie Zeit haben?»

«Hier geht's erst um Mitternacht richtig los. Hab jede Menge Zeit.» Der Mann warf einen Blick auf das

Haus und rutschte dann mit seiner Kiste näher an Luca heran. «Ich heiße übrigens Floyd.» Er streckte Luca die Hand hin, eine fleischige Pranke, haarlos wie der Kopf. «Floyd Wilson.»

«Luca … Varese», entgegnete Luca und drückte flüchtig die Hand, die aus dem Ärmel einer groben Strickjacke herausragte.

«Also, wie der alte Scottie Pritchett zu Tode gekommen ist», begann Floyd Wilson. «Unten in Glendale war das, an 'nem Samstag. Er geht da in die Sportabteilung von 'nem Supermarkt, will vielleicht irgendwas kaufen, keine Ahnung, und in einer Ecke von dem Laden führen die gerade 'ne Werbeaktion durch für Pfeil und Bogen, so Hochleistungsbogen für Wettkämpfe, du weißt schon.» Er sah Luca an, wartete auf ein Zeichen, das Verstehen signalisierte.

Luca nickte. «Bogen», sagte er tonlos. Als Wilson die Sportabteilung des Supermarktes erwähnt hatte, war es Luca eiskalt über den Rücken gelaufen: er war mit Wesley verschiedene Male in Einkaufszentren gegangen, um mit ihm Baseballschläger zu begutachten. Einmal hatten sie einen Basketballkorb gekauft, der seither an der Fassade des Haupthauses hing, und ein anderes Mal in der Sportabteilung Angelzeug für Wesleys Vater besorgt.

«Das ist kein Spielzeug, kannst du mir glauben», fuhr Wilson fort, sichtlich begierig darauf, die Geschichte loszuwerden. «Die machen also so 'ne Demonstration für die Kunden, haben eigens 'nen Indianer angeheuert, der den Leuten zeigt, wie man mit so 'nem Ding umgeht. Der Kerl steckt in 'ner richtigen Häuptlingstracht, mit so 'nem Federschmuck auf'm Kopf und…»

«Moment mal», unterbrach Luca. «Warte mal, Floyd!» Er hob beide Hände und schloß für ein paar Sekunden die Augen; jetzt konnte er die winzigen Blitze in seinem

Hirn sogar sehen, die beim rasenden Nachdenken entstanden. «Bevor du weitererzählst... Wie hieß dieser Indianer, weißt du das noch?»

«Wie der hieß?» fragte Wilson zurück, erstaunt, daß Luca sich für diese Nebensächlichkeit interessierte. «Coolidge, glaub ich», sagte er nach kurzem Überlegen. «Ray oder Roy. Es fällt mir ein, weil das ja nicht gerade ein typischer Indianername ist. Häuptling Roy Coolidge, wie klingt denn das.» Er kicherte, nahm Luca den leeren Becher aus der Hand, schenkte sich Kaffee ein und trank einen Schluck.

«Der hieß nicht Wesley Gomez?»

«Wenn ich's dir sage. Coolidge, Ray oder Roy. Willst du den Schluß der Geschichte hören?» Wilson schüttete einen kleinen Rest Kaffee in den Sand und schraubte den Becher auf den Thermoskrug. Er hob den Kopf, als ein Wagen den Weg entlang gefahren kam und vor dem Haus hielt. Zwei Frauen entstiegen dem weißen Buick und gingen laut redend auf die Wohnwagen zu, schlossen bei einem die Tür auf und verschwanden im Inneren. Wilson murmelte irgend etwas und stellte den Thermoskrug zwischen seine großen Füße.

«Sicher, nur zu!» sagte Luca. Jetzt, wo der Schock über Wesleys vermeintlichen Mord einem Gefühl der Erleichterung zu weichen begann, fragte er sich, was Lardelli und Bozzetto so lange in dem Haus treiben mochten.

«Also, dieser Coolidge ist engagiert worden, um den Leuten zu zeigen, wie man mit so 'nem Bogen schießt. Dazu haben die von der Sportabteilung 'ne Riesenwand aus Strohballen aufgestellt, bis zur Decke hoch und mit irgendwelchen Plastikbahnen verkleidet, damit man das Stroh nicht sieht, denk ich. Die Wand war an die dreißig Fuß breit und vielleicht halb so hoch, und vor der Wand haben die so 'ne Zielscheibe aufgestellt, 'n lebensgroßer Elchbulle auf Styropor gemalt, sieben Fuß hoch oder so. In der Zeitung stand, die hätten mit dem Indianer 'nen ganzen Tag geübt, bis der das draufhatte mit dem Bogen und auch tatsächlich den Elch traf. Das Unglück passierte, als ein Kunde einen der ganz teuren Bogen vorgeführt bekommen wollte, so 'n Apparat, mit dem du auf zweihundert Yards 'nen echten Elchbullen umlegen kannst. Dieser Coolidge hatte natürlich keinen blassen Schimmer, was für 'ne Durchschlagskraft in dem Ding steckt, und der Pfeil, den er abschoß, ging glatt durch den Styropor-Elch, durch den Strohballen dahinter und auch durch die Papprückwand von dem Regal, vor dem der arme Scottie gerade kauerte, um sich 'ne Bowlingkugel anzugucken. Der Pfeil hat sich mitten in seine Brust gebohrt, wie im Film. Scottie soll noch 'n paar Minütchen gelebt haben, und in der Zeitung stand, der Indianer hätte ihn bis zum Ausgang getragen. Aber als die Ambulanz ankam, war Scottie tot.» Wilson stieß Luft durch die Nase aus, und sein Oberkörper richtete sich kurz auf und sackte gleich wieder zusammen. «Coolidge wird vermutlich wegen fahrlässiger Tötung drankommen, und die Typen von der Sportabteilung vielleicht auch, weil die Vorsichtsmaßnahmen ungenügend waren, denn die Polizei hat rausgefunden, daß der Pfeil durch einen Spalt zwischen zwei Strohballen durchgeflitzt ist.» Er lachte wie über einen schlechten Scherz und schüttelte den im gelben Licht schimmernden Kopf. «So stand's geschrieben.»

Luca starrte eine Weile auf den Sand vor seinen Füßen. Ein Rüsselkäfer umrundete den Thermoskrug und verschwand hinter Wilsons Kiste. Eine Frau kam aus ihrem Wohnwagen, ging zu einem roten Plymouth, stieg ein und fuhr, eine in den Rücklichtern wie eine Schleppe leuchtende Staubwolke hinter sich herziehend, zum Highway. Das Grollen einer Propellermaschine schwoll an und klang wieder ab, der Hund kläffte ein paarmal, wie aus Langeweile.

«Trug der Indianer Kriegsbemalung?» wollte Luca wissen und wunderte sich selber über diese seltsame Frage, die sich aus dem Vakuum des Schweigens von alleine formuliert zu haben schien.

Wilson lachte auf, schüttelte den Kopf und erhob sich. Seine kurzen, angewinkelten Beine streckten sich langsam wie die hydraulischen Stützfüße eines Lastkrans, und hätte völlige Dunkelheit geherrscht, wäre sein bleicher Kopf als aufsteigender Mond durchgegangen. «Das stand nicht in den Berichten. Auf jeden Fall hat er Scottie nicht skalpiert.» Er hob ächzend den Thermoskrug und die Kiste hoch und wandte sich zum Haus. «Es wird Zeit für mich, was zu tun», sagte er. «Willst du nicht doch rein zu deinen Freunden?»

«Ich warte noch ein Weilchen, dann hol ich sie.» Luca gähnte. «Ich bin hundemüde und will nach Hause.»

«Für mich fängt die Arbeitszeit jetzt an. Schlafen kann ich am Tag.»

Er bückte sich nach der Kiste mit den Flaschen, die er vor der Veranda abgestellt hatte, und hob sie auf. «War nett, mit dir zu plaudern, Sohn. Mach's gut, und laß dich nicht skalpieren!» Sein Kichern klang wie ein weit entfernt stehendes Auto, das nicht anspringt.

Luka ging zum Wagen zurück und setzte sich hinein. Er nahm eine Zigarette aus der Packung, zündete sie an und schlug dann das Buch auf, aber nach ein paar Seiten, die er unkonzentriert überflogen hatte, stieg er wieder aus und ging zu der Bretterbude. Vor der Tür blieb er einen Moment lang stehen, um auf Lardellis oder Bozzettos Stimme zu horchen, hörte jedoch nur das Summen der Klimaanlage, laute Musik und den unregelmäßigen Lärm des Dieselgenerators, der irgendwo in der Dunkelheit draußen wie ein alter Kahn im Sandmeer tuckerte. Luca warf die Zigarette weg und betrat durch die Fliegengitter- und die Holztür den spärlich beleuchteten Raum, der noch enger war als die äußeren Maße des Schuppens vermuten ließen. Die Hälfte der Fläche nahmen eine Theke und eine kleine Küche ein, der Rest war vollgestellt mit Sesseln, Tischen und einem Sofa, auf dem Lardelli und eine der Frauen saßen. Eine weitere Frau tauchte aus der Küche auf, die durch einen Plastikperlenvorhang von der Bar getrennt wurde. Bozzetto war nirgendwo zu sehen.

«Luca!» rief Lardelli, erhob sich halbwegs und ließ sich gleich wieder in die Polster fallen. Sein Hemd stand bis zum Hosenbund offen, die weißen Segeltuchslippers lagen auf dem Glastisch zwischen Aschenbechern, Eisbehälter, Gläsern und Flaschen. Die Frau, die Lardelli beim Trinken Gesellschaft leistete, lallte eine überschwengliche Begrüßung, die andere kam hinter der Theke hervor und erkundigte sich nach Lucas Wünschen.

«Ich hol den hier ab», ließ Luca sie wissen. Die Frau auf dem Sofa begann sofort zu protestieren, lehnte sich gegen Lardelli und legte ihre Arme um ihn.

«Willst du was trinken?» fragte die zweite Frau, während sie zurück zur Theke ging. Sie war um die vierzig, und ihr Gesicht sah aus, als wäre es mal mit dem Stellmesser geliftet worden; eine wulstige Narbe zog sich, vom Make-up nur unzureichend verdeckt, an der Rundung des Kinns entlang, eine zweite, feinere, ging quer über die Wange bis hinauf unter das Auge.

«Nein, danke, wir gehen gleich», antwortete Luca, nahm Lardellis Schuhe vom Tisch und stellte sie vor ihn auf den Boden. «Wo ist Francesco?»

Lardelli befreite sich aus dem Griff seiner Betreuerin und sah Luca an. Die Frau – um die dreißig, brünett und dicklich, aber nicht unattraktiv –, ergriff mürrisch ihr Glas und lehnte sich zurück. Nach einem Blick auf die Uhr krempelte Lardelli die Hemdsärmel nach vorne und schlüpfte in die Schuhe.

«Der ist vor 'ner Stunde mit seiner Flamme abgerauscht», sagte er.

«Was?» Luca setzte sich auf die Lehne eines Polstersessels. Aus dem Lautsprecher, der genau über seinem Kopf an der Wand hing, tönte Musik, die klang, als würden Ozzy Osbourne und Doris Day in Nashville Weihnachtslieder singen. «Wo ist er?»

Lardelli begann sein Hemd zuzuknöpfen. «In ihrem Wohnwagen.» Er wehrte die Hände seiner Gesellschafterin ab wie Mäuse, die an seiner Brust hochtrippelten.

«Seit fast einer Stunde?» rief Luca ungläubig und erhob sich wieder. «Was, zum Teufel, *macht* er denn da?» Erst als er sich selber hörte, merkte er, wie idiotisch diese Frage war. «Ich warte draußen auf euch», sagte er, während Lardelli sein Glas leertrank.

Im Freien atmete er die klare Nachtluft ein, lehnte sich an die Kühlerhaube und versuchte, nicht daran zu denken, was Bozzetto und dessen Auserwählte jetzt in einem der Wohnwagen trieben. Wenn er es sich dennoch vorstellte, spielten sich groteske Szenen vor seinem geistigen Auge ab: Bozzetto – in kurzen Hosen und in der Gewalt einer monströsen Nutte. Bozzetto – von einer billig parfümierten Furie geritten, Stellen aus seinen Büchern in die rötliche Dunkelheit wimmernd. Bozzetto – nackt in diesem mit erbärmlichem Schund um ein bißchen Erotik bemühten Wohnwagen, Donna Summer aus dem Kassettenrecorder, ein Poster von Patryck Swayze an der Tür. Luca wußte nicht recht, ob er sich über seine Phantasien amüsieren sollte, oder ob es ihn beschämen mußte, daß er Bozzetto nur mit Lächerlichkeit und Scheitern in Verbindung zu bringen vermochte. Er setzte sich in den Toyota, drehte die Musik voll auf und sah minutenlang in das bunte Geflacker der Glühbirnen, bis sein Kopf leergefegt war wie der Saal eines illegalen Sex-Kinos nach einer Razzia.

Etwas später kam Lardelli über den Platz. Er legte sich auf die Rückbank, die Beine aus der offenen Wagentür hängen lassend.

Eine Weile rauchten sie schweigend. Die Frau, die sich um Lardelli gekümmert hatte, trat aus der Bar und ging langsam zu ihrem Wohnwagen. Der Hund bellte, als sie die Tür hinter sich zuwarf.

«Glaubst du, er kommt bald?» fragte Luca, nachdem er die Musik leiser gestellt hatte.

«Wenn es ihm bis jetzt nicht gekommen ist, machen die beiden irgendwas falsch in dem verdammten Wohnwagen», antwortete Lardelli.

Luca überlegte, ob er lachen sollte, aber er war zu müde. «Warum hab ich eigentlich nicht gesehen, wie die beiden in den Wohnwagen gegangen sind?»

«Sie sind hinten raus.» Lardelli hustete und schnippte seine Zigarette durch die offenstehende Tür. «Ihr Wohnwagen steht gleich hinter dem Schuppen.»

«Seit einer Stunde ist er da drin, sagst du?»

Lardelli setzte sich auf und zog die Wagentür zu. «Hier haben die Nutten eben noch Zeit.»

«Vielleicht hat er's nicht überlebt», meinte Luca und grinste in den Rückspiegel.

«Den Anblick seines ersten Ständers?»

«Ich hab von einem Typen gehört, der soll einen so großen haben, daß er jedesmal ohnmächtig wird, wenn er 'ne Erektion kriegt, weil sein ganzes Blut vom Hirn in den Schwanz gepumpt wird.»

«Frankies Hirn ist eh nie durchblutet», sagte Lardelli.

«Warum magst du Francesco eigentlich nicht?» fragte Luca nach einer Weile, während der sie beide zu der blinkenden Bude geschaut und auf Bozzettos Erscheinen gewartet hatten. Ein klappriger Mercedes war vorgefahren, ein dürrer Mann in schwarzem Anzug ausgestiegen und hinter der Fliegengittertür verschwunden.

«Warum sollte ich ihn mögen?» Lardelli hatte sich wieder hingelegt und die Augen geschlossen.

«Er ist doch ganz in Ordnung. Ich meine, er ist ... nett.» Luca merkte, daß es nicht einfach war, Bozzettos Vorteile aufzuzeigen. «Er ist ein Langweiler, zugegeben, aber...»

«Francesco ist ein verdammter Hohlkopf, Luca!» fiel Lardelli ihm ins Wort. «Er ist ein elender Spießer und ein weinerlicher, moralisierender Sack. Das wäre mir alles egal, wenn er in seiner verfluchten Zoohandlung sitzen und Ratten verkaufen würde. Aber er nennt sich Schriftsteller, Luca, er schreibt Bücher, und jetzt ist er sogar hier, eingeladen wie Leonardo Giannini und davor Ottavio Buffo, Lorenzo Arici oder Gesualdo Lucchesi!»

«Oder Umberto Lardelli», warf Luca ein.

«Ja, verdammt!» rief Lardelli und setzte sich auf. «Der Kerl hat hier oder in einer ähnlichen Institution so wenig verloren wie mein Onkel Vittorio, der allen Verwandten zum Geburtstag ein erbärmliches Sonett dichtet. Ich bin drei Jahre älter als Francesco, hab aber erst fünf Bücher rausgebracht in fünfzehn Jahren, in richtigen Verlagen, und ich hab geschuftet dafür, das kannst du glauben oder nicht. Dieser größenwahnsinnige Nichtskönner hat in weniger Zeit über ein halbes Dutzend Romane veröffentlicht. Der Kerl produziert die Dinger wie andere Leute Körbe flechten, und er verschickt sie so regelmäßig wie Weihnachtsgebäck!»

«Das mag ja stimmen», sagte Luca. Er fand die Packung Tortilla Chips, die er am Nachmittag in Sally Kennans Laden gekauft hatte, unter seinem Sitz, und reichte sie Lardelli. «Ich versteh nur nicht, warum dich das so nervt. Ich meine, Francesco tut keinem was zuleide, und seine Bücher liest doch eh so gut wie keiner.»

«Aber *wenn* jemand eins liest, faßt der sein Leben lang kein Buch mehr an!» Lardelli riß die Packung auf und schob sich ein paar Chips in den Mund.

Luca lachte. «Jetzt übertreibst du aber.»

«Natürlich übertreibe ich!» Er hielt Luca die Packung mit den Chips hin, aber Luca schüttelte den Kopf. «Ich versuche nur, dir klarzumachen, warum ich Francesco Bozzetto nicht ausstehen kann, jedenfalls nicht in seiner Eigenschaft als…»

«Da kommt er!» rief Luca und deutete nach vorne, wo Bozzetto aus dem unruhigen Halbschatten neben der Bretterbude getreten war.

«Hängt etwas durch im Lendenbereich», sagte Lardelli, nachdem für einen Augenblick absolute Stille geherrscht hatte im Wagen.

«Denkst du wirklich, die haben's gemacht?» fragte Luca und mußte gleich wieder die Bilder abblocken, die sein Hirn an die Innenseite des Schädels projizierte.

«Irgendwas müssen sie ja gemacht haben in der ganzen verdammten Zeit.»

Bozzetto kletterte, eine Begrüßung murmelnd, auf seinen Sitz, und Luca fuhr los. «Tut mir leid, daß es so lange gedauert hat», entschuldigte sich Bozzetto, nachdem er den Sicherheitsgurt eingeklinkt hatte.

«Geht in Ordnung», gab Luca zurück. Er mußte ganz rechts fahren, weil ihnen zwei Fahrzeuge auf dem schmalen Weg entgegenkamen; offensichtlich fingen die Geschäfte in Pitfall's Point allmählich zu laufen an.

«Was hat denn so lange gedauert?» wollte Lardelli in seiner spöttischen Art wissen. «Wofür brauchtet ihr denn so eine Ewigkeit? Komm schon, Frank! Ich werde es in der Biographie über dich nicht erwähnen.» Er lehnte sich zwischen die Vordersitze und hielt Bozzetto ein imaginäres Mikrophon vor das Gesicht. «Wir haben lange gewartet, jetzt mußt du ein bißchen was rausrücken.»

«Schon gut, Umbi, setz dich wieder hin!» sagte Luca, als Bozzetto, das Gesicht abgewandt, schwieg und so tat, als sähe er draußen nicht Dunkelheit, sondern Landschaft.

«Sie heißt Claire», sagte Bozzetto plötzlich, ohne den Blick vom Seitenfenster abzuwenden.

«Toll», meinte Lardelli. «Meine nannte sich Michelle. Die Kunden dort mögen's offenbar französisch.» Er lachte und ließ sich gegen die Rückenlehne fallen.

«Sie heißt wirklich Claire, sie hat mir ihren Paß gezeigt.»

Lardelli schnellte nach vorne und stieß einen Lacher aus, der das Auto füllte wie der Knall einer aufgeblasenen und geplatzten Papiertüte. «Sie hat dir *ihren Paß* gezeigt?» Er klatschte in die Hände und ließ sich wieder nach hinten kippen. Sein Lachen klang wie ein erschöpftes Stöhnen. «Sie hat dir wirklich ihren verdammten Paß gezeigt?» Er fixierte Luca, weil er sehen wollte, ob der von dieser Offenbarung ebenso überwältigt war.

«Hast du sie darum gebeten?» fragte Luca, um Lardellis aggressiven Ton etwas zu neutralisieren.

«Nein», antwortete Bozzetto und sah jetzt immerhin geradeaus. «Wahrscheinlich wollte sie mir einfach beweisen, daß sie tatsächlich so heißt.»

«Und das war *alles*, was sie dir gezeigt hat?» Lardelli schraubte den Deckel von der Schnapsflasche und genehmigte sich einen Schluck.

«Nein, sie hat mir auch Photos gezeigt von ihrer kleinen Tochter.»

«Ich halt's nicht mehr aus!» murmelte Lardelli.

«Du wirst lachen, Umberto, wir haben nichts getan, was dich interessieren könnte.»

«Lachen?» rief Lardelli. «Ich muß gleich *kotzen*! Das klingt wie aus einem deiner schwachsinnigen Romane. Da geht einer zum ersten Mal in seinem Leben zu 'ner Nutte und statt sich endlich mal...»

«Scheiße!» schrie Luca. Er riß das Steuer nach links herum und trat auf die Bremse, hörte das Quietschen der blockierenden Reifen auf dem Asphalt und den

Schlag in der Vorderachse, als der Wagen über die Sandverwehung am Straßenrand sprang, spürte die Kraft, die ihn beim plötzlichen Stillstand nach vorne warf, und er fühlte den stechenden Schmerz im Schädel, der gegen irgend etwas sehr Hartes geprallt war.

«O mein Gott!» Das gehörte zweifelsohne zu Bozzetto, dessen Gesicht weit weg flimmerte wie der Bildschirm des Fernsehers, auf den Luca als Kind, nachts und heimlich, durch die Milchglasscheibe des Wohnzimmers gestarrt hatte.

«Luca, heilige Kacke, sag was!» Lardelli war näher, sein Mund ein Schacht, ein licht- und bodenloser Krater.

«Halbhund», sagte Luca, dann erreichte er den Grund des Kraters.

12

Das erste, abgesehen von der Zimmerdecke, was Luca am Morgen des nächsten Tages sah, war Al's bandagierter Kopf. Der Junge saß im abgedunkelten Raum neben dem Bett, nickte zu der Musik aus dem Walkman und las in einem Science-Fiction-Comic. Als Luca seinen Krankenwärter am Arm berührte, um ihm zu zeigen, daß er aufgewacht war, fiel Al vor Schreck beinahe vom Stuhl. Er riß sich die Kopfhörer herunter und starrte Luca an.

«Auf welchen Planeten hast du mich gebracht, Fremdling?» fragte Luca und ließ seine Stimme matt und leicht röchelnd klingen.

Al stand einen Moment lang wie eingefroren und mit Riesenaugen da, dann rannte er zum Wandregal, streckte sich nach Schreibblock und Bleistift, kritzelte hastig etwas hin, riß den Zettel ab und hielt ihn Luca vor das Gesicht. Auf dem Papier stand in zittriger Schrift: ERDE. ICH BIN AL.

Luca lächelte. Al eilte aus dem Raum und kam kurz darauf mit seiner Mutter und Bozzetto zurück. Thelma stellte ein Tablett mit Essen und Getränken auf den Servierwagen, den Bozzetto hereingetragen und ans Bett geschoben hatte.

«Wie fühlst du dich?» fragte Bozzetto und schloß die Tür, als er sah, daß Luca seine Augen mit der Hand vor dem hereinfallenden Licht schützte.

«Wie nach 'nem dreitägigen Besäufnis mit Rasierwasser», antwortete Luca und tastete nach dem Verband. Thelma reichte ihm ein Glas Orangensaft, und er trank es ohne abzusetzen leer. «Danke.»

«Von diesen Kapseln sollen Sie alle drei Stunden eine nehmen», sagte Thelma und zeigte ihm eine Packung, die neben dem Teller mit Früchten stand. «Doktor Pollard kommt am Nachmittag noch mal vorbei.»

«Doc Pollard war hier?»

«Du warst halb bewußtlos nach dem Unfall, hast eine kleine Platzwunde an der Stirn.» Bozzetto sprach leise, flüsterte beinahe.

«Wie sind wir denn gestern hierher gekommen?»

«Ich bin gefahren», sagte Bozzetto verlegen und stolz. «Der Wagen war heil.»

«Wie geht's Umberto? Wo ist er?» Luca richtete sich etwas auf; ein leichter Schmerz drückte ihm gegen den Schädel.

«Dem geht es gut. Er hatte zuviel getrunken. Ich weiß nicht, ob du dich daran erinnerst. Er schläft noch.»

Thelma hatte das Glas noch einmal mit Orangensaft gefüllt und reichte es Luca mit einer der Kapseln. «Kann ich Mister Beltrametti ausrichten, es ginge Ihnen gut?»

Luca legte sich die Kapseln auf die Zunge und spülte

sie mit dem Saft hinunter. «Oh, ja, natürlich. Ich fühle mich ... sehr wohl.» Als er grinste, spürte er ein Ziehen an der Platzwunde.

«Dann lassen wir dich jetzt ein bißchen schlafen.» Bozzetto legte Al die Hand auf die Schulter. «Bis später.»

«Ja, bis dann», gab Luca zurück und hob die Hand. Als die drei draußen waren und Bozzetto die Tür hinter sich schließen wollte, rief Luca ihn zurück.

«Ja?»

«Sag mal, Frank, noch eine Frage. Gestern, als du losgefahren bist, lag da ein ... toter Hund auf der Straße?»

«Ein Hund?» Bozzetto trat einen Schritt ins Zimmer und zog die Tür zu. «Nein, da war gar nichts auf der Straße», antwortete er nach kurzem Nachdenken.

«Also kein toter Hund, Frank?»

«Nein.» Bozzettos Stimme klang, als mutete ihn diese Unterhaltung ein wenig seltsam an.

«Gut», sagte Luca und hob lächelnd die Hand.

Bozzetto nickte, blieb noch einen Augenblick im Halbdunkel stehen und ging dann hinaus.

Luca schlief durch, bis um halb vier Doc Pollard kam, um sich die Stirnwunde anzusehen und den Verband zu wechseln. Henry Fitzgerald Pollard hatte achtzehn Jahre lang als Truppenarzt im Range eines Majors auf dem Luftwaffenstützpunkt Davis-Monthan in Tucson gearbeitet und war unehrenhaft aus der Armee entlassen worden, weil er kurz vor Ausbruch des Golfkrieges sämtliche Soldaten seines Zuständigkeitsbereiches für einsatzunfähig erklärt hatte. Natürlich war er sich der Wirkungslosigkeit seiner Geste bewußt, weigerte sich aber bis zuletzt, die Atteste – er hatte für jeden der über zweihundert Soldaten eine Krankheitsgeschichte erfunden –, zu widerrufen. Jetzt betrieb er eine eigene Praxis in einem winzigen Ort in der Nähe von Wickenburg und kam einmal pro Woche ins Literatur-Motel, um nach dem Alten und Al zu sehen.

«Sie besitzen einen erstaunlich harten Schädel», bescheinigte er Luca, nachdem er den Verband erneuert hatte. Mit einer kleinen Stablampe leuchtete er in Lucas Augen, um die Reaktion der Iris zu testen. «Eine Gehirnerschütterung haben Sie jedenfalls nicht. Noch Kopfschmerzen?»

«Ein Druck wie bei einem heftigen Kater», antwortete Luca. «Aber er läßt nach.»

«Gut. Ich komme morgen wieder vorbei. Ich bin eh in der Gegend und will auch nach Mister Beltrametti sehen. Sein Schädel ist leider nicht mehr so hart wie Ihrer.» Er klappte die Tasche zu und hob sie auf. «Ehrlich gesagt, er bereitet mir ein wenig Sorgen. Seine Absenzen häufen sich.»

«Ich weiß. Können Sie da gar nichts tun?»

Doc Pollard schüttelte den Kopf. «Ich nicht», entgegnete er. «Ich werde ihn für eine nochmalige Untersuchung im St. Joseph's anmelden. Vielleicht finden die etwas.»

«Wann wird das sein?»

«In etwa zwei Wochen. Ich fahre am Freitag für zehn Tage nach Colorado zum Angeln. Wenn ich zurück bin, sehen wir weiter.» Er trat ans Bett und drückte Luca die Hand. «Bis morgen dann.»

Als Thelma und Al am Abend das Essen brachten, lag ein Blatt Papier mit einer maschinengeschriebenen Nachricht von Beltrametti auf dem Tablett. Luca faltete den Bogen auseinander und las: LIEBER LUCA, NUN SIND WIR HIER SCHON DREI, DIE EINEN DACHSCHADEN HABEN UND VON DOKTOR POLLARD BEHANDELT WERDEN MÜSSEN. ES WÄRE ALLMÄHLICH ZU ÜBERLEGEN, OB MAN AUS DER STIFTUNG NICHT EIN ERHOLUNGSHEIM für Leute mit lädierten Köpfen machen soll… In der Hoffnung, deine Genesung schreite rasch voran, sende ich Dir die besten Wünsche. PS: Träum von schönen Musen mit vollen Brüsten und breiten Hüften! Unter den Zeilen stand die krakelige Signatur des Alten, geschrieben mit einer breiten Feder und königsblauer Tinte. Luca bat Al um eine Reißzwecke und befestigte damit das Blatt neben den anderen Zetteln, Photos und Karten an der Wand hinter sich. Danach aß er Thelmas Minestrone, das Omelett und den Fruchtsalat, schluckte die Medizin und las einen Brief seiner Eltern, den er am Vortag in Phoenix von der Post abgeholt hatte; es ging allen gut; sie dachten daran, ihn gelegentlich zu besuchen.

Später spielten Luca und Al einige Partien Dame und unterhielten sich – Al schrieb Zettel um Zettel voll – über die Schule, über Fahrräder, über die Marx Brothers, die Al zum ersten Mal im Fernsehen gesehen hatte, über einen toten Fisch im Gartenteich und Narben, über Alice Cooper und über die Brüste von Kim Basinger.

Als der Notizblock aufgebraucht war, erzählte Luca dem Jungen die Geschichte von Scott Pritchetts außergewöhnlicher Art zu sterben, und danach war es Zeit für Al, ins Bett zu gehen.

Weil er noch nicht müde war, steckte Luca eine Kassette in den Recorder und schrieb einen Brief an Piper Zabriskie. Er berichtete ihr von Carnevale, von Lardellis Kletterpartie, vom Besuch in Pitfall's Point und natürlich von der Sache mit Halbhund.

Danach schmerzten seine Augen, und der Druck im Kopf war wieder da. Er löschte das Licht, machte die Musik aus und lauschte auf die Geräusche von draußen; Jerusalem- und Mormonengrillen lärmten in den Sträuchern, ein Bullfrog aus dem Teich hinter dem Haus begann zu rufen, und andere setzten ein, irgendwo in der

Nähe schnalzte ein Gecko, und alles wurde unterlegt vom sonoren, in Backstein und Wellblech gepackten Grollen des Generators.

13

Wenn Luca den Kopf zu schnell bewegte, reagierte sein Schädel mit sekundenlangem, ziehendem Schmerz, der den Nacken hinunterfloß und irgendwo im Rückgrat versickerte. Um die Augen vor der peinigenden Helligkeit zu schützen, trug er Baseballmütze und Sonnenbrille, die er auch im Haus aufbehielt. Nur während der kurzen Visite in Beltramettis Räumen, wo dicke Vorhänge für ein angenehm diffuses Licht sorgten, hatte er beides abgelegt.

Den Schalter in Lardellis Bungalow hatte er repariert. Jetzt kniete er im Schatten der Lehmmauer, die den Garten auf der Rückseite des Hauses umgab, reinigte das Filtersieb der Wasserpumpe, erneuerte das Isolierband am Kabel, spülte den leicht verstopften Schlauch durch und schraubte den Deckel auf den Kunststoffkasten, der den mit Sonnenenergie betriebenen Motor umgab. Als die Pumpe wieder lief, fischte Luca Blätter, abgefaultes Gras und kleine Zweige aus dem Teich und warf sie auf den Komposthaufen. Dort lag auch der tote Fisch, von dem Al ihm erzählt hatte; es war ein etwa sieben Zentimeter langer Spikedace, ein schmaler, bräunlicher Fisch, von denen eine ganze Schar im Teich lebte.

Beltrametti hatte das Biotop bald nach dem Kauf des Motels anlegen lassen. Mittlerweile lebten an die zwanzig verschiedene Echsen, Geckos und Salamander darin, mindestens zehn Frosch- und Krötenarten, ein halbes Dutzend ungiftiger Schlangen und Blindschleichen, fünf Schildkröten, vier sich vertragende Fischsorten und eine flugunfähige Elfeneule mit verkümmerten Schwingen, die den Namen Plurabelle trug und ein flauschiger, glotzäugiger Müllschlucker war. Beltramettis Interesse galt jedoch vor allem den Pflanzen. In seinem Garten wuchsen sämtliche in der Sonora-Wüste heimischen Kakteen: Organ Pipe, Jumping Cholla, Saguaro, Ocotillo, Teddybaer Cholla und die kleineren Fishhook, Claret Up, Beavertail und Cushion. Daneben hatte er noch mindestens fünfzig andere Sorten gepflanzt, und alle gediehen sie prächtig. Zwischen den Kakteen machten sich Soaptree Yuccas und Torrey Yuccas, Büsche und Gräser breit, in einer Ecke des Gartens stand zwischen Felsblöcken ein über sieben Meter hoher Desert Ironwood mit grauer Borke und immergrünen Blättern. In der Krone des Baumes wuchsen Misteln, deren rote Beeren Vögel anlockten.

Luca hatte gerade Plurabelles Sitzfelsen vom Kot gesäubert, als Al die Kiste mit dem Tierfutter brachte. Zweimal in der Woche bekamen die vegetarisch lebenden Echsen Früchte und Beeren, und ein Teil der Fleischfresser Eier und Mehlwürmer. Die drei Schlangen mußten nicht gefüttert werden; die Western Blackhead ernährte sich von Würmern, Tausendfüßlern und Insektenlarven, die wunderschön gezeichnete Checkered Garter Snake jagte im Teich nach Fischen und Fröschen, und die Night Snake fing sich ab und zu eine junge Eidechse oder eine Kröte, von denen es im Garten mehr als genug gab. Al schöpfte mit einer Holzkelle das Mus aus Früchten und Beeren in flache Tonteller, während Luca die Blechdose öffnete und einen Bierkrug voll Mehlwürmer daraus entnahm, die er in drei aus Kupfer gefertigte und im Sand eingegrabene Trichter kippte. Danach verteilte er ein halbes Dutzend angeschlagener Eier im Sand und auf den Felsbrocken.

Plurabelle, die jeden Tag mit Essensresten gefüttert werden wollte, bekam vom Vortag übriggebliebene Nudeln und ein paar Brocken Nußkuchen. Als im Garten alles getan war, trugen Luca und Al den leeren Eimer und die Dose mit den Mehlwürmern ins Haus; der Eimer kam zurück in die Küche, die Mehlwürmer hinunter in den Keller, wo Luca die Tiere in mit Kleie gefüllten Kunststoffbehältern züchtete.

Später stand Luca neben dem Jungen am Fenster von Al's Zimmer und sah hinunter in den Garten, wo der Chuckwalla, eine fette, vierzig Zentimeter lange Echse, bereits aus einem der Tonteller fraß. Der Chuckwalla war, wenn er nicht gerade in seinem Unterschlupf die Zeit verschlief, zutraulich wie ein Hund; oft krallte er sich an Lucas oder Al's Schuhen und Hosenbeinen fest, bis er eine Frucht bekam. Eine kleine Bürsteneidechse schlüpfte aus dem hohen Gras und lief zu einem der Trichter, in denen die Mehlwürmer vergeblich versuchten, sich an den glatten Wänden emporzuwinden. Die Frösche und Kröten waren nachtaktiv und würden erst später aus ihren Verstecken hervorkommen, aber ein Western Bluebird hatte die Futterquelle entdeckt und bediente sich ausgiebig daraus, bis Luca in die Hände klatschte und den Vogel verscheuchte.

Gegen Mittag, Luca und Al zogen gerade eine Rolle Teerpappe auf das Dach von Gianninis Bungalow, kam Doc Pollard, und Al mußte ins Haus, um seinen Kiefer herzuzeigen. Luca arbeitete noch eine Weile und ging dann unter die Dusche. Die Wunde blutete kaum noch. Er ersetzte den Verband durch ein großes Heftpflaster, zog sich ein frisches Hemd und saubere Jeans an, setzte sich in die Lobby und blätterte die italienische Zeitung durch, die er aus Phoenix mitgebracht hatte.

Doc Pollard blieb lange beim Alten oben. Als er herunterkam, unterhielt er sich eine Weile mit Luca über

Beltramettis Gesundheitszustand und die Aussicht, Al's Bandage nach seinem Angelausflug abzunehmen, dann ließ er sich von Luca zu seinem Wagen begleiten.

«Passen Sie auf alle auf, solange ich weg bin!» Doc Pollard legte seine Tasche auf den Beifahrersitz und stieg ein.

Als der Wagen außer Sicht war, ging Luca zurück ins Haus, holte Eis und brachte es Giannini, der auf seiner Veranda saß und schrieb.

«Sagen Sie mir ein anderes Wort für Himmel, Luca!» Giannini saß zurückgelehnt in seinem Schaukelstuhl und nahm einen Eiswürfel aus dem Behälter, den Luca ihm hinhielt. «Es kann auch eine Umschreibung sein, aus mehreren Wörtern.»

«Ich weiß nicht…Weites Blau vielleicht.»

«Der Himmel ist nicht immer blau», wandte Giannini lächelnd ein. Er steckte sich einen halb geschmolzenen Würfel in den Mund und fuhr sich mit einem anderen über den Nacken.

«Hier schon», antwortete Luca, mit dem Arm andeutungsweise auf die leere Fläche zeigend, die über ihnen stand.

Giannini füllte Eis in ein Glas und goß Wasser aus einer Thermoskanne darüber. «Dieser scheinbar öde, bis auf unsensible Floskeln attributlose Himmel, der Auge und Geist kaum lange zu beschäftigen vermag, fordert dem Dichter tausendmal mehr ab als jede quellende Wolkenpracht und jedes purpurrote Strahlenlodern», meinte er, nachdem er einen Schluck getrunken und dabei eine seiner Knoblauchtabletten, die er seit Monaten einnahm, hinuntergespült hatte. «Er macht es einem nicht leicht mit seiner blasierten Kargheit, zumindest nicht während des Tages, geizt mit Wolken und prunkt nur am Morgen und Abend mit gloriosem Farbenspiel.» Giannini lächelte, als würde ihm plötzlich bewußt, daß er Luca langweilen oder von Wichtigerem abhalten könnte. «Bitte entschuldigen Sie meinen Exkurs, ich hatte nicht die...»

«Nein, nein», kam Luca ihm zuvor. «Was Sie sagen, interessiert mich, auch ich habe mich ein wenig mit dem Himmel hier beschäftigt.» Er wurde etwas verlegen und lehnte sich gegen das Geländer.

«Erzählen Sie!» forderte Giannini ihn freundlich auf. Er trug weder Schuhe noch Socken, zu kurze schwarze Hosen und ein gelb gestreiftes Hemd, dessen Ärmel er hochgekrempelt hatte. Eine braune Fliege steckte in seiner Brusttasche, und über der Stuhllehne hingen Hosenträger.

«Oh, da gibt es nicht viel zu erzählen», entgegnete Luca und sah den Ameisen nach, die über die Planken der Veranda liefen. «Für mich ist der Himmel über der Wüste eine Art ... Trost.» Er warf einen schnellen Blick auf Giannini, der lächelte und nickte. «Vielleicht nur ein anderes Wort für Leere, aber nicht beängstigend, sondern befreiend. Hier draußen ist kein Druck auf einem, weil es so viel anspruchslose Weite gibt.» Er stieß sich vom Geländer ab. «Das hat mit dem Himmel zu tun.»

Giannini hatte den Kopf leicht schräg gelegt und sah auf irgendeinen Punkt vor seinen Füßen. Er nickte, als habe Luca gerade etwas sehr Bedeutendes gesagt. Bevor er antworten konnte, wurde auf der gegenüberliegenden Seite die Tür geöffnet und gleich wieder zugeworfen. Ferra, halb ausgenüchtert oder schon angeheitert, nahm alle Verandastufen auf einmal, lief grußlos zum Haupthaus und verschwand darin. Keine dreißig Sekunden später – Giannini wollte gerade, eingeleitet durch ein «Ja, ja», etwas sagen –, kam Ferra mit einem Packen Zeitungen unter dem Arm zurück, warf die Tür seines Bungalows hinter sich zu und ließ dann wieder alle hören, welche Art von Musik er bervorzugte.

«Ja, ja», sagte Giannini noch einmal. Ferras Auftritt hatte ihn aus dem Konzept gebracht. Er füllte sich Wasser ins Glas und schluckte eine weitere Knoblauchtablette, weil er die eben eingenommene schon vergessen hatte.

Luca wartete noch einen Augenblick und verabschiedete sich, als der alte Mann schwieg. Er ging ins Haus, fand Thelma in der Waschküche und half ihr, die Laken zu falten und in die Schränke zu räumen. Glücklicherweise war Al in der Nähe und blödelte mit den Tischdecken herum; so konnte Luca sich zwingen, seine Aufmerksamkeit dem Jungen zu widmen, statt Thelma anzustarren. Nachdem die restliche schmutzige Wäsche in der Maschine und die saubere verstaut war, gingen die drei in die Küche, um das Nachtessen vorzubereiten. Calvin Beavers kam mit seinem Lieferwagen und brachte Gemüse, Früchte und Eier, und Luca half ihm beim Hineintragen der Kisten. Beavers, ein Farmer aus der Gegend, brachte dem Alten hin und wieder eine Echse oder eine harmlose Schlange, die auf seinem Grundstück in einen der Schächte gefallen war, und jedesmal, wenn er seine Waren ablieferte, wollte er einen kurzen Blick in den Garten werfen. Sie tranken dann gewöhnlich ein Bier, und Beavers fütterte und tätschelte den Chuckwalla, den er vor ein paar Jahren verletzt aus einer Abwasserröhre gezogen hatte.

Luca hatte die Fensterläden geschlossen und lag auf seinem Bett. Von den Kopfschmerzen spürte er nur noch ein gelegentliches Stechen. Die Musik aus Ferras Bungalow war verstummt; Luca lauschte auf das vielstimmige Summen von Generator und Klimaanlage. Er dachte an Halbhund, überlegte, ob er ihn wohl angefahren hatte, und döste darüber ein. Statt von schönen Musen träumte er von einer riesigen Fassade, aus deren einzigem Fenster er kopfüber hing, verspottet von Mario Bodoni, der unter ihm stand und in ein Blechmegaphon brüllte. Piper Zabriskie stand auf einer Leiter und sah Luca an, stieg dann die Sprossen hoch, immer weiter, bis sie in einer Art Nebel verschwand.

Ein Klopfen an der Tür weckte Luca. Als er die Augen öffnete, stand Wesley «Single Tree» Gomez im Zimmer, breitete die Arme aus und imitierte eine Bläserfanfare.

«Jesus Christus», stöhnte Luca und ließ den Kopf zurück auf die Matratze sinken.

«Sind Sie der Manager dieses Clubs?» rief Wesley und legte eine kurze Folge von Stepschritten hin. «Mein Name ist Wesley Singletree, und ich komme aus diesem wunderbaren Ort, wo alle, die Bären, die Biber, die Bäume und auch wir Uramerikaner den besonderen Schutz der Regierung genießen. Wir nennen es unser Country-Club-Ghetto, und ich kann Ihnen sagen, wenn wir uns die Ausrüstung leisten könnten, würden wir den ganzen Tag Golf spielen, ehrlich. Letztes Jahr wollte eine Ölfirma auf unserem Gebiet Probebohrungen durchführen. Ich wäre ja dafür gewesen, denn so hätten wir wenigstens schon mal die Löcher zum Golfen gehabt...» Wesley simulierte einen Abschlag beim Golf, schlenkerte mit den Hüften und zeigte sein weißes Gebiß. «Sie fragen sich bestimmt, wie ich dazu kam, Komiker zu werden. Nun, ich dachte mir, wenn Sammy Davis Junior als Entertainer einen solchen Erfolg haben konnte, hätte ich bestimmt auch eine Chance. Denn mal ehrlich, der Kerl war klein, häßlich und Kettenraucher... Nicht die besten Voraussetzungen, um ein Star zu werden, oder? Jedenfalls hab ich mir gesagt, versuch's einfach, schließlich hast du sogar einen Riesenvorteil gegenüber dem seligen Sammy... Du bist nicht schwarz!» Er ließ sein affektiertestes Lachen hören und klatschte in die Hände. «Und falls Ihnen meine Witze nicht gefallen sollten, kann ich Ihren Gästen auch beibringen, wie man aus Büffelfellen Pantoffeln herstellt oder wie man Skalps haltbar macht!»

«Oh, Mann, Wes, du verrückter Hund!» rief Luca und erhob sich, um seinen Freund zu umarmen. «Wo kommst du her? Warum hast du nicht angerufen? Ich hätte 'ne kleine Party organisiert!»

Wesley klopfte Luca ein paarmal mit beiden Händen auf den Rücken und setzte sich dann auf das Bett. «Ich war in Kingman bei meinem Onkel. Er hatte Schwierigkeiten mit den Behörden, und ich hab ihm ein bißchen geholfen. Am Donnerstag muß ich in L.A. sein, da dachte ich mir, ich seh mal kurz bei den Italienern vorbei.» Er grinste und nahm eine Packung Tabak aus der Jackentasche, um sich eine Zigarette zu drehen.

«L.A.?» fragte Luca. «Was willst du da?»

Wesley befeuchtete das Papier mit der Zungenspitze, strich die Zigarette zwischen den Fingern glatt und zündete sie an. «Ein Club läßt mich auftreten.» Sein Grinsen wurde noch breiter, und der goldene Eckzahn an seinem Oberkiefer schimmerte im matten Licht, das durch die offenstehende Tür fiel.

Luca sprang auf, stieß einen Jubelschrei aus und klatschte seine Handfläche auf die von Wesley. «Herrgott, Wes, ich hab's gewußt, ich hab's immer gewußt! Wo ist der Club, wie lange nehmen sie dich?»

Wesley lachte. «Krieg dich wieder ein, Luca, ich tret ja nicht gleich in der Hollywood Bowl auf. Ist ein kleiner Club, fünfzig Plätze, und sie haben mich für vier Wochen genommen, eine halbe Stunde jeden Abend, außer montags.»

«Klingt doch toll, Mann!» Luca trat Wesley leicht gegen die Wade. «Du trittst auf. In einem Club. In L.A.!»

Wesley lachte wieder. «Ja», sagte er. «In L.A. Aber meinen Eltern hab ich erzählt, ich würde eine Weile bei meinem Onkel wohnen und mir einen Job in Kingman suchen. Mein Vater hält vom Beruf des Komikers etwa soviel wie von den Versprechungen der Regierung. Er sagt, auf einer Bühne zu stehen und Witze zu reißen, sei lächerlich, nicht lustig. Er will mich in der Sägerei sehen, wie meinen Bruder.»

«Er ändert seine Meinung, wenn er dich erst in der Saturday-Night-Show sieht!» Luca zog sich das Hemd an, schlüpfte in die Turnschuhe und ging ins Bad, um sich das Gesicht mit kaltem Wasser zu waschen.

«Er sieht sich im Fernsehen doch nicht die Saturday-Night-Show an. Wenn auf irgend einem Kanal gelacht wird, schaltet er um.»

«Die besten Entscheidungen sind die gegen die Väter, glaub mir» sagte Luca. Er klopfte Wesley auf die Schulter und knipste das Deckenlicht aus. «Und jetzt trinken wir ein paar Bier auf deinen Karrierestart!»

Sie gingen ins Haus, und Wesley half beim Aufbau des Kalten Buffets. Bozzetto saß in der Bibliothek, hörte Schubert und las Zeitung. Als Luca ihn Wesley vorstellte, war Bozzetto sichtlich beeindruckt, auch wenn Wesley in bezug auf Haarschnitt und Kleidung nicht ganz der Vorstellung entsprach, die sich ein Europäer gemeinhin von einem echten Indianer macht.

Nach dem Abendessen setzten sich Luca und Wesley in die Liegestühle am Pool, rauchten und tranken Bier. Die hereinbrechende Dunkelheit tat Lucas Augen gut, und der Alkohol packte das Hirn in Watte.

An der Rückwand von Gianninis Bungalow klebte ein Gecko und rief sein Gebiet aus. Weit weg tönte das langgezogene Hupen eines Trucks; es klang wie das Nebelhorn eines Ozeandampfers, der vom Kurs abgekommen ist.

Al erschien mit der Videokamera vor dem Auge am Beckenrand und tat, als filme er jeden Quadratzentimeter der mittlerweile petrolgrün abgedunkelten Wasseroberfläche. Er hatte sich eine kleine Taschenlampe an die Kopfbandage gebunden, und bevor er zurück ins Haus ging, ließ er ihren Strahl über Wesleys und Lucas

Gesicht streifen und holte sie mit dem automatischen Zoom der Kamera heran. Eine Fledermaus fing sich eine Motte, die eben noch als heller Punkt über dem Wasser geschwirrt war, und stieg hoch ins Dunkelblau des Himmels.

Nach einer Weile wurde es kühl draußen. Luca und Wesley gingen ins Haus und spielten ein paar Runden Billard. Über den Großbildschirm flimmerten lautlos Nachrichtenbilder: Aufnahmen von Menschen, die mit ihren Habseligkeiten eine von zerschossenen Fahrzeugen und ausgebrannten Häusern gesäumte Straße entlanggingen, während ein Hubschrauber über ihre Köpfe hinwegflog. Eine andere Einstellung zeigte endlose Reihen von Betten mit blutigen Laken, auf denen Verletzte lagen, angestrahlt von den Scheinwerfern des Fernsehteams. Über all dem lag die Musik Vivaldis, die aus der Bibliothek, wo Giannini und Bozzetto saßen, herüberdrang.

Als Lardelli von seiner Visite bei Beltrametti kam, spielten sie zu dritt, und in den Pausen, während Luca die Kugeln aufstellte, füllte Lardelli seinen Teller am Kalten Buffet und holte sich ein Bier. Sie hörten auf, weil Lardelli so träge und unaufmerksam geworden war, daß Luca ihn jedesmal auffordern mußte, an den Tisch zu kommen, wenn er an der Reihe war.

«Ich gehe schlafen, bin hundemüde», sagte Wesley, und legte sein Queue hin. «Soll ich oben in der Gummizelle pennen?»

«Die Zwangsjacke liegt unter dem Kopfkissen. Brauchst du eine Decke oder so was?»

«Hab ich alles dabei», sagte Wesley. Kurz darauf kam er mit einer Reisetasche und einem gerollten Schlafsack zurück, wünschte eine gute Nacht und ging nach oben in den Raum mit dem Wasserbett.

Als Thelma eine Stunde später ihren Sohn holte, lief Starsky & Hutch im Fernsehen, und Al führte eine ergreifende Pantomime mit dem Titel «Habt Erbarmen und zerrt mich nicht hinfort» auf, die zwar unterhaltsamer als der Krimi war, bei seiner Mutter aber nicht die gewünschte Wirkung erzielte. Erst als Luca das Gerät ausschaltete und sagte, das sei sowieso Bockmist, ließ Al sich abführen.

«Wie war's heute beim Alten?» wollte Luca von Lardelli wissen, nachdem er die Reste des Kalten Buffets abgeräumt und zwei Tassen Kaffee in die Bibliothek gebracht hatte.

Erst schien es, als habe Lardelli die Frage nicht gehört oder kein Interesse, sie zu beantworten. Er sah Luca leicht belustigt an. «Ich hab ihm ein paar Seiten der Fortsetzung vorgelesen.», sagte er schließlich.

«Und?»

«Dann haben wir uns über die Schönheit von Phoenix und über die Hitze unterhalten.»

«Ich meine, was hat er zu deinem Text gesagt?» Luca spürte, daß da wieder die Sorte von Unterhaltung aufzukommen drohte, die seine Nerven strapazierte.

«Das ist nicht mein Text. Ich nenne es das Brechmittel zum Zweck.» Er warf Luca einen Blick zu und grinste. «Aber der Alte verträgt mehr, als ich dachte.»

«Dann hat's heute auch nicht geklappt?» fragte Luca.

«Ich soll morgen wieder kommen.» Lardelli trank den restlichen Kaffee, drückte die Zigarette im Aschenbecher aus und erhob sich. «Entwickelt sich zu einem richtigen Wettkampf… Wer wirft als erster das Handtuch?»

Luca senkte den Blick und sah undeutlich sein Spiegelbild im schwarzen Kaffee, der in der Tasse zwischen seinen Händen schwankte. Lardelli vollführte indessen seine Gymnastikübungen und fluchte, wenn er sein Kreuz durchdrücken mußte. Beide zuckten zusammen, als plötzlich Ferra den Raum betrat und sie wortlos fixierte. Wie er so dastand mit ausdruckslosem Gesicht, hängenden Armen und zerzaustem Haar, sah er aus wie einer dieser Irren im Film, die ganz ruhig eine Pistole oder ein Messer ziehen und wahllos ein paar Leute umbringen.

«Mein Gott, Cesare, was schleichst du hier herum?» stieß Lardelli hervor, und sein Atem ging nicht nur wegen der Turnübungen schneller.

«Wollte keinen wecken, dachte, schlafen alle», gab Ferra zurück. Er trug die Gummisandalen, seine abgeschnittenen Jeans und das übergroße Leibchen mit aufgedruckten Reifenspuren. Seinem zerknitterten Gesicht und den schmalen Augen nach zu urteilen, hatte er bis vor kurzem geschlafen. Er fragte, ob noch etwas zu essen da sei, und ging, nachdem Luca ihm ein Tablett mit belegten Broten, Salat und Früchten gefüllt hatte, zurück in seinen Bungalow.

«Ich mache mir echte Sorgen um den Knaben», meinte Lardelli, als er und Luca wieder alleine in der Lobby waren. «Noch ein paar Tage, und du kannst ihn in der Gummizelle einquartieren.»

«Kannst du dich nicht ein bißchen um ihn kümmern?»

«Mich um ihn kümmern?» rief Lardelli und lachte, als hätte Luca ihn gebeten, die Nacht bei Ferra zu verbringen, um seine Hand zu halten. «Als du in der Küche warst, hat er mir gesagt, er hätte gerade einen Brief an seine Mutter geschrieben und ihr mitgeteilt, daß er doch Anwalt werden wolle.»

«Scheint eine vernünftige Entscheidung zu sein», meinte Luca und bückte sich nach einer leeren Flasche und einem Stück zerknüllten Papiers.

«Seine Mutter ist seit drei Jahren tot, Herrgott!» Lardelli hatte die Stimme gedämpft und sah flüchtig über seine Schulter. «Stand in jeder Zeitung. Ihr Liebhaber hat sie erschossen.» Er fixierte Luca, um die Schockwirkung seiner Geschichte in dessen Augen abzulesen.

«Hast du's ihm gesagt?»

«Daß seine Mutter tot ist?» Lardelli schüttelte den Kopf. «Ich werde mich hüten. Wenn einer so drauf ist, sollte man ihn mit solchen Neuigkeiten möglichst verschonen. Er hat sowieso gleich von einer Riesenspinne auf seinem Schreibtisch zu faseln begonnen, die er ins Klo gespült habe.»

«Hier gibt's Taranteln», sagte Luca. «Und Wolfsspinnen.»

«Groß wie eine Radkappe und mit leuchtenden Augen?» Lardelli steckte eine Zigarette in den Halter, der zwischen seinen dicken, behaarten Fingern lächerlich aussah, und zündete sie an. «Wenn ich ihn richtig verstanden habe, hat er mit dem Vieh *gekämpft*!»

«Was?»

«Er hat die Spinne mit seinem Tennisschläger erledigt», sagte Lardelli. «In fünf Sätzen.»

Luca stellte sich die Szene mit Ferra und der Spinne vor und war versucht zu lachen, dann überlegte er, in was für einer schlechten Verfassung Ferra sein mußte, wenn er sich nicht einmal daran erinnerte, daß seine Mutter tot war.

«Weißt du, ob er Drogen nimmt?» fragte Lardelli. «Ich meine, hast du gesehen, daß er irgendwelches Zeug nimmt?»

Luca stand auf und ging zur Bar, um sich einen Whisky einzuschenken. «Er hat ein bißchen Gras», sagte er. «Ich hab's für ihn gekauft, ganz am Anfang.»

«Du hast für ihn *Drogen* besorgt?» Lardelli sah Luca an, als hätte der ihm einen Mord gestanden. «Bist du noch zu retten? Der Kerl ist schon ohne Stoff am Durchdrehen!» «Schon genug, daß er säuft, obwohl er's nicht verträgt, jetzt kifft er auch noch! Denkst du vielleicht, das Scheißzeug hilft ihm, sein Buch zu beginnen?»

Luca blieb mit seinem Drink hinter der Theke. «Jetzt mach aber halblang! Erstens ist vom Grasrauchen noch keiner verrückt geworden, und zweitens hat er das Zeug auf seinen Einkaufszettel geschrieben wie du deine Zigaretten oder Leo die Schokolade. Ich bin angestellt hier, Umberto, vergiß das nicht, und wenn einer der Gäste, was weiß ich… ein paar rosarote Damenstrümpfe will, dann kaufe ich sie ihm in Phoenix! Das bißchen Gras hat mit Ferras Verfassung verdammt wenig zu tun, das weißt du so gut wie ich. Außerdem ist es mir völlig egal, ob Ferra ein zweites Buch schreibt oder nicht. Ich bin nur bis zu einem gewissen Grad sein verdammtes Kindermädchen.»

Eine Zeitlang hing jeder seinen Gedanken nach und schwieg. Luca war von dem Streit um Ferra müde und gereizt geworden; er hatte den Fernseher eingeschaltet und sah sich, von den düsteren Bildern seltsam fasziniert, eine Dokumentation über die Stahlindustrie New Jerseys an. Männer an Hochöfen wurden gezeigt und Arbeitslose, die in ihren Küchen saßen und nach ein paar Worten in die Kamera verstummten. Minutenlang glitt der Blick über Fabrikgebiet, tauchte in Rauch, der aus Schornsteinen aufstieg, und strich über gigantische Stahlhallen, Berge aus rostendem Metall und Kohlehalden inmitten grauer Erde.

Lardelli saß auf der Kante des Billardtisches und schob mit der Hand die Kugeln über den Filz, ließ sie gegeneinanderstoßen und von den Banden abprallen, hielt sie auf und ließ sie erneut rollen, kollidieren und zurückschnellen. Das Geräusch, das dabei entstand, klang wie ein lautes, aus dem Takt geratenes Uhrwerk, von dem nach einer Weile auch Lardelli genug hatte. Er trank sein Bier aus, sagte, er sei müde, und ging in seinen Bungalow.

Regen fiel in Trenton, New Jersey, das auf dem Fernsehschirm unwirklich und überlebt aussah, die Stahlwerke glänzten wie freigeschwemmte Gerippe, und in den schwarzen Seen trieben Wolken und Rauch. Als einer mit Krawatte und zuversichtlicher Miene ins Bild kam, drückte Luca auf AUS und erhob sich. Er löschte alle Lichter, schaltete die Deckenventilatoren ein und öffnete die Fenster in der Lobby, der Bibliothek und im Speisesaal, um die Räume durchzulüften. Ein paar Minuten stand er in der dunklen Küche und aß ein Stück Brot, dann schloß er die Fenster wieder, drehte die Ventilatoren ab und verließ das Haus.

In Ferras Bungalow brannte kein Licht, aber als Luca die Tür spaltbreit öffnete, sah er Ferra am Boden in der Mitte des Raumes sitzen. Das spröde Holz der Veranda knarrte unter Lucas Füßen, und Ferra hob den Kopf.

«Luca?» fragte er und legte eine Hand über die Augen, als müsse er sie gegen das fahle Mondlicht schützen, das als dünne Schneise von draußen auf sein Gesicht fiel. Er war in ein Laken gewickelt, seine nackten Beine ragten daraus hervor, und zwischen seinen Füßen schimmerte der Teller mit den angebissenen Broten. Eine brennende Zigarette lag auf dem Tellerrand.

Luca öffnete die Tür ganz, blieb aber auf der Veranda stehen. «Ja, ich bin's», sagte er und hob zaghaft die Hand.

Eine Pause des Schweigens entstand, und Luca bereute es, hergekommen zu sein.

«Rauchst du eigentlich?» fragte Ferra und kramte eine Zigarette aus der Packung, die im Faltenwurf des Lakens verborgen war.

Luca lehnte sich gegen den Türrahmen und schob die Hände in die Hosentaschen. «Ab und zu», antwortete er. «Jetzt nicht, danke.»

Ferra ließ den ausgestreckten Arm sinken, legte die Zigaretten in seinen Schoß und riß ein Streichholz an.

«Wie waren die Brote?» Luca stellte die Frage nur, um eine weitere Phase des Schweigens zu vermeiden.

Ferra öffnete die Augen. Er blickte auf, und sein

Kopf schwankte leicht. Erst sah er Luca an, als habe er die Frage nicht verstanden. «Gut», sagte er dann, warf mit träger Heftigkeit das brennende Streichholz weg, und steckte sich die versengten Fingerspitzen zwischen die Lippen. Seine schulterlangen, fast blonden Haare waren strähnig, das unrasierte Gesicht wirkte breit und weich, wie eine von flaumigem Schimmel befallene Frucht.

«Also, gute Nacht», sagte Luca und griff nach dem Türknauf.

Ferra nahm die Finger aus dem Mund und rieb sie am Laken ab. Er sah Luca mit zusammengekniffenen Augen an. «Du kannst mich nicht leiden, stimmt's? Du denkst, ich bin 'n Arschloch.» Er lachte, mußte husten und trank einen Schluck Bier aus der Büchse, die er unter seinem Umhang hervorgezogen hatte.

Luca tat erstaunt. «Warum sollte ich?» fragte er. «Ich kenn dich nicht. Du läßt dich kaum blicken, redest mit niemandem.»

Ferra senkte den Kopf, rieb sich mit der flachen Hand die Stirn. «Ich bin hier fehl am Platz», sagte er. «Ich habe zuerst gedacht, toll, ich werd eingeladen, das ist so was wie der Preis, den ich für mein Buch bekommen hab, eine Auszeichnung.» Er drehte die Büchse in den Händen und sah für einen kurzen Moment zu Luca hoch. «Ich dachte, wenn ich erst mal hier bin, werd ich arbeiten können. Irgendwas wird sich von den anderen auf mich übertragen, ihre Disziplin, ihre … ich weiß nicht, ihre Kraft.»

Luca nickte. Er fixierte den Teller, wo die vergessene Zigarette inzwischen bis auf den Filter abgebrannt war. Er überlegte, was er Ferra entgegnen könnte, aber ihm fiel nichts ein.

Ferra schlang sich das Laken enger um den Körper und zog die Beine an. «Aber es hat nicht funktioniert. Ich bin keiner von ihnen, bin kein Schriftsteller. Eine

Zeitlang dachte ich, ich wär's, hab den Leuten geglaubt, und vielleicht war's auch wirklich so, aber eben nur mit dem einen Buch.» Seine Hand tauchte unter dem Laken hervor und griff nach dem Bier. Er trank die Büchse leer und ließ sie über den Boden rollen. «Früher haben wir viel Fußball gespielt, immer dieselben Jungs. Das war noch in Novara, in einem Park. Irgendwann waren wir mal nicht genug für zwei Mannschaften, und da ließen wir einen mitspielen, der stand sonst nur immer rum und hat zugeschaut. Ein komischer Kerl, trug ständig Sonntagsklamotten und eine schwarze Krawatte, wie zu einer Beerdigung. Jedenfalls kannte ihn keiner von uns, und wir haben sonst dauernd Witze über ihn gerissen. Wie gesagt, wir waren nicht gleichviele, und da hat ihn einer gefragt, ob er mitspielen wolle. Und wirklich, der kommt zu uns rüber in seinem abgetragenen Sonntagsanzug und macht mit. Er spielte in meiner Mannschaft, rannte auf das Tor der anderen los und bekam irgendwann den Ball. Er drehte sich leicht im Laufen und knallte ihn ins Tor, aus zwanzig Metern genau ins Kreuz. Zack. Ein Schuß wie mit der Schnur gezogen. Und das waren nicht die normalen Fußballtore, das waren kleinere, eher wie Handballtore. Wir standen alle da und glotzten, trauten unseren Augen nicht. Der Typ hatte nicht mal sein Jackett ausgezogen oder den verdammten Schlips gelockert. Er schien selber überrascht zu sein. Es ging dann weiter, ich und die anderen von meiner Mannschaft spielten wann immer möglich den Neuen an, aber es glückte ihm überhaupt nichts mehr, er stolperte über den Ball, ließ ihn sich abjagen, oder er trat ins Leere, fiel hin und benahm sich wie ein Idiot. Es dauerte eine Weile, bis wir begriffen, daß der Kerl gar nicht fußballspielen konnte, daß ihm nur dieser Schuß, dieser eine wundervolle, einmalige Schuß gelungen war.» Ferra klaubte eine weitere Zigarette aus der Packung, zündete sie an und betrachtete eine Weile die Glut an der Spitze. «Der Typ schwitzte, und sein Anzug war schmutzig geworden vom Hinfallen. Er rannte noch eine Weile rum, dann gab er auf. Alle waren froh, als er weg war, und keiner sah ihn wieder.»

Luca schwieg. Vielleicht erwartete Ferra etwas von ihm, Ermunterung oder Trost. Aber Luca war müde und was das Schreiben betraf, war es seiner Meinung nach Sache der Autoren, ihrem Kollegen zu helfen. Da die drei jedoch vorwiegend mit sich selbst beschäftigt waren, sah es so aus, als müsse Ferra seine Probleme alleine lösen.

«Ich hab mein Traumtor gemacht», sagte Ferra nach einer Weile. «Jetzt treff ich keinen Ball mehr, trete Löcher in die Luft und falle auf die Schnauze.» Er nickte, grauer Zigarettenqualm stieg aus seinem Mund und seiner Nase wie Rauch aus einem abgebrannten Gebäude.

«Das gibt sich.» Luca trat einen Schritt weit in den Raum. «Du bist nicht der erste, der hier eine Blockade hat. Nimm Umberto, der hat noch keine vernünftige Zeile geschrieben, seit er hier ist. Das ist schon einigen so ergangen, ehrlich. Zu Hause klappt's wieder, du wirst schon sehen.»

Ferra reagierte nicht, er rauchte und starrte auf den Fußboden vor sich.

«Die Wüste ist nicht für jeden der geeignete Ort, um zu schreiben», versuchte es Luca noch einmal.

Von Ferra kam nichts mehr. Ein paar Züge später ließ er die Kippe auf den Steinboden fallen.

«Wir können morgen weiterreden», sagte Luca und trat auf den Stummel. «Ich bin müde, muß mich hinlegen.»

«Eine Geschichte über Sand vielleicht», murmelte Ferra. «Eine riesige Sanduhr…»

«Wir sehen uns morgen, Cesare.»

Auf der Veranda blieb Luca einen Augenblick stehen, wartete und lauschte. Als alles still blieb, ging er die Stufen hinunter und über den mondhellen Platz zu seinem Bungalow.

14

Nach dem Frühstück erledigte Luca ein paar kleinere Arbeiten und fuhr dann mit der Harley in Richtung Pitfall's Point. Obwohl Thelma es nicht gerne sah, hatte er Al mitgenommen, dem der Polizeihelm dank des Kopfverbandes perfekt paßte. Luca hatte dem Jungen gesagt, er solle am rechten Straßenrand nach einem toten Hund, einem braun und weiß gefleckten Fellbündel Ausschau halten, während er selber die linke Seite übernehmen würde.

Sie rollten mit dreißig Meilen pro Stunde dahin, und als sie bei den frischen, im Sand des Seitenstreifens verschwindenden Bremsspuren ankamen, stellte Luca die Maschine auf den ungeteerten Straßenrand, und sie gingen, jeder auf seiner Seite, ein Stück weit in die Wüste hinein, um zwischen Salbeibüschen und Yuccas nachzusehen.

Al hatte nach zehn Minuten ein zerfleddertes Sexmagazin, einen Schraubenschlüssel, den Raddeckel eines Plymouth, eine Geierfeder und eine Handvoll Patronenhülsen gefunden. Immer, wenn er etwas entdeckte, sprang er wie ein Verrückter auf und ab und fuchtelte mit den Armen, um Luca auf den Fund aufmerksam zu machen. Die ersten paarmal hatte Luca noch hinübergespäht, war einmal sogar bis zum Mittelstreifen gegangen, weil er dachte, der Junge sei auf den Kadaver des Hundes gestoßen; jetzt hob er kaum noch den Kopf und winkte ab, wenn Al irgendwelchen Plunder in der Luft schwenkte, als wären es die britischen Kronjuwelen.

Den Hund hatten sie auch nach einer halben Stunde nicht gefunden, weder tot noch lebendig. Luca ließ Al den Schraubenschlüssel, die Radkappe und die Vogelfeder behalten. Den Rest, halbverrotteten Kram, mußte der Junge zurücklassen. Bevor sie sich auf den Heimweg machten, suchte Luca die Stelle neben den Bremsspuren nach Blutflecken oder Haarbüscheln ab, konnte aber zu seiner Erleichterung auch da nichts finden.

HALBHUND LEBT! schrieb Al in den Sand und setzte sich den Helm auf, den Piper Zabriskie angeblich in einem Pfandleihhaus in Gallup, New Mexico, gekauft hatte.

Luca nickte. «Sieht ganz so aus», sagte er und half Al mit dem Kinnriemen. Zu traurig zum Leben und zu blöd zum Sterben, dachte er, setzte sich auf die Maschine, startete sie und fuhr los, als Al hinter ihm saß.

Wesley war in den Ort gefahren, um Sam Riley zu besuchen und bei der Gelegenheit seinen Dodge reparieren zu lassen. Er hatte Bozzetto mitgenommen und im NO WATER CREEK INN abgesetzt. Jetzt stand sein Wagen, der neue Kerzen und einen Keilriemen gebraucht hatte, in der Scheune neben dem Toyota und wurde von Al für zwei Dollar poliert.

Luca und Wesley besuchten währenddessen Beltrametti. Wesley hatte dem Alten eine handgewobene Decke aus dem Reservat mitgebracht und freute sich schon auf das italienische Seidenhemd, das er als Gegengeschenk erhalten würde. In Beltrametti Schränken lagen mindestens fünfzig solcher Hemden, die Hälfte davon nie getragen, und irgendwann hatten die beiden ein Tauschgeschäft getätigt, das sie seither bei jedem Treffen wiederholten. Beltrametti füllte seine Zimmer mit den Decken, und Wesley trug die Hemden bei seinen nächtlichen Auftritten vor dem großen Spiegel im Badezimmer seiner Eltern.

Als sie anklopften und eintraten, war Beltrametti im angrenzenden Zimmer und telephonierte. Luca setzte sich in einen der Sessel, nahm wahllos ein Buch vom Tisch und blätterte darin. Es war ein illustrierter Band über die auf dem nordamerikanischen Kontinent heimischen Insekten, und ein paar der dargestellten Käfer, die in den Wüstenregionen lebten, glaubte Luca wiederzuerkennen: den schwarzglänzenden Agave Billbug mit dem gebogenen Rüssel, den Obscure Ground Mantid, der aussah wie eine graue Gottesanbeterin, oder den Arizona Blister Beetle, eine Mischung aus rotköpfiger Ameise und schwarzgeflügelter Wespe.

«Von wo ist er runtergefallen?»

Luca sah von dem Buch auf. «Was?»

Wesley, die farbige Decke über den linken Unterarm gelegt, trat näher zu Luca heran. «Von welchem Büchergestell ist er runtergefallen?» Obwohl er wußte, daß Beltrametti schlecht hörte, flüsterte er beinahe.

«Er ist nicht vom Büchergestell gefallen», gab Luca in normaler Lautstärke zurück. «Er ist mit dem ganzen verdammten Ding umgekippt, als er die Leiter dagegengestellt hat und raufgestiegen ist.» Er zeigte auf die Bücherwand, die hoch wie die ganze Zimmerdecke war und bis zur Mitte den Raum unterteilte.

Wesley berührte die massiven Regalbretter vorsichtig mit der Hand.

«Keine Angst», beruhigte Luca ihn. «Ist jetzt mit Stahlstiften in der Decke verankert.» Er hörte, wie der Alte sich am Telephon verabschiedete, klappte das Buch zu und erhob sich aus dem Sessel.

Beltrametti kam herübergerollt, grüßte flüchtig, wobei er Wesley offensichtlich nicht wiedererkannte, schwenkte einen Zettel in der Hand und rief: «Luca, du mußt sofort Maestro Giannini holen!»

«Ist etwas passiert?» So aufgeregt hatte Luca den Alten seit der Sache mit Carnevale nicht mehr gesehen.

«Frag nicht, beeil dich!» Beltrametti fuchtelte noch heftiger mit dem Papier.

Eine Viertelstunde später halfen Luca und Thelma dem verstörten Giannini, die Koffer zu packen. Schubladen wurden gekippt und Schrankfächer beidarmig ausgeräumt, schmutzige Wäsche kam zu sauberer, und Notizblätter lagen zwischen Rasierzeug und Schuhen. Giannini, dessen Frau vor wenigen Stunden einen Schlaganfall erlitten hatte und in besorgniserregendem Zustand im Spital lag, beteiligte sich verwirrt und voller Angst an der hektischen Räumung seines Bungalows. Er stolperte über vergessene Shampooflaschen und liegengebliebene Bücher und mußte mit sanften Worten davon abgehalten werden, in blinder Betriebsamkeit auch das Bettlaken in die Reisetasche zu stopfen. Wesley telephonierte inzwischen in der Bibliothek mit dem Flughafen von Phoenix, und Lardelli klärte auf Beltramettis Apparat mit Los Angeles die Anschlüsse für den Flug nach Rom ab. Ferra hatte sich spontan anerboten, den alten Mann, der in seiner Verstörtheit schwerlich alleine losgeschickt werden konnte, in die Heimat zu begleiten. Schon nach einer halben Stunde stand er mit seinem Gepäck auf der Veranda und blickte ohne Bedauern über die Landschaft, die er nun endlich verlassen würde.

Der Abendflug von Phoenix nach Los Angeles war ausgebucht, in der Maschine nach Frankfurt, die um dreiundzwanzig Uhr in Los Angeles abflog, waren hingegen noch Plätze zu haben, auch der Anschluß nach Rom stellte kein Problem dar. Wesley, der eigentlich noch ein oder zwei Tage in der Stiftung hätte bleiben wollen, änderte seine Pläne und schlug vor, Giannini und Ferra mit dem Wagen nach L.A. zu bringen. Wenn sie gleich losführen, würden sie rechtzeitig am Flughafen sein.

Während Lardelli die Plätze buchte und alle anderen letzte Vorbereitungen für die Reise trafen, fuhr Luca mit dem Motorrad in den Ort und holte Bozzetto, damit dieser sich von seinen Kollegen verabschieden konnte. Als sie zurückkamen, waren alle außer Beltrametti in der Garage versammelt. Das Gepäck wurde im Kofferraum des türkisblauen Dodge verstaut, und Thelma brachte eine Kühlbox mit Broten und Getränken. Giannini und Ferra gingen noch einmal ins Haus, um ihrem Gastgeber Lebewohl zu sagen.

«Ich komme nach L.A., so bald ich kann», versprach Luca, als er allein mit Wesley in der Garage stand.

Sie schüttelten sich die Hand und sahen dann zu, wie der vierköpfige Literatentroß vom Haus her auf sie zu kam. Bozzetto hielt Gianninis Arm, während Lardelli mit gedämpfter Stimme auf Ferra einredete und ihm die Schulter tätschelte. Das Quartett sah aus, als schritte es hinter einem Sarg her.

Wie immer, wenn Gäste das Motel verließen, rannte Al dem Wagen winkend hinterher und blieb vorne beim alten Neonschild stehen, bis der feine Staub sich gelegt hatte oder vom Wind davongetragen worden war.

Luca hatte keine Lust, mit Lardelli und Bozzetto, die nach der plötzlichen Abreise ihrer Freunde verwirrt und frustriert wirkten, zu Mittag zu essen. Er holte seinen Baseballschläger aus dem Bungalow und fuhr mit der Harley zu Maureen Gelbaughs Haus, um ein paar Bälle zu schlagen. An Maureen Gelbaughs Garage war ein Batting Cage, eine Art Käfig aus Maschendraht angebaut. In diesem von vergammelten Tarnnetzen der Armee gegen die Sonne geschützten Verschlag stand ein Automat, der nach Einwurf eines Quarters Baseballbälle in drei verschiedenen Geschwindigkeitsstufen ausschleuderte. Der mit Linoleum belegte Holzboden fiel schräg gegen die Rückwand ab, so daß die geschlagenen Bälle in einen Kanal rollten und die Maschine ständig mit ihnen gefüttert wurde.

Als Luca den Käfig zum ersten Mal heimlich betreten hatte, war er in einem erbärmlichen Zustand; die Rinne für die Bälle war gefüllt mit Sand, ein paar Bodenbretter waren morsch, in den Hohlräumen darunter hatten sich Echsen einquartiert, und im Netz nisteten Vögel. Nur die mit einer Plane abgedeckte Wurfmaschine hatte in dem trockenen Klima die Jahre gut überstanden und funktionierte tadellos. Nachdem Luca die Anlage gereinigt und die verfaulten Bretter ausgewechselt hatte, erkundigte er sich bei Sam Riley nach Walther B. Gelbaugh, dessen Name auf dem Metallschild an der Tür des unbewohnt wirkenden Hauses stand. Walther Benjamin Gelbaugh, so erfuhr Luca, war vor sechzehn Jahren zusammen mit seinem Sohn bei einem Busunglück in Bisbee nahe der Grenze zu Mexico getötet worden. Er hatte den Schlagkäfig ein paar Jahre zuvor gebaut, nachdem er den Wurfapparat, ein veraltetes, wegen seiner groben Mechanik jedoch langlebiges Modell an einer Auktion in Tucson erstanden hatte. Riley sagte, Maureen Gelbaugh lebe seit dem Tod ihres Mannes und ihres Sohnes während elf von zwölf Monaten bei ihrer Cousine in Prescott. Er hatte bezweifelt, daß sie Luca erlauben würde, den Käfig zu benutzen. Erstaunlicherweise tat sie es doch. Sie wohnte zwar tatsächlich in Prescott, weil sie, wie sie Luca bei ihrer ersten Begegnung sagte, in dem Haus keine frohe Minute mehr hätte erleben können, aber einmal im Monat kam sie mit dem Auto her, sah ein wenig nach dem Rechten, fegte die Veranda, putzte die Fenster von außen und sorgte dafür, daß der Garten nicht völlig verwilderte. Obwohl sie das Haus seit Jahren nicht mehr betreten hatte, wollte sie es weder verkaufen noch vermieten. Riley, auf den geteerten und eingezäunten Allgemeinplätzen der menschlichen Seele zu Hause, erklärte Dorothy Gelbaugh für verrückt und rechnete Luca vor, was ihr durch den Verzicht auf den Hausverkauf entging. Luca, der die Frau drei-, viermal gesehen und nur wenig mit ihr geredet hatte, ahnte, was sie dazu bewog, und gab ihr aus einem seltsamen Gefühl heraus recht.

Als sie bei einem ihrer traumwandlerisch entrückten Besuche auf den Stufen der Veranda saß und vom Licht und der Leere um sie herum geschluckt zu werden schien, kam Luca aus dem Käfig und fragte, ob er etwas für sie tun könne. Sie löste mit den Fingernägeln spröde, weiße Farbschuppen vom Holz des Geländers, hob den Kopf, sah Luca an und sagte: «Vielleicht sollte ich das Haus streichen lassen. Was meinen Sie?»

«Ich weiß nicht», hatte Luca geantwortet. «Wollen Sie wieder hier wohnen?»

Die Frau sah sich um. «Ich habe nie aufgehört, hier zu wohnen», sagte sie und lächelte, als sie Lucas Verunsicherung bemerkte. Aber erklären wollte sie nichts; das Gerücht, sie sei verrückt, ging in einer anderen Welt um und kümmerte sie wenig. Ihre trotzige Tatenlosigkeit und die gleichmütige Weigerung, den Verkauf des Hauses anzugehen, gaben ihr eine winzige Kraft, die sie beharrlich gegen die Trauer stellte. Den eigenen Tod wünschte sie sich so heimlich, verlegen und mit schlechtem Gewissen, wie sie sich als Kind das beleuchtet und unverkäuflich in einem Schaufenster stehende Puppenhaus gewünscht hatte. In ihrem leergewordenen Leben sitzend war sie zur Meisterin des Wartens geworden, still und voll brennender Geduld.

Luca schlug Bälle, bis seine Schulter- und Handgelenke schmerzten, dann setzte er sich eine Weile in den

Schatten der Veranda und sah einem Falken zu, der durch die Lichtflut des Himmels trieb und immer höher stieg, um schließlich in der blendend hellen Fläche zu versinken wie in einer Flüssigkeit. Die Farbe am Geländer löste sich in großen, leicht gewölbten Placken, feiner Sand bedeckte die Dielen, und in den Ecken häuften sich herangewehtes Präriegras und dürre Äste. Staub puderte die Fensterscheiben und trübte den Blick auf die Zimmer, die seit sechzehn Jahren niemand mehr betreten hatte. Luca fühlte sich in der Nähe des Hauses auf eine eigenartige Weise wohl; Zeit war hier noch unwichtiger als an irgendeinem anderen Ort der Wüste.

Zurück im Motel, holte er sich etwas zu trinken, ging in seinen Bungalow und legte sich auf den Boden. Er trank das kalte Root Beer und rollte den Baseballschläger über seine Brust. Es war ein alter Louisville Slugger von Hillerich & Bradsburg, Kentucky. Luca hatte ihn vor ein paar Monaten für zwölf Dollar in einem Pfandleihhaus in Chandler, einer Stadt südlich von Phoenix, gekauft. Das Klebeband, das er um den Griff gewickelt hatte, war dunkel verfärbt von Schweiß und Schmutz, und er nahm sich vor, es gelegentlich zu erneuern. Als sich seine Muskeln etwas entspannt hatten, zog er sich aus, warf die verschwitzten Kleider in den Wäschekorb und ging unter die Dusche. Danach stellte er sich vor den Badezimmerspiegel und löste das Heftpflaster von der Stirn; die Platzwunde schien gut zu verheilen, Schorf bildete eine dünne Kruste. Er legte ein Stück Gaze darauf und band sich einen Stoffstreifen um den Kopf, zog sich dann an und ging hinüber ins Haupthaus.

Bis zum Abend arbeitete er im Vorratshaus, räumte Kisten, Kartons und ein vollgestelltes Regal weg, weil die dahinterliegende Wand neu gestrichen werden mußte. Al half ihm ein wenig und war enttäuscht, als nach den Vorbereitungen keine Zeit mehr blieb, mit dem Anstrich zu beginnen. Luca vertröstete ihn auf den nächsten Tag, wusch sich in der Küche die Hände und fing an, das Kalte Buffet aufzubauen.

Schließlich wurde es Zeit, zum Alten hochzugehen. Beltrametti lag angezogen auf seinem Bett, als Luca den Raum betrat. Er hielt ein Buch in den Händen wie ein Steuerrad, ein weiterer Band lag offen auf seiner Brust, und seinen Bauch bedeckten Blätter, von denen einige zerknüllt waren. Zwei Lampen, eine gelb leuchtende mit Pergamentschirm, und eine diffus schwelende Milchglaskugel, warfen ihren Schein über das Bett, während der Rest des Raumes in freundlichem Dämmerlicht versank.

«Was macht der Kopf?» fragte Beltrametti als erstes. Er hatte das Buch aus den Händen gelegt und sah Luca ernst an.

«Alles bestens», antwortete Luca und lächelte.

Der Alte nickte und wischte das Papier von seinem Bauch.

«Und selber? Alles in Ordnung?» Luca bückte sich nach den Blättern und legte sie auf ein Regal.

«Der Kopf ist ein Ei», sagte Beltrametti nach einer Weile, während der er einfach dagelegen und an Luca vorbeigesehen hatte. «Er ist dünn und verletzlich, und wenn er nicht ausgebrütet wird … wenn er nicht ausgebrütet wird, fängt er an zu faulen.»

«Wie?» fragte Luca und trat einen Schritt näher an Beltrametti heran.

«Ein rohes Ei», murmelte der Alte und richtete sich halb auf. Das Buch, das auf seiner Brust gelegen hatte, fiel zu Boden. «Was?» Er sah Luca an, als wäre er gerade aufgewacht. «Oh, nichts … der Kopf», beeilte er sich dann und lehnte sich ein wenig zur Seite, um an den Rollstuhl, der neben dem Bett bereitstand, zu gelangen. «Er ist wichtig, der Kopf.»

«Ab und zu kann er einem recht nützlich sein, das stimmt.» Luca hob das Buch auf und half dem alten Mann in den mit einer Indianerdecke ausgelegten Rollstuhl.

«Heute abend zeigen sie einen interessanten Film über Dinosaurier», sagte Beltrametti, als er in seinem Gefährt saß. «Den mußt du dir unbedingt ansehen!»

«Der lief schon gestern», gab Luca zurück. «Al hat Ihnen doch den Kanal eingestellt.»

Der Alte rollte hinüber ins andere Zimmer. «Fitz Pollard sagt, meine Zähne seien schlecht.» Er hielt beim Tisch, um sich ein Bonbon aus der Büchse zu nehmen. Dann wendete er den Rollstuhl und sah Luca an. Er sagte nichts, grinste nur freundlich und schien darauf zu warten, daß Luca ein Anliegen vortragen, einen Bericht abliefern oder sonst etwas in der Art tun würde.

«Tja, für die nächsten Tage steht nichts Besonderes an», sagte Luca leicht verunsichert und setzte sich halbwegs auf die Armlehne eines Sessels. «Jetzt, wo Gianni und Ferra nicht mehr hier sind, reichen die Vorräte natürlich länger.»

Beltrametti lutschte an seinem Bonbon und sah auf irgendeinen Punkt hinter Luca. Er hatte offensichtlich eine seiner Absenzen, was keine vernünftige Unterhaltung zulassen würde.

«Wesley Gomez ruft Sie an, sobald er mit den beiden gut in Los Angeles angekommen ist.» Luca bereute, daß er Wesley die Nummer des Alten statt der des Anschlusses in der Bibliothek gegeben hatte; falls Beltrametttis Absenz noch eine Weile andauerte, würde es Wesley Mühe kosten, ihm zu erklären, wer er war und was er wollte.

«Sehr gut», sagte der Alte und konnte damit den bevorstehenden Anruf oder das Bonbon meinen. Er legte die Hände in den Schoß und betrachtete seine nackten Füße.

«Dann wäre ja alles besprochen.» Luca erhob sich. Nach einem kurzen Zögern ging er zur Tür, drehte sich noch einmal um und wünschte Beltrametti eine gute Nacht.

«Unausgebrütet fangen sie an zu stinken», murmelte der Alte, rollte zu seinem Schreibtisch und entnahm ihm Papier und Füllfederhalter, um hastig etwas hinzukritzeln. «Ganz dünne Schale», flüsterte er.

Luca öffnete die Tür und trat auf den unbeleuchteten Gang hinaus. In der Bibliothek lief der Plattenspieler, und aus der Lobby drang das leise Klappern von Besteck herauf.

Ein paar Stunden später saß Luca mit Lardelli und Bozzetto in der Bibliothek. Sie tranken Kaffee, lasen und hörten Musik.

«Ob sie schon angekommen sind?» fragte Bozzetto, als der Tonarm sich aus der Auslaufrille der Platte mit einer Aufnahme von «Tosca» hob. «Hoffentlich nimmt die Sache den armen Leonardo nicht allzu sehr mit.»

«Ich höre immer armer Leonardo», schaltete Lardelli sich ein. Er hatte seine Zeitung weggelegt und steckte eine Zigarette in die Spitze aus Elfenbein. «Ich hätte absolut nichts dagegen, drei Wochen früher nach Hause zu fliegen.»

«Kannst ja heute nacht dafür beten, daß deine Frau einen Schlaganfall kriegt», meinte Luca ruhig, um sich dann wieder seiner Lektüre zu widmen.

Lardelli murmelte etwas Unverständliches, erhob sich und ging zum Spirituosenschrank. Er schenkte sich einen Cognac ein und kippte ihn im Stehen.

«Wenn es mir hier nicht gefiele, würde ich früher abreisen», sagte Bozzetto. Seit der Sache mit Lardelli und dem Klofenster traute er sich öfter mal, ungefragt den Mund aufzumachen. «Wir sind schließlich keine Gefangenen der Stiftung.» Er verschluckte sich an einem

Stück Apfelkuchen, und sein Oberkörper wurde von einem Hustenanfall gekrümmt.

Luca verließ das Haus und schlenderte hinauf zur Straße. Bei dem Holzgerüst mit dem Neonschriftzug blieb er stehen, schaute in die mondbeschienene, flache, weit hinten von grauen Hügeln durchwachsene Landschaft, blickte einem steigenden Flugzeug nach und dachte an Giannini und Ferra. Nach einer Weile überquerte er die Straße und ging in die Wüste hinein. Wie mit Asche bedeckte Schneefelder lagen die Sandflächen vor ihm. Das Licht war das trübe Leuchten am Anfang oder Ende eines Films. Auf dem Dach des Tankstellengebäudes glühten rot die Neonlettern. Ein kühler Wind wehte, zu schwach, um Geräusche zu tragen, und als Luca einen Namen hinausschrie, konnte er sicher sein, daß niemand ihn hörte, außer vielleicht Halbhund.

Zwischenspiel

In den Himmel hinauf
gibt's keine Flügel,
aber in die Erde
ist der Weg nahe.
Russisches Sprichwort

Massimo Donatello hatte seinen Landsmann Eugenio Pulci, Ingenieur und Spezialist für Staudammbau, in der Bar seines Hotels in Singapur kennengelernt. Die beiden tranken ein paar Whisky Sour und erzählten einander von ihrer Reise. Pulci kam gerade aus Djakarta, wo er an einem Wasserkraftwerk-Projekt für die indonesische Regierung arbeitete. Er hatte eine Woche Urlaub und nutzte die Zeit, um sich in Singapur eine portable Klimaanlage und einen kombinierten Fernseher-Video-Recorder zu kaufen: beides unverzichtbare Dinge im Kampf gegen tropische Hitze und nächtliche Langeweile.

Dann war Donatello an der Reihe, und er erzählte dem für Abenteuergeschichten äußerst zugänglichen Pulci, wie er Marcello Carnevale, den ehemaligen Sekretär der FOUNDATION OF ITALIAN LITERATURE AND POETRY ARIZONA gejagt hatte.

«Es begann damit, daß mein Onkel, der einen Sitz im Stiftungsrat innehat, mir von Carnevales Unterschlagung berichtete. Der Sekretär, mit allen Vollmachten ausgestattet und kaum kontrolliert, hatte im Laufe der Zeit größere Beträge vom FILPA-Konto abgehoben und auf eine Bank in Hongkong transferiert. Da weder der alte Beltrametti noch der vertrottelte Notar den Bankauszügen irgendwelche Beachtung schenkten, konnte Carnevale fast ein Jahr lang Geld abheben, ohne entdeckt zu werden. Als er genug veruntreut hatte, gab er vor, für ein paar Tage in die Ferien zu fahren, tauchte unter und blieb ebenso verschwunden wie die fünfhundert Millionen Lire. Da gerade Semesterferien waren und die Polizei sich nicht sonderlich für den Fall zu interessieren schien, beschloß ich, eigene Nachforschungen anzustellen.»

«Wenn man sich bei uns auf die Polente verlassen würde, müßte man hundertfünfzig Jahre alt werden, um die Lösung eines Falles mitzuerleben.» Pulci gab dem Barmann ein Zeichen, zwei weitere Drinks zu bringen, lehnte sich in seinem Korbstuhl zurück und lächelte Donatello zufrieden an. Ein Heftpflaster zierte seine Nase, in die ihn ein angeblich zahmer Javaneraffe gebissen hatte.

Donatello lächelte flüchtig zurück und nickte; er mochte es nicht besonders, wenn man ihn unterbrach. Er wartete, bis der Barmann die Gläser auf den Tisch gestellt hatte, und erzählte dann weiter. «Als erstes rief ich bei seinen Eltern in Ascoli an, gab mich als alter Freund ihres Sohnes aus und fragte, wo er wohl stecke. Ein ziemlich dilettantischer Versuch, denn die Mutter kreischte gleich los und hängte den Hörer auf. Dann versuchte ich, etwas über Carnevales Privatleben und seine Gewohnheiten herauszufinden; auch nicht sehr fruchtbar, da er kaum Freunde zu haben schien, die mehr als seinen Namen kannten. Immerhin erfuhr ich, daß Carnevale mit einer Frau liiert war, die als Verkäuferin in einem Warenhaus arbeitete. Nach drei Tagen hatte ich sämtliche Filialen der großen Warenhausketten aufgesucht und mich nach weiblichen Angestellten erkundigt, die kürzlich gekündigt hatten oder aus irgendwelchen anderen Gründen nicht mehr zur Arbeit erschienen waren. Trotz anfänglicher Hemmungen gab ich mich dabei als Privatdetektiv aus und war überrascht, wie die Frauen darauf reagierten.»

«Magnum und all die Jungs, was?» Pulci schüttelte belustigt den Kopf.

«Durchaus anzunehmen, daß mir das Fernsehen in gewisser Weise den Weg ebnete, ja», stimmte Donatello zu. «Jedenfalls gaben mir die Verkäuferinnen gerne Auskunft, und oft hatte ich sogar Mühe, sie zu bremsen, wenn ich merkte, daß sie nicht von der Kollegin sprachen, die in meine Theorie paßte. Zwei der Frauen schienen mehr oder weniger glücklich verheiratet zu sein, eine lag im Krankenhaus, weil sie sich unsauberes Heroin gespritzt hatte, eine saß wegen Ladendiebstahls im Gefängnis, eine war tot, vermutlich das vierte Opfer des Termini-Mörders...»

«Termini-Mörder?» fragte Pulci und rutschte auf seinem Sessel nach vorne.

«Der Frauenmörder vom Bahnhof, ja.» Donatello benutzte die erneute Unterbrechung, um einen Schluck aus dem Glas zu nehmen. Er, der Student der Zahntechnik im sechsten Semester, gefiel sich immer mehr in der Rolle des trinkfesten Abenteurers, der mit seinen Berichten Leute unterhielt, die nicht das Glück hatten, Verbrecher rund um den Globus zu jagen.

«Ich habe seit vier Monaten keine italienische Zeitung mehr gelesen», gestand Pulci. «Ist also wieder so ein Verrückter am Werk, wie?»

«Scheint so», gab Donatello leicht gelangweilt zurück. «Der Kerl sucht sich seine Opfer in der Nähe des Bahnhofs, bringt sie um, zieht ihnen die Schuhe aus und wirft sie dann in einen Kanalisationsschacht.»

«Die Schuhe?»

«Nein, die Frauen. Die Schuhe schickt er Angela Perrutti, der Sprecherin der Spätnachrichten auf dem ersten Kanal. Voller ... Sie wissen schon. Ein Perverser, ein krankes Schwein.»

Pulci sah auf die Tischfläche und nickte nachdenklich, als würde er darüber sinnieren, womit die Schuhe gefüllt sein mochten.

«Zweifellos», murmelte er schließlich und genehmigte sich einen kräftigen Schluck.

«Aber eine schien in Frage zu kommen», fuhr Donatello rasch fort, um weitere Fragen nach dem Sexualmörder zu verhindern. «Sie hieß Claudia Revere und hatte bis vor kurzem bei Upim in der Kosmetikabteilung gearbeitet. Eine ihrer Kolleginnen erzählte mir, daß diese Revere oft von einem Mann abgeholt worden war, dessen Beschreibung haargenau auf Carnevale paßte. Ich fuhr zu ihrer Adresse, einem Mietshaus in der Via Alberti. Als ich die Frau zum ersten Mal sah, spürte ich gleich, das war Carnevales Geliebte.»

«Flotter Käfer, was?» Pulci strahlte. Er trug hellbraune Hosen, ein weißes, ärmelloses Hemd, weiße Socken und Schuhe aus blauem Segeltuch. Auf seiner Glatze schälte sich die sonnenverbrannte Haut, und die goldene Rolex an seinem Handgelenk war eine der billigen Kopien, wie sie den Touristen an jeder Straßenecke angeboten werden.

«Sie war sehr attraktiv», meinte Donatello, von Pulcis Bemerkung kaum irritiert. «Nicht mein Typ, aber sehr attraktiv. Klein, blond, sehr gute Zähne, soweit ich das durch mein Fernglas beurteilen konnte. Ausgeprägt … weibliche Formen.»

Pulci grinste. «Für so ein Püppchen läßt man schon mal fünfhundert Millionen mitgehen, was?»

«Jedenfalls schien mir auch ihr Verhalten verdächtig. Sie verließ kaum die Wohnung, ging höchstens mal zum Einkaufen oder spazierte im nahegelegenen Park. Was mir auffiel, war ihr häufiger Gang zum Briefkasten, der sich im Erdgeschoß befand. Ich mußte also versuchen, mich ungesehen im Hausflur aufzuhalten und die tägliche Post abzuwarten, um so einen eventuellen Brief von Carnevale abzufangen. Ich vermutete nämlich, daß Carnevale vorausgeflogen war, um das Geld von der Bank abzuheben und irgendwo abzuwarten, bis Gras über die Sache wuchs. Irgendwann, ich hoffte natürlich, bald, würde er sich bei seiner Geliebten melden, damit sie ihm folgen konnte. Stunden verbrachte ich in der Waschküche versteckt, brach mir fast die Finger beim Durchsuchen des Briefkastens und war nahe daran, aufzugeben. Mir kamen plötzlich Zweifel: Vierzigjährige, einsfünfundsiebzig große Männer mit Schnurrbart gab es in Rom vermutlich zu Tausenden. Und selbst wenn mein Schuß ins Blaue ein Treffer war: Würde Carnevale so unvorsichtig sein und mit ihr Kontakt aufnehmen? Und die Polizei... Wußte sie überhaupt von Claudia Revere?» Donatello sah Pulci an, der nur die Schultern und Augenbrauen hochzog.

«Fast fünf Wochen waren seit Carnevales Verschwinden vergangen. Dann kam der entscheidende Tag. Ich hatte mich frühmorgens in das Haus geschlichen und schlief auf dem harten Waschküchenboden, als ich durch das Scheppern der Eingangstür geweckt wurde. Den Luftpostumschlag sah ich schon, bevor der Postbote ihn in Claudia Reveres Briefkasten steckte. Ich wartete, bis es im Haus still war, fischte den Brief mit feuchten Fingern zwischen der Zeitung und den Werbebroschüren hervor und rannte weg. Erst auf der Piazza Albania blieb ich stehen, ging in ein Lokal und setzte mich an den hintersten Tisch. Zitternd vor Aufregung bestellte ich einen Kaffee.»

Pulci winkte dem Barmann.

«Der Brief war in Bangkok aufgegeben worden.»

«War ich auch schon», tat Pulci kund. «Mannomann.»

«Ich hatte Carnevales Handschrift auf einigen Notizen an meinen Onkel gesehen, kein Zweifel, der Brief war von ihm. Er schrieb von seinem Flug, seinem Hotel, von den Tempeln. Er fühlte sich offenbar sehr sicher, obwohl er nur mit M unterschrieb. Aber das Interessanteste stand am Schluß des Briefes. Er schrieb, er wolle sie in drei Wochen am vereinbarten Ort treffen, an ihrem weißen Strand. Weißer Strand hatte er in Anführungszeichen gesetzt. Ich trank meinen Kaffee und fuhr mit dem Bus ins Büro der Stiftung. Mein Onkel und der Notar waren da, sie durchforsteten die Unterlagen, um das Ausmaß der Katastrophe abzuklären. Sie wollten, daß der alte Beltrametti, der Gründer der Stiftung, nach Rom kam, aber der hatte einen Unfall und mußte in Arizona bleiben. Der schien sowieso ein seltsamer Kauz zu sein.»

«Na, ich wüßte auf jeden Fall was Besseres anzufangen mit einem Haufen Geld, als so eine Stiftung zu gründen. Aber sicher.» Pulci lachte auf.

«Ich sagte, ich wolle mir ein paar Dinge ansehen, vielleicht könne ich helfen. Es war lange her, seit ich in dem Büro gewesen war, doch an die Magnetwand mit den angehefteten Zetteln, Photos, Zeitungsausschnitten und Postkarten erinnerte ich mich sehr gut. Carnevale hatte der Stiftung aus jedem Urlaub eine Postkarte geschrieben; ich notierte mir von allen Strandansichten Aufgabeort und Datum des Poststempels. Dann setzte ich mich in einen Park und wertete die Angaben aus. Meine Theorie stand auf wackeligen Füßen, das war mir klar, aber ich ging davon aus, daß Carnevale seinen weißen Strand schon einmal gesehen und deshalb als Treffpunkt ausgewählt hatte. Lanzarote fiel weg, weil der Sand dort schwarz ist. Rimini entsprach wohl kaum Carnevales Vorstellung vom Paradies, die Algarve hatte zwar weiße Strände, war aber zum Untertauchen nicht weit genug weg, und auf der Karte aus Kuba hatte sich Carnevale sehr negativ über Land und Leute geäußert. Blieben nur noch Hawaii und die Philippinen.»

«Ist ganz schön rumgekommen, der Kerl, was?» Pulci wischte sich mit einer Papierserviette über die Stirn.

«Er hat gut verdient, viel zu viel», erwiderte Donatello, obwohl er Pulcis Einwürfe als störend und überflüssig empfand. «Wie dem auch sei. Ich versetzte mich in

Carnevales Lage, und meine Wahl fiel auf die Philippinen. Hawaii ist schön, zugegeben, aber klein, zu übersichtlich, zu kontrolliert, außerdem sehr teuer. Dazu die Einreisebestimmungen der U.S.A. Die Philippinen dagegen schienen einem Kriminellen alle Vorteile zu bieten. Weit weg, riesig, korrupt, ein Billigland, wo es sich als reicher Mann königlich leben läßt. Ich ging also in ein Reisebüro, ließ mir Prospekte geben und erkundigte mich nach Flügen. Als ich das mit dem weißen Strand erwähnte, dachte der Typ in dem Laden wahrscheinlich, ich sei nicht ganz dicht und erklärte mir, es gäbe dort eine Menge weißer Strände, ich käme bestimmt auf meine Rechnung. Bei dem Idioten wollte ich den Flug nicht buchen. Außerdem hatte ich keine Ahnung, wieviel Geld auf meinem Konto war, ob es überhaupt für ein Ticket reichen würde. Den Rest des Tages saß ich in meinem Zimmer, packte den Koffer und packte ihn wieder aus, dachte daran, zur Polizei zu gehen und verwarf den Gedanken wieder. Bei der Polizei hätten sie mich vermutlich belächelt und nach Hause geschickt wie einen kleinen Spinner. Oder sie hätten meinen mühselig erarbeiteten Indizienkatalog durchgeblättert und Carnevale durch die philippinische Polizei einkassieren lassen. Ein feuchter Händedruck als Anerkennung wäre mir sicher gewesen. Ein gönnerhaftes Schulterklopfen von phantasielosen Beamten, die bei ihrer Fahndungsarbeit das *Cherchez la femme* außer acht gelassen hatten.»

«Wie?» Pulci reckte ein wenig den Hals; er hatte schon lange vor seiner Begegnung mit Donatello die ersten Drinks des Abends zu sich genommen und war jetzt etwas gehandicapt, wenn es darum ging, gewisse Feinheiten zu verstehen.

«Cherchez la femme», wiederholte Donatello geduldig. «Suche die Frau, und du findest den Mann.»

Pulci kicherte. «Die Franzosen, ja?»

«Jedenfalls beschloß ich, Carnevale im Alleingang zu schnappen. Ich fuhr zur Bank und hob alles Geld ab, genug für Ticket, Spesen und Sonderausgaben. Meine Eltern waren in den Ferien, ich konnte zwei Wochen lang tun und lassen, was ich wollte. Ich ging noch einmal zu meinem Onkel und besorgte mir eine Aufnahme von Carnevale. Zwei Tage später flog ich nach Manila.»

«War ich noch nie», sagte Pulci, und nach seinem Gesichtsausdruck zu schließen, wußte er nicht so recht, ob Manila eine Reise wert sei.

«Ich suchte mir ein billiges Hotel», fuhr Donatello fort, nachdem er an seinem Drink genippt hatte. «Ich duschte und schlief bis zum nächsten Morgen. Als ich aufwachte, wurde mir bewußt, daß ich Tausende von Kilometern geflogen war, um in einem Land, so groß wie Italien, einen Kerl zu suchen, der auf irgendeiner der siebentausend Inseln stecken konnte, und von dem ich nichts besaß, als eine Photographie, die ihn zusammen mit meinem Onkel und den übrigen Mitgliedern des Stiftungsrates bei einer Feier zeigte. Ich mußte verrückt sein! Vielleicht saß Carnevale noch immer in Bangkok, vielleicht gefiel ihm plötzlich eine andere Frau besser und er hatte seine Pläne geändert, war nach Paraguay oder Papua Neuguinea geflogen.»

«Ich würde nach Jamaika gehn», murmelte Pulci versonnen. «Da war ich vor zehn Jahren. Jungejunge.»

«Ich blieb dann trotzdem. Im schlimmsten Fall konnte ich es ja als Ferien betrachten. Obwohl, dieses verdammte Manila war überhaupt nicht nach meinem Geschmack. Laut und dreckig und ein einziges Bordell.»

«Ah ja?» Pulci wurde wieder etwas wacher.

«Die zweite Nacht blieb ich im Hotel. Wenn man rausging, wurde man an jeder Ecke angequatscht, entweder von Bettlern oder Nutten.»

«Wieviel wollten die denn? Nicht die Bettler.» Pulci bemühte sich, die Frage möglichst beiläufig klingen zu lassen.

«Keine Ahnung. Interessierte mich auch nicht. Am nächsten Morgen bin ich in eine Reiseagentur und habe mich nach den weißesten Stränden erkundigt. Die Frau gab mir ein paar Prospekte und zeigte auf ein Plakat an der Wand. Boracay, sagte sie, da sei der Sand sehr weiß. Da ich ja irgendwo mit meiner Suche beginnen mußte, kaufte ich ein Ticket für den folgenden Tag. Danach habe ich ein Taxi genommen und mich ins nächste McDonald's bringen lassen. Wenn Sie mal in Manila sind, vereinbaren Sie den Fahrpreis im voraus, die Kerle versuchen dauernd, Sie zu linken.»

Pulci nickte, wenig dankbar für diesen Ratschlag; viel lieber hätte er die Preise der Nutten gewußt.

«Im McDonald's kam plötzlich dieser Typ an meinen Tisch und fragte, ob ich Australier sei. Er war um die vierzig, trug abgeschnittene Jeanshosen und ein geschmackloses T-Shirt, auf dem Mickey und Minnie verschiedene Stellungen demonstrieren. Seine Zähne waren grauenhaft, Grabsteine nennen wir an der Uni so was. Als ich seine Frage verneinte, begann er zu raten, zählte Länder auf, bis er irgendwann bei Italien angekommen war. Dann erzählte er mir eine wirre Geschichte voller Pech und unglücklicher Zufälle, was natürlich darauf hinauslief, daß er Geld wollte, um sich, wie er behauptete, etwas zu essen zu kaufen. Weil er nicht lockerließ, holte ich ihm einen Hamburger und eine Cola, und er überschlug sich vor Dankbarkeit, schlang das Zeug runter und tat so, als wären wir die dicksten Freunde. Er stellte sich als Vince Blaylock vor, und ich sagte ihm, ich hieße Philippo Marlowello.»

Donatello konnte sich ein Lachen nicht verkneifen, hielt es aber für Zeitverschwendung, Pulci den Witz zu erklären. «Dann fragte er mich aus, wann ich angekommen sei, wohin ich wolle, und so weiter. Mein Englisch ist ziemlich simpel, und so erzählte ich ihm, was mir gerade einfiel, und er gab zu allem seinen Kommentar ab. Schließlich fragte ich ihn, ob er wisse, wo die weißesten Strände zu finden seien, worauf er mir wie ein überdrehter Reiseleiter von einem Ort namens Puerto Galera auf der Insel Mindoro vorschwärmte. Er hätte monatelang dort gelebt, es sei wundervoll, ich müsse unbedingt hin. Natürlich wollte er nur von mir als so eine Art Führer engagiert werden, und obwohl ich ihn loszuwerden versuchte, gelang es ihm, mich zu dem Hotel zu schleppen, wo man die Tickets für Bus und Fähre kaufen konnte. Ich hatte überhaupt nicht die Absicht, nach Mindoro zu gehen, da ich ja schon für Boracay gebucht hatte, und als wir in der Hotelhalle waren, nutzte ich das Gedränge aus und machte mich dünn. Die Männertoilette war in der Nähe, und so setzte ich mich in eine der Kabinen und ließ die Zeit vergehen. Irgendwann würde der aufdringliche Kerl schon verschwinden. Ich saß also auf dem heruntergeklappten Klodeckel und sah dem Sekundenzeiger meiner Uhr zu, als ein am Boden liegender Zettel meine Aufmerksamkeit erregte. Weil die Fliesen ziemlich schmutzig waren, schob ich das Papier mit dem Fuß so, daß ich das Gedruckte lesen konnte. Es war ein billiger Werbezettel für ein Restaurant, hellblaues Papier, unbeholfen hingekritzelte Palmen, ein Hummer, Fische und Gläser mit Sonnenschirmchen. Ich wollte den Zettel schon wegschieben, als ich die Adresse las: White Beach, Oriental Mindoro.» Donatello machte eine dramatische Pause und suchte in Pulcis Gesicht nach Zeichen des Verstehens.

Pulci begriff überhaupt nichts, merkte aber, daß eine Reaktion von ihm erwartet wurde. «Interessant», sagte er schließlich, nickte ein paarmal und sah in sein leeres Glas wie ein Wahrsager in den Kaffeesatz.

«White Beach!» rief Donatello und schnippte mit den Fingern. «Weißer Strand, ich hatte die Spur wiedergefunden!» Er lehnte sich grinsend zurück, schlug die Beine übereinander und verschränkte die Hände hinter dem Kopf. «Ich rannte aus der Toilette und genau in diesen verdammten Vince Blaylock rein. Der Idiot hatte die ganze Zeit auf mich gewartet und faselte jetzt irgend etwas von ungewaschenen Früchten und Kohletabletten. Obwohl der Typ mir lästig war, fragte ich ihn, ob er schon von White Beach gehört hätte, und wieder leierte er einen ganzen Katalog von Superlativen herunter und zerrte mich zum Schalter. Kurz, ich kaufte zwei Fahrkarten für den nächsten Tag, brachte das Ticket zurück und lud Vince zu einem Drink an der Bar ein. Er konnte mehr vertragen als jeder, dem ich begegnet bin. Nach einer Stunde war ich so voll, daß ich ihm die ganze Geschichte mit Carnevale erzählte. Schließlich brachte er mich in mein Hotel, und als ich mitten in der Nacht aufwachte, lag er auf dem Teppich vor dem Bett wie ein treuer Hund. Irgendwie machte der Kerl mir angst, doch dann sagte ich mir, daß er mich längst ausgeraubt hätte und verschwunden wäre, wenn er das gewollt hätte. Am Morgen weckte er mich; unser Bus verlasse Manila um halb neun. Die Fahrt nach Batangas an der Küste dauerte nur ein paar Stunden, der Bus war klimatisiert, es gab Getränke und Sandwiches, und ein Video über die Unterkunftsmöglichkeiten, Restaurants und Tauchschulen unseres Reiseziels wurde gezeigt. Vince quatschte während der ganzen Fahrt, und ich bereute, daß ich meinen Walkman nicht mitgenommen hatte. In Batangas bestiegen wir die Fähre: einen nach Fisch und Dieselöl stinkenden Kahn mit Sonnendeck, umlagert von Philippinos, die Zeitungen, gekochte Eier, Früchte und Gott weiß was verkaufen wollten. Die Überfahrt dauerte ein paar Stunden. Ich war noch müde und schlief auf einer der

Holzbänke, während sich die anderen Passagiere auf dem Oberdeck den ersten Sonnenbrand holten. Die meisten Männer hatten ein Mädchen aus einem der Clubs in Manila mitgenommen. Weil auf Mindoro die Auswahl ziemlich bescheiden sei, erklärte mir Vince ungefragt.»

«Wie waren denn die Häschen so?» Pulci lehnte sich ein wenig nach vorne. «Ich meine...»

«Die meisten sahen aus wie kleine Äffchen, die sich an ihre einstweiligen Besitzer klammerten und Cola oder Bier tranken», fuhr Donatello ihm ins Wort. «Aber mich interessierten nicht diese bemitleidenswerten Prostituierten, sondern mein Auftrag.»

Pulci versank wieder in seinen Stuhl. Er winkte einem der Kellner und bestellte flüsternd gesalzene Erdnüsse. «Ihr Auftrag, genau», sagte er dann. «Wie ging es weiter?»

«In Puerto Galera gab es nichts als den orkansicheren Hafen, ein paar Häuser, Autos, Busse. Alles sehr staubig, sehr primitiv. In dem Gedränge am Landesteg war ich zum ersten Mal froh, daß ich diesen Australier bei mir hatte. Vince bahnte uns einen Weg durch die Menge und steuerte auf eines der vielen Boote zu. Er schien den Besitzer zu kennen, klopfte ihm auf die Schulter und sagte etwas, das beide ungeheuer erheiterte. Dann winkte er mich zu sich, nahm mein Gepäck und gab es dem Jungen, der im Boot stand. Mit diesem Auslegerboot fuhren wir dann etwa eine Stunde bis nach White Beach. Als wir durch das kristallklare Wasser auf den Strand zuglitten, verstand ich Carnevale. Hinter dem schneeweißen Sandgürtel ragten Palmen in den blauen Himmel, Bambushütten und bunte Sonnenschirme...»

«Nüsse?» Pulci hielt Donatello den Teller hin; er sah aus wie ein Penner, der um Almosen bittet.

«Wie? Nein, ich ... danke.» Donatello winkte verärgert ab. «Also, wie gesagt, ich wußte jetzt, warum Carnevale gerade hier die veruntreuten Millionen genießen wollte, vorausgesetzt natürlich, ich behielt mit meinen Vermutungen recht. Wir quartierten uns in zwei Bungalows ein; nachdem ich meinen Koffer ausgepackt hatte, zeigte ich Vince das Photo von Carnevale und sah mich dann ein wenig am Strand um. Der erste Tag endete erfolglos. Nach dem Abendessen spielte ich mit Vince einige Partien Billard auf einem ziemlich lädierten Tisch, dann setzten wir uns in eine Strandbar und probierten die verschiedensten Drinks aus. Vince erzählte mir, er stamme aus Canberra, wo er als Straßenbauer gearbeitet habe. Wie aus einem Zwei-Wochen-Urlaub fünf Jahre wurden, war eine lange Geschichte, und als Vince sie zu Ende erzählt hatte, waren wir beide sternhagelvoll. Bevor wir uns schlafen legten, wollte Vince mir unbedingt etwas zeigen. Er kramte in seiner zerschlissenen Reisetasche, holte aus einem Packen schmutziger Lappen einen Gegenstand hervor und legte ihn mir auf die Handfläche. Es war eine Pistole, eine im Halbdunkel des Raumes matt schimmernde Waffe, die ich da in der Hand hielt, und Vince sagte, das sei ein Geschenk, ich könne das Ding vielleicht gebrauchen, falls Carnevale Schwierigkeiten machte. Zuerst wollte ich diese Pistole nicht haben, doch schließlich gab ich nach und behielt das Ding. Fast die halbe Nacht lag ich wach und hantierte mit dem Magazin, und je länger ich dieses wunderschöne Stück in der Hand drehte und mir ansah, desto mehr wünschte ich mir, Carnevale würde tatsächlich Schwierigkeiten machen.» Donatello merkte, daß Pulci ihn ein wenig irritiert musterte, setzte sich aufrecht hin und lächelte. «Na ja, jedenfalls schien es mir ganz gut zu sein, wenn ich … gerüstet war. Ich hatte ja keine Ahnung, ob Carnevale nicht auch eine Waffe besaß. Tags darauf fing ich an, mich in den Restaurants und Bungalowsiedlungen nach einem etwa vierzigjährigen italienischen Urlauber zu erkundigen, diskret natürlich, erzählte etwas von alten Freunden und Überraschung. Nach zwei Tagen stieß ich in einem der Gästebücher, in die ich fast überall gegen Bezahlung von ein paar hundert Pesos einen Blick werfen durfte, auf den Namen Maurizio Casagrande.»

Auch diesmal reagierte Pulci nicht. Er schob sich die gerösteten Erdnüsse in den Mund und kaute mit den Zähnen, die nach Donatellos kurzem Augenschein sowohl von Zahnstein als auch Zahnfleischschwund bedroht waren.

«M und C, wie Marcello Carnevale!» half Donatello Pulci auf die Sprünge. «Natürlich hatte ich mir schon zusammengereimt, daß Carnevale sich in Rom oder sonstwo einen falschen Paß besorgt hatte; er mußte ja damit rechnen, in die internationalen Fahndungslisten zu kommen. Aufgeregt rannte ich zurück zu meinem Bungalow, holte die Waffe aus dem Versteck und wickelte sie in ein Badetuch. Vince war irgendwo am Strand unterwegs, und so ging ich alleine zu der Luxus-Anlage, in der ich Carnevale zu finden hoffte. Sie können sich vorstellen, wie enttäuscht ich war, als ich statt des Gesuchten einen Mann antraf, der blonde Haare und blaue Augen, dafür keinen Schnurrbart hatte. Beim Nachtessen berichtete ich Vince davon, und der erzählte mir die Geschichte von einem Kerl, der in Sydney eine Bank ausgeraubt und sich in Holland einer Geschlechtsumwandlung unterzogen hatte. Der Man lebte fast zwanzig Jahre auf den Bahamas, und bevor er an Krebs starb, informierte er die Presse über seine wahre Identität.»

«In Bangkok gibt's auch jede Menge Tunten», bemerkte Pulci. «Da heißt es aufgepaßt, mein lieber Mann!»

«Was Vince mir sagen wollte, war, daß ich möglicherweise nicht den Carnevale von der Photographie, sondern einen ganz anderen suchen mußte!» Donatello schnippte wieder mit den Fingern, aber Pulcis Konzentrationsfähigkeit hatte noch mehr nachgelassen, so daß Donatello beschloß, seine Geschichte allmählich auf die Zielgerade zu lenken. «Wir beobachteten diesen Casagrande einen ganzen Tag lang, konnten aber nicht viel herausbekommen. Also blieb uns nur noch, seinen Bungalow auf Hinweise zu durchsuchen. Dabei fand ich zwar die Visitenkarte des Vizedirektors einer Hongkonger Bank, wußte aber zu diesem Zeitpunkt natürlich nicht, daß Carnevale das Geld tatsächlich dorthin transferiert hatte. Auch die Reinigungsbehälter für Kontaktlinsen waren noch kein Beweis, doch als ich ein paar Haare von seinem Kopfkissen klaubte und sah, daß sie an der Wurzel schwarz waren, konnte ich mir schon einiges zusammenreimen. Am Abend erzählte ich Vince, der am Strand diskret auf Casagrande aufgepaßt hatte, von meinen Entdeckungen, zeigte ihm die Haare und fragte ihn, was wir tun könnten, um sicher zu sein. Er sagte, er würde sich etwas überlegen, und dann sah ich ihn für ein paar Stunden nicht mehr. Ich schlief, als es um ein Uhr morgens an meine Tür klopfte. Es war Vince, der mich in seinen Bungalow schleppte, wo gefesselt, geknebelt und mit verbundenen Augen Casagrande saß und vor sich hin wimmerte. Im ersten Moment erschrak ich, doch Vince beruhigte mich: es sei die einzige Möglichkeit, wie wir herausfinden könnten, ob das der Kerl sei, den wir suchten. Vince nahm das Tuch ab, das Casagrandes… oder Carnevales Augen bedeckt hatte, zog ihm nicht allzu sanft ein Lid hoch und schlug ihm so lange mit der flachen Hand auf den Hinterkopf, bis die blaue Haftschale heraussprang und die schwarze Pupille zum Vorschein kam.»

«Alle Achtung», raunte Pulci. Vom Whisky und Zuhören müde geworden, hing er in seinem Sessel und lächelte matt. «Und dann?»

«Dann nahmen wir ihm auch die Handfesseln ab und gaben ihm Papier und Bleistift. Ich sagte ihm, daß er keine Chance hätte und aufschreiben solle, wo das Geld geblieben war. Acht Stunden später sah er seine hoffnungslose Lage ein und notierte alles, was ich wissen wollte. Ich gab Vince etwas Geld, bat ihn, auf Carnevale aufzupassen, nahm das schnellste Boot nach Batangas und ein Taxi nach Manila, wo ich zur italienischen Botschaft ging, um die ganze Sache zu melden.»

«Tolle Geschichte.» Pulci verzog anerkennend den Mund. Dann schlug er sich die Handflächen auf die Oberschenkel und atmete mit geblähten Backen aus. «Tja, ich muß morgen...»

«Die Geschichte ist noch nicht zu Ende», hinderte Donatello ihn am Aufstehen. «Als ich am nächsten Tag mit zwei Polizisten zurückkam, waren Carnevale und Vince verschwunden!» Er sah sein Gegenüber an, als mache er ihn für diese Panne verantwortlich.

«Oh», seufzte Pulci und ließ sich in seinen Sessel zurückgleiten. Mit einer kraftlosen Handbewegung bestellte er zwei weitere Drinks und griff nach dem Teller mit den Salznüssen.

«Vermutlich hatte Carnevale Vince einen Anteil am Geld versprochen, wenn er ihn losband, und Vince überlegte nicht zweimal. Eine sofort eingeleitete Suche nach den beiden blieb erfolglos, doch in Puerto Galera erfuhr die Polizei, daß zwei Weiße ein Fischerboot gechartert hatten und in Richtung Palawan wollten, eine vom Tourismus noch wenig berührte Insel. Außer ein paar Tauchern fuhr da kaum je einer hin, Palawan war Malariagebiet, und ich hatte gehört, daß dort wilde Bergstämme lebten, die Fremde nicht mochten. Wenn die Geschichte stimmte, hatten Carnevale und Vince einen beträchtlichen Vorsprung, wir würden kaum eine Chance haben, sie zu finden. Doch um die Sache kurz zu machen...» Donatello rutschte auf seinem Sessel nach vorne und faltete die Hände. «Wir mußten gar nicht erst an Land gehen.» Er lächelte Pulci an.

«Nicht?» Pulci richtete sich ebenfalls auf.

«Nein. Das Fischerboot trieb ein paar Kilometer vor der Küste Mindoros in der offenen See. Carnevale und Vince hatten die drei Besatzungsmitglieder in der Nähe einer vorgelagerten Insel von Bord geworfen und waren mit dem Motor nicht klargekommen. Sie hatten versucht, zurück nach Puerto Galera zu segeln und waren eine ganze Nacht und einen ganzen Tag im Kreis gefahren. Sie waren völlig erschöpft, als die Polizisten sie an Bord nahmen. Bei der Insel machten wir halt und gaben den wütenden Philippinos ihren Kahn zurück. Die Beamten mußten ihre Waffen zücken, weil die drei Carnevale und Vince umbringen wollten. Ein paar Stunden später, kurz vor der Hafeneinfahrt von Puerto Galera, sprang Vince plötzlich über die Reling. Wir stoppten sofort die Maschine, und einer der Polizisten feuerte ein paarmal ins Wasser, aber von Vince, dessen Hände auf den Rücken gefesselt waren, blieb nichts als seine schwarze Baseballkappe, die auf dem Wasser tanzte.»

«Abgesoffen, was?» Pulci gluckste in einer Mischung aus Mitleid und Erheiterung.

«Das, oder er war ein verdammt guter Taucher und Schwimmer und hat es bis zum Ufer geschafft. Aber das bezweifle ich.»

«Und der andere, Carnevale?» Weil die Geschichte nun wirklich an ihr Ende gekommen schien, wurde Pulci wieder etwas munterer.

«Sitzt in Manila im Gefängnis und wartet auf seine Auslieferung.»

«Gratuliere.» Pulci erhob sich und prostete Donatello zu.

«Danke», erwiderte Donatello. Er hob sein Glas ebenfalls. «Übermorgen fliege ich nach Los Angeles, und von da nach Phoenix. Ich will die erfreuliche Nachricht persönlich überbringen.»

Pulci wünschte ihm eine gute Reise, bezahlte die Rechnung für die Drinks und ging schlafen.

Donatello blieb noch eine Weile in der Bar. Er mußte an den verrückten Vince denken und an die Pistole, die vermutlich noch in ihrem Versteck unter dem losen Bodenbrett des Bungalows lag. In Los Angeles würde er sich als erstes eine Waffe besorgen. Und vielleicht einen Schulterhalfter. Amerika war ein gefährliches Land.

Zweiter Teil

Ich brauche Freunde auf Erden,
nicht im Himmel; im Himmel
habe ich sowieso genug.
Ludwig Hohl

1

Burt Tyrell hatte nie einen Partner haben wollen. Schon zu Beginn seiner beruflichen Laufbahn war er ein Einzelgänger gewesen, der eine Unternehmung ohne Hilfe plante und durchführte. Er war nicht gerade das, was man einen geselligen Charakter nennen konnte, und was er im Fernsehen und Kino sah, bestärkte seinen Grundsatz, ausschließlich alleine zu arbeiten. In Baton Rouge, Louisiana, wo er die ersten zwanzig Jahre seines Lebens verbracht hatte, war sein Bild in den Polizeistationen so verbreitet wie das des Präsidenten, und es gab Tankwarte und Ladenbesitzer, die aus lauter Gewohnheit die Hände hochnahmen, wenn Burt Tyrell, gerade mal wieder auf freiem Fuß, zur Tür reinkam. Einerseits genoß Burt dieses Leben, das sein Ruf ihm bescherte, andererseits wurde es mit jedem Jahr schwieriger für ihn, irgendwo hinzugehen, ohne von einer Polizeistreife angehalten, überprüft oder vorsorglich verhaftet zu werden. Die Beamten im Distrikt wußten nie, ob Burt eben entlassen worden war, ob er sich auf der Flucht befand, ein Verbrechen verübt hatte oder gerade eines begehen wollte. Da ihn keinerlei Bindungen an seinem Geburtsort festhielten – sein Vater schipperte auf einem Schleppkahn den Mississippi rauf und runter, die Mutter arbeitete als Kellnerin in New Orleans, und die Geschwister lebten im ganzen Land verstreut –, verlegte Burt sein Arbeitsgebiet nach Tampa, wo er eine Zeitlang mit einem gestohlenen Motorboot die alten Tage der Piraterie neu aufleben ließ, unbewachte Jachten plünderte und die heiße Sonne Floridas genoß. Eine kleine Bar in Strandnähe war bald gepachtet, im Drogenhandel mischte er als Hering unter Haien mit, und als er für sieben Jahre ins Gefängnis ging, war er braungebrannt und übergewichtig. Wegen guter Führung vorzeitig entlassen, kam er nach fünf Jahren bleich und hager raus, landete Monate später in Las Cruces, New Mexico, überfiel dort ein Eisenwarengeschäft und wurde vom Besitzer angeschossen. Statt die Polizei zu holen, vermittelte der Geschäftsmann Burt an eine Farm, wo seit dem Verbot der Sklaverei stets Mangel an Arbeitskräften herrschte.

Nachdem er sich von dem Beinschuß erholt hatte, arbeitete Burt auf der Farm vom Morgengrauen bis zur Abenddämmerung, mistete Ställe aus, hackte Holz, schwitzte auf den Feldern bei der Ernte, reparierte Zäune, half beim Viehtrieb und Brandmarken, baute Lagerschuppen und kratzte eingetrockneten Dreck von Landmaschinen. Geld gab es dafür keines, Freizeit sowieso nicht, statt dessen eine Liege in einer der Baracken und zwei Mahlzeiten pro Tag, sonntags ein Stück Fleisch. Der Besitzer der Farm, ein Ire, der zur Kirche ging und sich bekreuzigte, wenn er geflucht hatte, betrachtete den Einsatz Krimineller für die Landarbeit als eine Art private Resozialisierungs-Initative. Er erwartete von den Männern Dankbarkeit und war eher gekränkt und erstaunt statt wütend, wenn sie ihm ihren Haß zeigten, indem sie ein neugeborenes Kalb in der Tränke ersäuften, Feuer im Materiallager legten oder flüchteten. Die Zwangsarbeiter wurden von korrupten Sheriffs und verkommenen Bürgerwehren bei kleinen und mittleren Straftaten erwischt und an Farmer im ganzen Bundesstaat verkauft. Das System funktionierte, denn natürlich ging keiner der Männer nach gelungener Flucht – spätestens nach einem Jahr ließ man alle entwischen –, zur Polizei, um von seiner Verschleppung zu berichten. Wer vorzeitig weg wollte, machte die Erfahrung, daß es keineswegs einfach war, von dem riesigen Stück Land zu entkommen; am Tage wurden die Männer von bewaffneten Vorarbeitern bewacht, und in der Nacht gab es aus der gesicherten Baracke so gut wie kein Entrinnen. Wagte man zu türmen, bevor die vom Farmer festgelegte Zeit abgelaufen war, brauchte man Glück: Eine Überschwemmung, ein Tornado und das dadurch verursachte Chaos konnten helfen, eine durchgegangene Rinderherde, die alle verfügbaren Männer beschäftigte, ein Lastwagen, der nicht kontrolliert wurde und unter dessen Plane noch Platz war, ein betrunkener Vorarbeiter, ein herrenloses Pferd. Erwischte man einen Flüchtigen, wurde ihm für zwei Monate das Sonntagsfleisch gestrichen und die Matratze weggenommen.

Sieben Monate verbrachte Burt auf der Farm. Sechs Monate schlief er ohne Matratze auf dem Metallrost des Bettes, und zwölf Sonntage gingen für ihn fleischlos vorüber. Seine drei Fluchtversuche hatte er zwar sorgfältig geplant, die Durchführung war aber regelmäßig an dem Umstand gescheitert, daß er zu Fuß keine Chance hatte, die Grenze des riesigen Farmgeländes zu erreichen, bevor sein Fehlen bemerkt und ein Suchtrupp losgeschickt wurde. Die Lösung des Problems entdeckte er schließlich in der Person von Ronda Clayborn, die als Pilotin eines alten Doppeldeckers die Felder besprühte und verirrte Rinder aus der Luft aufspürte. Sie war fünfunddreißig, hatte ein paar männliche Hormone zuviel abbekommen, trug Cowboystiefel und eine Lederjacke, auf deren Rücken ein geflügelter Totenschädel und die Initialen R und C gestickt waren. Unter einer roten Schirmmütze steckte braunes, kurzes Haar, und hinter den verspiegelten Gläsern der Sonnenbrille verbargen sich grünblaue Augen. Wenn sie in der Luft war, geschaukelt von ihrer Maschine, die sie VIRGINIA getauft hatte – nach ihrem Heimatstaat und Virginia Woolf –, scherte sie sich nicht mehr um Alltagssorgen, um ihren

Vermieter, der Katzen nur als Rheumafelle duldete, um ihren Boss, der soff, weil sein Sohn Angst vor dem Fliegen hatte und Friseur geworden war, oder um die Kerle, die sie nicht ertrug und die deshalb in primitivem Eifer das Gerücht verbreiteten, sie sei eine Lesbe. Flog sie, war sie beinahe glücklich, drehte Zusatzschleifen, wenn die Chemikalien längst abgelassen waren, hängte Extrarunden an, nachdem sie die versprengten Rinder geortet und ihren Standort zum Geländewagen gefunkt hatte, und blieb hartnäckig in ihrem Himmel, bis der leere Tank sie zur Landung zwang.

Burt richtete es so ein, daß er der Mann war, der den Pestizid-Behälter an Rondas Maschine auffüllte, und obwohl er seit mehr als einem halben Jahr keine Frau gehabt hatte, gab er sich als der scheue, zurückhaltende Kerl, der ahnungslos und romantisch von der Fliegerei schwärmt und vom Wunsch beseelt ist, ein einziges Mal die Welt von oben, durch den wunderbaren Schleier der Wolken zu sehen. Doch mit jedem Tag und jeder Gallone des Insektenvernichters, den er aus großen, gelben Fässern pumpte, sah er seine Chance schwinden, die Unnahbare für sich zu gewinnen. Als die letzte Ladung des ätzenden Gifts in den Behälter floß, ging er auf's Ganze, stammelte etwas von einem immer wiederkehrenden Traum, von Schwerelosigkeit und Glücksgefühl, von einer Krankheit, die ihm nicht mehr viel Zeit lasse, und von einer toten Mutter, deren Name … Virginia gewesen sei. Ein röchelndes Blubbern entstieg dem Ansaugstutzen, als das mit Totenköpfen bemalte Faß leer war und Ronda ihre eiserne Regel, nur alleine zu fliegen, für eine folgenschwere Ausnahme durchbrach.

Sie waren keine zwei Minuten in der Luft, als Burt ein scharfes, spitzes Stück Blech aus der Brusttasche des dreckigen Hemdes zog und an Rondas Kehle hielt. «Ich hab's mir anders überlegt!» rief er, gegen Rondas Sitz gelehnt, durch den Motorenlärm. «Statt des Rundflugs möchte ich viel lieber eine kleine Reise machen!» Er nahm Rondas Sonnenbrille ab, um ihre Augen sehen zu können. «Wie wär's mit Las Vegas?»

«Dafür reicht der Sprit nicht!» antwortete Ronda. Sie wußte nichts von den Kriminellen, die auf den Farmen arbeiteten, und hielt Burt für einen der üblichen Dreckskerle aus der Gegend.

«Wie weit kommen wir?» wollte Burt wissen und suchte in dem Instrumentengewirr vergeblich nach der Benzinuhr.

«Fünfzig Meilen», log Ronda. «Vielleicht achtzig. Ich hatte vor, die Felder im Westen zu besprühen.»

Burt überlegte. Er wechselte das Metallstück in die rechte Hand und legte seinen Arm um Rondas Schultern, spürte warme Haut und das Pochen des Blutes in ihrer Halsschlagader. Unter der Lederjacke und dem Sweatshirt ahnte er ihre Brüste, den verwaschenen Denimstoff spannten schlanke, feste Schenkel, und die Lippen, ungeschminkt und spröde, formten Worte, die seine Phantasie erfand. «Laß das Zeug ab!» sagte er plötzlich und packte fester zu.

«Was?» Ronda drehte den Kopf in Burts Richtung, fühlte dabei die Kante des Blechs, die ihre Haut ritzte.

«Laß das Scheißzeug ab!» rief Burt. «Mit weniger Gewicht kommen wir weiter! Wo ist der verdammte Hebel?»

«Sie wollen, daß ich das Pflanzenschutzmittel ablasse?» Ronda sah aus dem Seitenfenster; unter ihnen erstreckten sich sandige Ebenen, unterbrochen von ockerfarbenen Hügeln, grauen Bergketten. Vereinzelt bildeten Felder geometrische Muster, Waldstücke dunkle Flecken, da und dort verdichteten sich Häuser zu kleinen Ortschaften, zogen sich Straßen hin. «Das sind fast hundert Gallonen!» rief sie. «Haben Sie eine Ahnung, was das kostet?»

Burt setzte ihre Sonnenbrille auf, warf einen flüchtigen Blick auf die Landschaft und grinste. «Bestimmt keine sieben Monatslöhne. Welcher Schalter ist es?»

«Der hier», sagte Ronda, als Burt die Blechklinge gegen ihr Fleisch drückte. «Lassen Sie mich die Ladung wenigstens über ein Feld verteilen. Ich bleibe auf Kurs, muß nur ein bißchen runter.»

«Meinetwegen». Burt rutschte noch ein Stück näher an Ronda heran und spähte durch die Frontscheibe, vor der der drehende Propeller eine graue, transparente Scheibe bildete. Er fühlte, wie seine Innereien sich hoben, als die Maschine in den Sinkflug überging, und schloß die Augen hinter der Sonnenbrille.

Eine Stunde, nachdem das Maisfeld eines staunenden Farmers kostenlos gegen Insektenbefall behandelt worden war, landete VIRGINIA auf einer weiten, staubigen Ebene zwischen zwei kahlen Hügelzügen, rollte holpernd aus und kam vor einer Gruppe dürrer Creosote-Büsche zum Stehen. Als der Motor mit einem Spucken aussetzte und der Propeller nicht mehr drehte, öffnete Burt die Tür auf seiner Seite und zog Ronda mit sich ins Freie. Sie stolperten und fielen hin, und bevor Ronda sich aufrappeln konnte, hatte Burt sie mit einem Stück Seil an den Handgelenken gefesselt. Er kniete über ihr, spähte in alle Richtungen und sah meilenweit entfernt die Lichtreflexe von Autos durch die Hitzeschwaden kriechen. Telegraphenmasten begleiteten die Straße, die, von der Luft aus gesehen, schnurgerade durch die leere Ebene verlief. Burt nahm die Sonnenbrille ab und sah sich Ronda ausgiebig an. Als er mit seinen schwieligen Händen den Reißverschluß ihrer Jacke öffnete und ihr das Sweatshirt hochschob, begann Ronda sich zu wehren, schrie und nannte ihn einen Schweinehund und Hurensohn, wälzte sich unter seinem Gewicht und versuchte, ihm ihre Knie in den Rücken zu rammen.

Keiner der beiden sah oder hörte den gedrungenen Mann, der aus seinem Versteck hinter den Sitzen, unter der miefigen Wolldecke, den öligen Stoffetzen, dem Regenmantel und den alten Zeitungen hervorgekrochen war, sich an Burt heranschlich und ihm einen leeren Blechkanister auf den Schädel schlug. Erst als Burt mit verdrehten Augen zur Seite kippte, sah Ronda die kleine, rundliche Gestalt ihres Retters. Die Sonne stand hinter seinem Kopf und schwelte wie ein Glorienschein, von dem gleißende Strahlen in den Himmel stachen. Ronda tastete mit den gefesselten Händen nach ihrer Sonnenbrille, setzte sie auf und betrachtete den Mann, der ein paar Schritte zurückgegangen war und jetzt im Schatten des Flugzeuges stand.

«Sind Sie in Ordnung?» fragte der Mann und bückte sich ein wenig, nervöse Blicke auf den im Sand liegenden Burt werfend. Er hielt noch immer den Benzinkanister in den Händen.

«Wer sind Sie?» fragte Ronda zurück und setzte sich auf.

«Haben Sie eine Ahnung, wo wir sind?» Der Mann, der knapp über einssechzig groß war und in zerlumpter Arbeitskleidung steckte, setzte sich auf den Kanister. Sein schwarzes Kraushaar glänzte fettig, Bartstoppeln verdunkelten sein pausbäckiges Gesicht. Die Augen, die unruhig zwischen Ronda und Burt hin und her sprangen, waren gerötet und schmal.

«Wo sind Sie plötzlich hergekommen?» Ronda zog ihr linkes Bein unter Burts schlappem Körper hervor.

«Haben Sie Wasser?» führte der Mann die sinnlose Fragerei fort. Er war seit Stunden in der stickigen Kabine unter der Decke und dem anderen Plunder begraben gewesen; er hatte kaum Luft bekommen und war völlig ausgetrocknet.

«Kennen Sie den Kerl da?» Ronda stieß Burt mit der Stiefelspitze in die Seite. «Ist er Ihr Komplize?»

Die nächsten paar Minuten schwiegen beide in der frustrierenden Gewißheit, daß keiner die Fragen des anderen beantworten würde. Der Mann durchsuchte das Flugzeug nach Wasser und fand eine Thermosflasche, die halbvoll mit kaltem Kaffee war. Nachdem er getrunken hatte, band er Burts Hände und Füße mit einem Strick. Danach setzte er sich wieder auf den Kanister und erzählte Ronda seine Geschichte.

Er hieß Carl Marino, und er war vor fünf Monaten von einem heruntergekommenen Sheriff in Lordsburg verhaftet worden, als er mit einem gestohlenen Fernsehapparat auf einen Güterzug aufspringen wollte. Carl, erschöpft von der Schlepperei, hatte sich an den Haltegriffen neben der Schiebetür nicht festhalten können, und während der Fernseher alleine in Richtung Utah rollte, war die neue Billigsthilfskraft zur Dogherty-Farm gebracht und für eine bescheidene Summe verkauft worden. Aufgrund seiner geringen Körpergröße wurde er nicht für die harten Arbeiten draußen eingesetzt, sondern mußte in der Küche helfen, das Geschirr spülen, Gemüse putzen und die Böden schrubben. Die einzige Abwechslung in seinem Tagesablauf war die Viertelstunde, in der er die Küchenabfälle in den Schweinestall brachte: Während die Tiere das Futter aus den Trögen schlangen, stand Carl hinter der Scheune und wartete sehnsüchtig auf die Landung des Flugzeugs, schätzte ab, wie weit es bis zur Rollbahn auf der Wiese war, wie lange er zum Zurücklegen dieser Strecke brauchen würde und wo in der Maschine genug Platz für ihn sein mochte.

«Wann haben Sie sich im Flugzeug versteckt?» wollte Ronda wissen, als Carl mit seinem Bericht zu Ende war. «Ich bin doch immer in der Nähe gewesen.»

«Einmal sind Sie zum Holzschuppen gegangen, um irgendwas zu holen», antwortete Carl und sah zu Boden. «Ich hatte mich in einem der leeren Fässer verkrochen, die überall rumlagen. Der hier», er zeigte auf Burt, «kam gerade von den Ställen her, um das stinkende Zeug in den Tank zu pumpen.»

«Kennen Sie ihn?»

«Vom Sehen», sagte Carl. Er erhob sich und durchsuchte Burts Taschen, fand aber außer einer Packung Streichhölzer und einem Knäuel Nylonschnur nichts.

«Schauen Sie in seinen Schuhen nach!» Ronda kam aus ihrer knieenden Haltung hoch und nahm die Sonnenbrille ab.

«Was?» Carl wischte sich Schweiß von der Stirn, betrachtete unschlüssig die dreckigen Stiefel des Bewußtlosen.

«Seine Schuhe», wiederholte Ronda. «Vielleicht hat er was in seinen Schuhen. Ausweise, Geld.»

Noch bevor Carl den zweiten Stiefel von Burts Füßen ziehen konnte, traf ihn der Kanister am Hinterkopf, und es wurde schwarz um ihn.

2

So etwas wie Ruhe und Harmonie kehrten ins Literatur-Motel ein. Lardellis Stimmung besserte sich mit jedem Tag, den es auf das Abreisedatum zuging.

Zwar war er nach wie vor ein schwieriger, bisweilen unausstehlich arroganter Zeitgenosse, aber es ließ sich jetzt mit ihm leben, selbst Bozzetto schien er inzwischen zu ertragen. Getrieben von einer seltsamen Mischung aus Verbissenheit und Faszination, hatte er an der Geschichte von dem Wasserkopfmädchen und den gekreuzigten Katzen weitergeschrieben, um sie schließlich in einer feuchtfröhlichen Zeremonie hinter seinem Bungalow zu verbrennen. Die Visiten bei Beltrametti, der zunehmend Mühe bekundete, für längere Gespräche die nötige Konzentration aufzubringen, waren immer seltener geworden und schließlich ganz ausgeblieben. So kurz vor der Abreise benahm Lardelli sich endlich wie ein Gast und nicht mehr wie ein Gefangener; er begann sich für die Echsen und Schlangen im Garten zu interessieren, fuhr noch zweimal mit Luca und Bozzetto nach Phoenix, um die Museen zu besuchen, und er schrieb ein paar freundliche Sätze ins Gästebuch, als der Alte ihn darum bat.

Bozzetto hatte seinen Roman, der fünfeinhalb Hefte füllte, beendet und verbrachte jetzt die Tage unter einem Sonnenschirm am Swimmingpool oder in der kühlen Bibliothek und überarbeitete den Text. Er war noch einmal zum Pitfall's Point gefahren, um Claire zu besuchen und ihr etwas Geld zu geben – für ihre kleine Tochter, wie er sagte. Sein Eintrag in das Gästebuch geriet zur Lobeshymne auf Beltramettis Großzügigkeit und die Schönheit der Wüste. Weder Thelmas Kochkünste noch Lucas Fleiß oder Al's Hilfsbereitschaft ließ er unerwähnt, und in seinem Schlußsatz bemühte er gar Gott, den Allmächtigen, dessen Schutz er für die Stiftung erbat.

Luca begann, sich an den Gedanken zu gewöhnen, daß es die Stiftung und seinen Job bald nicht mehr geben würde. Von Carnevale und dem Geld fehlte nach wie vor jede Spur. Beltrametti war immer weniger in der Lage, sich um seine Institution zu kümmern, und Ettore Donatello, der ehemalige Literaturprofessor, hatte Anweisung erhalten, vorerst keine weiteren Autoren einzuladen. Luca versuchte, so gut es ging, keine Endzeitstimmung aufkommen zu lassen; er machte mit Lardelli, Bozzetto und Al einen Ausflug nach Flagstaff und zum Grand Canyon, zeigte ihnen Tortilla Flat, die Superstition Mountains und die Staudämme im Theodore Roosevelt Lake. Wie immer bereitete er für den letzten Abend ein Abschiedsfest vor; der Umstand, daß es vielleicht auch für ihn ein Abschied werden würde, ließ ihn eine noch üppigere Party planen als sonst.

«Was ist das?» fragte Luca und zeigte auf das Stück Wellpappe, das Al gerade mit einer riesigen Schere zurechtgeschnitten hatte.

SCHREIBMASCHINE kritzelte Al auf sein Werk, das aussah wie eine Mischung aus Registrierkasse und 16-Ventil-Motor, nahm Farbtopf und Pinsel und malte Walze, Tasten und jede Menge Hebel.

«Tolles Ding.» Luca knüpfte gelbgestrichene Geistesblitze, rote Musenkußmünder, Schreibfedern, Tintenfässer und aufgeklappte, fliegende Bücher aus Pappe an Nylonschnüre. Er hockte neben Al auf dem Boden des Vorratsraumes; die Tür hatten sie verriegelt, um Neugierigen den Blick auf die Dekoration zu verwehren. Schon den ganzen Tag hatten sie bunten Firlefanz aus Kreppapier gebastelt, probeweise Ballons aufgeblasen und ein paar Luftschlangen geworfen. Nur die Feuerwerkskörper, die unter einem Stapel alter Zeitungen in einer Kiste lagen, hatten sie nicht angerührt. Jetzt räumte Luca die Farben, Pinsel und Leimtuben weg, füllte mit den Papierschnipseln, Pappresten, Stofflappen und besudelten Zeitungen einen Mülleimer. Als er fertig war, verstauten sie die Dekorationen in einem Schrank und schlossen ihn ab.

Unter der Dusche sang Luca «Bye, Bye Miss American Pie» und «It's All Over», und während sie nach dem Abendessen alle bei Kaffee und Panettone in der Bibliothek saßen, konnte er an nichts anderes denken, als daran, was er tun würde, wenn die Stiftung nicht mehr existierte. Thelma mußte ihn zweimal rufen, bevor er aus seinen Gedanken aufschreckte und ihr in die Lobby folgte, wo ein kleiner, verschwitzter Mann in dreckiger Kleidung stand und ein leeres Glas in der Hand hielt.

«Hallo», sagte der seltsame Gast, und ein erschöpftes

Lächeln hob Grübchen aus seinen Pausbacken. Thelma fragte ihn, ob er noch Wasser wolle, aber er lehnte dankend ab und reichte ihr das Glas. «Tut mir leid, daß ich Sie störe, aber wir ... ich hatte einen Unfall», wandte er sich dann an Luca. «Hab 'nen Hund angefahren, ist voll in meinen Wagen gerannt.» Er schlug sich die rechte Faust in die linke Handfläche.

«Halbhund», murmelte Luca, und sein Magen krampfte sich sekundenlang zusammen.

«Wie?» Der Mann sah Luca fragend an. Seine Schuhe waren zerschlissen und staubig, die Hosen an den Knöcheln mehrmals umgeschlagen. Verbrannte Haut löste sich in Fetzen von seiner Nase.

«Wir kennen den Hund.» Luca stellte sich das tote Tier vor und wußte nicht recht, sollte er sich für das verrückte Vieh freuen oder es bemitleiden.

Der Fremde nickte. «Den armen Kerl hat's voll erwischt. Liegt am Straßenrand, zappelt und winselt. Haben Sie ein Gewehr?»

«Er ist nicht tot?» rief Luca.

Der Mann sah verwirrt in die Richtung, in die Thelma gegangen war.

«Nein. Aber daß er sehr lebendig wäre, könnte ich auch nicht behaupten. Ich möchte ihn von seinen Qualen erlösen.»

«Wir haben einen Revolver hier», sagte Luca endlich und wollte in zwei Richtungen gleichzeitig losrennen. «Warten Sie!» Er lief in die Küche und holte die in ein öliges Tuch gewickelte Beretta aus ihrem Versteck hinter dem Kühlschrank hervor. In einer der Schubladen lag eine Schachtel Munition, und nachdem er mit zittrigen Händen die Waffe geladen hatte, eilte er zurück in die Lobby und folgte dem Mann nach draußen.

«Es ist da vorne.» Der Mann zeigte nach links zur Straße. «Vielleicht zwei, drei Meilen entfernt.»

«Wir nehmen den Wagen», sagte Luca, lief zur Garage und zog die Tür auf. Den Kerl, der ihm die Waffe aus der Hand und eine Faust in den Magen schlug, sah er erst, als er nach Luft ringend im Sand vor dem Holzschuppen lag. Der Mann war mittelgroß und hatte ein längliches Gesicht mit feinen Zügen, blondes, nach hinten gekämmtes Haar und einen braunen Leberfleck auf der sonnenverbrannten Wange. Er trug abgescheuerte Stiefel, dunkelgraue Arbeitshosen und ein verdrecktes Hemd aus hellblauem Denim.

«Es hat geklappt!» rief Carl, setzte sich wie ein dickes Kind beim Indianerspielen rittlings auf Luca und fesselte ihm die Hangelenke. «Dein Plan hat funktioniert!» Er machte hastig ein paar Knoten in den Strick und erhob sich schnaufend.

«Steh auf!» Burt stieß Luca die Stiefelspitze gegen das Bein und schlenkerte mit der Hand, die den Revolver hielt. «Zurück ins Haus!»

«Der ist Ausländer», sagte Carl. «Hat 'nen komischen Akzent.»

«Wer ist sonst noch da drin?» Burt sah sich kurz nach den Bungalows um, in denen kein Licht brannte.

«Nur 'ne Frau», sagte Carl. Er war als erster bei der Tür und öffnete sie vorsichtig, nachdem Burt ihm ein Zeichen gegeben hatte.

In der darauffolgenden halben Stunde wurden Luca, Lardelli und Bozzetto von Carl geknebelt und an die Beine des Billardtisches gefesselt, während Thelma Burt jeden Winkel des Hauses zeigen und dann etwas zu essen kochen mußte. Die beiden Eindringlinge setzten die Telephonapparate außer Betrieb, sperrten Beltrametti in seinem Studio ein und griffen sich wahllos einen Stapel Aktenordner aus einem der Wandschränke. Anschließend durchsuchte Carl auf Burts Geheiß die Bungalows und kam wenig später mit ein paar Wertsachen zurück in die Lobby, wo Burt an der Theke saß,

Kaffee trank und die Ordner, in denen Briefe, Rechnungen, Artikel und anderer Papierkram abgelegt waren, durchblätterte.

«Alles leer», meldete Carl, ließ sich in einen der Sessel fallen und von Thelma ebenfalls eine Tasse Kaffee bringen.

«Schließ alle Türen ab und bring die Schlüssel her!» Burt, der gegen seinen Willen zu einem Partner gekommen war, nahm den Blick nicht von den Akten, während er Carl seine Anweisungen gab. Erst als der Kleine in den zerlumpten Klamotten keine Anstalten machte, dem Befehl Folge zu leisten, hob Burt den Kopf ein wenig.

«Bin schon unterwegs!» rief Carl, stellte die Tasse, aus der er kaum getrunken hatte, auf den Boden und stemmte sich hoch. «Ich eile, ich fliege», murmelte er, unwillkürlich die geschwollene, leicht verfärbte Stelle unter seinem linken Auge betastend.

Nachdem Carl den Raum verlassen hatte, riß Burt ein Blatt aus dem Ordner, trat hinter der Theke hervor und setzte sich auf den Rand des Billardtisches. Zu seiner Linken hockte Lardelli, rechts von ihm Luca. Bozzetto hing auf der Rückseite in den Seilen und ließ den Kopf hängen. «Was für ein Verein seid ihr eigentlich?» fragte Burt, ohne einen der Gefesselten anzusehen. «Ich werd aus den Unterlagen einfach nicht schlau.» Er ließ sich von der Tischkante gleiten und ging ein paar Schritte durch den Raum. Als er bei Thelma war, die an der Türkante lehnte und ihre zitternden Hände hinter dem Rücken verschränkt hatte, blieb er stehen. «Du siehst nicht wie 'ne Italienerin aus. Hab ich recht?» Er stellte sich so nahe vor sie hin, daß seine Schuhspitzen die ihren beinahe berührten.

In diesem Augenblick kam Carl von draußen herein und klimperte mit einer Handvoll Schlüssel. «Vier Stück!» rief er und hielt sie in die Höhe. «Wo soll ich sie hin tun?» Als Burt nur den Arm ausstreckte, trat Carl zögernd auf ihn zu und legte ihm die Schlüssel in die Handfläche. Einen Augenblick stand er verunsichert da, als wartete er auf irgend etwas, Lob oder Strafe oder einen weiteren Befehl, dann trollte er sich zu seinem Sessel. Unverständlich vor sich hinmurmelnd trank er den lauwarmen Kaffee und gab vor, in einer italienischen Zeitung zu lesen.

«Also?» wandte Burt sich wieder an Thelma, und Carl war erleichtert, daß nicht er gemeint war.

«Ich bin aus Miami», antwortete Thelma und preßte sich noch enger an den Türrahmen.

«Ach, ja?» rief Burt, knickte ein wenig in den Knien ein und breitete die Arme aus. «Ich war mal 'ne Zeitlang in Tampa, hatte da 'ne Bar gleich am Strand.» Er strich sich eine Haarsträhne nach hinten und grinste mit weißen Zähnen, die auf seinen Kiefern zu wenig Platz hatten und alle ein wenig schief standen. «Nettes Klima. Warum bist du nicht in Florida geblieben?»

«Miami, Arizona», gab Thelma zurück. «Liegt östlich von Phoenix.»

Burt lachte und ging zur Bar, lehnte sich über die Theke und griff nach einer Packung Zigaretten. «Ich kannte 'nen Kerl, der war aus Panama, aber Panama in Pennsylvania.» Er suchte Feuer und fand eine Schachtel Streichhölzer. «Mit den tollen Namen wollten die Gründer vermutlich den beschissenen Standort ihrer Städte etwas wettmachen.» Er blies den inhalierten Rauch gegen die Zigarettenspitze, um sie noch mehr zum Glühen zu bringen, und setzte sich in seinen Sessel.

«Also», fragte er, nachdem er sich einen weiteren Kaffee eingeschenkt hatte, «was ist das hier?» Er löffelte Zucker in den Kaffee, streckte die Beine aus und sah Thelma an.

«Mister Beltramettis Stiftung.» Thelma rührte sich noch immer nicht vom Fleck, warf nur gelegentlich verstohlene Blicke in den Flur, der zur Küche führte. «Die zwei dort hinten sind Gäste.» Sie wies mit dem Kinn in Richtung Billardtisch. «Luca arbeitet hier.»

Burt nickte. «Dichter, lese ich hier.» Das Blatt lag neben dem Krug und der Zuckerdose. «Mitten in der Wüste. Und der Hoteldirektor fährt Rollstuhl.» Sein Grinsen wurde breiter als sein Gesicht.

«Ich sollte nach ihm sehen», sagte Thelma und löste sich vom Türrahmen. «Er hatte einen Unfall, braucht seine Medikamente.» Sie machte eine hilflose Geste zur Treppe.

«Nur die Ruhe! Wir werden später alle gemeinsam nach oben gehen.»

«Was haben Sie eigentlich vor?» fragte Thelma so beherrscht wie sie konnte, und Carl, der dieselbe Frage zu haben schien, tauchte hinter der «Stampa» auf.

«Wir werden ein paar Tage hierbleiben und uns von den Strapazen der letzten Monate erholen.» Burt stellte die Tasse auf den Tisch und streckte die Glieder. «Da dies hier eine Stiftung ist, wird wohl niemand etwas gegen zwei weitere Gäste einzuwenden haben.» Er sah Carl so lange an, bis der zaghaft grinste.

«Sie wollen hierbleiben?» rief Thelma und sah sich unwillkürlich nach Al um, der sich noch immer irgendwo versteckt hielt. «Warum nehmen Sie nicht einfach unser Geld und den Wagen und verschwinden? Es sind nur hundertsechzig Meilen bis zur kalifornischen Grenze. Zweihundert bis New Mexico.»

«Da komm ich doch gerade mit meinem Privat-Jet her», sagte Burt ruhig und wandte sich an Carl. «Nicht wahr, von da kommen wir doch geflogen, oder?» Die Zigarette klemmte zwischen seinen Zähnen, als sein Mund sich zu einem Lächeln verzog.

«Genau», bestätigte Carl. «Die Gegend kennen wir schon.» Er faltete die sperrige Zeitung zusammen und ließ sie auf den Boden fallen.

Burt warf den Zigarettenstummel in die halbleere Tasse. «Wie gesagt, wir bleiben, bis wir uns wohl genug fühlen, um weiterzufahren. Bis dahin wird es für alle ein bißchen enger werden.» Er nahm die Waffe aus dem Hosenbund und erhob sich. «Nur Carl hier», er wies mit der leeren Hand auf seinen Partner, den er selber nie als solchen bezeichnet hätte, «wird eine Menge Platz haben, er richtet sich nämlich hier unten ein.»

«Was?» Carl stemmte sich aus dem Sessel hoch und sah sich in dem Raum um. «Warum denn hier? Es gibt doch jede Menge...»

«Weil er hier unten eine prima Übersicht hat», sagte Burt, ohne Carls Einwände zu beachten. «Niemand kommt die Treppe runter, keiner betritt oder verläßt unbemerkt das Haus. Praktisch, nicht?» Er drehte sich zu Carl um, der jäh verstummte. «Mach die zwei da los, sie sollen ein paar Matratzen nach oben bringen!»

Carl wollte die Hand nach der Pistole ausstrecken, als er sich anders besann, zum Billardtisch ging und Lardelli die Fesseln abnahm. Nachdem auch Luca befreit war, schloß Burt die wütend schreiende Thelma in der Toilette ein und ging mit entsicherter Waffe hinter den dreien her nach draußen zu den Bungalows.

Eine knappe Stunde später lagen in Beltrametti's Arbeitszimmer drei Matratzen am Boden, Thelmas Bettzeug war in den ehemaligen Fitnessraum geschafft worden, und auf dem Wasserbett lagen Kissen und Laken bereit. Carl, der sich mit Lucas Baseballschläger bewaffnet hatte, fesselte Lardelli und Luca die Hand- und Fußgelenke, um schließlich Bozzetto zu holen, mit dem er auf dieselbe Art verfuhr. Beltrametti, der von Thelma mit Medikamenten versorgt worden war, lag, vom mächtigen Büchergestell verborgen, in seinem Bett und schlief.

«Sie werden uns umbringen», sagte Lardelli, als Carl nach unten gegangen war und Burt einen weiteren Rundgang durchs Haus machte. «Wie in Truman Capotes *Kaltblütig.*» Er sah Luca dabei fast triumphierend an, als hätte er schon immer gewußt, daß diese Reise in die Wüste schrecklich enden würde.

«Blödsinn!» Luca warf einen schnellen Blick auf Bozzetto, um zu sehen, wie der auf Lardellis Prognose reagierte. «Wenn sie das wollten, wären wir schon lange tot.» In seinem Mund hielt sich noch immer der leicht bittere Geschmack des Tuches, mit dem er geknebelt gewesen war.

«Einstweilen brauchen sie uns», fuhr Lardelli mit derselben Grabesstimme fort. «Aber wenn sie abhauen, machen sie uns kalt.»

«Halt den Mund, Umberto!» Luca bewegte seine Handgelenke; der Strick, mit dem sie gefesselt waren, scheuerte an der Haut.

«Den werd ich bald für immer halten.» Lardelli atmete hörbar aus. «Du hast ja keine Ahnung, Luca, du denkst, alle Menschen sind gut.»

Er lachte zynisch, schüttelte träge den Kopf. «Wir könnten die beiden Scheißkerle doch jederzeit identifizieren, Herrgottnochmal! Denkst du wirklich, die sind so bescheuert und lassen das zu?» Er zog ein paarmal ruckartig an dem etwa zwei Meter langen Seil, mit dem er an das eine Bein von Beltramettis Riesenpult geknotet war.

Luca schwieg. Vielleicht hatte Lardelli recht, vielleicht waren die beiden Verbrecher entwichene Mörder, die vor weiteren Bluttaten nicht zurückschreckten. Er kroch in die Mitte seiner Matratze, legte sich auf den Bauch, die gefesselten Arme und Beine ausgestreckt wie ein Turmspringer beim Eintauchen ins Wasser. Wenn er den Kopf ein wenig hob, konnte er im Halbdunkel Bozzetto sehen, der fünf Schritte von ihm entfernt, mit dem Rücken an die Wand gelehnt, auf seiner Matratze hockte.

«Frank?» flüsterte Luca nach einer Weile. «Frank?» Er stützte sich auf den rechten Ellbogen und versuchte, Bozzettos Gesicht zu erkennen.

«Laß ihn!» meinte Lardelli. «Wenn er schläft, um so besser.» Er legte sich ächzend hin. An die Decke blickend überlegte er, was er bis jetzt literarisch geleistet hatte, und nach kurzem Resümee befand er sich und sein Werk als unwesentlich, geradezu nichtig. Die Bedeutung als Schriftsteller, die zu erlangen das Ziel der nächsten Jahre gewesen wäre, würde also durch die Hand kulturloser Killer ausgelöscht werden. Er legte einen Arm über die Augen, die vom langen Starren ins Dämmerlicht tränten. Fast empfand er so etwas wie Sympathie gegenüber Bozzetto, wenn er daran dachte, daß man ihn, Umberto Lardelli, und den Mäusekönig in Zukunft stets in einem Atemzug erwähnen würde: vereint durch ihr gemeinsames tragisches Schicksal.

«Frank?» versuchte es Luca noch einmal. Seine Augen hatten sich an das Zwielicht gewöhnt, und er sah, daß Bozzetto nicht schlief.

«Ja?»

Luca setzte sich hin. «Wie geht's?»

«Alles in Ordnung», gab Bozzetto zurück. «Meine Hände sind eingeschlafen.» Seine Stimme klang matt, aber nicht verzweifelt.

Sie hörten, wie Burt die Treppe hochkam und die Tür zu Thelmas Raum aufsperrte. Burt stellte ein paar Fragen, die Thelma knapp und tonlos beantwortete, dann wurde das Schloß wieder verriegelt, und Burt tauchte in der von der Flurlampe erhellten Türöffnung auf. Als er das Zimmer betrat und der Riegel der Pistole mit leisem Klicken auf entsichert sprang, fing Lardelli an zu schreien. Er schrie wie von Sinnen und zerrte mit den gefesselten Beinen so heftig an seinem Strick, daß auf dem schweren Tisch ein Stapel Bücher kippte und zu Boden fiel. Luca robbte über den Boden, bis das Seil an seinen Füßen gestreckt war, und rief Lardelli zu, er solle sich beruhigen; daß er dabei selber schrie, merkte er nicht; er verstummte erst, als Burt den sich windenden und aufbäumenden Lardelli mit einem Faustschlag niederstreckte.

«Gottverdammte Scheiße!» stieß Burt hervor, sich die Hand reibend und auf Lardelli starrend, als versuche er zu *sehen*, was in den jetzt reglos Liegenden gefahren war. «Ist der Kerl verrückt geworden? Ist der krank, gottverdammt?!»

Luca rollte sich zurück auf seine Matratze. Die Haut an seinen Fußgelenken war von dem rauhen Seil aufgescheuert worden und brannte. Er hörte, wie Carl die Treppe hochgerannt kam und durch den Flur polterte. «Er dachte...», begann Luca, schwieg dann und schloß die Augen, von einer fast schmerzhaften Müdigkeit befallen.

«Jesus, was ist denn hier oben los?» keuchte Carl. Er hielt sich am Türrahmen fest und drehte mit zitternder Hand das Licht an.

«Mach das verdammte Licht aus und verpiß dich!» herrschte Burt ihn an, ging, als Carl nicht reagierte, auf ihn zu, stieß ihn auf den Flur und knipste die Deckenbeleuchtung aus.

Jetzt erst hörte Luca die Stimme des Alten und Thelmas Trommeln gegen die Tür, hinter der sie eingesperrt war und nicht wußte, was sich abgespielt hatte. «Es ist nichts passiert, Signore Beltrametti!» rief Luca dem Alten zu, in dessen Ecke Licht brannte. «Ein paar Bücher sind runtergefallen und ... Signore Lardelli ist erschrocken!»

«Erschrocken?» tönte Beltrametti dünnes Stimmchen durch den Raum.

«Ja. Jetzt … jetzt schläft er wieder!» Luca horchte auf eine Antwort. Das fahle Licht der Lampe warf einen verschwommenen Kreis an die Decke in Beltramettis Schlafabteil. Thelma hämmerte noch immer gegen die Tür und hörte erst auf, als Burt, der allmählich die Nerven verlor, sie anschrie. Al, ging es Luca durch den Kopf, Al hielt sich noch immer irgendwo im Haus versteckt, und Thelma wurde verrückt vor Angst um ihn. Oder vielleicht war der Junge doch aus dem Motel entkommen, bevor Carl alle Ausgänge verriegelt hatte. Dann hätte er zu Fuß in den Ort gehen oder oben an der Straße einen Wagen anhalten und Hilfe schicken können. Diese Aussicht wurde allerdings getrübt durch den Gedanken an eine Hundertschaft schießwütiger Polizisten, die das Haus belagern und Burt erst recht dazu bringen würden, die Nerven zu verlieren.

«Luca?»

«Ja?» Luca öffnete die Augen und sah, daß Bozzetto sich ebenfalls hingelegt hatte.

«Denkst du, Umberto hat recht?»

Luca zögerte mit der Antwort. «Nein», sagte er dann und versuchte, seine Stimme sicher klingen zu lassen.

Irgendwann kam Burt den Flur entlang und ging in das Zimmer mit dem Wasserbett. Etwas Schweres – vermutlich die Pistole – wurde auf den Tisch gelegt, kurze Zeit später zersplitterte ein Glas. Das Poltern zu Boden fallender Stiefel war zu hören, im Erdgeschoß rauschte die Klospülung, dann breitete sich die unfriedliche Ruhe aus wie Trockeneisschwaden und legte ein paar Schlaflosen im Haus ein glühendes Frösteln unter die Haut.

3

Beltrametti war als erster aufgewacht. Er hatte sich in seinen Rollstuhl gehievt, der, wie Nachttopf und Wasserkrug, immer neben dem Bett stand. Als er zu den drei Gefesselten herüberrollte, saß Bozzetto aufrecht, den Rücken an die Wand gelehnt auf seiner Matratze und hob die Hände, nickte und brachte eine Art Lächeln zustande. Der Alte lächelte zurück, zog umständlich die schweren Vorhänge beiseite und ging mit dem Gesicht nahe an die Fensterscheibe, um eine Weile angestrengt hinauszublicken.

«Nichts?» fragte Bozzetto.

Der Alte schüttelte den Kopf. «Nein», murmelte er, wendete den Rollstuhl und fuhr in die Mitte des Raumes.

Luca bewegte sich im Halbschlaf und fiel mit einem Ruck aus dem wirren Traumrest in die dämmrige Helligkeit des Zimmers, das er trotz dessen Größe als beengend empfand. Die Luft war stickig, Staubpartikel glitzerten im hereinfallenden Licht.

«Wie geht es Umberto?» Bozzettos Stimme klang, als läge die Zunge wie ein Fremdkörper in seinem Mund.

Der Alte rollte näher an Lardellis Matratze heran und lehnte sich ein wenig nach vorne. «Signore Lardelli?» sagte er, als er sah, daß Lardelli die Augen geöffnet hatte. «Wie geht es Ihnen?» Er wartete eine Weile und wandte sich dann mit einem Ausdruck der Ratlosigkeit und Besorgnis im Gesicht Luca zu.

«Umberto!» rief Luca, der sich inzwischen aufgesetzt hatte. «Bist du wach?»

Beltrametti nickte, machte mit Zeigefingern und Daumen Kreise und hielt sie vor die Augen.

«Sag was! Wie geht's dir?»

«Vielleicht hat er ihm den Kiefer gebrochen», mutmaßte Bozzetto, und Luca sah bereits die Photographie mit Lardellis einbandagiertem Kopf an der Tür seines Bungalows hängen.

«Umbi, sag irgendwas!» Luca wurde ungeduldig und suchte nach einem Gegenstand, mit dem er nach Lardelli hätte werfen können, fand aber nichts außer einem zerknüllten Bonbonpapier.

«Laßt mich in Ruhe, verdammt nochmal!»

«Er ist noch müde», meinte Beltrametti allen Ernstes. Dann rollte er vorsichtig zum Fenster, um es zu öffnen und mit gerecktem Hals hinauszuspähen. Der Generator brummte, sonst war alles still.

Luca sah auf die Wanduhr; wenn es Al letzte Nacht gelungen wäre, das Haus zu verlassen, hätte der Sheriff mit seinen Leuten längst hier sein müssen. Der Junge war irgendwo eingesperrt, oder er hielt sich hartnäckig und sinnlos versteckt. Vermutlich würde es das beste sein, wenn Luca die beiden Ganoven informierte. Während Luca überlegte, ob Thelma sein Vorhaben gutheißen würde, war der Alte in sein Abteil gerollt und hatte den Wasserkrug geholt. Als er das mit indianischen Symbolen bemalte Tongefäß Lardelli hinhielt, setzte der sich endlich auf und trank.

Carl kam die Treppe hoch und warf einen Blick auf die Gefangenen. Er hatte Lucas Baseballschläger bei sich, kaute an irgend etwas und wischte sich mit dem Hemdsärmel über den Mund. Nachdem er zum Wasserbett-Raum geschlichen war, um zu horchen, ob Burt noch schlief, kam er zurück und begann erst zögernd, dann immer ungehemmter, die Schränke und Schubladen des Alten zu durchwühlen. Er fand ein paar antike römische Münzen, eine kaputte Armbanduhr, Manschettenknöpfe aus Weißgold, eine Verdienstmedaille des Kulturministeriums, einen Füllfederhalter und einen Briefbeschwerer aus Onyx. Schließlich stieß er auf die Seidenhemden, griff sich ein blaues und ein schwarzes heraus, bediente sich bei den Krawatten, der Unterwäsche und den Socken und wickelte alles in eine der Indianerdecken.

«Eine diebische kleine Elster», sagte Beltrametti auf italienisch.

«Klaut alles, was glänzt.»

«Was sagt der Opa?» Carl wandte sich an Luca. «Was hat der Alte gesagt?» Er ging durch den Raum, prüfte da einen Gegenstand auf seinen Wert und hob dort ein Bild an, um einen Wandsafe zu finden. Hinter den indianischen Webereien sah er nicht nach, auch nicht hinter der mit den Fischmotiven, die den eingebauten Tresor verbarg. «Spricht der nur italienisch?» Er blieb, eine kleine Bronzefigur zwischen den Fingern einer Hand drehend, vor Luca stehen und deutete mit einer Kopfbewegung auf Beltrametti.

«Ja», antwortete Luca, ohne Carl anzusehen.

«Ich sagte, Sie seien ein mieser kleiner Vogel mit dem Verstand einer Termite!» rief Beltrametti auf englisch, rollte auf Carl zu und zeigte mit seinem dürren Finger auf ihn. «Sie sind dumm, denn Sie nehmen sich nur, was Ihnen in ihrer Beschränktheit wertvoll erscheint. Das wirklich Kostbare übersehen Sie!»

Erst lachte Carl, dann wollte er wissen, was er bei seiner Suche übersehen habe.

«Seien Sie still, Mister Beltrametti, nehmen Sie Ihre Medizin und legen Sie sich noch einmal etwas hin!» Luca lächelte Carl zu, als hätten sie es mit einem alten Spinner zu tun, der nur noch wirres Zeug redete.

«Die Bücher, Sie armer Tor!» rief Beltrametti unbeirrt. «*Das* sind die Schätze in diesem Raum, nicht der glänzende Kram, den Sie zusammengerafft haben!» Er schüttelte den Kopf, war schließlich still und rollte zum Pult, um irgend etwas auf ein Blatt Papier zu kritzeln.

Carl sah Luca ein wenig verwirrt an, grinste dann und wollte zur Tür hinaus, als Burt ihm entgegentrat und ihn in den Raum zurückdrängte.

Burt warf einen Blick aus dem Fenster und schloß es, zog die Vorhänge zu und drehte sich um. «Was machst du hier oben, Carl?» fragte er ruhig, während er eine Zigarette aus der Packung schüttelte, die Spitze einige Male gegen den Daumennagel klopfte und sie mit einer immens langsamen Geste anzündete. Er inhalierte den Rauch und schnippte das Streichholz in Carls Richtung.

«Wollte nachsehen, ob alles in Ordnung ist», gab Carl zurück und hielt den Deckenknäuel fest wie ein verschrecktes Kind sein Kissen.

«Du hast geschlafen, und ich dachte…»

«Falsch, Carl, ganz verkehrt», unterbrach Burt ihn, noch immer mit ruhiger Stimme. Die Pistole steckte vorne im Hosenbund, ihr Knauf wurde vom offenen Hemd nur halb verdeckt. «Nicht denken, bloß zuhören. Du bist unten eingeteilt. Erinnerst du dich? Du paßt auf, daß niemand rausgeht und niemand reinkommt. Fällt's dir wieder ein?» Er ging zwei, drei Schritte auf Carl zu, der den Stoffpacken umarmte und unablässig nickte, sich dabei zentimeterweise rückwärts bewegend.

«Alles klar», brachte Carl schließlich hervor und sah sich mit einer raschen Kopfdrehung nach der Tür um. «Ich paß unten auf, und du, du bist hier oben.» Ein Lächeln mühte sich in seine Züge, das kaum sichtbare Falten in die fleischigen Wangen zog.

«Genau», bestätigte Burt und blies Carl Rauch ins Gesicht. Er blieb in der Mitte des Zimmers stehen, während Carl der offenen Tür immer näher kam. «Carl?»

«Ja?» Ein Schritt trennte ihn noch vom Flur. Er hörte Thelmas wütendes Hämmern gegen die Tür des ehemaligen Gymnastikraumes.

«Was hast du in dem Tuch?»

«Hier?» Carl senkte den Kopf, als bemerkte er das Bündel erst jetzt.

«Bloß 'n paar Klamotten», antwortete er, den Packen tätschelnd, als wär's ein knurrender Hund. Sein Lächeln gelang jetzt etwas besser, lag irgendwo zwischen dem Vorher- und Nachher-Photo der Anzeigen für Darmtabletten. «Meine sind gerade noch gut genug zum Wegschmeißen.» Er sah an sich herunter, schlenkerte mit den Hosenbeinen.

«Klamotten, ja?» Burt klaubte sich einen Tabakkrümel von der Zungenspitze und wischte die Finger am Hemd ab.

«Und 'n paar kleinere Sachen.» Carl stieß mit den Fersen gegen die Türschwelle. «So 'n Briefbeschwerer und 'n Füller. Lauter so Zeug. Ich dachte, wir teilen den Kram später. Vielleicht finden wir ja noch mehr.»

Burt nickte, war mit seinen Gedanken bereits woanders.

«Verzieh dich nach unten und laß dich erst wieder blicken, wenn ich dich rufe!» Der Satz war kaum verhallt, als Carl schon die Treppe hinabhetzte.

«Wir müssen auf die Toilette», sagte Luca. Er war aufgestanden, um das Blut in den Beinen zirkulieren zu lassen.

«Was?» Burt, der angestrengt aus dem Fenster gespäht hatte, drehte sich um, instinktiv den Griff der Pistole umfassend.

«Wir müssen pissen. Und wir haben Hunger.»

«Ich würde mich gerne waschen», fügte Bozzetto hinzu, während der Alte in einem Haufen Papier wühlte und Lardelli bewegungslos mit angezogenen Beinen und über dem Gesicht gekreuzten Armen auf der Matratze lag.

Burt ließ die bis knapp an den Filter gerauchte Zigarette auf denBoden fallen und trat sie aus.

«Alles zu seiner Zeit», meinte er und verließ den Raum, um Thelma aus ihrem Zimmer zu holen und mit ihr in die Küche zu gehen.

Eine halbe Stunde später wurde draußen eine Leiter gegen die Hausmauer gelehnt, an der Carl hochkletterte. Er hielt einen Hammer in der einen, ein Brett in der anderen Hand, und den Mund hatte er voller Nägel, deren Spitzen zwischen seinen Lippen hervorragten wie eine Abwehrvorrichtung gegen Küsse. Er winkte mit der Hand, die den Hammer hielt, schloß die Fensterläden und vernagelte sie.

Später brachten Burt und Thelma das Frühstück. Der Alte, Bozzetto und Luca durften der Reihe nach für jeweils fünf Minuten ins Badezimmer, aus dem Burt sämtliche als Waffen in Frage kommenden Gegenstände entfernt hatte und dessen enges Fenster ebenfalls verrammelt war. Lardelli, mit dem Gesicht zur Wand auf seiner Matratze liegend, beschimpfte Burt auf italienisch, und weder das gute Zureden seiner Freunde noch der Kaffeeduft vermochten ihn aus seiner starren Haltung zu lösen.

«Wo ist Al?» flüsterte Luca Thelma zu, während Burt in Beltramettis Schlafecke nach Scheren und Brieföffnern suchte. «Der Kerl wird bestimmt bald rausfinden, daß hier ein Kind wohnt.»

«Hat er schon», gab Thelma leise zurück. Sie schenkte Luca neuen Kaffee ein. «Er hat gestern Al's Zimmer gesehen. Ich hab gesagt, er sei in den Ferien … bei seinem Vater.»

«Ist er rausgekommen?»

«Ich weiß nicht.» Thelma hatte offensichtlich kaum geschlafen in der vergangenen Nacht. Sie war bleich, und ihre Hand zitterte so stark, daß sie den

Kaffeekrug absetzen mußte.

«He! Was gibt's da zu bereden?» Burt kam nach vorne und zog Thelma von Luca weg. Er hatte ein Taschenmesser und eine Schere gefunden. «Ich mag's nicht, wenn hinter meinem Rücken geflüstert wird.»

«Ihr Sohn ist irgendwo im Haus», sagte Luca, worauf Thelma zu weinen anfing. «Entweder versteckt er sich, oder dein Kumpel hat ihn gestern eingesperrt, im Vorratsraum, vielleicht auch im Keller.» Wenn Al das Motel hatte verlassen können, was Luca bezweifelte, war er längst in Sicherheit. Falls er sich aber noch im Haus aufhielt, hockte er irgendwo, halb verrückt vor Angst, ohne Wasser und Nahrung, und ohne Chance, etwas gegen die Verbrecher zu unternehmen. Luca fand, es sei für den Jungen und seine Mutter bestimmt erträglicher, diese Belagerung gemeinsam durchzustehen.

Burt hatte die Pistole aus dem Hosenbund gezogen; er überlegte einen Augenblick, spielte mit den zu einem Bund zusammengeschnürten Schlüsseln und ging dann zu Bozzetto, kauerte sich vor ihn hin und sah ihm in die Augen. «Ist das wahr?» fragte er, ließ die Schlüssel ein wenig klimpern und kratzte sich mit dem Lauf der Beretta am Kopf.

«Ja, der Junge ist im Haus», antwortete Bozzetto ruhig. Er löste seinen Blick von der Waffe und sah zu Luca hinüber, der nickte.

Burt richtete sich auf und grinste. «Na, dann wollen wir das Bürschchen mal suchen.» Er nahm Thelma, deren Heulen in ein Schluchzen übergegangen war, am Handgelenk und ging mit ihr hinunter ins Erdgeschoß.

«Denkst du, er tut ihm was?» fragte Bozzetto nach einer Weile.

«Wenn er uns nichts getan hat, wird er auch den Jungen in Ruhe lassen.»

Al wurde bald gefunden. Er hatte am Vorabend beobachtet, wie Burt und Carl den sich krümmenden Luca mit vorgehaltener Waffe in die Lobby führten, hatte sich im Keller zwischen den Weingestellen versteckt und war schließlich von Carl eingeschlossen worden. Jetzt lag er im ehemaligen Fitnessraum in Thelmas Bett und schlief den Rausch aus, den er sich, durstig und nichts außer Wein findend, während der langen Nacht angesoffen hatte.

Irgendwann im Verlauf des Nachmitttags kam Burt von der Lobby hoch, wo er ferngesehen hatte, und sägte ein tellergroßes Loch in die Tür zu Beltramettis Räumen. Nachdem Carl ein paar Koffer mit Kleidung, Schuhen und Toilettensachen aus den Bungalows gebracht hatte, ließ Burt Thelma nach oben kommen und Bozzetto, Lardelli und Luca die Fesseln abnehmen. «Ihr seht», sagte er, mit der entsicherten Waffe in der Hand neben der Tür stehend, «ich bin kein Unmensch. Wenn ihr uns keine Schwierigkeiten macht, können wir in diesem Haus ganz gut zusammenleben.» Er gab Carl ein Zeichen, mit Thelma den Raum zu verlassen, folgte ihnen, schloß die Tür und drehte den Schlüssel um. Bevor er wieder nach unten ging, sah er durch das Guckloch und zeigte lächelnd seine schiefen Zähne.

«Diese Bastarde haben vor, sich hier einzurichten.» Lardelli hockte auf seiner Matratze und rieb sich die Fußgelenke. Dort, wo Burt ihm die Faust aufs Kinn geschlagen hatte, war die Haut dunkelblau, fast schwarz verfärbt.

«Sieht ganz so aus», sagte Luca, erstaunt, daß Lardelli wieder redete. «Wie geht's dir?»

«Gut, bestens», gab Lardelli gereizt zurück und erhob sich schwerfällig, um seinen Koffer zu holen. «Fragt mich einfach nicht mehr! Ja?»

Bozzetto sah Luca an und hob die Schultern. Beltrametti, der alle paar Stunden fragte, was eigentlich los sei, und dem Luca die Situation jedesmal von neuem erklären mußte, lag in seinem von den Bücherregalen abgetrennten Bereich auf dem Bett und schlief.

Zum erstenmal war Luca dankbar für Beltramettis Absenzen.

Doc Pollard fiel ihm ein, der in den nächsten Tagen aus dem Urlaub zurückkommen würde. Der ehemalige Militärarzt würde sich über die tote Telephonleitung wundern, bestimmt aber würden ihn, wenn er herkäme, die zugenagelten Fensterläden und die Stille um das Motel alarmieren. Hoffentlich würde er die richtigen Schlüsse ziehen und den Sheriff verständigen. Noch besser wäre es, Carl und der Blonde, dessen Name nie gefallen war, würden bald den Wagen aus dem Schuppen holen und verschwinden.

«Die Mistkerle haben mein ganzes Geld geklaut!» rief Lardelli, nachdem er den Inhalt seines Koffers auf dem Boden ausgebreitet hatte. «Der Rasierapparat und der Reisefön sind auch weg!»

«Mir haben sie den Photoapparat gestohlen», sagte Bozzetto in der Absicht, Lardelli zu trösten. Er kniete zwischen seinen Sachen, faltete die zerknautschten Kleider und legte sie zurück in den Koffer. «Und den Wecker.»

«Liegt vielleicht alles noch in den Bungalows», meinte Luca und machte sich daran, seine Reisetasche zu durchsuchen. «Was ist mit deinen Heften, Frank?»

«Die hab ich am letzten Mittwoch nach Hause geschickt. Weißt du nicht mehr? Maria tippt sie ab.»

«Ah, ja.» Luca nahm saubere Kleider aus der Tasche und legte sie auf einen Stuhl.

«Dann kann das Ding ja postum erscheinen», murmelte Lardelli gerade laut genug, um gehört zu werden. Er hatte seinen Koffer wieder verschlossen und unter den Schreibtisch gestellt. Mit einer halbvollen Flasche Cognac, die er auf einem der Regale gefunden hatte, ging er zur Tür und warf einen Blick aus dem Guckloch.

«Hör doch endlich auf!» sagte Luca, der sich Zahnbürste, Zahnpaste, Rasierzeug und Shampoo bereitgelegt hatte. «Zerbrich dir lieber den Kopf darüber, wie wir hier rauskommen!»

Lardelli drehte sich um, wischte den Mund am Hemdsärmel ab und breitete die Arme aus. «Rauskommen?» wiederholte er. «Rauskommen? Fenster und Türen sind dicht, die Kerle haben eine Knarre und Thelma und den Jungen! Wir sitzen hier fest und können bloß auf ihre Entscheidung warten, ob sie Zeugen zurücklassen wollen oder nicht. Worüber soll ich mir also den Kopf zerbrechen? Ob wir die Fensterläden mit der Rasierklinge zersägen können? Oder willst du eine Falle basteln, hinter der Tür lauern?» Er hob die Augenbrauen, sein Mund stand offen, die nach oben gestreckten Arme hielten eine unsichtbare Keule.

Luca schwieg. Das mit dem Rauskommen hatte er eigentlich nur aus Zorn über Lardellis fatalistisches Gejammer gesagt, doch die Idee, die beiden Halunken zu überwältigen, schien ihm plötzlich ein paar Gedanken wert. «Die machen bestimmt mal einen Fehler», sagte er schließlich, den Blick auf Bozzetto gerichtet, der seine Kleider faltete und tat, als ginge ihn die Unterhaltung nichts an. «Wir müssen nur bereit sein.»

Lardelli trank einen Schluck, bevor er antwortete. «Erstens macht der Kerl mit der Knarre keine Fehler, und zweitens besteht unsere einzige Chance darin, abzuwarten.» Er warf einen Blick auf die Tür und ging ein paar Schritte auf Luca zu. «Spätestens Anfang nächster Woche merkt jemand, daß wir überfällig sind.» Er tippte mit dem Zeigefinger auf die Stelle an seinem Handgelenk, wo einmal die Uhr gewesen war. «Wenn wir nämlich am achtundzwanzigsten nicht im Flugzeug sitzen.» Wieder sah er Luca mit hochgezogenen Augenbrauen an, und etwas, das entfernt an ein Grinsen erinnerte, erschien in seinem Gesicht.

«Und dann?» fragte Luca und beobachtete Bozzetto, der noch immer am Boden hockte und verbissen seine Klamotten sortierte.

«Dann kommt die Polizei und holt uns hier raus.» Lardelli lächelte, als hätte er Luca gerade eine simple Rechenaufgabe erklärt.

«Einfach so, ja?» Luca setzte sich auf einen Stuhl und verschränkte die Arme. Wieder hatte er dieses Bild mit den Polizeifahrzeugen und den dahinter verschanzten Beamten vor sich, und auch jetzt wirkte diese Vorstellung nicht eben beruhigend auf ihn. «Dieser Carl würde sich ja möglicherweise ergeben, aber der andere würde eher anfangen herumzuballern. Wenn der in die Enge getrieben wird, rastet er aus.»

Lardelli stellte die Flasche auf den Tisch und ging zum Fenster, wo durch dünne Ritzen Licht in den Raum drängte. Mit den Händen in den Hosentaschen stand er da und sah geradeaus, als blicke er in die Weite der Landschaft und des Himmels.

«Vielleicht gehen sie von alleine», meinte Bozzetto nach einer Weile. «Wir könnten ihnen Geld geben.» Er warf einen schnellen Blick auf die Tür und auf Beltrametti, der etwa zehn Meter von ihnen entfernt lag und nach wie vor schlief. «Wenn wir ihnen Geld geben, genug Geld, gehen sie vielleicht.» Er fingerte an der Haarbürste herum, die zwischen den Kleidern gelegen hatte.

«Vielleicht», sagte Luca abwesend; der Gedanke, den beiden Kerlen Geld zu geben und zu hoffen, sie würden sich dann aus dem Staub machen, war ihm auch schon gekommen. «Kann aber sein, daß sie das Geld nehmen und trotzdem bleiben... Was denkst du?» wandte er sich an Lardelli. «Sollen wir irgendwas versuchen oder abwarten?»

Lardelli drehte ein wenig den Kopf und sah dann wieder auf die Fensterscheibe, in der sich dunkel sein Gesicht spiegelte. Ein Geruch nach Schweiß und kaltem Zigarettenrauch ging von ihm aus, eine Fliege lief über seinen breiten Rücken. «Keine Ahnung», sagte er. «Keine blasse Ahnung.» Er drehte sich um, sah Luca sekundenlang an, nahm ihm die fast leere Flasche aus der Hand, ging zu seiner Matratze und legte sich hin.

«Doc Pollard ist in ein paar Tagen zurück», sagte Luca und setzte Lardelli seine Überlegungen auseinander. Am Ende war er wieder bei Sheriff Conroy und seinen Leuten.

Lardelli kratzte sich mit beiden Händen den Kopf und richtete sich auf. «Entweder er legt uns alle um, bevor sie freiwillig gehen, oder er legt uns alle um, weil die Bullen draußen stehen. Richtig?» Er hielt die Flasche gegen das Licht, streckte sie Luca hin und leerte den Rest, nachdem Luca abgewinkt hatte.

«Oder sie verschwinden freiwillig und tun uns nichts», sagte Luca. Er warf einen Blick aus dem Guckloch auf den leeren Flur. Von der Lobby drang Fernsehlärm herauf; eine Game Show lief, Leute johlten und klatschten.

«Oder, vierte Variante, *wir* tun etwas», sagte Lardelli und ließ sich wieder nach hinten kippen, verschränkte die Arme im Nacken und schloß die Augen.

Nachdem Bozzetto geduscht hatte, nahm Luca Rasierzeug und Shampooflasche und ging ebenfalls ins Badezimmer. Bevor er sich auszog und unter die Brause stellte, öffnete er das schmale Fenster über dem Klo, um an den Läden zu rütteln. Carl hatte mit Brettern und Nägeln nicht gespart; ohne Werkzeug war es unmöglich, hier herauszukommen.

Zu jeder vollen Stunde tauchte Burts Kopf im Guckloch auf. Wer nicht in seinem Blickwinkel war, mußte den Platz, auf dem er sich gerade befand, verlassen und sich zeigen. Nur Beltrametti durfte liegenbleiben. Um sieben Uhr brachte Thelma das Abendessen und sah nach dem alten Mann, den sie erst wecken mußte. Burt stand mit der Pistole in der Hand bei der Tür und sah zu, wie Lardelli, Bozzetto und Luca Teller und Löffel vom Tablett nahmen und sich aus der Schüssel mit Reissalat bedienten.

Thelma kam mit einem halbvollen Glas Wasser und einer Tablettenpackung in den Händen nach vorne und bat, Beltrametti baden zu dürfen. «Er hatte einen Unfall», sagte sie, als Burt sie ungläubig ansah. «Sein Becken war gebrochen, er...»

«Der da soll das machen!» unterbrach Burt sie und zeigte auf Lardelli. «Das ist keine Arbeit für eine Frau.» Er wedelte mit der Beretta, bis Lardelli seinen Teller auf den Boden stellte und sich erhob.

«Aber ich habe Mister Beltrametti...»

«*Er* badet den alten Mann», unterbrach Burt Thelma erneut, diesmal etwas schroffer. «Sieh nach deinem Sohn! Diese Dichter werden das schon hinkriegen.» Er grinste und bedeutete Lardelli mit einem Schlenker der Pistole, Beltrametti zu holen. «Um acht bin ich wieder hier», sagte er zu Luca und Bozzetto, die aufgehört hatten zu essen und Lardelli nachsahen. «Dann ist der alte Mann gebadet und gekämmt. Ist das klar?» Ohne eine Antwort abzuwarten, drehte er sich um, ging hinaus und verriegelte die Tür.

«Na großartig», murmelte Luca und stand auf, um Lardelli zu helfen. Als er Beltrametti Schlafraum betrat, saß der Alte bereits im Rollstuhl, und Lardelli durchwühlte Schubladen nach frischer Unterwäsche.

«Wo ist Signora Erikson?» fragte Beltrametti. Er trug einen weißen Pyjama und den bordeauxroten Hausmantel aus Seide.

«Sie kann diesmal nicht», antwortete Luca, stellte sich hinter den Rollstuhl und schob ihn zum Badezimmer.

«Weshalb nicht?»

«Alfred ist krank», sagte Luca. Irgendwie war das nicht einmal gelogen, denn Al lag noch immer mit einem fürchterlichen Kater im Bett und brauchte seine Mutter.

Der Alte schwieg, bis sie vor der Badezimmertür standen. «Laß mir das Wasser in die Wanne. Den Rest kann ich alleine», sagte er zu Luca und nahm Lardelli die Unterwäsche aus den Händen.

«Alleine? Wie wollen Sie denn alleine aus dem Rollstuhl und in die Badewanne?»

«Was glaubst du, wofür ich die Griffe im Badezimmer habe montieren lassen? Und jetzt frag nicht länger!» Der Alte gab der Badezimmertür einen leichten Tritt, so daß sie aufschwang. «Nicht zu heiß!»

Als Burt eine Stunde später hochkam, damit Thelma nach dem Alten sehen konnte, stellte er vier Flaschen Rotwein auf ein Bücherregal. «Ich mach mir nichts aus dem Zeug», sagte er und zündete sich eine Zigarette an. «Ich behalte das Bier und die harten Sachen, ihr kriegt den Wein.» Er biß auf den Filter der Zigarette, während er grinste.

«Wie lange soll das so gehen?» fragte Luca, obwohl er nicht erwartete, von dem Kerl eine Antwort zu bekommen.

«Ihr werdet die ersten sein, die's erfahren.» Burt steckte die Pistole in den Hosenbund, als Thelma von Beltrametti zurückkam. «Und?» fragte er.

«Es geht ihm gut», sagte Thelma. Sie trug das Tablett mit dem Geschirr und wartete darauf, daß Burt die Tür öffnete.

«Hat er ihn auch hinter den Ohren gewaschen?» wollte Burt wissen.

«Sehen Sie selber nach, wenn Sie's so genau wissen wollen!» gab Thelma zurück, ohne ihn anzusehen.

Burt lachte und zog die Tür auf. Er ließ die halbgerauchte Zigarette auf den Steinboden fallen, zertrat sie sorgfältig mit dem Absatz und verließ den Raum. Nachdem er den Schlüssel im Schloß gedreht hatte, wechselte er ein paar Sätze mit Thelma und ging dann in sein Zimmer.

Die Flaschen, die Burt gebracht hatte, waren schon geöffnet: zwei schwere Rotweine aus Sizilien, einer aus Umbrien und ein Chianti.

«Sollen wir Signore Beltrametti ein wenig Gesellschaft leisten?» Bozzetto, der vergeblich nach Gläsern gesucht hatte, nahm eine der Flaschen in die Hand und sah Luca an. Er trug lange schwarze Hosen und ein weißes Hemd, an den Füßen seine Ledersandalen. «Ich glaube, es geht ihm etwas besser.»

Luca warf einen Blick auf Lardelli, stand auf, nahm sich eine Flasche und einen Stuhl und ging mit Bozzetto zum Alten.

«Wir haben eine Flasche Torgiano geköpft», sagte er, nachdem sie ihre Stühle in die Nähe des Bettes gestellt hatten.

«Dummerweise sind keine Gläser aufzutreiben», entschuldigte sich Bozzetto und reichte Beltrametti die Flasche.

Der Alte saß mit dem Rücken gegen einen Stapel Kissen gelehnt. Ein Bildband über die Geschichte des Baseball, eine alte Ausgabe des New Yorker, ein paar Blätter und Farbstifte und ein Briefumschlag lagen auf seinen Schenkeln und dem Bettlaken. «Ich habe Gläser», sagte er, legte die Brille weg und zeigte auf einen Schrank. «In der obersten Schublade, Luca.» Er behielt die Hand ausgestreckt, bis Luca zwei Plastikbecher mit dem Schriftzug der Dodgers aus dem jahrelang gesammelten Kram herausgefischt hatte.

«Die hier?» Luca zeigte dem Alten die Baseball-Souvenirs, die noch in Folie eingeschweißt waren.

«Genau», bestätigte Beltrametti, worauf Luca die

Verpackung entfernte und Bozzetto von dem Wein einschenken ließ.

Als sie anstießen – Beltrametti und Bozzetto mit den Plastikbechern und Luca mit der eigenen Flasche –, wollte der Alte wissen, wo Lardelli sei und ob er wohl nicht auch einen Schluck mittrinken wolle.

«Er fühlt sich im Moment nicht sehr wohl», antwortet Luca, ohne lügen zu müssen; Lardelli hockte mit dem Gesicht zur Wand auf seiner Matratze und trank den Wein wie Wasser.

Der Alte nickte. «Wie wird das alles noch enden, was meint ihr?» Er sah erst Luca, dann Bozzetto an.

«Das weiß nur er da oben», gab Bozzetto zurück und hob kurz den Kopf.

«Und der da unten», fügte Luca hinzu, um Bozzettos religiöser Floskel etwas von ihrer lächerlichen Theatralik zu nehmen.

»Wie viele sind es denn?»

«Noch immer zwei.» Luca lehnte sich in seinem Stuhl zurück und betrachtete das Etikett auf der Flasche.

«Und sie sind bewaffnet, ja?» Beltrametti trommelte mit den Fingerkuppen gegen den Becher.

«Der eine hat einen Revolver», übernahm Bozzetto die Beantwortung der Frage.

«Pistole», berichtigte Luca matt.

Beltrametti nickte wieder und spitzte die Lippen.

«Sie werden bestimmt bald gehen», meinte Bozzetto nach einer Weile. Die zwölf Prozent Alkohol des Weines machten ihn zusehends ruhiger; die Hektik in seinen Bewegungen verlor sich allmählich, ebenso das hinter der dünnen, vibrierenden Membrane der Beherrschung schwelende Entsetzen in seiner Stimme. Daß Umberto Lardelli in Panik ausgebrochen war, hatte Bozzetto besonders verstört. Hysterie bei einem Mann vom Schlage Lardellis mußte doch bedeuten, daß die Lage kaum noch Hoffnung zuließ. Andererseits hatte es ihn fast ein wenig mit Stolz erfüllt, daß nicht er es war, der die Nerven verloren hatte.

«Wollt ihr wissen, warum ich nicht mit anderen Männern in einem Badezimmer sein kann?» fragte Beltrametti plötzlich in die Stille hinein. Er hatte seinen zweiten Becher Wein halb leergetrunken und war noch ein wenig tiefer in seinem Kissenberg versackt.

«Sicher», antwortete Bozzetto nach einem kurzen Blick auf Luca, der nickte.

«Beim Militär, das war noch vor dem Krieg, hatten wir ein paar ganz rohe und gemeine Gesellen in unserer Kompanie», begann Beltrametti. «Sie klauten dir deine Zigaretten, deine Schokolade, die Schuhwichse, Seife, alles. Und sie trieben derbe Scherze mit denen, die sich nicht zu wehren wußten.» Er sah dabei unabsichtlich Bozzetto an, der sogleich errötete. «Ich war neunzehn damals, ein schmächtiges Kerlchen, hatte Bücher gelesen statt Gewichte gestemmt.» Sein wehmütiges Lächeln wurde von Bozzetto umgehend erwidert. «Die fünf Schlimmsten der Kaserne hatten sich zusammengetan, traktierten die anderen und mußten kaum Gegenwehr fürchten. Aus einem Grund, den ich erst später am eigenen Leib erfuhr, wagte es keines der Opfer, bei den Offizieren oder gar beim Kommandanten Meldung zu machen. Eines Tages, wir hatten einen Marsch von dreißig Kilometern hinter uns, war ich als Nachzügler alleine im Duschraum.» Beltrametti trank einen Schluck, als brauche er Mut zum Weitererzählen. Nachdem er den Becher abgestellt hatte, lächelte er aber und faßte erst Bozzetto, dann Luca ins Auge. «Drei der fünf Halunken, unter ihnen der Anführer, kamen herein und verriegelten die Tür. Sie packten mich, fesselten mich mit Stricken an die Wasserrohre und begannen dann, mir halbzerrissene Frauenstrümpfe anzuziehen. Sie schmierten mir schwarze Stiefelwichse auf den Mund, rieben mit Holzkohle über meine Augenbrauen und hängten mir eine Kette aus Holzperlen um den Hals.»

Während Beltrametti nach dem Becher langte, sah Bozzetto zu Luca herüber; er war von der Geschichte des alten Mannes dermaßen peinlich berührt, daß er nicht einmal den Ansatz eines Lächelns schaffte. Er trank seinen Becher leer, schenkte gleich nach und preßte das durchgedrückte Kreuz gegen die Stuhllehne, den Blick starr auf seine Knie gerichtet.

«Dann», fuhr Beltrametti schließlich fort, «machten sie ein Photo von mir. Den Abzug zeigten sie mir später, ich hab grauenhaft ausgesehen, wie ein Transvestit von der Müllhalde, ganz schrecklich.» Er sah auf seine nackten Füße, die sehnig und mit Altersflecken übersät aus den Hosenbeinen des Pyjamas ragten, und gluckste. «Das Bild war so aufgenommen, daß man die Stricke, mit denen ich gefesselt war, nicht sah. Die Kerle drohten, sie würden einen Abzug meinen Eltern schicken und ein paar Zeilen dazuschreiben, falls ich nicht jede Woche einen bestimmten Betrag zahlte. Das hab ich dann auch getan, wie viele andere in der Kaserne, von denen ebenfalls solche Photographien existierten. Keiner machte Meldung bei den Vorgesetzten, die Angelegenheit war zu genierlich.» Er lächelte, trank den Becher leer und stellte ihn auf den kleinen Tisch neben dem Bett.

Bozzetto schluckte leer und entspannte sich ein wenig; die Schilderung einer homosexuellen Vergewaltigung, die er erwartet, vielmehr befürchtet hatte, war ausgeblieben. Den Gedanken an Nötigung und Erpressung konnte er in seiner derzeitigen Verfassung gerade noch ertragen.

«Seit diesem Tag habe ich nie mehr einen Gemeinschaftsduschraum benutzt, bin nie in einem Hallenbad gewesen. Im Krankenhaus, das war vierundfünfzig in Genua, wollten mich zwei Pfleger nach einer Schulteroperation baden, in einem Raum mit weißen Fliesen, da hab ich Zustände gekriegt, der kalte Schweiß trat mir aus den Poren.» Er gluckste und schüttelte den kleinen Kopf, unter dessen straffer, ledriger Haut die Form des Schädels mit jedem Jahr deutlicher hervortrat. «Täglich vergesse ich mehr, mein Gedächtnis setzt aus, und seit dem Sturz ist es noch schlimmer geworden. Ich weiß dann nicht, wo das und das Buch steht, kann mich an Ereignisse, Orte, Menschen nicht erinnern, aber die Sache damals in der Kaserne, die ist meiner Erinnerung wie eingebrannt. Wahrscheinlich, weil es für mich die peinlichsten Minuten meines Lebens waren.»

«Ich hab seit einem bestimmten Tag Angst, mit der U-Bahn zu fahren», sagte Luca nach einer Weile. Er setzte die Flasche an die Lippen und trank von dem Wein, der mit jedem Schluck schwerer, erdiger schmeckte. «Es war in Paris, vor fünf, sechs Jahren. Ich hatte vier Literflaschen Chemikalien eingekauft, Reinbenzin, Terpentinöl, Salmiak und Nitroverdünner. Für meinen Vermieter, der irgendwas in seinem Haus neu streichen wollte. Die Flaschen trug ich in einer Papiertüte, so...» Luca drückte sich die Weinflasche an die Brust, und Beltrametti und Bozzetto nickten. «Beim Einsteigen bin ich über einen zusammengeklappten Kinderwagen gestolpert und gegen eine Metallstange geknallt. Drei der Flaschen in der Tüte gingen zu Bruch, und das ganze Zeug lief mir den Bauch runter und über die Hose. Die Hand hab ich mir zerschnitten, hat höllisch gebrannt und gestunken. Ich wollte sofort aussteigen, aber da fuhren wir schon ab. Ich hab mir eine leere Bank gesucht, hab mir die Hosen runtergerissen, die waren durchtränkt, auch die Unterhosen. Mein Pimmel war rot, ich dachte, der wird völlig verätzt, der fällt mir ab.»

Bozzetto klemmte unwillkürlich die Beine zusammen, während Beltrametti, der mittlerweile mehr lag als saß, leise aus den Kissen kicherte.

«Die Leute starrten zu mir rüber, eine Frau fragte, ob ich Hilfe bräuchte. Ich hab mein T-Shirt ausgezogen und mir um die Hüfte gewickelt, es war Sommer, ich hatte weder Hemd noch Jacke an. Bei der nächsten Station bin ich raus, die meisten anderen Passagiere auch, denn es hat bestialisch gestunken in dem Wagen. Ich hab mich in eine Ecke verzogen, hinter eine Betonsäule, und hab die Hose hochgehalten, stundenlang, bis sie einigermaßen trocken war. Später hab ich sie im Garten verbrannt, mußte nur ein Streichholz draufschmeißen.»

Eine Zeitlang schwiegen die drei, als würde jeder in die Flammen der brennenden Hose schauen, dann räusperte Bozzetto sich und rutschte auf seinem Stuhl nach vorne, stellte den Becher auf den Tisch und legte die Hände auf die Knie. «Ich hatte auch einmal ein etwas ... unangenehmes Erlebnis», begann er schließlich, räusperte sich erneut und hob kurz den Kopf, um festzustellen, ob Beltrametti und Luca ihm zuhörten. Sie sahen ihn aufmerksam an, und er wurde noch verlegener. «Eine Frau, sie arbeitete in der Nähe unseres Geschäfts, in einer Reinigung, wo ich immer meine Sachen...» Bozzetto merkte, daß er abschweifte. Er setzte sich anders hin, nahm die Hände von den Knien und schob sie unter die Schenkel. «Sie blieb manchmal vor dem Schaufenster stehen und sah sich die Tiere an. Einmal winkte ich sie herein, weil ich ihr die Nymphensittiche zeigen wollte, junge, wunderbare Exemplare.» Bozzetto griff nach dem Becher und nahm einen Schluck. «Erst wollte sie nicht, aber ich habe die Tür aufgemacht und sie hereingebeten. Dann passierte plötzlich etwas sehr Seltsames: kaum war sie im Laden, wurden die Tiere unruhig, rannten in den Käfigen umher, in den Laufrollen. Die Vögel lärmten, ich habe so etwas noch nie erlebt. Die Frau, ich weiß nicht einmal ihren Namen, wollte ein Meerschweinchen anfassen, aber das Tier hat sie gebissen, hat gequiekt und war völlig ... aus dem Häuschen. Figaro, mein Boxerhund, hat sich ebenfalls ganz unmöglich benommen, er hat sich der Frau ans Bein geklammert... Du weißt schon.» Er sah Luca an, der ernst nickte. «Das macht er sonst nie. Ich bekam ihn fast nicht los, er knurrte mich an, stell dir vor! Und die Vögel lärmten immer mehr, die Laufräder in den Käfigen mit den Hamstern und Mäusen schepperten... Es war das reinste Tollhaus.» Nachdem er ausgetrunken hatte, schenkte Bozzetto sich erneut den Becher voll. «Ich mußte Figaro ins Nebenzimmer sperren. Wir konnten kaum reden in dem Lärm, und sie ist dann gegangen. Nach einer Weile haben sich die Tiere wieder beruhigt. Einen Hamster fand ich tot im Laufrad.»

«Ist sie wieder vorbeigekommen?» fragte Luca nach einer Weile, die gerade so lange gedauert hatte wie eine Schweigeminute für den Hamster.

«Nein», antwortete Bozzetto. «Sie ist auch nicht mehr vor dem Schaufenster stehengeblieben.»

«Und die Tiere haben sich vorher nie so aufgeführt?» wollte Luca wissen.

«Nein.»

Beltrametti, dessen Oberkörper endgültig im Kissenhaufen untergegangen war, gab einen gurgelnden Laut von sich; keinen Lacher, wie Luca nach einem kurzen Blick feststellte, sondern ein Schnarchgeräusch.

«Der Wein», sagte Luca, um Bozzetto das Gefühl zu nehmen, eine langweilige Geschichte erzählt zu haben.

«Es ist auch schon spät», meinte Bozzetto, obwohl die Wanduhr erst halb zehn zeigte.

«Vielleicht hatte sie eine besondere Ausstrahlung», nahm Luca den Faden wieder auf. «Die Frau, meine ich.»

«Ich weiß nicht.»

«War sie schön?»

Bozzetto neigte den Kopf zur Seite, wie um abzuwägen. «Sie war … na ja, vielleicht hübsch.»

Luca erhob sich, räumte das Buch, den Zeichenblock und die anderen Dinge von Beltramettis Bett, nahm seinen Stuhl und ging hinüber in den Raum, wo Lardelli auf der Matratze lag. «Schläfst du?» fragte er, nachdem er den Stuhl an seinen Platz gestellt hatte.

«Er hat beide Flaschen ausgetrunken», sagte Bozzetto. In seiner Stimme lagen zu gleichen Teilen Verwunderung, Besorgnis, Ehrfurcht und Mißbilligung.

«Ist wohl besser für ihn, wenn er besoffen ist», meinte Luca. Er ging zur Tür und sah aus dem Guckloch; der Flur war dunkel, ein Streifen Licht zeigte, daß die Tür zum Wasserbett-Raum nur angelehnt war; im Erdgeschoß dudelte der Fernseher.

«Wahrscheinlich», sagte Bozzetto und verschwand für eine Weile im Badezimmer.

Luca zog sich bis auf die Boxershorts und das Leibchen aus und setzte sich auf seine Matratze. Er wußte, daß Lardelli nicht schlief, aber er machte keinen weiteren Versuch, ihn anzusprechen. Als er Burts Stimme hörte, schlich er zur Tür und spähte durch die ausgesägte Öffnung. Thelma konnte er im finsteren Gang erkennen, dann Burt, der hinter ihr stand, einen Arm um ihre Hüfte gelegt. Burt redete leise auf Thelma ein, fuhr ihr mit der freien Hand über den Hals und durch das Haar und zog sie näher an sich, je mehr sie sich loszumachen versuchte. Nach einer Weile ließ er sie gehen, folgte ihr zu dem Zimmer, in welchem Al schlief, öffnete die Tür und verriegelte sie hinter Thelma. Als Burt einen Kontrollblick durch das Guckloch warf, lag Luca wieder auf seiner Matratze und stellte sich wie Lardelli schlafend. Bozzetto mußte aus dem Bad kommen, das Deckenlicht einschalten und sich zeigen. Nachdem Burt sich vergewissert hatte, daß keiner getürmt war, verzog er sich nach unten, wo Carl vor dem Fernseher saß.

Leere Bierbüchsen, Flaschen und schmutziges Geschirr standen herum; über den Sesseln hingen Kleidungsstücke die Carl für sich ausgesucht hatte. Burt nahm eines der Seidenhemden in die Hand und rieb den Stoff zwischen den Fingern.

Carl hatte das Mikrowellen-Menü weggestellt und war von seinem Sessel aufgestanden. Er trug Lardellis Lieblingshose und das Leibchen des AC Mailand. «Na, wie steht's da oben?» fragte er, erleichtert, daß Burt das Hemd fallenließ und zum Billardtisch ging.

«Spielst du?» Burt holte die Kugeln aus den Ledertaschen und stellte sie auf.

Nach kurzem Zögern nickte Carl. «Klar», sagte er und wischte sich die Hände an den Hosen ab. Er holte ein Queue und bearbeitete dessen Spitze mit Kreide, während Burt den Anstoß ausführte. «Was meinst du, wie lange bleiben wir noch hier?» fragte er so beiläufig wie möglich. Er merkte schnell, daß er der bessere Spieler war, machte aber absichtlich Fehler, um Burt nicht gegen sich aufzubringen.

«Gefällt's dir hier etwa nicht?» fragte Burt zurück.

«Doch, schon», erwiderte Carl. Er ließ die leicht versenkbare Neun gegen die Bande prallen und täuschte Verärgerung vor. «Es ist nur... Es ist irgendwie langweilig. Ich meine, das ist der Arsch der Welt, Mann. Ich würde lieber nach Vegas, ein paar Scheinchen anlegen.»

Wenn Burt das Queue benutzte, sah er aus wie ein Bauernjunge, der mit einem spitzen Stock ein Schwein traktiert. Nach jedem Stoß strich er sich die blonden, von der Sonne gebleichten Haare aus der Stirn und beobachtete erstaunt den Lauf der Kugeln. «Wir warten, bis sich die Dinge beruhigt haben.» Er versenkte eine von Carls Kugeln und blieb trotzdem am Tisch.

«Aber niemand sucht uns», insistierte Carl. Während Burt nach eigenen Regeln spielte, lehnte er an der Wand und trank Bier. «Wir waren gar nicht offiziell verhaftet, es läuft keine Fahndung. Außerdem sind wir in Arizona.»

Burt räumte den Tisch leer, half gelegentlich mit der Hand etwas nach und legte schließlich das Queue auf den Filz. «Ich hab mir auf der Scheißfarm den Rücken ruiniert. Bevor ich irgendwohin gehe, will ich ausruhen und wieder etwas Fleisch auf die Rippen kriegen.» Er ging zur Bar und goß sich einen Bourbon ein. «Hier haben wir 'ne Köchin und alles, was wir brauchen. Wir bleiben noch ein paar Tage.» Er füllte das Glas erneut und setzte sich in einen der Sessel vor dem Fernseher.

«Und wohin gehn wir dann?» Carl holte sich ein Bier aus dem Kühlschrank. Als er sich ebenfalls setzte, ließ er einen Sessel zwischen sich und Burt frei.

«*Wir* gehen nirgendwo hin», erwiderte Burt trocken. «Du kannst meinetwegen nach Vegas. Ich hab meine eigenen Pläne.»

Carl schwieg eine Weile, wartete, bis der nächste Werbeblock kam. «Dann könnte ich ja auch jetzt schon los», nutzte er die Unterbrechung des Films. «Ich meine, wenn wir sowieso getrennt weiterziehn…» Er drehte die Bierflasche in den Händen und warf flinke Blicke auf Burt, der sich eine Zigarette anzündete.

«Und bei der ersten Gelegenheit läßt du dich schnappen mit deinem Koffer voller Scheißkram und erzählst den Bullen, wo du das Zeug her hast.» Er schnippte das brennende Streichholz in Richtung Bildschirm. Es erlosch im Flug, zog eine kleine Rauchfahne hinter sich her und blieb auf den dunklen Steinplatten liegen. Überall im Haus lagen abgebrannte Streichhölzer; manchmal zündete Burt sie nur zum Zeitvertreib an und ließ sie wie abgeschossene Flugzeuge durch die Luft segeln.

«Was?» rief Carl. «Ich hab noch nie einen Partner verraten, das…»

«Wir sind keine Partner», unterbrach Burt ihn und wechselte den Kanal.

«Na ja, Kumpels, Berufsgenossen, sozusagen.» Carl versuchte es mit einem Kichern und verstummte, als er Burts Gesicht sah. Er wartete eine Weile. «Ich könnte nachts los», begann er dann von neuem. «Mit dem Motorrad…»

«Halt's Maul, Mann! Erzähl mir nichts von wegen Partner! Wer hat mir denn beim Flugzeug eins übergebraten? Mein Kumpel? Nein, ein verdammter Hurensohn!» Burt fand einen Sender, der Unfälle bei Autorennen zeigte, und legte die Fernbedienung zur Seite. «Ich hab dich nur nicht dort liegen lassen, weil ich nicht wollte, daß die Bullen dich kriegen und ausquetschen. Jetzt sind wir nun mal zusammen, ich bin auch nicht scharf drauf, aber solange wir hier sind, sag ich, wie's läuft.» Er drehte kurz den Kopf, um mit einem Blick seine Worte zu unterstreichen.

«Ich dachte nur…», begann Carl, beendete den Satz jedoch nicht, sondern erhob sich und ging zum Kühlschrank, obwohl seine Flasche noch halbvoll war.

«Spar dir die Mühe und überlaß das Denken mir! Klar?»

Carl murmelte etwas in den offenen Kühlschrank und richtete sich auf. «Ja, ja, alles klar!» rief er gereizt und warf die Tür zu, daß die Flaschen schepperten. «Kein Problem», fügte er gespielt unbekümmert hinzu. «Du bist der Boß.» Er grinste und verschwand in der Küche, um sein TV-Dinner aufzuwärmen.

«Genau», sagte Burt. Im Fernsehen zeigten sie einen Hund, der Pfeife rauchen konnte. Das Tier hockte auf einer Veranda, paffte vor sich hin und sah den Leuten nach, die am Haus vorbei gingen. Kinder standen herum und glotzten verlegen in die Kamera. Burt erinnerte sich an den Hund, den er als Junge gehabt hatte, einen Bastard, der sich einen Spaß daraus machte, den Kopf in herumliegende Papiertüten zu stecken, um dann wie irr in der Gegend herumzurasen und überall reinzuknallen. Irgendwann war der verrückte Köter von einem Alligatoren gefressen worden, den sich einer der Nachbarn im Garten hielt.

Als Werbung kam, schaltete Burt den Apparat aus und ging nach oben. Eine Weile stand er vor der Tür, hinter der Thelma und Al schliefen, dann legte er sich auf das Wasserbett und hielt sich das Transistorradio ans Ohr. Einer sang von einem langen Weg nach Hause, von einer Straße, die nie endet, und Burt nickte im Takt der Musik.

4

Thelma war Schwierigkeiten gewöhnt; ihr ganzes bisheriges Leben hatte aus Problemen bestanden. Als Kind hatte sie mitangehört, wie ihr Vater einem Freund gegenüber scherzhaft sagte, ihre Seele müsse wohl in dickes Leder gepackt sein, so viele Verletzungen und Gemeinheiten von Mitschülern habe sie wegen ihres Aussehens zu ertragen. Dieses Bild war in ihr haften geblieben, und auch jetzt noch stellte sie sich ihre Seele als einen zugeschnürten Beutel aus vernarbtem Leder vor, während andere, glücklichere Menschen eine leuchtende Wolke in der Brust trugen. Früher, als kleines Mädchen, hatte sie einen Traum gehabt, immer denselben schrecklichen Alptraum: Sie sah sich sterben, tot auf der Erde liegen, und nichts stieg aus ihrem Körper in den Himmel, wo alles besser gewesen wäre. Kein Engel kam herab, der den Lederpacken aufschnitt, damit die Seele entfliehen konnte, weg aus dieser Welt, hinauf.

Irgendwann hatte Thelma aufgehört, sich um ihr Seelenheil Sorgen zu machen. Die Alpträume verschwanden, obwohl die Verletzungen nicht ausblieben und später noch heftiger schmerzten als in den Kindertagen. Gott, Kirche und Bibel hatten ihr eine Zeitlang recht und schlecht geholfen, wie Kopfschmerztabletten helfen, später hatte sie die Religion abgesetzt und sich etwas anderes verschrieben: nämlich wegzugehen. Mit neunzehn verließ sie Miami, Arizona, fuhr nach Washington, Baltimore und Philadelphia, schließlich nach Portland, wo sie vier Jahre lang als Telephonistin auf dem Fernmeldeamt arbeitete. Der Job gefiel ihr; niemand, mit dem sie sprach, sah sie, und ihre Stimme klang sehr angenehm. Ein paarmal versuchten Männer, mit ihr ein Treffen zu vereinbaren, aber Thelma sagte ihnen, sie sei verlobt.

Als sie Warren traf, war sie dreiundzwanzig. Sie hatte vorher erst mit einem Mann geschlafen, einem Kanadier aus Halifax, der in Washington eine Karateschule leitete und sein ramponiertes Gesicht jeden Tag im Spiegel sah, so daß für ihn Thelmas Anblick völlig normal war. Warren arbeitete als Packer bei einer Transportfirma, am Wochenende half er auf einer Farm, die Windhunde für Rennen züchtete. Sie waren sich vor einem Kino begegnet, wo «Jenseits von Afrika» lief und die Pärchen sich schon draußen beim Betrachten der ausgehängten Szenenphotos umarmten. Thelmas Handtasche kippte am Kassenhäuschen um, und Warren half ihr, die herausgefallenen Sachen einzusammeln. Er hatte eigentlich nur Zigaretten kaufen wollen, aber schließlich saßen sie nebeneinander im Saal und flogen mit Robert Redford über die afrikanische Savanne und mitten hinein in Meryl Streeps Herz. Warren war nicht wählerisch. Er ignorierte Thelmas halbherzige Abwehrversuche, lud sie nach der Vorstellung zu einem Kaffee ein und ließ nicht locker, bis sie nachgab. Obwohl das Lokal bis in den hintersten Winkel erhellt war, schenkte Warren Thelmas Aussehen keine sonderliche Beachtung, redete über den Film, bezeichnete Brandauer als Schwächling und schwärmte von den Löwen und Büffeln, die er gerne gejagt hätte. Schließlich erzählte er von seiner Arbeit, verbesserte seine Stellung um ein paar Rangstufen und war auf der Hundefarm nicht mehr Ausmister, sondern Ausbilder. Thelma nippte an ihrem Kaffee, hörte zu und antwortete sparsam, als Warren nach seinem langen Monolog etwas über sie erfahren wollte.

Auf Warrens Drängen hin vereinbarten sie ein Treffen für das Wochenende, aus dem sich nach Wochen eine Verlobung und nach Monaten eine Heirat ergab. Die Flitterwochen verbrachten sie an den Niagara-Fällen, zogen nach einem halben Jahr von Portland nach Fort Worth im Staat Texas, wo Warren drei Jahre lang als Nachtwächter in einem Lagerhaus arbeitete, und landeten schließlich, nachdem Warren wegen kleinerer Diebstähle gefeuert worden war, in Miami, Arizona, Thelmas Geburtsort. Thelma war schwanger, und im Januar wurde Alfred geboren. Die Familie zog nach Phoenix, weil es dort Arbeit gab, und während Thelma sich um Haus und Kind kümmerte, verdiente Warren das Geld beim Straßenbauamt. Der Rest war vertraut: Warren kam nach der Arbeit immer später nach Hause, hing in den Kneipen herum und fing etwas mit einer Schuhverkäuferin aus Sun City an, die ihm am ersten Abend den tätowierten Schmetterling auf ihrer Brust zeigte. Irgendwann nahmen Warren und Rosalynn den schwarzen Packard und verschwanden in Richtung Los Angeles. Ein paarmal kam noch Geld, zu Weihnachten und Al's Geburtstag trafen Geschenke ein, ein Taschenmesser, Modellautos. Schließlich ließ Warren überhaupt nichts mehr von sich hören. Erst als Al sieben Jahre alt war, erhielt Thelma, die schon in der Stiftung als Haushälterin arbeitete, einen Brief von ihrem Mann. Er lebte in Milwaukee, arbeitete in einer Munitionsfabrik und bat Thelma um die Scheidung, weil er eine vierundzwanzigjährige Kellnerin heiraten wollte. Thelma warf den Brief in den Müll. Drei weitere folgten noch; ein bittender, ein drohender, der letzte voller Beschimpfungen, aber schließlich kam nichts mehr. Ihrem Sohn erzählte sie, sein Vater sei tot, vor Jahren umgekommen bei der Explosion in einer Munitionsfabrik. Ihr gefiel die Vorstellung, wie Warren in tausend Stücke zerrissen wurde.

«Was gibt's denn heute zu essen?» Burt setzte sich auf einen Schemel und drückte die Zigarette in einer Untertasse aus. Er hatte geduscht und steckte in Hosen von Bozzetto und einem Hemd aus Beltramettis Beständen. Die nassen Haare klebten zurückgekämmt an seinem Schädel, und ein Geruch ging von ihm aus, den Thelma von Lardelli kannte.

«Sie werden's ja sehen», sagte Thelma, ließ Besteck ins Spülbecken fallen und drehte den Wasserhahn auf.

«Ich will's aber jetzt wissen.» Burt erhob sich und trat hinter Thelma, um einen Blick in die Töpfe zu werfen. Als Thelma vom Herd weg wollte, hielt er sie an den Armen fest. «Du magst mich nicht, stimmt's?» fragte er ruhig. Sein Atem roch nach Tabak, vermischte sich mit Lardellis Rasierwasser.

«Was erwarten Sie?» fragte Thelma zurück. «Haben Sie ihren Wärter im Gefängnis gemocht?»

Burt lachte und ließ Thelma los. «Du fühlst dich also als Gefangene, ja?» Er lachte wieder, lehnte sich gegen die Tischkante und verschränkte die Arme. «Du kannst dich doch frei bewegen im Haus. Was willst du denn draußen? Ist doch nur die verdammte Wüste da.»

Thelma antwortete nicht, sie spülte das Besteck und trocknete es ab.

«Wann hat es deinen Mann erwischt?» wollte Burt nach einer Weile wissen. Er zündete sich eine Zigarette an und schnippte das Streichholz ausnahmsweise nicht auf den Boden, sondern ließ es in die Untertasse fallen.

«Vor einer Ewigkeit», antwortete Thelma. Sie hatte Burt alles über sich, die Stiftung und die Autoren erzählen müssen. Daß sie mit Al allein in dem Anbau wohnte, war nicht schwer festzustellen, und Burt hatte ihr die Geschichte mit der Explosion geglaubt, wie Al sie geglaubt hatte.

«Und seither?»

«Was?»

«Na ja.» Burt stieß sich von der Tischkante ab und stellte sich neben Thelma. «Kein Mann seit damals? Ich meine…»

«Nein», schnitt Thelma ihm jedes weitere Wort ab. Sie hob den Deckel von einem der Töpfe und rührte mit der Holzkelle im brodelnden Chili.

Burt nickte, spielte mit einem Löffel, bis er ihm aus den Fingern glitt und scheppernd ins Spülbecken fiel. «Ich kenne das», sagte er, ging zurück zum Tisch und setzte sich auf Ernie Fullertons Schemel.

«Warum? Sie haben doch Carl», gab Thelma trocken zurück. Sie öffnete einen Schrank und nahm ein paar Dosen mit Gewürzen heraus.

Burt lachte wieder. «Dein Humor gefällt mir, ich mag Frauen, die ab und zu mal einen Spaß machen, weißt du?» Er klemmte die Zigarette zwischen die Lippen, lehnte sich zurück und streckte die Beine aus. Eine Zeitlang betrachtete er seine Stiefel, die Al hatte putzen müssen. «Ich hatte eine Freundin in Baton Rouge», sagte er schließlich. «Loretta hieß sie und war siebzehn damals, ich grade mal zwanzig.» Er sah zu Thelma, die ihm den Rücken zugewandt hatte. «Verdammt lange her. Wir wollten heiraten, aber es kam alles anders, wie das so ist. Sie hat als Friseuse gearbeitet, und irgendwann ist so ein Typ gekommen, hat gesagt, sie könne bei Paramount arbeiten, er verschaffe ihr einen Job. Sie ist mitgegangen, hat gesagt, ich solle nachkommen.» Burt setzte sich gerade und klatschte die Hände auf die Knie. «Sie hat ein paarmal geschrieben, sie hätte bald eine eigene Wohnung, der Job sei anstrengend, sie dürfe zunächst nur Perücken frisieren, erst später die Schauspieler.» Er lachte und stand auf. «Ich fuhr dann mal hin, hab sie gesucht. Aber bei Paramount war sie nicht mehr. Vielleicht macht sie heute Julia Roberts die Haare, kann aber auch sein, sie arbeitet in einem Hundesalon in Bel Air, wo die Köter der reichen Leute rausgeputzt werden, und dreht einem Pudel Zöpfchen ins Fell.» Er ging zur Spüle, nahm sich eine Scheibe Brot aus dem Korb und biß ein Stück ab. «Ich hab dann wenigstens so einen stinkfeinen Kleiderladen in Beverly Hills ausgenommen. Viertausend waren in der Kasse, damit bin ich gleich nach Atlantic City. Hab die Kleine bald vergessen, sie war's nicht wert.»

Er öffnete den Kühlschrank und nahm sich einen Joghurt. «Wie war's bei dir?» fragte er, nachdem er den Becher geleert hatte.

«Was?» Thelma setzte sich an den Tisch und schälte Äpfel.

«Dein Mann. Warum ist er abgehauen?» Burt lehnte sich gegen den Kühlschrank und sah Thelma an.

«Vielleicht treffen Sie ihn mal in der Hölle», antwortete Thelma ruhig und ohne den Blick zu heben. «Dann können Sie ihn ja fragen.»

Burt lachte und wischte sich mit dem Handrücken über den Mund. «So schnell wird das nicht sein, glaub mir!» sagte er grinsend und stellte sich hinter Thelma. «Irgendwie hab ich das Gefühl, daß für mich eine Glückssträhne beginnt. Hier tanke ich noch mal richtig auf, dann geht's los, hab 'ne Menge Pläne hier oben.» Er tippte sich gegen die Schläfe.

«Wann gehen Sie?»

Burt nahm sich einen geschälten Apfel. «Alle hier fragen mich dasselbe!» rief er und lachte. «Ich hab denen da oben schon gesagt, daß ich dann gehen werde, wenn ich den Zeitpunkt für richtig halte. Das kann morgen sein oder in fünf Tagen.» Er blieb wieder hinter Thelma stehen, strich ihr mit einem Finger über den Hals und spürte, wie die Sehnen unter der Haut der Frau sich anspannten. «Du willst uns doch nicht etwa los sein, oder?» Seine Hand glitt über Thelmas Schultern, berührte dabei kaum den Stoff des Kleides.

«Tun Sie meinem Sohn nichts», sagte Thelma leise. Das Messer zwischen ihren Fingern war klein, die Klinge kaum länger als der Griff; die großen hatte Carl weggeschlossen, ebenso die Schraubenzieher, Scheren und anderen Werkzeuge, die als Waffe getaugt hätten. Als sie Burts Hand auf ihrer Brust spürte, öffnete sie die Fäuste und legte das Messer auf die Tischplatte. Der Apfel rollte über den Rand und fiel zu Boden.

Burt ließ die Hand einen Augenblick auf ihrer Brust, drehte sich abrupt um, hob den Apfel auf, legte ihn vor Thelma hin und ging aus der Küche.

5

Seit dem Abendessen saß Bozzetto an dem großen Pult und schrieb in ein Heft. Beltrametti schlief. Luca und Lardelli hockten am Boden, tranken den Rotwein, den Burt spendiert hatte, und spielten Dame. Luca hatte das Spielbrett auf ein Stück Pappe gezeichnet, die Steine waren Flaschenkorken, die er mit einer Rasierklinge in Scheiben geschnitten hatte.

«Sag mal, Luca, sollte nicht der Typ mit dem Gemüse bald vorbeikommen?» fragte Lardelli, nachdem er wieder eine Partie gewonnen hatte.

«Calvin Beavers? Der kommt nur, wenn ich ihn anrufe und was bestelle.»

«Was ist mit deiner Freundin?» Lardelli schichtete seine mit Tinte schwarz eingefärbten Korkscheiben zu einem Stapel und griff nach der Weinflasche. «Hat die keine Sehnsucht mehr nach dir?»

«Weiß nicht», antwortete Luca, rutschte auf seiner Matratze zurück und lehnte sich gegen die Wand. «Sie hat ein paar Jahre in der Tankstelle ihres Onkels hier gearbeitet. Jetzt hat sie wohl eher Sehnsucht nach einer Großstadt mit Lichtern und Leben.» Er drehte die Weinflasche in seinen Händen, betrachtete das mit einer feinen Staubschicht bedeckte Etikett. Burt hatte, zufällig wohl, vier Chianti erwischt. Nach dem leichten Abendessen zeigte der Alkohol schnell Wirkung.

Lardelli nickte. «Weißt du, manchmal hab ich Sehnsucht nach dem Dorf, wo ich aufgewachsen bin. Keine fünfhundert Leutchen haben in dem Nest gewohnt, Strom war Glückssache, und fließend Wasser gab es wegen der Trockenheit nicht. Wir wohnten auf einem Hügel, ein staubiger Weg führte zu uns hinauf. Mein Vater hatte ein altes Mofa und einen Anhänger, damit schaffte er die Wasserkanister zum Haus. Meine Mutter jammerte über ihr Leben, und ich verstand sie nicht. Für mich war es das Paradies.» Lardelli stützte sich auf den Ellbogen und trank einen Schluck Wein. «Ich behaupte nicht, daß ich wieder dort leben könnte, aber manchmal denke ich mir einen Ort aus, wo ich in einem Zimmer sitze und schreibe, und immer ist es unsere alte Küche, der kühle Raum, der Holztisch und die Stühle mit den Sitzen aus geflochtenem Bast, die Hitze, die gegen die Fensterläden drückt; sogar Geräusche und Gerüche sind da. Vielleicht bekäme ich nach ein paar

Tagen den Koller, würde die Zeitungen vermissen, das Telephon, das Literatenpack, mag sein, daß auch nichts mehr ist wie früher; alle haben Fernsehen, die Straßen sind geteert, und Ausflügler kommen, um in meinem Fluß zu baden, wenn er nicht gerade ausgetrocknet ist, oder um in den Wäldern zu jagen.» Er sah eine Weile auf eine leere Stelle an der Wand. «Ich schätze, das wäre mir sogar lieber, als wenn ich alles unverändert anträfe. Ich würde in meiner Kindheitskulisse sitzen und immer nur zurückdenken und wissen, daß alles bloß so aussieht, als wäre es wie früher.»

«Leben deine Eltern noch dort?» fragte Luca.

«Nein», sagte Lardelli und schwieg für einen Moment.

«Meine Mutter wollte unbedingt weg», begann Lardelli erneut und verschränkte die Arme über den Knien. «Sie haßte dieses anstrengende Leben, redete dauernd von der Stadt, von einem richtigen Haus. Mein Vater wünschte sich nichts anderes, er dachte, wir leben gut, und ich konnte mir nichts anderes vorstellen. Als ich elf war, hatte meine Mutter meinen Vater so weit gebracht, daß er das Haus, das Land, die Tiere und Möbel verkaufte. In Bari lebte eine Schwester meiner Mutter, dorthin gingen wir. Erst wohnten wir bei ihr im Haus, hatten ein kleines Zimmer, unter dem Fenster fuhren Autos, Tag und Nacht. Mein Vater fand eine Stelle in einer Seilfabrik, die machten Taue für die Schiffe, und nach einer Weile hatten wir eine eigene Wohnung in einer Siedlung am Stadtrand. Ich ging zur Schule, hatte Freunde, fuhr zum ersten Mal Fahrrad, sah am Strand Frauen in Badeanzügen und im Kino unglaubliche Filme. Mit einem Freund, Ottavio, streifte ich durch die Wälder, wie ich das früher getan hatte. Ottavio baute Fallen. Manchmal hatte er ein Stück Bindfaden, Draht oder ein paar Nägel, aber meistens baute er die Dinger nur aus Holz: Dome aus grünen, gebogenen Ästen,

Reusen mit zwei Eingängen und keinem Ausgang, Röhren, in denen Klappen herunterfielen und den Tieren den Rückweg versperrten, labyrinthische Kisten mit Falltüren, Schlingen mit Gegengewichten aus Kieselsteinen. Vögel und Mäuse fing Ottavio in diesen genialen Konstruktionen, aber er konnte auch Heuschrecken und Käfer überlisten, dazu benutzte er Grashalme, Blätter und Harz. Ich durfte die Köder bereithalten, Brombeeren, Apfelstücke, ab und zu einen Krümel Brot oder Käserinde. Am nächsten Tag kontrollierten wir dann die Fallen und ließen die Tiere frei, nachdem wir sie uns eine Zeitlang angeschaut hatten. Manchmal erinnerten wir uns nicht mehr, wo wir die Fallen aufgebaut hatten und fanden sie erst nach Tagen, dann kam es vor, daß die Tiere tot waren. Irgendwann kamen wir auf die Idee, eine Fallgrube auszuheben. Wir deckten sie mit einem Gitter aus morschen Ästen und Laub ab und stellten uns vor, einen Bären oder ein Wildschwein zu fangen. Wochen später lag ein Hund in der Grube, ein Collie, der den Spaziergängern gehört haben mußte, die tagelang den Wald durchstreift und einen seltsamen Namen gerufen hatten. Natürlich kriegten wir das Arschflattern, sahen uns schon selber hinter Gittern. Wir schütteten die Grube zu, steckten noch ein Holzkreuz in die Erde und beteten für den Hund und für uns.» Lardelli kratzte mit dem Fingernagel am Weinetikett und riß eine Ecke davon ab, bevor er die Flasche an die Lippen setzte und trank.

«Ist es herausgekommen?» wollte Luca wissen. «Daß ihr es wart, meine ich.»

Lardelli schüttelte den Kopf. «Fallen haben wir trotzdem nie mehr gebaut. Wir hatten dann auch andere Interessen, spielten Fußball, waren irgendwann hinter Mädchen her. Ich las eine Menge, auch Bücher, die ich nicht verstand. Meine Mutter wollte, daß ich Arzt werde. Seit ich klein war, ließ sie daran keinen Zweifel, schenkte mir, als ich neun wurde, so ein Doktorköfferchen mit Spielzeugspritzen und Verbandstoff. Als ich mit meiner neuen Ausrüstung die Nachbarstochter untersuchte, gab's ein Riesentheater, und das Thema Beruf war fürs erste vom Tisch. Während meine Mutter alles tat, um aus uns was Besseres zu machen, ging mein Vater in dieser Fabrik zugrunde. Er war zwar mittlerweile ein paar Posten vorgerückt und hatte seine Maschine, aber die Erinnerung an das Haus, sein Stück Land machte ihn kaputt. Irgendwann geriet er aus Unachtsamkeit mit der Hand in das Schwungrad einer Maschine. Er habe den Kopf nicht bei der Sache gehabt, sagten seine Arbeitskollegen, und ich wußte, wie recht sie damit hatten. Kaum ein Jahr später arbeitete er wieder, diesmal in einer Schraubenfabrik, suchte fehlerhafte Teile von einem Fließband. Aber da war er schon tot, denn jetzt, mit nur einem Arm, würde er nie mehr zurückgehen können, würde nie mehr aus dieser verfluchten Stadt rauskommen, die ihm vom ersten Tag an angst gemacht hatte wie die Nacht einem kleinen Kind.

Früher hatte er, wenn wir alleine waren, vom alten Haus gesprochen, hatte gesagt, er wolle noch eine Weile Geld verdienen und dann zurückgehen, die Mutter werde bestimmt auch einverstanden sein. Aber meine Mutter hatte andere Pläne mit uns. Sie arbeitete am Wochenende als Garderobenfrau im Theater, half tageweise in einer Kantine aus, sie kochte fünfmal pro Woche für einen ehemaligen Richter zu Mittag, und sie besorgte einer betagten Nachbarin für ein paar Lire die Wäsche. Mit dem Geld kaufte sie Kleidung und Schuhe für mich, ich sollte nach was aussehen, wenn ich aufs Gymnasium ginge.

Ich schaffte es dann auch tatsächlich in das verdammte Gymnasium, hab mir das Hirn aufquellen lassen von all dem Mist, mit dem sie dich totreden. Ich lernte ein Mädchen kennen, Patrizia Vialli, sie war drei Klassen über mir und bald fertig mit der Schule. Ihr Vater war Herausgeber einer Zeitung, ihre Mutter ehemalige Konzertpianistin, die einmal an Mussolinis Geburtstag gespielt haben soll. Patrizia hatte Zähne, groß und weiß wie Pfefferminzpastillen, und wenn ihre Titten proportional nur annähernd so groß gewesen wären, hätte ich unsere erste Fummelei im alten Gewächshaus der Schule kaum überlebt. Irgendwann lernte ich ihren Vater kennen, er war auch noch Politiker und saß für die Christdemokraten im Stadtparlament, jedenfalls erwähnte ich ihm gegenüber, daß ich später gerne schreiben würde, obwohl meine Mutter einen Arzt aus mir machen wolle, und er lud mich ein, in den großen Ferien ein Volontariat bei seiner Zeitung zu absolvieren. Weil es einen bescheidenen Lohn gab und mein Arbeitgeber ein angesehener Mann war, hatte meine Mutter nichts dagegen. Mein Vater war seit Jahren von familiären Entscheidungen ausgeschlossen, er hockte in der Küche und schnitzte an Stöcken, mit denen er früher die Schafe und Ziegen auf die Weide getrieben hatte, verzierte sie mit Ornamenten und merkte nicht, daß meine Mutter sie am nächsten Tag wegschmiß. Was ein Volontariat war, wußte er nicht, und er lächelte nur, als ich ihm davon erzählte. Also trat ich dieses Volontariat an, leerte die Papierkörbe in den Redaktionsbüros und fegte den Boden in der Setzerei. Patrizia besuchte mich ab und zu, und wir trieben es in der Dunkelkammer oder im Lagerraum zwischen den Papierrollen.

Irgendwann erwischte uns einer der Staplerfahrer, und es dauerte nicht lange, bis Patrizias Vater alles wußte und mich feuerte. Patrizia wurde in eine Klosterschule geschickt, nach Ravenna, und ich machte noch ein paar ernüchternde Erfahrungen mit Frauen, die zu meiner Verwunderung und Enttäuschung nicht alle so nymphomanisch veranlagt waren wie Patrizia Vialli.»

Lardelli lächelte, streckte die Beine aus und ließ den

Oberkörper nach hinten sinken, bis die Ellbogen den Boden berührten. «Daß ich doch noch vom Gymnasium flog, verdanke ich meiner Leichtsinnigkeit und einem Freund namens Paolo Albani, der neunzehn war und eine rote Laverda fuhr. Er arbeitete als Schlossergeselle, hatte immer Geld und ein Glasauge. Das richtige Auge hätte er bei einer Schlägerei verloren, erzählte er, aber es hieß, er sei als Kind an einer Türklinke hängengeblieben. Jedenfalls fragte er mich, ob ich ein paar Scheinchen verdienen wolle, ganz einfach, null Risiko. Paolo wollte einen Totenschädel, als Aschenbecher oder Briefbeschwerer, ich weiß es nicht mehr, vielleicht wollte er sich auch eine Nachttischlampe daraus basteln, egal. Wir hatten ein Skelett in der Kammer, wo die Sachen für den Biologieunterricht aufbewahrt wurden, Frösche im Einmachglas, ausgestopfte Viecher, Gipsmodelle von aufgeschnittenen Gehirnen.

Ich überlegte es mir ein paar Tage, dann sagte ich zu und blieb nach der Schule auf dem Klo, wartete, bis alles ruhig war und schlich zu dem Raum, der immer unverschlossen war. Eine ausgestopfte Eule, das Skelett und ein riesiges Modell eines menschlichen Rumpfes mit Kopf, wo man alle Innereien, die Luftröhre, die Gehörgänge und das Gehirn sehen konnte, waren die einzigen Gegenstände, die nicht in den großen Schränken mit abschließbaren Glastüren aufbewahrt wurden.

Das Problem war nur, daß der Schädel mit Drähten an einem Metallgestell und den Nackenwirbeln befestigt war und ich keine Zange mitgenommen hatte. Ich riß und zerrte an dem verdammten Ding, versuchte die Metalldrähte abzuknicken, schabte mit Geldstücken und einem Schlüssel daran herum, doch es ging nicht. Nach einer Weile gab ich auf und suchte die Schubladen eines Pults nach geeignetem Werkzeug ab, fand aber außer vergilbtem Papier und ein paar Kreidestücken nichts.

Ich schob gerade die unterste Schublade wieder zu, als ich draußen auf dem Flur Schritte hörte. Ich kroch hinter einen der Schränke, und Sekunden später ging die Tür auf und herein kamen Strozzi, der Schulhausabwart, und eine der Putzfrauen, die wohl gerade ihre Schicht begonnen hatten. Alles ging schnell, die Frau legte sich bäuchlings über das Pult und zog den Rock hoch, während Strozzi die Hosen runterzerrte. Dann legten sie los, das Holz unter ihnen knarrte und ächzte, die Putzfrau wimmerte und stöhnte, Strozzi schnaubte, mein Herz hämmerte, und ich bekam einen Ständer, obwohl ich keinen halben Meter von dem Gipsmodell stand, dessen herausnehmbare Augen mich aus der gräßlich bemalten Visage anstarrten. Strozzi und die Putzfrau kamen schnell zu einem Ende, hingen noch eine Weile keuchend über dem Tisch und rafften sich schließlich auf, brachten hastig ihre Kleider in Ordnung und verließen im Abstand von einer Minute den Raum.

Ich blieb hinter dem Schrank, bis wieder alles ruhig war, dann riß ich wie ein Irrer an dem verfluchten Schädel, das Knochengerüst schepperte, die Räder des Metallgestells quietschten, und ich rechnete jeden Augenblick mit meiner Entdeckung. Gerade als ich aufgeben wollte, riß der Draht, und ich hielt den Totenkopf, an dem ein paar Halswirbel wie ein Drachenschwanz baumelten, in der Hand. Bevor ich den Vorhang an einem der Fenster ein Stück weit aufzog, um zu sehen, ob die Wiese und der Sportplatz leer waren, nahm ich ein Auge aus dem Gipsmodell und steckte es in die Hosentasche. Im Freien war niemand zu sehen, ich öffnete also das Fenster, warf den Schädel, den ich in meinen Pullover gewickelt hatte, auf den Rasen und kletterte raus. Es gab eine Regenrinne und jede Menge Mauervorsprünge, und nach ein paar Minuten war ich heil unten.

Mit dem Schädel unter dem Arm rannte ich über die Wiese zum großen Tor, und als ich beim Kiesweg ankam, rief jemand meinen Namen, zweimal, dreimal, bis ich stehenblieb. Ich drehte mich um, und da stand Bondone, unser Geschichtslehrer, winkte und rief, und ich dachte, das ist das Ende. Aber Bondone machte ein freundliches Gesicht, fragte, ob ich wohl ein paar Minuten Zeit hätte, um ihm zu helfen, er wäre mir dankbar, hätte den Hausmeister überall gesucht, aber nirgends gefunden. Wohl noch bleich vom Schreck sagte ich ja und ging hinter ihm her, den Schädel unter den Arm geklemmt.

In der Lehrerwohnung stand ein Kühlschrank im Flur, und Bondones Frau saß mit einem Meßband um den Hals auf einem Stuhl und sah verzweifelt aus. Bondone sagte, es sei ein Glück, daß er gerade mich angetroffen hätte, ich sei einer der kräftigsten Burschen an der Schule, und es sei bestimmt eine Kleinigkeit für mich, ihm mit dem Kühlschrank zu helfen. Kein Problem, bestätigte ich ihm, und als er fragte, was ich um diese Zeit noch auf dem Schulgelände gemacht hätte, antwortete ich, ich sei mit meinem neuen Fußball auf dem Sportfeld gewesen, um zu üben.

Den Schädel, der noch immer im Pullover steckte, legte ich auf eine Kommode, und schließlich trugen wir den Kühlschrank in die Küche und schoben ihn an seinen Platz. Natürlich bestand Bondones Frau darauf, daß ich eine Limonade trank, und als wir aus der Küche kamen, stand der kleine Sohn der beiden wie Hamlet da und glotzte in die dunklen Augenhöhlen des Schädels. Daraufhin war für mich die Frage nach to be or not to be rasch und klar beantwortet, ich flog von der Schule und fing an, Gelegenheitsjobs anzunehmen, zuletzt den erbärmlichsten … Schriftsteller.» Lardelli grinste und kratzte sich das stoppelige Kinn.

Bozzetto, der den Bleistift schon lange weggelegt hatte, lachte ergriffen.

«Und deine Eltern?» fragte Luca. «Was war mit deinem Vater?»

«Mein Vater», sagte Lardelli, schwieg einen Augenblick lang und sah zu Boden, als wolle er auf dem dunklen Stein das Bild seines Vaters zusammensetzen. «Mein Vater ist Jahre später losgezogen, nachts und mitten im Winter. Zu Fuß wollte er zurück nach Umbrien, stell dir das vor!» Lardelli sah kurz auf, senkte den Blick aber gleich wieder und drehte die leere Weinflasche zwischen den Händen. «Er war nicht verrückt, war einfach nur … so unendlich verwirrt und aus der Bahn geworfen, ich weiß nicht, fehl am Platz all die Jahre. Er ging also los, niemand suchte ihn, ich wußte nichts von seinem Weggehen, lebte anderswo, und meine Mutter dachte, der kommt zurück, machte keine Meldung. Fast eine Woche später kam die Polizei, ich war inzwischen zu meiner Mutter nach Bari gefahren. Der Beamte sagte uns, mein Vater sei tot.» Lardelli ließ die Flasche über den Boden rollen und erhob sich. Er rieb sich Blut in die Beine und ging zum vernagelten Fenster, blieb davor stehen und schien eine Weile durch die Bretter hindurch in die dunkle Landschaft hinauszusehen. «Er hatte es nach Tagen bis ins Dorf geschafft, wo Schnee lag, war den Hügel hinauf und ins Haus gegangen, in dem jetzt andere wohnten. Vom Lärm, den er machte, schreckten die Leute aus dem Schlaf, der Mann nahm sein Gewehr und ging in die Küche.» Lardelli wandte sich vom Fenster ab, holte eine neue Flasche Chianti vom Tisch und trank daraus. «Der Polizei erzählte der Mann, mein Vater sei auf ihn losgegangen, mit einem Knüppel, es sei finster gewesen in dem Raum, er habe meinen Vater nicht erkannt, auch später nicht, bei Licht, obwohl sie über vierzig Jahre lang im selben Dorf gewohnt hatten. Niemand erkannte ihn wieder. Nicht, weil das Schrot ihn entstellt hätte, die Ladung traf ihn in die Brust, sondern weil ein anderer Mensch da auf dem Boden lag, mit einem Gesicht, dem nicht nur einfach die Zeit von zehn Jahren zugesetzt hatte. Keiner im Dorf wollte glauben, daß dieser Einarmige ohne Papiere Pietro Lardelli war, von dem es hieß, er habe in Bari sein Glück gemacht. Erst als einer der ehemaligen Nachbarn den verzierten Viehstock sah, auf dessen Griff die Initialen P und L geschnitzt waren, ahnte man, wer er war. Ich fuhr hin, identifizierte meinen Vater und kaufte von dem bißchen Geld, das ich gespart hatte, einen Flecken Land. Darauf baute ich aus Steinen, die ich vom Hügel zusammengetragen hatte, eine einfache mannshohe Kapelle, in die ich seine Urne und ein Kreuz aus dem Viehstock stellte. Um die Kapelle herum pflanzte ich Olivenbäume und Rebstöcke, einen Rosenbusch und einen jungen Nußbaum. Meine Mutter fuhr nie hin, um Abschied zu nehmen oder um zu sehen, wie die Rosen blühten und sich um die Steine rankten. Sie empfand das, was mein Vater getan hatte und wie er zu Tode gekommen war, als Schmach, sie wollte nicht zugeben, daß sie es in Bari zu nichts gebracht hatten. Fünf Jahre später starb auch sie, Medikamentenmißbrauch oder so ähnlich schrieb der Arzt auf den Totenschein.»

Lardelli setzte sich wieder auf seine Matratze, trank von dem Wein und vermied es, Luca oder Bozzetto anzusehen. In diesem Licht, mit dem Dreitagebart, den ungekämmten Haaren und dem fleckigen Hemd, das ihm aus der Hose hing, sah er aus wie einer der Stadtstreicher, die Luca in manchen Vierteln von Los Angeles gesehen hatte.

Für ein paar Minuten war es still im Raum; und auch aus der Lobby drang kein Lärm nach oben. Die Klimaanlage summte: ein dicke Fliege in einer leeren Flasche.

«Was ist?» fragte Lardelli irgendwann. «Haben euch meine Episoden aufs Gemüt geschlagen?»

«Meine Familiengeschichte sieht neben deiner aus wie ein mit Belanglosigkeiten vollgekritzeltes Notizbuch neben Tolstois *Krieg und Frieden*», sagte Luca, er holte sich die letzte Flasche Chianti vom Tisch und legte sich auf das Sofa. «Du solltest ein Buch darüber schreiben, Umberto!»

«Es *ist* schon ein Buch.»

«Warum ist es nicht veröffentlicht worden?« Luca kannte alle fünf Bücher Lardellis; die beiden Romane, die Novelle und die beiden Bände mit Essays standen in einem der Regale.

«Es ist noch hier drin», entgegnete Lardelli und klopfte mit der Handfläche leicht gegen den Kopf. «*Rückläufiges Leben*, seit Jahren hier drin.» Er schlug sich mit der Hand immer heftiger gegen den Schädel.

«Es wird ein wundervolles Buch», meinte Bozzetto. «Das mit deinem Vater ist so ... schrecklich und doch voller ... Kraft und...» Er griff mit der Hand ins Leere, als versuche er, das richtige Wort einzufangen.

«Meine Eltern leben beide noch», sprang Luca in die Lücke. «Ich weiß nicht, wie ich reagieren würde, wenn ihnen etwas so Schlimmes zustieße.» Er warf einen raschen Blick auf Lardelli, der, den gesenkten Kopf in die Hand gestützt, auf seiner Matratze saß.

«Meine Eltern leben auch noch», sagte Lardelli tonlos.

Bozzettos Mund zuckte ein wenig, als Luca zu ihm hinsah. «Was? Wie meinst du das?» fragte er vorsichtig. «In deiner Erinnerung, willst du sagen, im Geiste...»

«In Fleisch und Blut», unterbrach Lardelli ihn. Er hob den Kopf, und ein verhaltenes Grinsen lag auf seinem Gesicht. «Von der ganzen Geschichte stimmt kein Wort. Es ist ein Roman.» Er griff nach der Flasche, drehte sie aber nur in den Händen, ohne daraus zu trinken.

«Alles erfunden?»

«So ziemlich.» Lardelli nickte, nahm dann einen Schluck. «Meine Eltern leben in Pisa, mein Vater ist Notar. Die einzige längere Wanderung, die er gemacht hat, war die ins Kriegsgefangenenlager.»

«Ich habe dir jedes Wort geglaubt», brachte Bozzetto endlich hervor. Er ging in die Mitte des Raumes, hob die Arme und ließ sie gleich wieder sinken. «Es klang alles so...» Statt nach dem passenden Wort zu suchen, lächelte er verstört und schüttelte den Kopf.

«Warum schreibst du die Geschichte nicht auf?» wollte Luca wissen.

Lardelli schlang die Arme um die angewinkelten Beine und legte das Kinn auf die Unterarme. Musikfetzen drangen jetzt von unten herauf, Burt rief irgend etwas, und eine Tür wurde zugeschlagen. «Ich wollte immer warten», sagte Lardelli schließlich. «Ich trage die Geschichte schon ewig mit mir herum, immer kommt wieder etwas dazu. Ich wollte sie noch ... ein wenig reifen lassen hier oben.» Er drehte die Pupillen gegen die Schädeldecke.

«Aber sie ist ... wundervoll», wandte Bozzetto ein. Er hatte sich inzwischen auf seine Matratze gesetzt und die Schuhe aufgeschnürt. Er war der einzige, der jeden Morgen seine Schuhe anzog und sie am Abend wieder auszog.

«Sie ist so wundervoll und so beschissen wie tausend andere Geschichten, die jedes Jahr als Buch erscheinen», entgegnete Lardelli mit derselben ruhigen, leidenschaftslosen Stimme. «Vielleicht sterben wir hier. Das wäre dann die einzige Geschichte, in der wir noch mitspielen. Die beiden Scheißkerle da unten, *das* sind die Autoren, *die* schreiben die Drehbücher. Wir, Francesco, wir hocken nur mit käsigen Gesichtern an unseren Pulten und befingern unsere Schreibmaschinen, als versuchten wir, der Welt den Bauch zu kitzeln, auf daß sie kichere und nicht mehr so bedrohlich sei. Wir sind die Idioten, die sich was zusammenreimen, während die andern die wirkliche Prosa schreiben.» Er drückte die Schultern nach hinten und stieß sich von der Wand ab.

«Sie werden uns nicht umbringen», sagte Luca. «Das sind keine Mörder, Umberto, sieh sie dir doch an!»

«Mörder sehen aus wie dein Sonntagsschullehrer, Mörder haben Gesichter wie freundliche Apotheker und lächeln wie der alte Kellner in deinem Lieblingscafé.» Lardelli hatte sich wieder auf seine Matratze gelegt. Seine Stimme war noch immer völlig unbewegt, klang, als würde er laut einen Einkaufszettel herunterlesen. «Nur in den Comics haben Mörder Narben und fiese Visagen.»

«Ach, komm schon, Umbi, überleg doch mal!» Luca erhob sich vom Sofa und ging langsam durch den Raum. «Wenn sie uns umbringen würden, wäre das sechsfacher Mord. Hätten die beiden vorher schon jemanden umgebracht, dann wären sie entweder auf dem elektrischen Stuhl gelandet oder säßen lebenslänglich im Knast. Und wären sie ausgebrochen, was ich ihnen nicht zutraue, säßen sie kaum so seelenruhig hier. Und noch was, sie trugen Zivilklamotten und sind braungebrannt, zumindest der Große. Sie können in letzter Zeit also kaum im Knast gewesen sein.»

Lardelli wälzte sich auf die Seite. «Tolle Theorie, muß ich schon sagen. Ich möchte bloß wissen, was euch so zuversichtlich macht.» Er sah mit zusammengekniffenen Augen von Luca zu Bozzetto. «Wirklich phantastisch, wie Francesco sich in dieser Situation hinsetzen und seelenruhig sein verdammtes Heft vollschreiben kann.» Er lachte, als wäre ihm die Absurdität von Bozzettos Tun erst beim Aussprechen richtig bewußt geworden. «Ich meine, wenn du einen Brief an ... deine Schwester beginnen würdest, dein Testament aufsetzen oder zumindest eine Geschichte über das hier versuchen würdest. Aber ein neues Buch anzufangen... Ist das Beschäftigungstherapie, der unbändige Zwang zu schreiben, selbst mit dem Tod vor Augen, ist es dein unerschütterliches Gottvertrauen, oder ist es einfach, entschuldige, Dummheit, pure Ahnungslosigkeit?»

«Nimm meinetwegen von allem etwas, Umberto, dann bist du der Wahrheit ziemlich nahe», antwortete Bozzetto überraschend schnell und ruhig. Er hatte die Schuhe neben die Matratze gestellt und nach seiner Flasche Wein gegriffen, die noch halbvoll war. «Wenn ich mich nicht mit dieser Geschichte beschäftigen würde, durchaus therapeutisch, da hast du recht, dann würde ich verrückt hier drin. Ich würde mich genau so benehmen, wie ihr es eigentlich erwartet habt.» Er hob den Blick und lächelte. «So mache ich es schon seit ich denken kann. Lesen und Schreiben, die einzigen Mittel gegen die Angst und gegen die Bedrohungen des Lebens, vielleicht sogar gegen das Leben selbst.»

Luca war froh, daß er kein Schriftsteller war und sich aus diesem Gespräch raushalten konnte. Er staunte immer mehr über Bozzetto, der in Lardellis Gegenwart kaum je einen vernünftigen Satz zustande gebracht hatte, während dieser drei Tage aber seine lähmende Ehrfurcht vor dem Kollegen und die Scham, unqualifizierter Lückenfüller zu sein, fast gänzlich abgelegt zu haben schien.

«Dann glaubst du ebenfalls, daß die Kerle uns leben lassen?» fragte Lardelli nach einer Weile. «Du denkst auch, daß sie uns nicht umbringen? Weil du noch anfängst, ein Buch zu schreiben, meine ich.»

«Ich weiß es nicht», gab Bozzetto zurück. Er trank den letzten Schluck aus seiner Flasche und stellte sie neben die Schuhe. «Ich habe aufgehört, einen Katalog mit Dafür und Dagegen zu erstellen.»

«Aber ein Buch angefangen», sagte Lardelli kaum hörbar, «das hast du.»

«Eine Geschichte, ja.» Bozzetto blieb ruhig. Er saß mit angewinkelten Beinen da, die Arme auf die Knie gelegt.

Lardelli brachte sich ächzend in eine andere Lage, streckte die Beine aus und legte die gefalteten Hände unter den Hinterkopf. «Du würdest noch auf dem Schafott die ersten Zeilen aus einem neuen Roman zitieren, was, Frankieboy?» Er kicherte und schüttelte den Kopf.

Bozzetto wartete eine Weile, bevor er antwortete. «Wahrscheinlich würde ich mich übergeben vor Angst.»

«An dem Tag, an dem ich erfuhr, daß mein Sekretär den größten Teil des Stiftungsgeldes veruntreut hat, habe ich im Garten einen kleinen Smoke Tree gepflanzt.» Beltrametti, der völlig lautlos in den Raum gerollt war, lächelte in die erschrockenen Gesichter von Lardelli und Bozzetto und drehte sich nach Luca um, der eingenickt war und jetzt leicht benommen vom Sofa kletterte. «Er ist bereits ein paar Zentimeter gewachsen.»

«Wie geht es Ihnen?» Luca stand vor Beltrametti und musterte den alten Mann, dessen Gesicht ebenso zerknittert war wie der Pyjama, in dem er steckte.

«Oh, gut», meinte der Alte. «Ich habe seit längerer Zeit wachgelegen und versucht, Ihrem Gespräch zu folgen. Ihre Geschichte, die Romanfragmente, gefielen mir, soweit ich sie mit meinen alten Ohren verstanden habe, sehr gut», sagte er zu Lardelli und fingerte an seinem Hörgerät. «Auch ich glaubte, Authentischem aus ihrer Kindheit und Jugend zu lauschen.»

«Freut mich», entgegnete Lardelli und trotzte seinem Gesicht ein rasches Lächeln ab.

«Ich wollte Ihre Unterhaltung aber nicht stören», meinte Beltrametti und rollte zu dem kleinen Tisch, um sich ein Bonbon aus der Dose zu nehmen. «Ich glaube, es ging um die Frage, ob Literatur beziehungsweise die Tätigkeit des Schreibens Sinn mache in einer Zeit, in der Hoffnung zu einer winzigen Flamme geschrumpft ist.»

Während Bozzetto nickte, schüttelte Lardelli den Kopf, verkniff sich jedoch ein sarkastisches Lachen. «Eigentlich ging es um die Frage, ob wir demnächst über den Jordan gehen, und ob es angebracht ist, in dieser Situation an Büchern zu schreiben, statt unseren Verstand darauf zu verwenden, einen Befreiungsplan auszuarbeiten.»

Jetzt war es Luca, der auflachte. «Na, hör mal, Umberto, *du* hockst doch hier in deiner Ecke, als hättest du schon einen Strick um den Hals! Wenn du eine brauchbare Idee hast, wie wir die Kerle loswerden, laß sie hören! Meine Meinung kennst du: Solange der Blonde alleine raufkommt und Thelma uns das Essen reinbringt, haben wir keine Chance, etwas zu unternehmen. Der andere, Carl, ist immer unten, und sobald hier oben was passiert, greift er sich Al.» Luca holte einen Stuhl und setzte sich so hin, daß die Rückenlehne vor ihm war und er die Arme auf sie legen konnte.

«Wir müßten versuchen, den Blonden zu überwältigen und ihm die Knarre abzunehmen, dann hätten wir auch den Kleinen im Griff.» Lardelli war auf seiner Matratze nach vorne gerutscht, um nicht so laut reden zu müssen.

«Selbst wenn uns das gelingen würde, hätte der andere genug Zeit, um sich Al zu schnappen. Er würde sich mit dem Jungen im Zimmer verschanzen und drohen, ihm die Kehle durchzuschneiden. Wir müßten ihm die Waffe geben und hätten unsere Lage nur verschlimmert.» Luca ließ die Stirn auf die verschränkten Unterarme sinken und schloß die Augen. «Ich hab mir die Sache ein paarmal durch den Kopf gehen lassen,

Umberto, aber wie ich es auch drehe, das Risiko ist einfach zu groß. Die beiden könnten die Nerven verlieren.» Er öffnete die Augen, hob den Kopf und sah Lardelli an.

«Ob sie die Nerven verlieren und uns erschießen, oder ob sie es kühl und überlegt tun… Wo ist da der Unterschied?» Lardellis Stimme klang beinahe belustigt.

«Ich hab dir schon gesagt, daß ich die beiden nicht für Mörder halte», gab Luca zurück und wußte bald schon selber nicht mehr, ob er das wirklich glaubte oder sich nur beruhigen wollte, um nicht allmählich den Verstand zu verlieren.

Bozzetto nickte. «Ich denke wie Luca», sagte er.

«Ach, ja?» rief Lardelli, drehte den Kopf zur Tür und senkte dann seine Stimme. «Kennt ihr die beiden vielleicht? Habt ihr ihre Strafakten gelesen? Oder lest ihr es ihnen einfach von den Augen ab?»

«Wenn Sie mich fragen», schaltete Beltrametti sich ein, «so glaube ich auch nicht, daß uns von den beiden Gefahr droht.» Er sah lächelnd in die Runde, bevor er weitersprach. «Ich weiß, ich bin ein alter Mann, und seit dem Unfall fällt mir das Denken schwer. Ohne die Pillen und Tropfen hätte ich fast unablässig Kopfschmerzen. Manchmal sitze ich da und will etwas tun, und Stunden später hocke ich noch immer da, ohne die Sache erledigt zu haben. Bisweilen erinnere ich mich nicht einmal daran, was ich mir eigentlich vorgenommen hatte. Wo die Zeit hin ist, und was ich in ihrem Verlauf getan habe, weiß ich nicht. Es ist, als ob mein Kopf mehr Ruhe braucht als mein Körper, und sich diese Ruhe einfach nimmt.» Er lächelte. «Vielleicht hat sich bei dem Sturz auch nur der Kalk gelöst, schwimmt jetzt durch meine Hirnzellen und verstopft sie gelegentlich. Dazwischen aber, jetzt zum Beispiel, zwischen Schlaf und Halbschlaf, funktioniere ich leidlich gut.»

Er kicherte, und Bozzetto lachte, wie man über den Scherz eines alten Mannes, lacht, den man mag; aus Freundlichkeit. «Um wieder zum Ausgangspunkt zurückzukommen», fuhr Beltrametti fort. «Ich glaube nicht, daß die beiden Halunken uns nach dem Leben trachten. Ohne Zweifel ist unsere Lage unangenehm, doch denke ich, es wird sich alles zum Guten wenden.» Wieder lächelte er jeden an wie der Seelsorger seine verzagten Schutzbefohlenen.

«Trotzdem», fügte er hinzu, «hat Luca recht: Solange einer von ihnen unten bei Thelma und Alfred ist, wäre die Gefahr bei einer, nennen wir es Intervention, zu groß.»

«Dann müssen wir eben versuchen, *beide* gleichzeitig hier rein zu bekommen», bestand Lardelli auf seinem halbgaren Plan. «Wir könnten Feuer legen. Bestimmt würden beide raufkommen, um zu löschen. Ein brennendes Haus ist nicht gerade das ideale Versteck, und den Rauch würde man kilometerweit sehen.»

«Bist du noch zu retten?» Luca erhob sich und rieb sein Kreuz. «Alle Fenster sind verrammelt. Wir wären erstickt, bevor die beiden hier oben sind.»

«Wir könnten ein kleines Feuer machen, in dieser Schüssel zum Beispiel.» Lardelli zeigte auf eine Tonschale, in der Kürbisse, Steine und kleine Tierschädel lagen. «Wenn wir die vors Loch halten, sieht es aus, als stünde hier alles in Flammen.»

«Vergiß es, Umbi!» holte Luca ihn auf den Boden der Wirklichkeit zurück. «Der Blonde würde Carl oder Thelma reinschicken und mit der Pistole draußen warten. Oder denkst du allen Ernstes, die beiden stürzen blindlings ins Zimmer, und wir müssen ihnen nur noch eins mit dem Stuhl überziehen?»

«Wir könnten versuchen, die verdammten Fensterläden aufzustemmen, oder wir schrauben das Türschloß ab.»

«Wir könnten auch ein Loch in den Fußboden bohren, genau über der Lobby, und wir könnten ein Nervengas entwickeln, aus Tipp-Ex-Flüssigkeit und deinen Socken. Das Zeug könnten wir dann runterlassen und…»

«Ja, ja, schon gut, halt den Mund, Klugscheißer!» Lardelli legte sich hin und kehrte Luca den Rücken zu.

«Hast du noch nie diese Fernsehserie gesehen? Mac Gyver. Der bastelt aus einem Kleiderbügel und Hosenträgern eine Präzisionsarmbrust.»

«Ich lach mich gleich tot, dann hab ich's auch hinter mir.»

Beltrametti, der das Gespräch halb belustigt, halb besorgt verfolgt hatte, rollte ins Badezimmer und schloß die Tür hinter sich.

Wenig später kamen Burt und Thelma die Treppe hoch und den Flur entlang. Burt blieb vor der Tür stehen und sah durch das Guckloch auf seine Gäste, wie er sie grinsend zu nennen pflegte. Um Lardelli zu ärgern, kam er mit dem Gesicht nahe an die Öffnung und inhalierte genüßlich den Rauch einer Zigarette, die zwischen seinen schmalen, gesprungenen Lippen steckte. «Was ist, könnt ihr nicht schlafen?» Er hielt die Armbanduhr hoch, die er Bozzetto abgenommen hatte, und zeigte mit dem Finger auf das Zifferblatt. «Halb eins, Lichter aus, hinlegen!» Er lachte, und sein Kopf schwankte hinter dem glaslosen Bullauge wie der eines Matrosen bei schwerem Seegang.

«Hören Sie!» rief Luca, als Burt sich bereits umdrehte. «Wir erwarten den Besuch eines Arztes, der sich um den Jungen und um Mister Beltrametti hier kümmert. Wenn er vergeblich anzurufen versucht und schließlich herkommt und die vernagelten Fenster sieht, wird er die Polizei benachrichtigen.»

Burts Kopf füllte wieder das Loch in der Tür aus.

«Der Doktor, ja?» Seine Zähne leuchteten aus dem braungebrannten Gesicht, über das Zigarettenqualm strich.

«Ja, er kommt jede Woche hier vorbei.» Luca ging ein paar Schritte auf die Tür zu. «Eigentlich wäre seine Visite schon heute fällig gewesen.»

«Und warum erzählst du mir das, he?»

«Wenn Sie und Ihr Kumpel heute nacht abhauen, mit dem Wagen, sind Sie bei Tagesanbruch in Kalifornien oder Nevada ... in Utah oder sogar in Mexico, was Sie wollen.» Luca warf einen raschen Blick über seine Schulter auf Beltrametti, Lardelli und Bozzetto. «Wir werden nicht zur Polizei gehen. Wir werden die Sache vergessen. Den Wagen können Sie als ... Geschenk betrachten. Ein Tauschgeschenk... Sie nehmen den Wagen und lassen uns in Ruhe.»

Burt lachte, als hätte Luca einen guten Witz erzählt. «Tauschgeschenk, ja?» Er lachte noch einmal und hustete, hob die Hand vor das Loch und schwenkte den Schlüsselbund. «Hab doch schon einen Wagen, Junge, brauch keinen zweiten.» Sein Gesicht mimte Bedauern. «Das mit dem Doktor kannst du mir morgen noch etwas genauer erzählen. Jetzt will ich ins Bett.» Er lächelte, ließ die Schlüssel klimpern und drehte sich um.

«Warten Sie!» rief Luca und rannte zur Tür. Als er durch das Guckloch in den dunklen Flur spähte, sah er gerade noch, wie Burt Thelma in den Raum mit dem Wasserbett schob und die Tür hinter sich schloß. «Gottverfluchter Scheißkerl!» stieß Luca hervor und schlug mit der Faust so heftig gegen das Holz, daß er glaubte, sich die Finger gebrochen zu haben.

«Hör schon auf, Luca, verdammt nochmal!» Lardelli war hinter ihn getreten und zog ihn von der Tür weg. «Was soll das? Willst du den Kerl so wütend machen, daß er uns gleich jetzt abknallt?»

«Der Hurensohn, der elende Bastard», preßte Luca zwischen den Zähnen hervor und entriß seinen Arm Lardellis Griff.

«Was hast du erwartet? Daß er sagt, o ja, vielen Dank, auf die Idee mit dem Wagen wäre ich nie gekommen, wir machen uns gleich auf den Weg?»

Luca warf sich auf das Sofa, legte den Kopf in den Nacken und schloß die Augen.

«Warum hast du ihm das mit dem Arzt erzählt?» Lardelli blieb stehen und steckte die Hände in die Hosentaschen. «Das war unsere einzige Chance, Hilfe von außen zu kriegen. Sonst kommt hier doch kein Schwein vorbei. Warum hast du ihm das gesteckt, verdammt nochmal?»

Luca antwortete nicht, hielt die Augen geschlossen und rieb sich die schmerzenden Knöchel. Er überlegte, ob er erzählen sollte, daß Burt Thelma mit in sein Zimmer genommen hatte. Die Gedanken wirbelten durch seinen Kopf wie Zeitungsschlagzeilen in den alten Gangsterfilmen; war Thelma freiwillig mitgegangen? Hatte sie vielleicht vor, Burts Zustand auszunutzen und ihm die Waffe abzunehmen? Oder tat sie es nur, weil sie sich Burt nicht zu widersetzen vermochte. Immerhin hatte er ihren Sohn in der Gewalt. Luca fielen die Filme ein, in denen Frauen sich in Verbrecher verliebten. Konnte es sein, daß Thelma mit dem Kerl gemeinsame Sache machte? Burt hatte vermutlich seit Monaten, vielleicht sogar seit Jahren keine Frau gehabt. Und Thelma keinen Mann. Luca hatte keine große Mühe, sich vorzustellen, was passieren konnte, wenn zwei solche Menschen sich begegneten.

«Luca?»

Luca öffnete die Augen und sah Beltrametti, der mit seinem Rollstuhl vor dem Sofa stand.

«Ist alles in Ordnung?» Der Alte lächelte zaghaft, hob fragend die weißen Augenbrauen.

«Ja, ja, es ist nur… Ich könnte diesen Dreckskerl umbringen.»

Lardelli schüttelte den Kopf, nahm die Hände aus den Hosentaschen und rieb sich das vom Schlafmangel verquollene Gesicht. «Warum hast du ihm das mit dem Arzt verraten?» Er brachtete seine Füße, die in dunkelbraunen Socken steckten. «Warum hast du's ihm gesagt, Herrgott?»

Luca streckte die Finger der rechten Hand aus; die Haut an den Knöcheln war abgeschürft, rosafarbenes Fleisch wurde sichtbar. «Ich dachte, sie würden endlich abhauen. Der Kerl kann ja wohl kaum an einer Konfrontation mit den Bullen interessiert sein.»

«Jetzt wissen sie jedenfalls, daß jemand herkommt, und können ihn abfangen. Dann haben wir einen Gefängnisarzt. Toll.» Lardelli drehte sich um, ging zu seiner Matratze und setzte sich hin.

«Es war einen Versuch wert», meinte Bozzetto, der die ganze Zeit mit einem Blatt Papier gespielt und es bis zum Geht-nicht-mehr gefaltet hatte.

Eine Weile sagte keiner der vier etwas. Lardelli legte sich hin, Bozzetto löschte das Deckenlicht, und Luca blieb auf dem Sofa sitzen. Aus der Lobby waren die üblichen Geräusche zu hören; Carl blieb jede Nacht bis in die frühen Morgenstunden wach und sah fern, ging zwischendurch in die Küche, um sich etwas Eßbares zu holen, manövrierte ein ferngesteuertes Polizeiauto über den Steinboden, übte mit dem Basketball, den er gegen die Wände warf, oder spielte Billard.

Beltrametti rollte zum Schreibtisch, auf dem die Lampe noch immer brannte, sah Bozzettos Heft aufgeschlagen daliegen und überflog die ersten paar Zeilen. Dann stellte er die Lampe näher ans Heft und las aufmerksamer, blätterte die Seiten langsam durch und klappte das schwarze Wachstuchheft schließlich zu. Als er vom Pult wegrollte, bemerkte er, daß Bozzetto an die Wand gelehnt auf seiner Matratze saß und ihn beobachtete. «Ich habe mir erlaubt, in Ihrem Manuskript zu lesen. Bitte sehen Sie mir meine Neugierde nach.»

«Es macht mir nichts aus», antwortete Bozzetto. Das Schattenspiel auf seinem Gesicht veränderte sich ein wenig, als er lächelte.

«Da ist ein ganz neuer Ton im Anfang dieser Geschichte.» Beltrametti bewegte sich näher auf Bozzetto zu. «Karg und ruhig. Das, verzeihen Sie, Pathetische, Gewundene macht hier einer Einfachheit Platz, die Ihren früheren Werken oftmals fehlte.» Er strich die Decke auf seinen Knien glatt und faltete die Hände im Schoß. *«Der Schritt aus dem Bild*, ein sehr schöner Titel. Welche Geschichte verbirgt sich dahinter? Oder wollen Sie in diesem Stadium der Arbeit noch nichts erzählen? Ich würde das verstehen.»

Bozzetto warf einen Blick auf Lardelli, der neben der Matratze kauerte und in seiner Reisetasche wühlte. «Nein, nein, es ist nur so, daß ich noch nicht genau weiß, in welche Richtung es gehen soll.» Er räusperte sich, zog die Beine an. «Es ist eine sehr persönliche Geschichte, wissen Sie.»

«Sie sind der Junge darin, nicht wahr?»

Bozzetto senkte für einen kurzen Moment die Augen. «Ja», antwortete er dann. «Ich schreibe auch über meine Eltern, wie Umberto. Nur ist meine Geschichte nicht erfunden. Leider.»

«Eine traurige Geschichte?»

«Eine unschöne, würde ich sagen», gab Bozzetto zurück.

«Schönheit hat in der Literatur weniger verloren als Wahrheit, und die ist selten makellos. Erzählen Sie mir die Geschichte?» Beltrametti warf einen Blick auf Luca. «Uns?» fügte er lächelnd hinzu.

Bozzetto ließ sich Zeit. «Mein Vater war Photograph», begann er zögernd. «Er besaß ein kleines Geschäft in Triest, ging auf Hochzeiten, in Schulen, wie das so üblich ist. Meine Mutter half ihm im Laden, bediente die Kunden, viele waren es nicht an einem Tag. Wir waren weder reich noch arm, und das große verlotterte Haus, in dem wir lebten, erschien uns Kindern wie ein Palast. Maria und ich hatten ein Reich für uns, ganze Tage verbrachten wir auf dem verwinkelten Dachboden, der sich im Verlauf der Jahre mit tausend Dingen, Plunder und Schätzen, gefüllt hatte.» Bozzetto stockte. «Maria ist meine Schwester, vergaß ich zu erwähnen», sagte er, und Beltrametti nickte.

Lardelli war inzwischen wieder aufgestanden, kauerte vor der Tür und machte sich an der Klinke zu schaffen. Luca lag auf dem Sofa und hörte mit geschlossenen Augen Bozzetto zu.

«Maria war damals sieben, ich neun», sagte Bozzetto. «Eines Tages, es war mitten im Sommer, erhielt mein Vater den Auftrag, bei einer großen Hochzeit zu photographieren. Der Kunde war ein sehr reicher Geschäftsmann, der sein Vermögen mit Tropenhölzern, Kaffee und Kautschuk gemacht hatte. Seine einzige Tochter, ein Mädchen von einundzwanzig Jahren, sollte den Sohn eines Bankiers heiraten. Die Hochzeit fand in Sistiana statt, in einem schloßähnlichen Anwesen am Meer. Ich durfte an diesem Tag mitgehen, um meinem Vater die Tasche mit den Objektiven und den Filmen zu tragen. Wir waren früh am Morgen von Triest mit dem Bus losgefahren und die restliche Strecke bis zu dem Anwesen zu Fuß gegangen. Wir wuschen uns an einem Brunnen, polierten die staubigen Schuhe mit dürrem Gras, und mein Vater zog das schwarze Jackett an, das er in eine Zeitung gerollt mitgenommen hatte.

Am Tor wurden wir von einem Diener aufgehalten, der uns zu einer Art Zeremonienmeister schickte, einem kleinen, mageren Mann, der einen Stapel Papiere mit sich herumtrug und den Angestellten einbleute, was sie zu tun und zu lassen hatten. Meinem Vater drückte er einen Zettel mit dem zeitlichen Ablauf des Festes und einen Plan der Liegenschaft in die Hand, fragte, wer ich sei, und akzeptierte meine Anwesenheit nur, nachdem mein Vater ihm versichert hatte, ich wisse mich zu benehmen und würde niemanden bei der Arbeit stören. Zwei weitere Photographen waren engagiert worden, um sicherzustellen, daß kein Brautlächeln, kein Ehrengast, kein kunstvoll dekoriertes Spanferkel und keine Sekunde des Feuerwerks ungeknips bleiben würde.

Bis die ersten Gäste eintrafen, mußten wir zusammen mit den Musikern, einem Opernsänger und einer vierköpfigen Akrobatentruppe aus Marokko im Schatten einer gewaltigen Zypresse warten. Ein schwarzes Dienstmädchen brachte uns etwas zu trinken. Ein Pfau kam über den weiten Rasen, und als er seine Federn zum Rad stellte, machte mein Vater die erste Aufnahme.» Bozzetto hielt inne und warf einen Blick auf Lardelli, der mit einem kleinen Stück Blech an den Schrauben der metallenen Schlüssellochabdeckung herumfummelte. «Als alle Gäste eingetroffen waren, ging es in blumengeschmückten Wagen nach Monfalcone in die Kirche. Dort sah ich zum ersten Mal die Braut, Marisa hieß sie. Sie war wunderschön, das Kleid eine wogende Pracht, und die Schleppe so lang wie der Gang der Kirche, den sie durchschritt. Beinahe vergaßen die Photographen ihre Arbeit, standen da wie alle und starrten auf diese wunderbare Erscheinung, die unter Orgelklängen vom Vater zum Altar geleitet wurde. Nach der Trauung versammelten sich die Mitglieder der beiden Familien auf der Treppe vor der Kirche, und wieder gab es viel zu tun für die Photographen. Das Fest auf dem Anwesen dauerte bis in den Morgen hinein, das Feuerwerk übergoß alles mit farbigem Licht, und die Braut war der Mittelpunkt einer Welt, die ich nie zuvor gesehen hatte.

Auf der Heimfahrt, wir hatten ein paar Stunden in einem Pinienhain unterhalb des Anwesens geschlafen, waren bei Sonnenaufgang losmarschiert und nahmen dann den ersten Bus, sprach mein Vater kein Wort, hielt die Tasche mit den belichteten Filmen fest und sah aus dem Fenster. In Triest erwachte er wie aus einem Traum. Für den Rest des Tages verschwand er in der Dunkelkammer. Erst am nächsten Morgen sah ich die Bilder, sie hingen an Schnüren in der engen Kammer. Ich weinte, als ich sie betrachtete. Ich wußte, daß dieser Tag und diese Nacht in Sistiana etwas verändert hatten in meinem Leben und dem Leben meines Vaters. Damals ahnte ich, daß dieser flüchtige Einblick in eine wunderbare Welt voller Schönheit der einzige bleiben würde, der mir zugedacht war.»

Bozzetto lächelte verlegen, suchte in Beltramettis Gesicht nach Zeichen des Spottes oder Belustigung, doch der Alte blickte ihn ernst und ruhig an.

«Mein Vater war nicht mehr derselbe seit diesem Auftrag», nahm Bozzetto den Faden seiner Geschichte wieder auf. «Er arbeitete noch immer viel, doch er tat es ohne Freude. In einem Schrank im Laden hatte er Photos von Marisa versteckt. Ab und zu erschien in der Zeitung ein Artikel über die Familie Montuori, mal im Wirtschaftsteil, mal in den Spalten mit Nachrichten aus der Gesellschaft. Filippo Montuori, der Brautvater, sorgte als Mitglied des Verwaltungsrates der Zeitung dafür, daß Triest kein wichtiger Schritt im märchenhaften Leben seiner Tochter entging.»

«Verfluchte Scheiße!» Lardelli ließ das Blechstück auf die Steinplatten fallen und preßte ein Taschentuch auf die Schnittwunde an seiner linken Hand.

«Was machst du da eigentlich, Herrgott?» Luca erhob sich und ging mit müden Schritten zur Tür, um sich die Klinke und die zerkratzte Abdeckplatte anzusehen.

«Na, rate mal!» murmelte Lardelli.

«Du kannst daran rumschrauben, so viel du willst», sagte Luca und legte sich zurück auf das Sofa. «Wenn du das Ding abnimmst und die Klinke auf dieser Seite rausziehst, fällt sie auf der anderen runter, und zehn Sekunden später stehen die beiden Kerle vor der Tür. Außerdem bringt es nichts, ohne Werkzeug kriegst du das Schloß nicht auf.»

Lardelli ging zu seiner Matratze, schob sich ein Kleiderbündel unter den Kopf und schloß die Augen.

«Erzählen Sie doch weiter», forderte Beltrametti Bozzetto auf, nachdem er eine Tablette genommen hatte.

«Ich weiß nicht», meinte Bozzetto unsicher. «Vielleicht sollten wir versuchen, etwas zu schlafen.»

«Komm schon, Frank!» sagte Luca. «Du kannst nicht mittendrin aufhören. Wir wollen den Rest auch noch hören.»

Bozzetto räusperte sich. «Na gut», sagte er. «Marisa Montuori, die jetzt Vassalli hieß, lebte inzwischen in Brasilien, auf einer riesigen Hacienda. Mein Vater sammelte alle Artikel, schnitt sie aus und legte sie zu den Photographien in den Schrank. Ich wußte nicht, was in ihn gefahren war, was ihn so verändert hatte. Ich war ein Kind, ich ahnte nicht, daß man sich nach einem Menschen verzehren kann, auch wenn er unerreichbar bleibt. Außerdem hatte er doch meine Mutter. Wir Kinder dachten, die Liebe zwischen unseren Eltern halte ewig.

Eines Tages kam ein Angestellter der Montuoris in den Laden und fragte, ob mein Vater wieder nach Sistiana kommen könne, ein Empfang werde gegeben, man erwarte hohe Gäste. Natürlich sagte mein Vater zu, doch ging er diesmal alleine. Als er zurückkam, war er schweigsamer als zuvor, saß noch länger über den Artikeln und betrachtete stundenlang eine Karte von Südamerika. Wie ich später erfuhr, war auch Marisa an dem Empfang gewesen. Sie hatte ein Kind inzwischen, ein Mädchen, und mein Vater wurde angewiesen, vor dem Eintreffen der übrigen Gäste ein paar Aufnahmen von der Mutter und ihrer Tochter zu machen.

Tage später fand ich im Papierkorb der Dunkelkammer zerknüllte Briefe, Entwürfe, in denen mein Vater Marisa Vassalli Trost zusprach und seine Hilfe anbot. Offenbar hatte Marisa ihm während der Aufnahmen erzählt, wie unglücklich sie in dem fremden Land sei und wie viel lieber sie ihr Kind in Italien großziehen würde. Jedenfalls schien mein Vater von diesem Tag an besessen zu sein von der Idee, Marisa Vassalli beizustehen.

Irgendwann im Winter erschien dann ein Artikel in der Zeitung: Marisa Vassalli, ihre Tochter und drei Begleitpersonen wurden im brasilianischen Urwald vermißt. Ihr Privatflugzeug, das sie von Imperatriz nach Braganca bringen sollte, war in ein Unwetter geraten und nie in dem Küstenort am Atlantischen Ozean angekommen. Suchaktionen, die durch anhaltende Regenfälle erschwert wurden, blieben erfolglos. Mein Vater ließ alles stehen und liegen und fuhr nach Sistiana, um Filippo Montuori zu sprechen und ihm seine Dienste bei der Suche nach den Verschollenen anzubieten, doch die Eltern von Marisa waren natürlich in Brasilien, und so ging mein Vater zur Zeitung, wo es ihm irgendwie gelang, das Original-Telegramm mit der Unglücksmeldung zu sehen und den Reporter zu befragen, der daraus den Bericht verfaßt hatte. Als er am Abend nach Hause kam, waren Maria und ich auf dem Dachboden, und wir hörten, wie unsere Eltern sich stritten, wie Vater schrie und Mutter weinte.

Schon am nächsten Tag war Vater weg. Er hatte Geld von der Bank abgehoben und war zum Hafen gegangen, wo er Stunden später auf einem Frachter anheuerte. Auf abenteuerlichen Umwegen gelangte er schließlich nach Belém, einer Küstenstadt, und von dort per Eisenbahn und Bus nach Braganca, dem Ort, an dem die zweimotorige Propellermaschine der Montuoris nie angekommen war. Er sprach selbstverständlich kein Wort Portugiesisch, und als er beim Flughafen, der nur aus einer Piste und ein paar Holzbaracken bestand, die Photos von Marisa und ihren in fetten Druckbuchstaben geschriebenen Namen zeigte, wußte niemand, was er wollte. Die Lokalzeitung, so fand mein Vater heraus, hatte zwar über den Flugzeugabsturz berichtet, aber seit man die Suche eingestellt hatte, war das Thema dem Blatt keine Zeile mehr wert. Er beschaffte sich Karten, soweit welche vorhanden waren, und es gelang ihm, ein Kanu mit Außenbordmotor aufzutreiben und zu kaufen. Nachdem er sich mit Proviant, Medikamenten, Zelt und allem, was sonst noch für eine Expedition erforderlich war, eingedeckt hatte, fand er zwei Indios, die gegen Bezahlung bereit waren, ihn ins Landesinnere zu begleiten.

Sie fuhren los, flußaufwärts, ohne Anhaltspunkt, außer der ungefähren Flugroute der Unglücksmaschine, ohne Funkgerät und ohne Gewißheit, auch nur in die Nähe der Absturzstelle zu gelangen. Mein Vater konnte nicht ahnen, welche Strapazen dieses Unternehmen mit sich bringen würde, welche Gefahren der Urwald barg und wie gottverlassen sie da draußen sein würden. Die beiden Indios, die er an einem Steg im Hafen aufgelesen hatte, erwiesen sich als gewissenlose Halunken; schon nach drei Tagen schlossen sie sich einer Gruppe von Vogelfängern an, die flußabwärts fuhren.

Als mein Vater das Kanu entlud, merkte er, daß die beiden das Gewehr, alle Munition, den Spirituskocher und, aus welchen Gründen auch immer, die Mappe mit den Karten und Photos gestohlen hatten. Und es kam noch schlimmer. Heftiger Regen ließ den Fluß in der Nacht anschwellen und riß das Kanu mit sich; meinem Vater blieb nur gerade das, was er ausgeladen und ins Zelt genommen hatte.

Am nächsten Tag sah er die Hoffnungslosigkeit seiner Situation ein und setzte sich ans Ufer, hoffte auf Indios, die ihn für ein paar Cruzeiros zurück in die Zivilisation bringen würden. Aber niemand kam vorbei, auch am zweiten Tag nicht, so daß mein Vater am dritten Tag beschloß, sich zu Fuß auf den Rückmarsch zu machen. Er war erst fünfunddreißig und recht kräftig, doch der Marsch durch den Urwald, der Regen, der sumpfige Boden, die Nahrung, die nur noch aus ein wenig Schokolade und feuchtem Maisbrot bestand, die Hitze, die Insekten, das alles setzte ihm dermaßen zu, daß er sich nach zwei Tagen unter einen Baum setzte und aufgab. Er schluckte seine letzte Chinintablette, deckte sich mit Farn und Blättern zu und schlief ein.»

Bozzetto drehte das leere Glas in seinen Händen, sah Beltrametti an und lächelte. «Und jetzt kommt das Wunder», sagte er.

«Noch eins?» murmelte Lardelli.

«Laß ihn weitererzählen», sagte Luca. Er setzte sich auf und rieb sich die Augen.

«Na, sicher», gab Lardelli zurück. «Ich finde die Geschichte so spannend wie ihr. Frank sollte seine Bücher vortragen, nicht schreiben.»

«Halt den Mund!» sagte Luca ruhig.

«Was für ein Wunder geschah?» drängte Beltrametti, der fast den ganzen Tag geschlafen hatte und jetzt am muntersten von allen war.

«In der Nacht wurde mein Vater durch ein Geräusch geweckt», fuhr Bozzetto fort. «Ein paar Meter von ihm entfernt scharrte ein Vogel im Gebüsch. Mein Vater rappelte sich auf und kroch dorthin in der Hoffnung, ein verletztes Tier zu finden, das er vielleicht essen konnte. Der Vogel flatterte ins Dickicht und verschwand, aber da war sein Nest, ein Haufen Gras und Blätter und Äste, und um das Nest herum lagen Schneckengehäuse und glänzende Kieselsteine. Mein Vater tastete im Halbdunkel nach Vogeleiern, doch das Nest war leer. Dafür fühlte er einen kleinen metallenen Gegenstand zwischen den Fingern, hob ihn auf und hielt ihn ins Mondlicht, das durch die Baumwipfel fiel. Sein Atem stockte. Was mein Vater da in der Hand hielt, war ein Ohrschmuck, ein in Weißgold gefaßter runder Saphir.»

«Marisas Ohrring», murmelte Beltrametti.

«Den Rest der Nacht verbrachte mein Vater unter dem Baum am Boden sitzend, den wunderbaren, aber mit einer bösen Vorahnung beladenen Fund in der Hand. Als das Tageslicht durch das Blattwerk sickerte, nahm er seine letzten Kräfte zusammen und drang in den Dschungel ein, weg vom Fluß. Vögel wie den der vergangenen Nacht sah er noch mehrere, alle bewegten sich am Boden und schienen kaum je zu fliegen. Deshalb vermutete er, daß die Stelle, wo das Tier den Schmuck gefunden hatte, nicht sehr weit entfernt sein würde. Stunden später konnte er vor Hunger und Erschöpfung kaum noch auf den Beinen stehen. Auch dachte er, daß der Ohrring irgendeinem Abenteurer gehört haben mochte, der ihn als Bezahlung für seltene Vögel oder Schlangenhäute erhalten oder im Spiel gewonnen hatte. Getauscht wurde in diesem Land alles mögliche.

Mein Vater beschloß, zum Fluß zurückzugehen. Weil er wußte, daß er den Weg nicht schaffen würde, wenn er nichts aß, überwand er sich endlich und tat es den beiden Indios gleich, die er dabei beobachtet hatte, wie sie Insekten verspeisten, fette Maden meist, die sie unter der Rinde von Bäumen hervorholten. Vogeleier fand er, die er ausschlürfte, ließ die Hände von Früchten und Beeren, weil er sie nicht kannte, und trank Regenwasser aus Blütenkelchen.

Als er wieder einigermaßen bei Kräften war, marschierte er in Richtung Fluß, nahm jedoch nicht denselben Weg, den er gekommen war. Die Richtung, die er einschlagen mußte, vermochte er ungefähr zu berechnen, indem er den Stundenzeiger seiner Uhr gegen die Sonne richtete und den Winkel zwischen dem Zeiger und zwölf Uhr halbierte. Mit diesem Trick, den ihm einer der Matrosen auf dem Schiff gezeigt hatte, bestimmte er einigermaßen zuverlässig die Südrichtung und konnte so hoffen, den nördlich gelegenen Fluß nicht zu verfehlen.»

«Muß ich mir merken», meinte Luca, obwohl auch seine Armbanduhr in Carls Beutetasche lag.

«Und, hat er den verdammten Fluß gefunden?» fragte Lardelli. Seine Augen waren geschlossen, und seine Stimme klang wie im Halbschlaf.

«Nein», antwortete Bozzetto ruhig. «Aber er fand das Flugzeug. Er fand das Wrack und fünf tote Menschen. Marisa Vassalli, ihre Tochter, den Piloten, das Kindermädchen und die Hausangestellte. Die Maschine hatte sich in den aufgeweichten Waldboden gerammt, hatte keine Schneise geschlagen, war einfach abgesackt wie ein Stein. Deshalb wurde sie bei der Suchaktion aus der Luft nicht gefunden. Zudem lag das Wrack nicht einmal in der Nähe des Suchgebietes. Offenbar hatte der Pilot versucht, dem Unwetter auszuweichen. Er hatte den Kurs geändert und war nicht mehr dazu gekommen, ihn per Funk durchzugeben.»

«Heiliger Strohsack», flüsterte Luca. Er hätte jetzt gerne einen Drink gehabt; einen Wodka Tonic, mit geschabtem Eis und einem Kringel Zitronenschale.

«Was tat Ihr Vater, nachdem er diesen grausigen

Fund gemacht hatte?» Beltrametti redete wie zu einem Hypnotisierten, der nicht aus seiner Erzähl-Trance geweckt werden durfte.

«Natürlich dauerte es eine Weile, bis er das Flugzeug soweit freigelegt hatte, daß er ins Innere vordringen konnte. Der Rumpf war in der Mitte auseinandergebrochen, so daß sich trotz der verklemmten Tür eine Einstiegsmöglichkeit ergab. Ein Koffer und verschiedene kleinere Gepäckstücke waren herausgeschleudert worden, in einem davon befand sich der zweite Ohrring. Der Gestank im Flugzeug muß unerträglich gewesen sein. Das Unglück lag fast einen Monat zurück, und der Verwesungsprozeß war bereits stark fortgeschritten. Was mein Vater mit großer Überwindung photographierte, war so schlimm wie das, was er während des Krieges gesehen hatte.

Nachdem er den Film bis auf drei Aufnahmen verbraucht hatte, durchsuchte er die Gepäckstücke nach Dingen, die später, falls er den Rückweg schaffen und dabei die Kamera verlieren würde, belegen könnten, daß er tatsächlich bei dem Wrack gewesen war. Er fand zwei Briefe von Marisa an ihren Vater und ihren Bruder, eine Halskette mit goldenem Medaillon, ein Kinderbuch, das vom Regen völlig aufgeweicht war, ein Feuerzeug und die Ausweispapiere des Piloten. Glücklicherweise fand er auch etwas zu essen, eine Dose Kekse, Kindernahrung, die mit Wasser angerührt werden mußte, und eine angebrochene Tafel Schokolade, über die sich die Ameisen schon hergemacht hatten. Beim Piloten fand er außerdem zwei trockengebliebene Päckchen Zigaretten und ein Messer. Er baute den Kompaß aus dem Armaturenbrett aus und steckte die Karte ein, obwohl sie vom Regen fast aufgelöst und kaum noch lesbar war.»

Bozzetto hob den Blick, ohne jemanden anzusehen, und schüttelte dann langsam den Kopf. «Ja, und irgendwie schaffte er es bis zum Fluß. An einer Biegung, die für einen Suchtrupp einigermaßen leicht wiederzufinden wäre, machte er die restlichen drei Aufnahmen. Weil er weder weitergehen konnte noch wollte, baute er sich auf einem Baum am Flußufer einen Ausguck, in dem er auch die Nächte verbrachte. Er aß die Kekse und die Schokolade, und als auch die Kindernahrung weg war, rauchte er die Zigaretten, um das Hungergefühl zu betäuben, denn seit er die von Insekten wimmelnden Leichen gesehen hatte, mußte er sich schon beim Gedanken an Maden übergeben.»

Lardelli stöhnte auf.

Bozzetto zog die Beine an und verschränkte die Arme vor der Brust.

«Mein Vater hatte Glück. Nach vier Tagen kam eine Gruppe amerikanischer und kanadischer Biologen den Fluß hinauf. Sie hörten sich seine Geschichte an und stellten ihm eines der Kanus, Proviant und zwei Männer, Indios, zur Verfügung. Drei Tage später kamen die drei in Braganca an. Mein Vater ging zur Polizei, die benachrichtigte Enrico Vassalli, und der kam von der Hacienda zur Küste herunter, um meinen Vater, der sich in einem schäbigen Hospital von den Strapazen erholte, zu sehen. Die Photos waren inzwischen entwickelt worden, aber mein Vater zeigte ihm nur die Bilder von der Flußbiegung. Und natürlich gab er ihm die Gegenstände, die er von der Unglücksstelle mitgenommen hatte. Vassalli schickte unverzüglich einen Trupp los, der die Opfer bergen und nach Braganca bringen sollte. Mein Vater sagte ihm, in welchem Zustand die Leichen sich befanden, doch Vassalli bestand darauf, die Gebeine seiner Frau und seines Kindes nach Italien zu überführen, wo er sie auf dem Familienfriedhof bestatten wollte. Meinen Vater ließ er per Flugzeug nach Recife bringen, in ein privates Krankenhaus, dessen Personal angewiesen wurde, ihm die allerbeste Pflege zukommen zu lassen.

Natürlich wollte Vassalli wissen, warum mein Vater sein Leben riskiert hatte, um Menschen zu suchen, die er nicht oder nur vom Sehen her kannte. Mein Vater wußte es nicht. Erst jetzt wurde ihm klar, wie lange er für die Reise über den Atlantik gebraucht hatte, und daß er seine Suche zu einem Zeitpunkt begonnen hatte, als längst keine Hoffnung mehr bestand, die Verschollenen lebend zu finden. Es war ihm, als erwache er aus einem Traum. Selbstverständlich sagte er Vassalli nicht, daß er sich in Marisa verliebt hatte, daß er von der fixen Idee besessen gewesen war, er müsse sie retten: erst aus diesem fremden, unwirtlichen Land, dann aus der wirklichen Gefahr, dem Urwald nämlich, in dem sie schon längst umgekommen war.»

«Was geschah dann?» fragte Beltrametti vorsichtig, nachdem Bozzetto eine Weile geschwiegen hatte, als sei die Geschichte zu Ende. «Kehrte Ihr Vater nach Italien zurück?»

«Ja, mein Vater kehrte zu uns zurück. Auf einem englischen Passagierschiff, die Fahrt bezahlte Vassalli. Auf dem Schiff befanden sich auch die Särge mit den sterblichen Überresten Marisas und ihrer Tochter. Vaters Geschichte hatte schon Tage vor seiner Ankunft die Zeitungen beschäftigt, er war so eine Art Held, sein wahnwitziges Unternehmen wurde als Abenteuer verkauft, Filippo Montuori belohnte ihn, gab ihm Geld.»

Bozzetto schüttelte den Kopf, atmete tief ein und mit einem Ruck aus. «Meine Mutter sah das anders. Zwar war sie froh, daß ihr Mann noch lebte, doch ihre Liebe zu ihm, die immer schon mehr von Treue als von Leidenschaft getragen war, hatte diese schlimme Zeit nicht schadlos überstanden, daran konnte auch das Geld nichts ändern. Weil sie während der Abwesenheit meines Vaters so gut es ging das Geschäft geführt hatte, waren ihr irgendwann einmal die Photos und die Zeitungsausschnitte in die Hände gefallen. Der Reim, den sie sich darauf machte, hielt der absurden Wirklichkeit zwar nicht in allen Punkten stand, doch es reichte, um meinen Vater bald nach seiner Heimkehr zu verlassen.

Maria und ich zogen mit der Mutter nach Mirano, das liegt in der Nähe von Venedig, mein Vater blieb in Triest. Wir wohnten beim Bruder meiner Mutter, in einem Haus außerhalb der Stadt. Mein Onkel war nie verheiratet gewesen, die meisten Zimmer in dem großen Haus standen leer. Er arbeitete als Kartograph, die Wände im Haus waren tapeziert mit Karten, die ganze Welt hing da. Aber es waren nur Andrucke, Länder ohne Straßen und ohne Städte, Fehldrucke, wo sich die Druckplatten verschoben hatten, das Meer über die Ufer trat, oder Karten, wo die Schattierungen der Berge fehlten und die Landschaft flach wie das Papier war, oder weiß, nur von blauen namenlosen Flüssen durchzogen und mit Seen gesprenkelt. Südamerika hing über der Treppe, ich suchte Braganca und fand es, fuhr mit dem Finger über das Meer bis nach Triest. Dort war mein Vater und verbrannte die Bilder von Marisa und vom Urwald, auch die Negative, ließ das Geschäft verkommen und schrieb Briefe an meine Mutter, jede Woche einen. Sie arbeitete inzwischen als Schneiderin, wie sie es vor ihrer Hochzeit getan hatte. Oft hörte ich sie nachts weinen, auch Maria weinte viel, und wenn wir auf dem Dachboden waren, sahen wir uns alte Bilder an: meine Eltern vor dem Laden, wir alle am Strand, Maria auf den Schultern des Vaters.

An den schulfreien Nachmittagen und in den Ferien verkroch ich mich meistens in der Bibliothek unserer Nachbarin, einer fast neunzigjährigen Frau, die nur gerade ein Zimmer in dem großen Haus bewohnte, gepflegt von einer Krankenschwester, die ihrerseits um die siebzig war. Aus lauter Langeweile war ich einmal durch ein Kellerfenster in das Haus eingestiegen und hatte dabei die riesige Bibliothek entdeckt. In diesem Raum verbrachte ich die Zeit, las wahllos alles, was ich irgendwie verstand oder zu verstehen glaubte, und war am Ende des Sommers so bleich wie im Winter.»

Bozzetto ließ sich von Luca ein Glas Wasser geben, bevor er weiterredete. «Etwa ein Jahr nach unserem Wegzug von Triest hatte Maria einen Unfall, nichts Schlimmes, ein gebrochener Arm, sie war vom Dach des Gartenhauses gefallen. Mein Vater kam sofort und besuchte sie im Spital. Mein Onkel lud ihn ein, im Haus zu wohnen, doch weil meine Mutter das nicht wollte, nahm er sich ein Zimmer in einer Pension. Zwei Wochen lag Maria im Krankenhaus, dann durfte sie nach Hause. Mein Onkel hatte meinem Vater inzwischen eine Arbeit bei der Firma, die Karten herstellte, beschafft. Mein Vater verkaufte das Haus und den Laden in Triest und fand eine Wohnung in Mirano. Es dauerte fast ein halbes Jahr, bis er und meine Mutter wieder ein Paar waren. Daß er dabei seine Stelle verlor, war ihm egal.

Um meine Mutter wieder für sich zu gewinnen, hatte er sich nämlich etwas völlig Verrücktes ausgedacht: Er ging zu einer Zeitung und brachte einen Setzer dazu, gegen Bezahlung einen Handabzug einer Meldung zu machen, die mein Vater ihm diktierte. Die Zeitungsseite, die aussieht wie aus einer regulären Ausgabe, liegt gefaltet in unserem Familienalbum, und den Wortlaut der Meldung kann ich auswendig.»

Bozzetto schloß die Augen, während er den Text zitierte: «Im Leben von Sebastiano Bozzetto wird seit achtzehn Monaten seine Frau Carla Elisa vermißt. Sie ist zweiunddreißig Jahre alt und wunderschön. Auch die beiden Kinder Francesco und Maria werden vermißt. Sebastiano Bozzetto wird, wie er es bereits einmal getan hat, zu einer großen Reise aufbrechen, um die drei wichtigsten Menschen in seinem Leben wiederzufinden.»

Bozzetto öffnete die Augen wieder und lächelte. «Mein Vater schickte diese Zeitungsseite meiner Mutter und machte sich dann auf den Weg: zu Fuß, mit wenig Geld und einer Landkarte meines Onkels in der Tasche. Fünf Wochen, so lange wie damals seine Reise nach Brasilien gedauert hatte, wanderte er kreuz und quer durch Italien, blieb keinen Tag am gleichen Ort und schlief auf Feldern und in Scheunen. In jedem größeren Ort machte er mit dem Selbstauslöser eine Aufnahme von sich und schickte sie meiner Mutter, zweiundzwanzig waren es zuletzt. Knochenmager, zerlumpt und sonnenverbrannt kam er zurück, sah aus wie der letzte Soldat, der aus der Kriegsgefangenschaft entlassen wurde. Meine Mutter weinte, als sie ihn sah, und aus Mitleid und Sorge wurde noch einmal Liebe. Sie hält heute noch, denke ich.»

Es war Beltrametti, der die Stille durchbrach. «Sie sagten zu Beginn, die Geschichte sei unschön. Ich bin da gar nicht Ihrer Meinung.»

«Für Maria und mich war die Zeit der Trennung zwischen meinen Eltern schlimm. Wir begriffen nichts, und wir konnten nichts tun. Ich las die Bücher wahrscheinlich nur, um meinen Kopf zu füllen und keinen Platz zu lassen für die Gedanken an meinen Vater.»

«Blieb Ihre Familie dann bei Ihrem Onkel wohnen?» wollte Beltrametti wissen.

«Nein. Mein Vater hatte, wie gesagt, durch diese fünfwöchige Abwesenheit seine Stelle verloren. Wir zogen nach Verona, mein Eltern leben heute noch dort.»

«Und die Zoohandlung? Wie kamen Sie dazu?» Beltrametti bemühte sich, die Frage nicht wie einen Vorwurf klingen zu lassen.

«Das war vor, warten Sie … vor elf Jahren. Ich arbeitete damals bei einer Provinzzeitung, fühlte mich dort aber schon lange nicht mehr wohl und erwähnte das einmal meiner Schwester gegenüber. Maria war eine Zeitlang als Lehrerin tätig gewesen, hatte jedoch einsehen müssen, daß sie weder den Kindern noch einigen intriganten Kollegen gewachsen war. Eine Freundin von ihr hatte eine Kleintierhandlung geerbt, und so ergab es sich, daß wir zwei in Seregno landeten.»

«Woher hast du die ganzen Details in der Geschichte deines Vaters?» fragte Luca. «Hat er sie dir erzählt?»

«Nein, nie», antwortete Bozzetto. «Das Thema war bei uns tabu. Erst vor ein paar Jahren erwähnte er einmal Aufzeichnungen, die er während der Rückreise nach Europa gemacht und nicht weggeworfen hatte, und auf mein Drängen hin zeigte er sie mir. Ich las sie, und später beantwortete er meine Fragen, froh, daß ich ihm die Sache nicht mehr übelnahm.»

«Ein guter Stoff für ein Buch«, meinte Beltrametti. «Die ersten Seiten sind sehr vielversprechend.»

«Ich hoffe, ich kann etwas daraus machen.» Bozzetto nickte, den Blick ins Leere gerichtet.

«Hoff lieber, daß du überhaupt noch dazu kommst, das Ding zu schreiben!» Lardelli drehte sich zur Seite. Das Taschentuch, das nur noch lose um seine Hand gewickelt war, leuchtete im Halbdunkel wie eine weiße Fahne.

6

Carl packte sämtliche Wertsachen, die er im Haus und in den Bungalows zusammengesucht hatte, in eine Reisetasche, füllte eine zweite mit Lebensmitteln und Getränken und ging dann ins Bad, um sich vor dem Spiegel zurechtzumachen. Er sah erholt genug aus, fand er. Seine Wangen waren von der Rasur noch leicht gerötet, die feuchten Haare lagen straff zurückgekämmt am Schädel, und als er Lardellis Pilotenbrille aufsetzte, war er überzeugt, daß er unter den bunten Hunden im Rudel der Glücksspieler von Las Vegas nicht auffallen würde. Das schwarze Seidenhemd aus Beltramettis Schrank war ein paar Nummern zu groß; indem er eine Krawatte umband und die Ärmel zurückkrempelte, konnte er diesen Makel etwas kaschieren. Bei den teuren italienischen Lederschuhen half weder das Ausstopfen mit Papier noch das Tragen von zwei Paar Socken, und so mußte er sie, wie die meisten Hosen und alle Hüte, schweren Herzens zurücklassen.

Es war kurz vor ein Uhr morgens, als er die beiden Taschen unter einen Sessel schob und sich vor den Fernseher setzte, dessen Ton er abgedreht hatte, um kein Geräusch im Haus zu überhören. Wie Aquarienfische machten die Schauspieler das Maul auf, und Carl übte sich im Lippenlesen.

Als er ein Kind war, hatten sie zu Hause einen Fernsehapparat aus dritter Hand gehabt, der nur ein flimmerndes Bild ohne Ton lieferte, so daß die ganze Familie im Lauf der Zeit außerordentlich geübt darin wurde, den Leuten die Sätze von den Lippen abzulesen. Irgendwann brachte der Vater ein funktionierendes Gerät heim, aber noch Jahre danach kam es vor, daß seine Eltern im Wohnzimmer vor dem stummen Kasten saßen und voller Konzentration auf die Mundbewegungen der Schauspieler starrten.

Carl erinnerte sich nicht ungern an seine Kindheit, die trotz des ewigen Geldmangels der Familie recht unbeschwert gewesen war. Sie lebten damals in Ketchum, Idaho, dem Ort, wo Ernest Hemingway sich 1961 mit einer Schrotflinte erschossen hatte. Carls Vater arbeitete als Koch in einem Imbißlokal, die Mutter züchtete in einem Holzschuppen Kaninchen. Alle paar Monate kam ein Mann in einem Lieferwagen, suchte sich die besten

Tiere aus, zerschlug ihnen mit einem Knüppel das Genick und stapelte sie in einem blutigen Wäschekorb.

Carl und seine Schwester fürchteten sich vor diesem Mann, dem kein Wort zuviel über die Lippen kam und der sein grausiges Handwerk erledigte, als handle es sich um eine so alltägliche Verrichtung wie das Abbürsten einer staubigen Jacke. Wenn Carl unfolgsam gewesen war, hatte sein Vater manchmal damit gedroht, Mister Stradford kommen zu lassen, und noch heute durchlief Carl ein Frösteln, wenn er diesen Namen irgendwo hörte oder las.

Auf die schiefe Bahn geriet Carl relativ spät. Er war fünfunddreißig und wohnte in Topeka, Kansas, als er zum ersten Mal mit dem Gesetz in Konflikt geriet. Schuld daran war der Besitzer eines Lokals, in welchem Carl und ein paar Freunde den dritten Rang bei einem Bowling-Wettbewerb feierten. Einer von Carls Freunden beschwerte sich, weil er in seiner Pizza einen Zahn gefunden hatte, doch der Wirt behauptete, die Freunde wollten ihn beleidigen und hätten den Zahn selber unter den Käse und die Tomaten gelegt. Auf einen hitzigen verbalen Schlagabtausch folgte eine handfeste Prügelei, in deren Verlauf noch ein paar weitere Zähne verloren gingen. Der Besitzer des Lokals, ein schwitzender, unrasierter Kerl, der einen Türrahmen so ausfüllte, daß kein Licht mehr durchpaßte, erhielt Unterstützung von seiner Küchenmannschaft, und es dauerte keine fünf Minuten, bis Carl und seine Bowling-Truppe mit blutigen Köpfen auf dem Bürgersteig landeten.

Während seine Freunde nach Hause gingen, um sich von den Frauen oder Freundinnen Eispackungen auflegen zu lassen, blieb Carl mit geplatzten Lippen und zwei gebrochenen Fingern in der Nähe des Lokals und wartete, bis dort die Lichter ausgingen. Um drei Uhr morgens schlich er zum Lieferanteneingang, steckte einen Abfalleimer in Brand und warf ihn durch eines der Fenster. Altes Friteusenöl nährte das Feuer vortrefflich, und aufgeputscht durch die lodernden Flammen schmiß Carl alles, was greifbar war und brannte, in den Laden.

Blind vom beißenden Rauch und vor Zerstörungswut sah er das Polizeifahrzeug erst, nachdem die beiden Beamten ihn von dem eingeschlagenen Fenster weggezerrt und über die Kühlerhaube des Wagens geworfen hatten. Den Rest der Nacht verbrachte Carl mit ein paar Dieben, Pennern und Dealern in einer Zelle des Polizeireviers, hustete den Rauch aus seinen Lungen und wehrte sich gegen die plumpen Vertraulichkeiten der Mitgefangenen.

Am Morgen wurde er dem Haftrichter vorgeführt, einem dürren, alten Kerl, der unausgeschlafen hinter seinem Pult hockte und die Urteile in einem weinerlichen, beleidigten Ton verlas, als wäre jedes der ihm vorgelegten Verbrechen ein Anschlag auf ihn und seine Familie. Carl wurde, obwohl er ohne Vorstrafe war, zu drei Monaten Gefängnis verurteilt. Seine Stelle als Fahrer bei einer Wäscherei verlor er, ebenso die Wohnung in der Nähe des Arrowhead Football-Stadions, wo die Kansas City Chiefs ihre Heimspiele austrugen.

Im Gefängnis durchlebte Carl eine Zeit, die man nicht gerade als Resozialisierung hätte bezeichnen können; er strampelte zwölf lange Wochen, um in dem Abschaum nicht völlig unterzugehen, er wurde Landesmeister im Spießrutenlaufen, übte sich in Unterwürfigkeit und betrachtete jeden als Feind. Seine Zähne wurden schlecht, er schlief kaum noch, und er fing an zu rauchen, obwohl er die meisten Zigaretten brauchte, um für seine Unversehrtheit zu bezahlen. Dennoch wurde er einige Male verprügelt, einfach so, aus Prinzip – weil er die ersten paar Nächte durchgeheult hatte, weil er zu Beginn seiner Haft nach den Aufsehern gerufen hatte, wenn er sich bedroht fühlte, weil er Briefe an den Direktor schrieb, und weil er ein kleiner Spaghettifresser war, mit dem es jeder im Block aufnehmen konnte. Nach zwei Wochen hatte er aufgehört, sich zu waschen, bemühte sich, so übel wie möglich zu riechen und schaffte es immerhin, seinen Arsch jungfräulich über die Runden zu bringen.

Als er entlassen wurde, zog Carl nach Springfield, Illinois. Seinen Eltern, die nichts von seiner Gefängnisstrafe wußten, schrieb er in einem Brief, er hätte einen großartigen Job gefunden, fahre einen Millionär zwischen Villa und Konzern hin und her, wohne auf dem riesigen Anwesen in einem eigenen Haus und dürfe immer mittwochs den Tennisplatz benutzen. Dem Brief legte er eine Photographie bei, die das schloßähnliche, hinter mächtigen Bäumen verborgene Haus des angeblichen Arbeitgebers zeigten.

In Wahrheit war es eines der Objekte, die Carl für seine Einbrüche observierte. Stanley Pecker, ein ehemaliger Mitgefangener, hatte Carl erzählt, wie einfach es sei, in große Villen einzusteigen und wie üppig die Beute in solchen Häusern ausfalle. Die überall sichtbar angebrachten Kameras seien fast immer Attrappen, die Besitzer ständig auf irgendwelchen Partys und die Hunde mit ein paar billigen Würsten abzulenken. Carl erwischte gleich bei seinem ersten Versuch ein Haus, dessen Alarmanlage so echt war wie das Gebiß des Dobermanns, und als ihn in der darauffolgenden Nacht ein bewaffneter Hausbesitzer über den fußballfeldgroßen Rasen jagte, beschloß er noch während des Erklimmens der Holzpalisade, sich künftig auf das weniger körperbetonte Gebiet des Betrugs zu verlegen.

Die nächsten paar Monate ging er zwischen St. Louis und Memphis als Regierungsbeamter von Tür zu Tür und verkaufte den Leuten für fünf Dollar pro Stück

Jodtabletten, die bei Strahlenalarm gemäß einer mitgelieferten Anweisung einzunehmen seien. Seine besten Kunden waren die Alten, die, vom Fernsehen verblödet, jeden Unsinn glaubten und gleich noch ein Set für die Enkelkinder haben wollten. Carl kaufte die Tabletten, gewöhnliches Aspirin, im Supermarkt zu Billigstpreisen, was eine großzügige Rendite garantierte. Eines Tages entkam er nur ganz knapp einer Polizeistreife, holte seinen Koffer aus dem Motel und verließ mit dem nächsten Greyhound-Bus die Stadt.

Durch fünf Bundesstaaten fuhr er bis Salt Lake City, wo er die Masche mit dem Regierungsbeamten wiederholte, diesmal jedoch statt der Jodtabletten Bunkerplätze in der Wüste verkaufte. Weil nicht alle, an deren Tür er klopfte, so leichtgläubig wie die Alten im Süden waren, mußte Carl schon bald wieder den Bus besteigen und weiterziehen.

Mit dem ergaunerten Geld quartierte er sich im SANDS in Las Vegas ein, spielte Black Jack und Poker und verlor und gewann gerade soviel, daß er nach zwei Wochen nur um etwa dreihundert Dollar ärmer war. Er lernte eine Frau kennen, die im EXCALIBUR als Zimmermädchen arbeitete und eigentlich Sängerin werden wollte. Sie hieß Dorothy Boswell, verriet Carl aber, daß sie sich Loretta Wellington nennen wollte, wenn sie die Chance bekäme, in einem der Clubs aufzutreten.

Carl verliebte sich in sie und hörte auf, in den Casinos sein Geld zu verspielen. Er zog in ein billigeres Hotel, kaufte sich ein paar neue Hosen und Hemden und für Dorothy einen Plattenspieler. Obwohl sie nicht zusammen wohnten und noch nicht einmal miteinander geschlafen hatten, betrachtete Carl sich und Dorothy Boswell als Paar. Daß Dorothy bei gemeinsamen Spaziergängen durch die Stadt vor den Schaufenstern der Juweliere stehenblieb und die ausgestellten Ringe betrachtete, bestätigte ihn in dieser Meinung.

Wenn Dorothy arbeitete, trieb er sich in den Hallen der großen Hotels herum und klaute unbeaufsichtigte Koffer und Taschen, die er in einer ruhigen Ecke nach Wertsachen durchwühlte und dann stehenließ. Das Zeug versetzte er im Pfandleihhaus und erzählte Dorothy, er hätte das Geld gewonnen. Sie nannte ihn Danny, weil sie fand, er sähe aus wie der Schauspieler Danny De Vito, und er nannte sie jetzt schon Loretta, obwohl ihr beim Vorsingen in den Bars immer wieder recht barsche Abfuhren erteilt wurden. Das Geld, das sie im EXCALIBUR verdiente, sparte Dorothy für eine kosmetische Operation bei einem Spezialisten in Los Angeles; ihre Kniescheiben waren zwei runde Knollen und nach Dorothys Meinung dafür verantwortlich, daß sie keinen Job als Sängerin bekam. Sie kritzelte eine Zeichnung auf ein Blatt Papier, um Carl zu zeigen, wie der Chirurg die Knochen abhobeln würde, und Carl lächelte, als betrachte er die Skizze eines gemeinsamen Häuschens.

Ein Hoteldetektiv ließ Carls Träume platzen wie einen ungedeckten Scheck. Er erwischte den Kofferdieb auf frischer Tat und übergab ihn der Polizei. Carl wurde festgenommen, sein Hotelzimmer durchsucht und ein paar Kameras und Uhren sowie Bargeld im Wert von fast dreitausend Dollar sichergestellt. Ein Jahr Gefängnis lautete das Urteil, neun Monate mußte Carl absitzen. Er hatte während der ganzen Zeit Briefe an Dorothy geschrieben, hatte ihr beteuert, alles nur für sie getan zu haben, für die Operation, für ihre Karriere, für ein Häuschen. Eine Antwort von ihr war nie gekommen; die einzigen Dinge, die er von ihr noch besaß, waren ein viel zu helles Paßphoto, ein Bild von Danny De Vito, das sie für ihn aus einer Illustrierten gerissen hatte, und die zerknitterte Skizze mit ihren Kniescheiben.

Eine Zeitlang arbeitete Carl dann in Elko, Nevada. Die Firma, die ihm der Bewährungshelfer vermittelt hatte, stellte allerlei Scherzartikel her, und Carl war den ganzen Tag damit beschäftigt, Plastikfladen, die wie Erbrochenes aussahen, Hundekot aus Gips und abgehackte Gummihände in Kartons zu packen.

Ed Munroe, ebenfalls ein ehemaliger Sträfling, überredete Carl dazu, die Bewährung sausen zu lassen und nach Mexico zu gehen, wo man in der Sonne liegen und nebenbei die reichen Touristen ausnehmen könne. Ed war schwarz, einsneunzig groß, hatte sich wilde Muster in sein Haar schneiden lassen und trug an jedem Ohr fünf Ringe; jeder Sehbehinderte mit Gedächtnisschwund hätte eine perfekte Personenbeschreibung von ihm machen können. Carl zögerte, wollte ein paar Tage Bedenkzeit und willigte schließlich unter der Bedingung ein, daß sie blieben, bis ihnen der Wochenlohn ausbezahlt würde.

Am Tag vor ihrer Abreise kam Ed mit einem Schuhkarton voller echter Hundescheiße ins Lager. Er packte die stinkenden Haufen in die gleichen Plastiktaschen, in die auch die Attrappen kamen, und füllte eine versandfertige Kiste damit.

Ein paar Stunden nach Feierabend trafen sie sich in einer Imbißbude, studierten Straßenkarten, zählten ihr Geld und ließen sich Essen und Getränke einpacken. Vor dem Lokal stand ein grüner Datsun mit schwarzem Dach und schwarzer Kühlerhaube, den Ed von seinem Cousin gekauft hatte. Auf der Interstate 80 fuhren sie in Richtung Bunkerville, und während Ed die Stereoanlage mit Kassetten fütterte, fragte sich Carl, warum er ausgerechnet einen Schwarzen treffen mußte, der nicht Wilson Pickett oder B. B. King, sondern Dean Martin und Petula Clark liebte.

Sehr lange mußte Carl sich die Musik nicht anhören. In der Nähe von Wendover bemerkte Ed ein Polizeimotorrad im Rückspiegel, sagte: «Oh, oh» und trat das Gaspedal durch. Er war ein miserabler Fahrer, und als die Kurve einer Ausfahrt immer enger wurde, verlor er die Beherrschung über den Wagen und ließ das Steuer mit einem Ausruf los, der Carl als «Hoppla» in Erinnerung blieb. Der Datsun streifte den Metallpfosten eines Hinweisschildes, sprang über einen mit dürrem Gras bewachsenen Hügel, kippte zur Seite und drehte sich schließlich so, daß er auf dem Dach zu liegen kam.

Carl, der angeschnallt war, wand sich ächzend aus den Gurten und kletterte durch das geborstene Fenster ins Freie, blieb zwischen Gestrüpp im Sand liegen und hielt sich den Kopf. Seine Haare waren naß und klebrig, und erst nach einer Weile stellte er erleichtert fest, daß es sich bei der Flüssigkeit, die über seinen Schädel rann, um Cola handelte. Der Polizist hatte seine Maschine an den Straßenrand gestellt und kam jetzt vorsichtig auf die Unfallstelle zu, die Pistole in der einen, eine Stablampe in der anderen Hand.

Als der Lichtstrahl über das Autowrack glitt, kroch Ed Munroe daraus hervor, lehnte sich stöhnend gegen den in den Nachthimmel ragenden Reifen und tastete nach seinem linken Ohr. Carl, der noch immer zwischen den Sträuchern lag, hörte, wie Ed wimmerte und vom Polizisten aufgefordert wurde, die Hände über den Kopf zu nehmen und sich hinzuknien. Ed jammerte weiter und beugte sich vorneüber, um nach den abgerissenen Ohrringen zu suchen. Der Beamte wiederholte die Aufforderung und stolperte, als Ed nicht reagierte, rückwärts zu seinem Motorrad, um per Funk Meldung zu machen. Während er in das Mikrophon redete, hielt er den Strahl der Taschenlampe auf Ed gerichtet, der inzwischen auf den Knien herumrutschte und den Sand mit den Fingern siebte. Noch während der Polizist mit seiner Dienststelle sprach, erhob sich Ed und lief erst torkelnd, dann mit zunehmend festeren Schritten in die Wüste hinein. Dabei hielt er die Hand gegen das Ohr gepreßt und stieß die immer gleiche Folge von Wehklagen aus. Der Polizist steckte das Mikro in die Halterung des Funkgerätes, zog die Waffe und rannte dem Flüchtenden hinterher.

Nachdem die beiden weit genug weg waren, kroch Carl auf allen vieren zum Auto, fischte seine Reisetasche vom Rücksitz und lief damit zur Straße. Weil er nicht wußte, wie man ein Motorrad fährt, tränkte er sein Taschentuch mit Benzin, legte es um den Hinterreifen der Polizeimaschine und zündete es an. Als das Gummi brannte, überquerte Carl die Fahrbahn und rannte auf die Lichter einer Häusergruppe zu, die drei oder vier Meilen entfernt lag. Aus sicherer Entfernung beobachtete er nach einer Weile, wie zwei Polizeifahrzeuge bei dem brennenden Motorrad hielten und wie die Beamten mit Feuerlöschern die Flammen erstickten.

Mehr als eine Stunde brauchte Carl, um die Häuser zu erreichen. Bevor er näher heranging, sah er sich die acht Gebäude von weitem an; das am hellsten beleuchtete war eine Bar, gleich daneben lagen eine Tankstelle und ein kleiner Laden. Ein halbes Dutzend Wagen stand auf dem Parkplatz vor der Bar, zwei davon Trucks. Carl suchte einen Wasserhahn, wusch sich den Kopf, nahm ein frisches Hemd aus der Tasche und zog es an. Er wartete, bis auf dem Parkplatz alles ruhig war, schlich sich dann zu dem Truck, der auf seinem Anhänger Gebrauchtwagen geladen hatte, fand einen unverschlossenen Chevrolet und legte sich auf dessen Rückbank.

Der Truck fuhr nach Albuquerque in New Mexico. Zwei Monate blieb Carl in der Stadt, mietete sich in einem heruntergekommenen Motel ein und testete verschiedene Varianten des simplen «Klingeln-und kassieren», wie er es nannte, auf ihre Tauglichkeit. Die lukrativste Masche war die «Gesellschaft gegen Verbrechen,

Drogen, Pornographie und Steuererhöhung», welche er auf der Toilette gründete, nachdem er Zeitungen durchgeblättert hatte. In einer kleinen Druckerei außerhalb der Stadt ließ er kleine Faltbroschüren, Spenderlisten und einfache Dankesurkunden anfertigen, mit denen er die Quartiere der Reichen aufsuchte, um an das Verantwortungsbewußtsein der Elite zu appellieren.

Die Geschäfte gingen hervorragend, denn keiner dieser um ihren Wohlstand besorgten Snobs wollte zurückstehen, wenn es hieß, die Risse in den Grundfesten der Gemeinschaft zu kitten. Um die Geberlaune etwas anzustacheln, setzte Carl immer schon vor seinem ersten Kunden ein paar Namen und Summen auf die Liste und erreichte so, daß die Nachbarn sich gegenseitig überboten.

Nachdem er Albuquerque abgegrast hatte, zog er Richtung Süden, sah sich Gallup an und landete schließlich in Lordsburg, wo er an einem Bartresen die «Vereinigung gegen die Ausbreitung des Islam» ins Leben rief und ein paar Dollar damit machte. Stover's, die Bar, in die es Carl gleich nach seiner Ankunft verschlagen hatte, vermietete auch Zimmer, und Carl bezog eine winzige Kammer unter dem Dach, von deren Fenster aus er auf verlotterte Lagerhallen und ein staubiges Baseballfeld sehen konnte. Kinder spielten dort, und am Wochenende kamen Männer mit Bierbäuchen, um ein paar Bälle zu schlagen.

Marvin Stover, der Besitzer der Bar, organisierte jeden Freitagabend Kämpfe zwischen Frettchen und Klapperschlangen, bei denen man Wetten abschließen konnte. Das Ganze fand in einer Art Scheune statt, es wurden drei Dollar Eintritt genommen, und ein kaltes Bier kostete noch einmal soviel. Carl mochte solche Veranstaltungen nicht besonders, ging aber dennoch einmal hin und gewann sogar einen kleinen Betrag. Lärm wie auf dem Rummelplatz herrschte in dem

Holzschuppen, ein Kerl spielte Akkordeon, und die Männer brüllten und johlten, wenn die Tiere in die von Glaswänden eingefaßte Arena gelassen wurden.

An einem solchen Freitag wurde Carl in der Nähe von Stovers Kneipe niedergeschlagen und ausgeraubt. Als er mit einer Rißwunde am Kopf neben einem Abfallhaufen zu sich kam, war sein gesamtes Geld, fast zweieinhalbtausend Dollar, weg. Er hatte vierundzwanzig Scheine in einer Ledertasche, die unter der Hose an die linke Wade gebunden war, ständig mit sich herumgetragen, und jetzt blieb ihm nur noch eine Handvoll Kleingeld, das nicht einmal reichte, um eine Packung Zigaretten aus dem Automaten zu ziehen.

In seinem Zimmer wusch er die Wunde mit kaltem Wasser aus, legte ein gefaltetes Taschentuch darauf und setzte sich ans Fenster. Sein Kopf tat weh, und der Vollmond über den Lagerschuppen leuchtete wie eine Neonwerbung für Schmerztabletten. Ein Hund trottete über das Baseballfeld und verschwand hinter einem Lattenzaun. Nach einer Weile erhob sich Carl, packte seine Reisetasche und warf sie aus dem Fenster in den leeren Hof. Dann verließ er das Zimmer, ging die Treppe hinunter und durch die Bar, wo wegen der Kämpfe in der Scheune kaum jemand saß, trat auf die Straße, holte die Tasche und schlug wahllos eine Richtung ein.

Er fühlte sich elend, die Platzwunde pochte an seinem Hinterkopf, und alle paar Meter mußte er stehenbleiben und tief durchatmen, um nicht loszuweinen vor Wut und Verzweiflung. Die wenigen Leute, die ihm begegneten, machten einen Bogen um ihn, und als ihm eine Frau entgegenkam, hätte er sich beinahe vor ihr auf den Boden geworfen und ihr sein Leid geklagt. Er tat es natürlich nicht, aber die nächsten Minuten stellte er sich vor, wie es gewesen wäre, wenn die Frau ihn mit zu sich nach Hause genommen, ihm etwas Warmes zu Essen gekocht und sich seine Geschichte angehört hätte. Sie hätte seine Verletzung behandelt, ihn in ihr Bett genommen und getröstet bis zum Morgen.

Je mehr Carl sich seinen Phantasien hingab, desto erbärmlicher und verlassener fühlte er sich. In einer Garage, deren Kipptor offenstand, fand er eine Wolldecke und eine halbvolle Flasche Whisky. Als er an einer Schule vorbeikam, ging er zu den Sportanlagen, legte sich auf die Hochsprungmatte und breitete die Decke, die streng nach Hund roch und voller Haare war, über sich aus. Der Inhalt der Whiskyflasche entpuppte sich bei einer Riechprobe als Benzin, und Carl fiel schluchzend in unruhigen, von schlechten Träumen durchsetzten Schlaf.

Schmutziggelb dämmerte der Morgen, ein schrottreifes Auto zog seinen Lärm hinter sich her wie aufgefädelte Konservendosen, und irgendwo überschlug sich das Bellen eines Hundes. Carl glitt von der Schaumgummimatte, schüttete das Benzin über die Wolldecke und zündete sie an. Als nach einer Weile schwarzer, übelriechender Qualm träge Wolken bildete, ging Carl davon.

In einer Ladenstraße warf er mit einem Pflanzenkübel die Schaufensterscheibe eines Elektrofachgeschäftes ein und griff sich wahllos einen der tragbaren Fernseher. Sein Kopf, der noch immer schmerzte, drohte zu zerspringen, als die Alarmanlage losjaulte. Carl begann zu rennen, Leute tauchten an den Fenstern auf, jemand rief etwas. Das Gewicht des Fernsehapparates und das der Reisetasche brannten in den Armen, die Welt um Carl flimmerte, die Wunde am Kopf schmerzte, als hacke eine Krähe darin herum.

Auf dem Parkplatz eines Supermarktes setzte sich Carl neben einen Abfallcontainer und schöpfte Atem. Nach ein paar Minuten war er sicher, daß er nicht verfolgt wurde, stand auf und ging weiter. Lastwagen hielten an einer Rampe auf der Rückseite des Supermarktes, Türgitter wurden scheppernd hochgezogen, Arbeiter in gelben Overalls kamen aus dem Gebäude, und Gabelstapler luden Kisten auf, um sie in die Lagerräume zu bringen.

Stunden später, die schnurgerade Straße, die den Ort teilte, hatte sich inzwischen mit Autos gefüllt, stand Carl auf einem kahlen, unbebauten Hügel und blickte um sich. Hinter ihm lag die Stadt, vor sich sah er vereinzelte Farmhäuser und Scheunen, eingezäunte Weiden, Schuppen aus Wellblech und riesige weißgestrichene Futtersilos. Weit weg glitzerten Schienenstränge, und Carl beschloß, dorthin zu gehen und zu versuchen, auf einen langsam rollenden Güterzug aufzuspringen.

Da, wo der Schotter in zähes, farbloses Gras überging, streckte Carl sich aus und wartete auf das Geräusch eines nahenden Zuges, blinzelte ab und zu in den Himmel, um Dieselwolken auszumachen, und preßte gelegentlich das Ohr an das warme Metall der Schiene, das von den Rädern der Lokomotive und der Waggons vibrieren und, so mutmaßte Carl, singen würde.

Als endlich ein Zug heranrollte, rappelte Carl sich hoch, nahm Tasche und Fernseher in die Hände und wartete, hinter kümmerliche Büsche geduckt, bis die Lokomotive, ein schmutziger, Hitze, Lärm und Gestank ausstoßender Koloß, ihn passiert hatte, und rannte dann los.

Das Polizeifahrzeug sah er erst, als ihm die Tasche aus den Fingern glitt und er stehenbleiben mußte, um sie aufzuheben. Der Sheriff, ein rotgesichtiger Mann, der fingerlose Lederhandschuhe, eine Brille mit hochklappbaren Sonnengläsern und an den Füßen Sandalen aus braunem Plastik trug, zeigte mit dem Finger auf Carl und bewegte den Mund. «Jetzt haben wir den Bastard», las Carl von den Lippen ab und ließ die Tasche auf dem Schotter liegen. Er wechselte den Fernseher in die linke Hand, langte nach einem der neben den offenen Schiebetüren angebrachten Haltegriffe und wurde mit einem schmerzhaften Ruck von den Füßen gehoben und mitgerissen.

Halb rennend halb flatternd warf er das Fernsehgerät in den leeren Waggon und versuchte, sich mit der freigewordenen Hand ebenfalls an die Metallstange zu klammern und die Beine auf ein schmales, einen halben Meter über dem Boden angebrachtes Trittbrett zu schwingen. Aber seinen Armen fehlte die Kraft, und die Beine vermochten mit dem Tempo des Zuges nicht mehr mitzuhalten, so daß die Füße über die Schwellen und die Schottersteine schleiften und Carl das Gefühl hatte, sein rechter Arm, an dem der ganze Körper hing, zerreiße im nächsten Augenblick wie ein überdehntes Seil. Als seine Hand losließ, spürte er noch den Aufprall seines Körpers und wie er die Böschung des Bahndamms herunterrollte, dann verlor er das Bewußtsein.

Carl wachte auf und zuckte zusammen, als ein Indianer auf einem Pferd über ihn hinwegsprang. Eine ganze Horde berittener Rothäute stob in seine Richtung, und Carl stemmte sich aus dem Sessel, den er nahe an den Großbildschirm gerückt hatte, drückte die Aus-Taste und holte eine Dose Cola aus dem Kühlschrank. Eine Weile stand er in der dunklen Lobby, trank und horchte auf Geräusche von oben. Als alles ruhig blieb, zog er die beiden Taschen unter dem Sessel hervor, ging zu einem der Fenster, öffnete es und schob die nur scheinbar angenagelten Bretter auseinander. «Bleib hier, bis du schwarz bist, du Arschloch, wie auch immer du heißen magst», murmelte er, zwängte sich durch den Spalt und zog das Fenster von außen zu.

Oben an der Straße blieb er stehen, um einen letzten Blick auf das Motel zu werfen, drehte sich ein paarmal im Kreis und schlug dann die Richtung ein, in der er

Las Vegas vermutete. Vielleicht würde er Dorothy wiedersehen, dachte er. Es konnte doch sein, daß sie seine Briefe gar nicht erhalten und deshalb nicht geantwortet hatte. Möglicherweise trat sie inzwischen als Sängerin in einem der Hotels auf, und er würde nicht nach einer Dorothy Boswell, sondern nach einer Loretta Wellington suchen müssen. Carl lächelte und kickte einen Stein über den Asphalt. Er hob den Kopf; der Mond war fast rund. Eine Kniescheibe, dachte Carl, und maßlose Traurigkeit befiel ihn.

7

Bozzetto kam aus dem Badezimmer, wo er sich mehr aus Langeweile als aus Notwendigkeit gewaschen und die Zähne geputzt hatte. Er setzte sich auf seine Matratze und schlang die Arme um die angewinkelten Beine. Lardelli lag noch immer auf der Seite, die mit dem Taschentuch umwickelte Hand weit von sich gestreckt.

«Sagen Sie, Signore Beltrametti, warum sind hier eigentlich nie Frauen? Ich meine, weshalb laden Sie nie Schriftstellerinnen hierher ein?» Luca saß auf dem Sofa und reinigte mit einem Streichholz seine Fingernägel. Eine kleine Tischlampe brannte neben ihm, deren Glühbirne so schwach war, daß ihr Licht kaum den runden Stoffschirm durchdrang.

Beltrametti hob den Kopf und sah etwas verwirrt drein, so daß Luca dachte, der Alte sei geistig wieder weggetreten. «Wir hatten eine Autorin hier», antwortete Beltrametti dann aber und rollte näher an Luca heran. «Ganz am Anfang. Loredana Pasetti. Ich weiß nicht, ob du sie kennst.»

«Kiesel im Fluß«, meldete sich Bozzetto, als Luca ver-

neinte. «Sie lebt in Turin.» Er nickte, sah auf seine Knie. «Ich mag ihre Gedichte sehr.»

«Sie war hier, mit drei Kollegen», fuhr Beltrametti fort. «Ist nicht wichtig, wie die hießen. Nennen wir den jüngsten Romeo, den mittleren Casanova und den ältesten Don Juan.» Er lächelte und faltete die Hände im Schoß. «Ich hätte es niemals für möglich gehalten, daß erwachsene Männer, denen man aufgrund ihres Berufes eine gewisse Intelligenz zugesteht, sich dermaßen albern und unreif benehmen können. Don Juan zum Beispiel, ein Romancier von über sechzig Jahren, ertrank beinahe im Swimmingpool, weil er Signora Pasetti beweisen wollte, daß er länger unter Wasser bleiben könne als Romeo. Gearbeitet hat von den dreien kaum noch einer, und Signora Pasetti flüchtete sich oft schon frühmorgens mit dem Wagen irgendwohin, um in Ruhe schreiben zu können.»

«War sie denn so schön?» wollte Luca wissen. Er kam sich vor wie ein Kind, das durch Zwischenfragen eine Geschichte ins Endlose auszudehnen versucht. An Schlaf war nicht zu denken, und wenn niemand redete, war es in den Wänden still wie in einem Traum, der böse ausgeht. Auf die Frage nach den Frauen war er gekommen, weil er an Piper Zabriskie gedacht und sich überlegt hatte, wie er sich wohl verhalten hätte, wenn sie hier gewesen wäre, ob er ernsthafter versucht hätte, aus dieser scheußlichen Lage herauszukommen, ob er sogar den Helden für sie gespielt hätte.

«O ja, sie war durchaus attraktiv», antwortete Beltrametti und schwieg für einen Moment, um sich das Gesicht der Frau in Erinnerung zu rufen. «Sie muß damals so um die Vierzig gewesen sein. Sie war wirklich bezaubernd, aber das Verhalten der Männer war dennoch unentschuldbar. Jeder wollte mit ihr ausgehen. Sie ließen sich durch Absagen nicht entmutigen, schrieben Gedichte und schoben sie unter ihrer Tür durch. Sie stritten sich, wer beim Essen neben ihr sitzen durfte, sie trieben sich nachts in der Nähe ihres Bungalows herum, sie ertränkten ihren Liebeskummer in Whisky und heulten dann irgendwo da draußen wie Koyoten, die gegen einen Kaktus gerannt sind.» Beltrametti seufzte und schüttelte den Kopf. «Romeo prügelte sich mit Casanova, weil er glaubte gesehen zu haben, wie der seine Angebetete unzüchtig berührt und sich von ihr eine Ohrfeige eingehandelt hatte. Don Juan und Casanova sprachen kein Wort mehr miteinander, seit der eine dem anderen die für Loredana bestimmten Blumen gestohlen und im Sand vergraben hatte. Romeo und Don Juan wechselten sowieso nie ein Wort, weil der Jüngere den Älteren einen impotenten Bock genannt hatte. Nach sechs unerträglichen Wochen reiste Signora Pasetti ab. Mir war es natürlich sehr peinlich, doch ich verstand ihren Entschluß und gab ihr Geld, damit sie nach Big Sur oder einen anderen Ort an der Westküste fahren und dort eine Weile arbeiten konnte. Sie hatte einen Bildband über die Gegend gesehen und davon geschwärmt.»

«Und die drei Idioten?» fragte Luca.

Beltrametti lachte. «Romeo, der junge Hitzkopf, wollte ihr unbedingt folgen, und ich sagte ihm, sie sei nach New York geflogen. Es war Herbst, und ich dachte, da oben würde er sich etwas abkühlen. Ich bezahlte ihm den Flug. Was aus ihm wurde, weiß ich nicht. Es interessiert mich auch nicht.» Beltrametti legte die Hände auf die Armlehnen des Rollstuhls und betrachtete seine Fußspitzen. «Casanova reiste eine Woche später zurück nach Italien. Don Juan blieb bis zuletzt, schrieb unkonzentriert an seinem Roman und wollte den Namen Loredana Pasetti nicht mehr hören.»

«Und seither haben Sie keine Frauen mehr eingeladen?» Luca legte das Streichholz weg und streckte die Beine aus. Er warf einen Blick auf sein linkes Handgelenk, wo früher die Armbanduhr gewesen war. Die

Haut an dieser Stelle war etwas heller. Es mochte zwei oder drei Uhr sein, schätzte er.

«Doch», entgegnete Beltrametti. «Das nächste Mal bot ich den Autoren an, ihre Frauen mitzubringen. Aber das ging auch nicht. Statt gelegentlich an ihren Büchern zu arbeiten, machten sie lange Ausflüge, blieben oft mehrere Tage fort und gingen ins Sea World und Disney Land. Das war nicht das, was ich mir vorgestellt hatte, nein, wirklich nicht. Danach war Schluß. Es wurden nur noch Männer eingeladen.»

Lardelli, der die ganze Zeit still dagelegen hatte, richtete sich ruckartig auf, krempelte ein Hosenbein hoch und kratzte sich an der Wade.

«Und nur Frauen?» fragte Luca. «Wie wär's damit gewesen?»

Beltrametti schmunzelte. «Das hätte man mir bestimmt falsch ausgelegt.»

Plötzlich sprang Lardelli von seiner Matratze auf und machte das Deckenlicht an. «Verfluchte Scheiße!» stieß er aus, schüttelte die Beine und rieb sich mit den Handflächen über Brust und Arme.

«Was ist denn?»

Als Lardelli sich das Unterhemd über den Kopf zog, zusammenknüllte und auf den Boden schmiß, erhob sich Luca vom Sofa und ging zu ihm hin. Er mußte sich ein wenig bücken, um die kleinen, rötlichen Ameisen erkennen zu können, die über Lardellis Matratze krabbelten. «Heiliger Strohsack», murmelte er, als er die Kolonne wahrnahm, die sich von einem der Fenster her über den Fußboden zog.

Beltrametti rollte näher. «Eine Spinne?» fragte er, sich mit zusammengekniffenen Augen nach vorne lehnend.

«Ameisen», gab Luca zurück.

Lardelli stand mittlerweile in Unterhosen da. «Die Mistviecher beißen!» rief er. Dabei schlug er sich auf Brust und Bauch.

«Texas Carpenter», sagte Beltrametti, nachdem Luca ihm eine der zerdrückten Ameisen auf ein weißes Blatt Papier gelegt hatte. «In der Küche hatten wir einmal Tausende davon.» Er schnippte das Insekt auf den Boden und faltete das Papier zusammen. «In ihren Völkern gibt es Arbeiter und Soldaten. Sie sind sehr gut organisiert.»

«Ameisen sind hochentwickelte Lebewesen», schaltete Bozzetto sich in das Gespräch ein. «Es gibt Arten, die züchten in Kammern unter der Erde Pilze. Andere halten sich Herden von Blattläusen, die sie melken wie wir Kühe.»

«Meinetwegen können die Viecher einen eigenen Rundfunksender und eine Oper haben, aber die hier beißen, und wir sollten vielleicht was gegen sie unternehmen, bevor sie uns an die Eier gehen!»

«Töten sollten wir sie nicht, finde ich.» Bozzetto kauerte vor Lardellis Matratze und beobachtete das Treiben der Insekten. «Sie können ja nichts dafür, daß ihr Instinkt sie hierher getrieben hat.»

«Ach ja? Und was kann *ich* dafür, daß ich hier bin?» Lardelli schlug die Hose ein paarmal gegen die Wand und zog sie dann wieder an. «Sollen wir vielleicht das Feld räumen und zusehen, wie sie in unseren Matratzen Pilze züchten?»

«Signore Lardelli hat recht», meinte Beltrametti ruhig. «Es ist besser, wenn wir die Tiere rasch loswerden. Sie können zu einer echten Plage werden, zumal wir den Raum ja nicht verlassen können.» Er rollte zum Badezimmer, holte zwei Flaschen Rasierwasser und gab eine davon Luca.

Eine halbe Stunde später waren die meisten Ameisen verschwunden, dafür stank es fast unerträglich nach dem Rasierwassergemisch. Beltrametti hatte sich in seine Ecke zurückgezogen, die Pillen geschluckt und das

Licht gelöscht. Luca lag auf dem Sofa und versuchte so flach wie möglich zu atmen, während Bozzetto am Pult saß, ein Taschentuch gegen Mund und Nase preßte und schrieb.

«Sag mal, Luca, schreibst du eigentlich auch? Oder bist du nur zufällig hierher geraten?» Lardelli, dem der penetrante Geruch nicht allzuviel ausmachte, hatte seine Matratze in die Nähe des Sofas geschleppt und war noch immer damit beschäftigt, sie nach übriggebliebenen Ameisen abzusuchen.

«Reiner Zufall», antwortete Luca, erstaunt, daß Lardelli zum Plaudern aufgelegt war.

«Nie Lust gehabt, selber zu schreiben, zwischen all den Dichtern?» Lardelli zerdrückte ein uneinsichtiges Insekt zwischen den Fingerkuppen. «Nie gedacht, das kann ich auch?»

«Ich wollte mal ein Buch herausgeben mit Gedichten aus Filmen.» Luca gluckste und fächerte sich mit einer Zeitung Luft zu. Ihm war leicht übel von dem lästigen Geruch, der jeden Gegenstand im Raum zu durchtränken schien.

«Aus Filmen?»

«Ja.»

Lardelli schwieg eine Weile. «Mir fällt kein einziger Film ein, in dem ein Gedicht vorkommt», meinte er schließlich.

«Hast du *Die Nacht des Leguan* gesehen?»

«Ich glaube nicht.»

«Mit Richard Burton und Ava Gardner. Burton spielt darin einen heruntergekommenen Prediger, der eine Reisegruppe nach Mexico begleitet. Sie landen in einem Hotel, das Ava Gardner führt. Irgendwann taucht noch Deborrah Kerr mit ihrem Großvater auf, und der ist Dichter.»

«Und von dem ist das Gedicht?»

«Ja.»

Lardelli sagte wieder eine Zeitlang nichts. «Und wie geht das? Kannst du's auswendig?»

«Nur die ersten vier Zeilen: Geruhsam der Olivenzweig den Himmel langsam sieht erbleichen, ganz ohne Aufschrei und Gebet und ohne ein Verzweiflungszeichen.»

«Wie viele hast du schon?»

«Das und noch eins.»

«Zwei?» Lardelli lachte auf. «Du hast *zwei* Gedichte und willst ein Buch daraus machen?»

«Ich habe Zeit», sagte Luca ruhig. «Außerdem ist das Ganze nur eine unausgegorene Idee, und es soll ja nicht gleich in Arbeit ausarten.»

«Aus welchem Film ist das zweite?»

«Kennst du wahrscheinlich noch viel weniger», gab Luca zurück. «*Reuben, Reuben.* Tom Conti spielt einen versoffenen Dichter auf Lesereise.»

«Klingt gut», meinte Lardelli. «Wie geht das Gedicht?»

«Hab's vergessen», sagte Luca.

«Und die Geschichte?»

Luca legte die Zeitung weg und schloß die Augen. «Also dieser Dichter, ich glaube, er ist Schotte oder Ire, macht eine Vortragsreise durch die Staaten und lernt dabei ein Mädchen kennen. Sie gehen zusammen aus, und er verliebt sich in sie, sie aber nicht in ihn. Sie ist jung und schön, er um die Vierzig und schon ziemlich verlebt, du weißt schon. Der Mann hat ein kaputtes Kreuz und muß sich jeden Tag in einem Korsett aus Lederschlaufen an eine Stange am Türrahmen hängen, um die Wirbelsäule zu dehnen. Er sagt ihr, daß er sie liebt, und sie weist ihn ab, weil sie weiß, daß er ein Frauenheld ist, und weil sie glaubt, sie sei zu jung für ihn und er werde sie sowieso bald sitzenlassen... Jedenfalls geht er auf sein Zimmer, trinkt ein paar Gläser und steigt dann auf den Stuhl, um etwas für seinen verkorksten Rücken zu tun. In dem Moment, wo er sich die Lederschlaufen umlegen will, stürzt das Mädchen ins Zimmer, denkt, er wolle sich ihretwegen aufhängen und sagt, daß sie ihn liebt. Sie werden ein Paar, eine Weile geht alles gut, sie sind glücklich, aber dann ... ich weiß nicht mehr genau, wie das war, jedenfalls trennen sie sich. Und er geht nach Hause, steigt wieder auf den Stuhl, legt sich die Lederriemen diesmal um den Hals und will sich wirklich aufknüpfen. Da fällt ihm das Gedicht ein, an dem er schon eine ganze Weile arbeitet, ohne vorwärtszukommen, und mit der Schlinge um den Hals beginnt er an den Zeilen herumzufeilen und findet plötzlich, daß es eigentlich dumm wäre, sich umzubringen. Und gerade als er vom Stuhl steigen will, kommt Reuben, der Hund des Vermieters, hereingestürmt und reißt den Stuhl um.»

«Und?»

«Was und? Der Kerl hängt sich auf!»

Lardelli schwieg und klaubte die letzten Ameisen von der Matratze.

«Der Film ist gut. Du mußt ihn dir mal ansehen.»

«Ich frage gleich morgen den Dreckskerl da unten, ob wir mal ins Kino dürfen.»

Luca war plötzlich zu müde, um vom Sofa auf seine Matratze zu wechseln. Bozzetto löschte die letzte Lampe und legte sich hin. Beltrametti nuschelte im Schlaf. Jetzt fielen Luca die letzten Zeilen des Gedichtes aus *Die Nacht des Leguan* ein, und er rezitierte sie so leise, wie der alte, sterbende Mann sie im Film rezitiert hatte: «O Zuversicht, oh könntest du dir wohl nicht eine zweite Heimat noch erwählen. Nicht nur den still ergebnen goldnen Zweig, mein unruhig klopfend Herz auch noch, das Ängste quälen.»

«Amen», flüsterte Bozzetto.

«Wenn ihr beide nicht augenblicklich den Mund haltet, passiert was», murmelte Lardelli und wälzte sich auf die Seite.

Es war ruhig im Haus. Die Stille erinnerte Luca noch immer an einen Traum, der böse endet.

8

Thelma erwachte früh, blieb ohne sich zu rühren neben Burt liegen und horchte auf seinen Atem. Die Tür des früheren Meditationszimmers war verschlossen, den Schlüssel hatte Burt eng an sein Handgelenk gebunden. Thelma drehte sich vorsichtig auf die Seite und betrachtete den schlafenden Mann, der Hosen und Stiefel trug und dessen Haut im Halbdunkel schimmerte. Sie hätte versuchen können aufzustehen, um dem Kerl mit der kleinen Kommode, die an der Wand stand, den Schädel zu zertrümmern, oder sie hätte sich rittlings auf ihn setzen und ihn erwürgen können, ihm zumindest die Augen ausstechen mit bloßen Fingern. Sie stellte sich alles vor, auch das Gefühl an den Fingerkuppen, wenn sie die Augäpfel aus den Höhlen drücken und in feuchtes, weiches Gewebe oder auf Knochen stoßen würden. Sie fixierte den Griff der in seinem rechten Stiefel steckenden Pistole und wußte, daß Burt aufwachen würde, bevor sie die Hand um die Waffe gelegt hätte. Die Uhr, die er Bozzetto abgenommen hatte, zeigte zehn nach fünf. Wenn Thelma sich bewegte, geriet das Wasser in der Kunststoffhülle in Wallung, feine Wellen bewegten sich unter dem Laken, und Burts Körper hob und senkte sich sachte, als triebe er in einem See.

Zwei Stunden später erwachte Burt. Eine Weile lag er still neben Thelma, die sich schlafend stellte, dann rutschte er vom Bett, nahm die Beretta aus dem Stiefel, zog sein Hemd an und schloß die Tür auf. Gleich als er im Flur stand, wußte er, daß etwas nicht stimmte. Nach einem Blick durch das Guckloch ging er die Treppe hinunter in die Lobby, suchte in der Küche, im Vorratsraum, im Badezimmer und im Anbau und rannte dann, nachdem er fluchend die schwere Holztür entriegelt hatte, hinaus auf den Vorplatz. Erleichtert stellte er fest, daß wenigstens der Toyota und die Harley noch in dem Holzschuppen standen, rief Carl eine üble Verwünschung nach, spuckte aus und ging zurück ins Haus. Thelma stand oben an der Treppe und fragte, was passiert sei. Burt schickte sie in die Küche und ließ sich in einen der Sessel fallen.

Er hätte diesen kleinen Scheißkerl einsperren sollen, dachte er, zündete sich eine Zigarette an und schnippte das Streichholz gegen den Bildschirm. Während er den Rauch heftig in die Lungen zog, malte er sich aus, wie Carl mit dem ganzen gestohlenen Kram im Gepäck von der Polizei aufgegriffen wurde, wie er munter drauflosplauderte und den Bullen sogar die Fragen beantwortete, die sie gar nicht gestellt hatten.

Als Kaffeeduft sich ausbreitete, ging Burt nach oben, weckte die vier Männer und ließ sie in der Mitte des Raumes antreten, beziehungsweise anrollen. «Ich hab euch eine freudige Mitteilung zu machen», sagte er, einen Schritt zurücktretend, um dem strengen Geruch nach Rasierwasser zu entgehen, der sich in dem ungelüfteten Raum die ganze Zeit über gehalten hatte. «Ich werd eure Gastfreundschaft nicht mehr länger in Anspruch nehmen. Ich … mein Freund und ich … haben uns soweit erholt, daß wir an die Weiterreise denken können.» Er grinste, zeigte noch einmal seine weißen, schiefen Zähne. Daß Carl abgehauen war, behielt er für sich, um keinen der Männer, die ihn ungläubig anglotzten, im letzten Moment auf dumme Gedanken zu bringen.

«Wann?» wollte Luca wissen, während Lardelli sich

in einen Stuhl sinken ließ und Bozzetto und der Alte einander bei der Hand nahmen. Die Nachricht hätte ihn erleichtern sollen, aber statt sich zu freuen, spürte er ein ungutes Gefühl in sich aufsteigen: jetzt war der Zeitpunkt gekommen, an dem die Frage nach Leben oder Sterben beantwortet würde.

«Gleich nach dem Frühstück verschwinden wir», sagte Burt. Er ging hinunter in die Küche, um sich von Thelma eine Tasse Kaffee geben zu lassen.

«Heute, nicht wahr?» fragte Thelma, ohne Burt anzusehen. Sie fischte die Eier aus dem kochendem Wasser und stellte sie in Porzellanbecher. Sie war bei Al gewesen, hatte an seine Tür geklopft und ein paar Worte mit ihm geredet. Davon, daß sie mit Burt die Nacht verbracht hatte, erwähnte sie nichts; vielleicht würde sie es ihm später einmal beichten, wenn die Jahre sich wie Polster dazwischengeschoben hätten. Daß es etwas Gewalttätiges gewesen sei, würde sie ihrem Sohn nicht sagen, auch nicht, daß es ihr gefallen hatte. So etwas wie Lust und Sehnsucht hatte sie empfunden, ein verkümmertes, fast vergessenes Gefühl. Er hatte in dem fensterlosen Raum die kleine Lampe, die am Boden auf einem Bündel Zeitungen stand, brennen lassen, und sie haßte ihn dafür, und sie liebte ihn dafür. Sie wollte, daß er ging, hoffte im selben Augenblick, er bliebe, wünschte sich, er nähme sie mit, und wußte doch, daß er sie zurücklassen würde, und war froh darüber.

Burt nickte, ließ Thelma mit dem vollbeladenen Tablett an sich vorbei und folgte ihr in die Lobby. Als sie bei der Treppe waren, hörten sie, wie draußen jemand an die Tür klopfte und irgend etwas rief. Burt packte Thelma am Arm und zog sie zu sich heran, entsicherte die Waffe und wartete. «Ist das der Arzt?» fragte er.

«Ich weiß nicht», antwortete Thelma. Ein Glas war umgekippt, und der Orangensaft breitete sich auf dem Boden des Tabletts aus.

«Mach auf und laß ihn rein, auch wenn's der Sheriff persönlich ist!» Er ließ ihren Arm los und gab ihr den Schlüsselbund. «Denk daran, daß ich den Jungen hab!» Er hielt die Pistole auf Brusthöhe und bewegte sich rückwärts zur Küche.

Thelma stellte das Tablett auf eine Treppenstufe, ging langsam zur Tür, schloß sie auf und öffnete sie einen Spalt weit.

«Ist das hier die Foundation?» Massimo Donatello nahm seine Sonnenbrille ab und setzte ein vertrauengewinnendes Lächeln auf.

«Ja?»

«Ist vielleicht Mister Beltrametti zu sprechen?» Sein Englisch war nicht viel besser als der Zustand der Zähne des Typen im Kaff vorne, der ihm den Weg zum Motel beschrieben hatte.

«Warum?» Thelma warf einen nervösen Blick über ihre Schulter.

«Ich bin Massimo Donatello, der Neffe von Professor Donatello. Ich habe eine wichtige Nachricht für Mister Beltrametti.»

Thelma zögerte einen Augenblick, dann trat sie einen Schritt zurück und öffnete die Tür ganz. «Kommen Sie rein!» sagte sie. Bevor sie die Tür schloß, spähte sie mit zusammengekniffenen Augen in die Helligkeit hinaus und sah einen blauen Cadillac neben dem Holzschuppen stehen. Als sie bei Donatello war, der in der Mitte der Lobby wartete, trat Burt aus der Küche und schlenderte, die Hände im Rücken gekreuzt, zu ihnen her.

«Hallo», sagte Donatello, ohne eine Hand von dem Aktenkoffer zu nehmen, den er an seine Brust gepreßt hielt.

«Sie wollen zu Mister Beltrametti?» fragte Burt. Die Pistole in den im Rücken gekreuzten Händen war noch immer entsichert, ein Finger lag am Abzug.

«Ja, ich habe eine Nachricht für ihn.»

«Sind Sie alleine hergekommen?»

Donatello warf einen leicht verwirrten Blick zu Thelma, die neben Burt stand. «Ja, mit dem Mietwagen. Ich...»

«Sie sind kein Arzt?» unterbrach Burt ihn.

«Wie?» Donatello lächelte, sah sich, ohne den Kopf zu bewegen, im Raum um, und räusperte sich dann. «Ich studiere noch. Ich will ... wie sagt man? Ich will Zahnarzt werden ... später.» Er grinste und hob wie entschuldigend die Schultern, wissend, daß die meisten Leute Zahnärzte nicht mochten.

«Gib mir den Koffer und nimm die Hände hoch!» Burt hielt plötzlich die Waffe auf Donatello gerichtet und streckte ihm die freie linke Hand hin.

«Wie?» rief Donatello, der nicht wußte, ob er den Sicherheitsmann der Stiftung, einen Verbrecher oder einen Verrückten, der Zahnärzte haßte, vor sich hatte. Er preßte den Koffer noch fester gegen seine Brust. «Was ist hier los? Was wollen Sie?»

«Gib mir das Ding und nimm die Hände hoch!» Burt fuchtelte mit der Pistole herum und trat einen Schritt auf Donatello zu. «Na los, mach schon!»

In Donatellos Hirn explodierte etwas. Er spürte, wie das Adrenalin durch seinen Körper raste und alle Bewegungen um ein Vielfaches beschleunigte, während seine Augen den Ablauf der Geschehnisse, auf die er keinen Einfluß zu haben schien, wie in Zeitlupe wahrnahmen.

Er schleuderte dem Mann den Aktenkoffer an den Kopf und sprang, vielmehr stolperte zur Seite, riß den Revolver aus dem Schulterhalfter, entsicherte und drückte ab. Den Knall hörte er erst, als er den Mann und die Frau am Boden liegen sah. Der Mann hob den Arm, an dessen Ende die Waffe im matten Licht schimmerte, und Donatello feuerte ein zweites Mal.

Etwas mehr als drei Stunden später saßen Luca, Lardelli und Bozzetto in der Lobby und beantworteten die Fragen der Polizisten, von denen mittlerweile über ein Dutzend das Haus belagerte. Ein paar der Beamten waren oben bei Beltrametti, der ebenfalls eine Aussage zu Protokoll geben mußte, auch wenn sie nicht sehr von Belang war. Luca hatte eine Flasche Whisky hinter der Bar hervorgeholt und trank in der Hoffnung, das Zittern, das seinen ganzen Körper schüttelte, würde aufhören oder zumindest etwas nachlassen. Lardelli und Bozzetto, die in den Sesseln neben ihm saßen, tranken Kaffee, und Lardelli spülte schon die zweite Beruhigungstablette damit herunter.

Keine dreißig Minuten zuvor war Thelmas Leiche hinausgetragen worden, nachdem die Leute von der Spurensicherung ihre Arbeit endlich abgeschlossen und die beiden Polizisten mit dem Blechsarg herangewinkt hatten. Donatellos Kugel hatte Thelma Eriksons Körper auf Brusthöhe durchdrungen und war neben ihrer Wirbelsäule wieder ausgetreten, während das zweite Projektil Burt Tyrells Schlüsselbein zertrümmert hatte und in der Schulter steckengeblieben war. Al war von einer Beamtin nach Phoenix gebracht worden, wo man sich, so hatte die Frau Luca versichert, um den völlig verwirrten Jungen kümmern würde. Burt lag bereits auf einem Operationstisch, und Donatello, der nach den Schüssen nur noch geheult und kein Wort hervorgebracht hatte, schlief, mit starken Beruhigungsmitteln behandelt, im selben Krankenhaus.

In der Aktentasche, die Donatello gehörte, fand die Polizei neben Zeitungen und Illustrierten, einer Tüte zuckerfreier Bonbons, ein paar unbeschriebenen Postkarten und einer Krawatte die Kopie von Carnevales Bankauszug und das Polaroidphoto, das ihn bei der Verhaftung zeigte. Mit der Befragung Donatellos mußte man warten, bis der Unglücksschütze seinen Schock überwunden hatte und vernehmungsfähig war, doch nach einem Anruf bei Interpol, zu dem Luca dem Sheriff geraten hatte, konnten die dringlichsten Fragen geklärt werden.

Wie sich herausstellte, war die Beretta nur mit Platzpatronen geladen gewesen; im ganzen Haus fand sich keine scharfe Munition. Beltrametti, den man dazu befragte, konnte sich nicht mehr daran erinnern, wann er die Waffe oder die Patronen gekauft hatte, vermutete aber, daß es fünfzehn Jahre her sein mußte. Als Lardelli von der blinden Munition erfuhr, erlitt er eine Art Nervenzusammenbruch, hockte eingesunken in seinem Sessel und schluchzte minutenlang, bis Bozzetto ihn dazu brachte, ein Beruhigungsmittel einzunehmen.

Es war Abend, als die letzten Beamten das Haus verließen. Luca ging ins Badezimmer und hielt seinen Kopf unter den kalten Wasserstrahl. Einen Blick in den Spiegel ersparte er sich. Danach holte er die fast leere Whiskyflasche und eine Packung Zigaretten von der Bartheke und ging zur Tür.

«Wohin willst du?» Lardelli hing in seinem Sessel und sah aus wie das fleischgewordene Elend.

«Nur raus», gab Luca zurück. «Muß mal wieder den verdammten Himmel sehen.» Er machte die Tür auf, überquerte den Platz und verließ das Grundstück. Nachdem er ein paar hundert Meter weit in die Wüste hinein gegangen war, setzte er sich auf einen Felsbrocken. Ein Propellerflugzeug strich nicht sehr hoch über die Gegend, entfernte sich, drehte bei den Bergkämmen eine Schleife und kam zurück, flog diesmal noch niedriger und zog erst kurz vor Luca hoch. Obwohl zwischen ihm und der Maschine noch mindestens zehn Meter waren, duckte Luca sich und richtete sich erst wieder auf, als der Motorenlärm fast verklungen war. Luca sah dem Flugzeug nach, bis es zu einem verwackelten Punkt wurde und schließlich verschwand.

9

Am nächsten Tag mußten Luca und Lardelli nach Phoenix zur Polizei, um ihre Aussagen zu überprüfen und die getippten Protokolle zu unterschreiben. Sie wollten Al sehen, aber man sagte ihnen, es sei besser, ihn vorerst in Ruhe zu lassen, und so gab Luca den mit ein paar Spielsachen und Kleidern gefüllten Koffer einem der Beamten. Nach dem Termin auf dem Polizeirevier holten sie die Post ab, kauften ein paar Sachen ein und fuhren dann zurück zum Motel. Bozzetto war bei Beltrametti geblieben und hatte die wenigen Reporter, die den Weg in die Wüste gefunden hatten, abgewimmelt.

Eine Karte aus einem kleinen Nest in Colorado befand sich in der Post. Doc Pollard schrieb, die Forellen seien bissig wie Polizeihunde, und er beabsichtige, noch einige Tage länger zu bleiben, sei aber früh genug zurück, um Beltrametti am vereinbarten Termin in die Klinik zu bringen. Giannini ließ von sich hören; seine Frau liege noch im Spital, befinde sich aber auf dem Weg der Besserung. Ob sie es lustig hätten, wollte er wissen. Von Piper Zabriskie war keine Nachricht im Postfach, was Luca enttäuschte, aber nicht verwunderte.

Es war der zweitletzte Tag für Lardelli und Bozzetto, ein Teil ihres Gepäcks stand bereits in der Lobby. Lardelli konnte kaum noch fünf Minuten irgendwo stillsitzen, und Bozzetto füllte den Film in seiner Kamera mit Aufnahmen vom Haus, den Bungalows und der Harley Davidson. Beltrametti schaute ab und zu aus einem der weit geöffneten Fenster und winkte. Da alle paar Minuten das reparierte Telephon klingelte, hatte der Alte den Anrufbeantworter eingeschaltet und suchte sich die Leute aus, mit denen er reden wollte – Journalisten gehörten nicht dazu.

Am Nachmittag fuhr Bozzetto mit dem Toyota zum Pitfall's Point, um Claire Bennett zu besuchen, kam jedoch schon bald wieder zurück, weil die Frau nicht mehr dort war. Floyd Wilson, der kauzige Glatzkopf, hatte ihm gesagt, Claire sei vor drei Tagen zu ihren Eltern und der kleinen Tochter nach Midland, Texas, gefahren. Floyd hatte mit Bozzetto vereinbart, ihre Adresse an Luca weiterzugeben, falls Claire sich irgendwann einmal melden würde.

«Ich schick sie dir dann gleich nach Seregno», versprach Luca. Er kniete hinter dem Haus am Boden und entfernte die Nägel aus den Brettern, mit denen Carl die Fenster verrammelt hatte und die eigentlich für den Bau eines kleinen Schuppens vorgesehen waren.

«Gut», meinte Bozzetto. «Vielen Dank.» Die ganze Angelegenheit war ihm etwas peinlich; er kannte die Geschichten von Männern, die sich in Huren verliebten und glaubten, sie könnten mit solchen Frauen ein normales Leben führen. Aber er hatte Claire versprochen, sie noch einmal zu besuchen, bevor er zurück nach Italien führe, und jetzt wollte er ihr wenigstens erklären, warum er verhindert gewesen war.

«Sag mal, Frank, sollen wir das Abschiedsfest heute abend feiern oder nicht, was meinst du?» Luca erhob sich und steckte die Zange in die Hosentasche.

Bozzetto schob mit dem Fuß einen Stein in eine Bodenvertiefung. «Ich weiß nicht», antwortet er nach einigem Überlegen. «Ich bin nicht gerade in der passenden Stimmung.»

Luca nickte. «Ich auch nicht.» Er nahm die Büchse mit den krummen Nägeln in die Hand und setzte sich auf den Bretterstapel.

«Wie geht es eigentlich mit dir weiter?» fragte Bozzetto nach einer Weile. «Bleibst du hier?»

«Vorläufig ja.» Eine Fliege setzte sich auf sein verschwitztes Gesicht, und Luca scheuchte sie mit einer trägen Bewegung weg. «Morgen kommt Doc Pollard, um den Alten ins Spital zu bringen. Nach der Untersuchung wird sich zeigen, ob er hier im Haus bleiben kann, oder ob er in ein Pflegeheim muß.»

«Glaubst du, er will die Stiftung weiterführen?»

«Keine Ahnung», entgegnete Luca. «Auch das wird von seinem Gesundheitszustand abhängen. Das Geld dafür wäre ja jetzt wieder da.» Er drehte die Büchse in den Händen und sah zum Haus. «Ich glaube nicht, daß es weitergeht», sagte er schließlich.

«Die Geschichte wird in Italien Schlagzeilen machen», meinte Bozzetto nach einer Pause. «Vielleicht will gar keiner mehr herkommen.»

«Schon möglich.» Luca stützte den Kopf in die Hände und schloß für ein paar Sekunden die Augen. Er hatte keine Lust, sich mit all diesen Fragen zu beschäftigen, wollte einfach abwarten und sehen, wie die Dinge allmählich auf ihr Ende zuliefen. Als er die Augen öffnete, kam Sam Riley in seinem alten Chevy die Einfahrt herunter gefahren und hielt neben dem Holzschuppen. Pipers Onkel war schon der zehnte aus dem Kaff, der herkam, um einen Blick auf den Schauplatz des Verbrechens zu werfen.

«Soll ich ihn abwimmeln?» fragte Bozzetto und erhob sich erstaunlich angriffslustig.

«Nein, schon gut. Ich kümmere mich um ihn. Ich gebe ihm einen der Nägel als Souvenir.» Luca ging über den Platz und war beim Holzschuppen, als Riley gerade aus dem Wagen kletterte.

«Tag, Junge», grüßte er und schob sich die Baseballmütze aus der Stirn.

Er trug einen völlig zerknitterten dunklen Anzug,

schwarze Schuhe und eine schwarze, lasch gebundene Krawatte.

«Tut mir leid, das mit Thelma.» Riley nahm die Mütze ab und reichte Luca die Hand.

«Ja, schlimme Sache», meinte Luca, weil ihm nichts Besseres einfiel.

«Und der arme Mister Beltrametti.» Riley senkte den Kopf und schüttelte ihn leicht.

«Ja.» Luca war froh, als Riley endlich seine Hand losließ. «Es geht ihm aber den Umständen entsprechend gut.»

«Fein», meinte Riley und setzte die Baseballkappe wieder auf. Das knallige Gelb wollte nicht so recht zum schwarzen Traueranzug passen. «Was sagst du zu Piper, dieser kleinen Göre?»

«Warum, was ist mit ihr?» Der plötzliche Themenwechsel überraschte Luca ein wenig.

«Hat sie dir nicht geschrieben?»

«Nein, hat sie nicht.» Luca ahnte, daß der alte Riley unangenehme Neuigkeiten auf Lager hatte, und lehnte sich gegen die Bretterwand des Schuppens.

«Nun, ich habe gestern mit Olivia, meiner Schwester, telephoniert, und sie hat mir erzählt, die Kleine sei in Knoxville seit ein paar Tagen.» Riley stand mit den Händen in den Jackentaschen da und versuchte, Lucas entgeistertem Blick nicht auszuweichen. «Sie hat dir wirklich nicht geschrieben?»

«Was, zum Teufel, macht sie in Knoxville?» brachte Luca schließlich hervor. «Wo ist das überhaupt?»

«Tennessee», informierte Riley ihn. «Ist 'ne ziemliche Strecke bis dahin.»

«Tennessee», wiederholte Luca verwirrt.

«Ist ein Nebenfluß vom Ohio River, und der Mississippi fließt auch irgendwo dort vorbei. Die Hauptstadt ist Nashville, davon hast du bestimmt schon gehört. Weiter im Norden sind...»

«Was *tut* sie in dem verdammten Knoxville, heiliger Strohsack?» unterbrach Luca Rileys geographische Erläuterungen und stieß sich von der Wand ab. «Ich dachte, sie serviert irgendwelchen Armleuchtern Drinks in Las Vegas!»

«Hat sie auch, bis vor ein paar Tagen», sagte Riley beruhigend. «Dann hat sie offenbar einen Typen kennengelernt, dessen Vater soll dort eine Schweinefarm haben, die größte im ganzen Staat, oder im ganzen Land, so genau weiß ich das nicht mehr, jedenfalls riesig. Der hat sie eingeladen, ja, und sie ist mitgegangen, vor ein paar Tagen war das, sagt meine Schwester. Versteh ich nicht, daß sie dir keinen Brief geschrieben hat.» Riley trat aus der heißen Sonne in den Schatten des Garagengebäudes. Die ganze Sache war ihm so unangenehm, daß er am liebsten in den Wagen gestiegen und nach Hause gefahren wäre. «Na ja, so war sie schon als Kind. Wenn du was von ihr erwartet hast, machte sie genau das Gegenteil.» Riley testete die Wirkung eines Lächelns. «Ich erzähl dir was. In dem Sommer, als sie sechzehn war, glaubten alle, sie sei im Feriencamp am Riggs Lake. Soll ich dir sagen, wo Olivia sie abholen mußte?» Riley sah Luca an, als würde er von einem eigenen Triumph berichten. «In Palm Springs!» rief er und wedelte mit der Hand in irgendeine Richtung. «Oder als sie sagte, sie wolle zur Uni.» Riley ließ den Arm sinken und hob dafür den anderen; er sah aus wie ein seltsamer Polizist, der in der Wüste den Verkehr regelt. «Nach Mexico ist sie, nach San Felipe, und da gibt's nun weiß Gott keine Universität.» Riley zog ein Taschentuch aus der Hose und fuhr sich damit über den Hals. «Ja, und dann hat sie über zwei Jahre bei mir in der Garage gearbeitet, den Papierkram erledigt, gekocht, Benzin gezapft, die Werkstatt saubergemacht, ab und zu ein bißchen an einer Karre rumgewerkelt. Aber das weißt du ja.» Riley lachte, hörte aber auf, als er

Lucas Gesicht sah. «So ist sie nun mal, eine richtige Zigeunerin.» Er faltete das Taschentuch ungeschickt zusammen und steckte es in die Brusttasche des Jacketts, aus der es hervorragte wie die Spitze eines Eisbergs aus dunkler See.

«Willst du ein Bier?» Luca drehte sich um, ohne eine Antwort des überraschten Riley abzuwarten, ging ins Haus, füllte einen Eimer mit Eis und ein paar Flaschen Miller's und trug ihn zu seinem Bungalow. Riley folgte ihm, knöpfte sich im Gehen die Jacke auf, zog sie aus und legte sie sich über den Arm. Nachdem Luca die Klimaanlage auf volle Leistung gedreht hatte, machte er zwei Flaschen auf, wischte eine Zeitung und ein Hemd von einem der Polstersessel und setzte sich in den anderen. Er reichte Riley das Bier und prostete ihm zu. «Auf die Seßhaftigkeit!»

Riley nickte ernst, setzte die Flasche an den Mund und leerte sie bis auf einen unbedeutenden Rest.

«Ich mochte Piper nicht, als ich sie das erste Mal bei dir im Büro sah.» Luca drehte die kalte Flasche zwischen seinen Händen, kleine Schaumbläschen platzten an der Öffnung, Wasser tropfte auf seine Schuhe und den Boden. «Sie hat die Gabe, die Leute spüren zu lassen, daß sie sie für Idioten hält. Nach fünf Minuten fühlte ich mich jedenfalls schon wie ein Volltrottel. Es ging um die Reparatur des Lincoln, du warst nicht da, und ich hatte ein paar Fragen wegen des Kostenvoranschlages. Sie hockte hinter ihrem Pult, trank eine Cola und langweilte sich über meine dummen Fragen wie ein Rocker im Religionsunterricht.»

Luca tauchte die Hand in den Eimer mit Eiswasser und legte sie sich dann auf den Nacken. «Das zweite Mal traf ich sie in Sallys Laden. Sie lehnte genau an dem Kühlschrank, aus dem ich was herausnehmen wollte. Ich stand vor ihr, aber denkst du, sie hätte ihren Arsch auch nur *einen* Zentimeter bewegt? Ich meine, ich hatte ihr nie was getan, ich wollte nur eine Packung Schokoladeneis aus dem verdammten Kühlschrank nehmen, das war alles, aber sie sah mich an, als hätte ich sie gefragt, ob ich ihren Hemdsärmel haben könne, um mir die Nase daran abzuwischen. Weißt du was? Ich hab eine tiefgefrorene Pizza genommen, hab sie bezahlt und bin raus!»

Riley gluckste amüsiert und nahm die volle Flasche, die Luca ihm hinhielt. «So war das kleine Luder.»

«Ein paar Wochen später ist sie hier hergekommen», fuhr Luca fort. «Sie latschte ungeniert überall rum, klatschte mit Thelma und ließ sich von Al das Haus zeigen. Ich sag dir, sie kam mir vor wie eine Inspektorin oder sowas. Sie schaffte es sogar, mit dem Alten ein Glas Rotwein zu trinken. Stell dir das vor! Nach zehn Minuten!» Luca wußte nicht, ob er lachen sollte. «Und die Autoren kriegten sich gar nicht mehr ein. Wollten, daß sie zum Abendessen blieb. Sie setzte sich zu ihnen an den Swimming Pool, gab ihnen Englisch-Unterricht und zitierte vier Zeilen des einzigen Gedichts, das sie in ihrem Leben auswendig gelernt hat, irgendwas von Walt Whitman. Ich, der Vollidiot vom Dienst, durfte ihr eine Cola servieren, und das erste Lächeln, das sie mir schenkte, ging wie eine Kreissäge durch mich hindurch. An dem Tag hätte ich sie erwürgen können.» Luca starrte eine Weile an die Decke. «Am nächsten Tag kam sie wieder. Es war Sonntag, vermutlich langweilte sie sich zu Tode. Sie hatte ihren Badeanzug mitgenommen, die Dichter hatten darauf bestanden. Ich erledigte meine Arbeit und fuhr mit der Harley nach Prescott, kam erst am Abend zurück. Natürlich war Piper noch da, sie blieb wieder zum Essen, und der Alte, der damals noch mit seinen Gästen aß, war begeistert von ihr und lud sie ein, so oft zu kommen, wie sie mochte. Aber dann ließ sie sich mindestens zwei Wochen lang nicht mehr blicken. Als hätte sie ihr Ziel erreicht und das Interesse an der Sache verloren. Schließlich tauchte sie doch wieder auf, ja...»

Luca lächelte. Den Rest der Geschichte konnte er Riley nicht erzählen. Es war spät abends gewesen, die Dichter hatten sich schon in ihre Bungalows zurückgezogen. Luca hatte nach dem Dieselaggregat gesehen und sich dann in einen der Liegestühle am Pool gesetzt und die beim Abendessen angebrochene Flasche kalifornischen Weißweins getrunken.

Er blieb liegen, als Rileys weißer Chevy oben an der Einfahrt hielt und jemand ausstieg. Piper ging erst zum Haus, wo kein Licht mehr brannte, und kam dann zum Schwimmbecken, dessen an den Seitenwänden unter dem Wasserspiegel eingelassenen Lampen das Licht wie schwach leuchtenden Nebel aufsteigen ließen. Luca rührte sich nicht und sagte nichts, obwohl Piper ihm unverwandt in die Augen sah, als erwartete sie, daß er sie ansprach. Sie setzte sich in den Liegestuhl, der wenige Meter von dem Lucas entfernt stand, sah Luca eine Weile mit diesem seltsamen Blick an, erhob sich dann, zog sich aus und ließ sich vom Beckenrand ins Wasser gleiten. Luca richtete sich nicht auf, um sie beim Schwimmen zu beobachten, sondern blieb liegen, schloß die Augen und spürte, wie sein Kopf anschwoll von den losstürzenden Gedanken. Ein paar Minuten später kam Piper aus dem Wasser. Luca öffnete die Augen und sah, wie sie sich über ihn beugte und ihm lächelnd das Hemd aufknöpfte, und wieder fühlte er sich wie ein unbeholfener Trottel, schwankte zwischen dem Wunsch, ihr ins Gesicht zu schlagen oder sie zu küssen und entschied sich für die feigere Lösung. Was folgte, war ein wilder Balance-Akt zwischen aggressiver Lust und fast berührungsloser Zärtlichkeit, der irgendwann am Morgen damit endete, daß Piper, ohne während der ganzen Zeit auch nur ein einziges Wort gesprochen zu haben, in den Chevy ihres Onkels stieg und davonfuhr. Auch später war es immer Piper, die Zeitpunkt und Dauer eines Treffens bestimmte. Obwohl sie nach einer gewissen Zeit so etwas wie eine normale Beziehung hatten, wurde Luca das Gefühl nicht los, daß Piper nur von einer Laune getrieben oder aus Langeweile zu ihm kam, und jetzt, wo sie mit irgendeinem Kerl nach Tennessee verschwunden war, ohne Luca auch nur ein paar Zeilen zu schreiben, wußte er, daß er sich nicht getäuscht hatte.

«Ja, ja, Piper Zabriskie», murmelte Riley, nickte, als stimmte er ihrer Wesensart heimlich zu und trank den letzten Rest aus seiner Flasche. Dann betrachtete er eine Weile gedankenverloren das Zifferblatt seiner Uhr, klatschte die Handflächen auf die Knie und stemmte sich aus dem Sessel hoch.

«Sie wird dir noch schreiben, bestimmt wird sie das tun.» Er faßte Luca an den Oberarmen und schüttelte ihn andeutungsweise. «Wird sich schon alles klären, glaub mir!» Er ließ Luca los, drehte sich um und ging hinaus auf die Veranda. «Und wenn nicht, wirst du das kleine Luder bald vergessen haben, ich weiß Bescheid.» Er lächelte, hob die Hand und ging über den Platz zu seinem Wagen.

Luca lehnte sich gegen den Türrahmen und sah Riley nach. Rileys Frau, so hatte Piper ihm erzählt, war vor fast zwanzig Jahren nach Tucson zum Einkaufen gefahren und nie zurückgekommen.

10

Das traditionelle Abschiedsfest fiel aus. Statt dessen setzten sich die vier – sie hatten Beltrametti in seinem

Rollstuhl heruntergetragen – auf die Veranda vor das Haus, aßen ein von Luca und Bozzetto zubereitetes viergängiges Mahl, tranken eine Flasche Champagner und hörten alte Swing-Platten auf dem Trichtergrammophon, das alle drei Monate für einen Abend aus dem Schrank geholt wurde.

Später, als es draußen kühl wurde, wechselten sie in die Bibliothek, wo Luca den Kaffee servierte. Beltrametti redete ungewöhnlich viel, und alle wußten, daß er sich vor dem bevorstehenden Krankenhausaufenthalt fürchtete. Bozzetto plauderte aufopfernd mit, und Lardelli war so nervös und konfus, daß seine Höflichkeit fast schon parodistisch wirkte. Gegen Mitternacht nickte der Alte immer wieder ein, so daß Luca und Lardelli ihn schließlich in sein Zimmer trugen, ihm Krawatte und Schuhe auszogen und ihn aufs Bett legten. Den Telephonapparat stellten sie in das schallisolierte Zimmer.

«Wann kommt der Arzt morgen?» fragte Lardelli, als sie die Treppe hinunter gingen.

«Um zehn», antwortete Luca. Doc Pollard war erst am Nachmittag aus seinem Angelurlaub zurückgekommen und hatte angerufen. Luca hatte ihm die ganze elende Geschichte erzählen müssen, worauf der Doktor gleich herkommen wollte, um sich Beltrametti anzusehen. Doch Luca hatte ihn beruhigt und gesagt, es gehe Beltrametti den Umständen entsprechend gut.

«Dann bist du eine Zeitlang alleine hier draußen?» Lardelli steuerte auf den Kühlschrank in der Lobby zu und nahm sich zwei Flaschen Bier. Er entfernte bei beiden den Verschluß und reichte dann eine an Luca.

«Sieht ganz so aus.» Luca nahm das Bier und ging zurück in die Bibliothek, wo Bozzetto noch immer mit einer vollen Tasse kalten Kaffees auf den Knien dasaß und sich die Beschaffenheit der gegenüberliegenden Wand einzuprägen schien.

«He, Frank!» rief Lardelli. «Willst du ein Bier?» Er

blieb in der Mitte des Raumes stehen und sah Bozzetto an.

Bozzetto hob verwirrt den Kopf. «Was?» Er bewegte sich plötzlich, und der Kaffee schwappte in die Untertasse.

«Willst du auch ein Bier?» wiederholte Lardelli. «Wie wär's mit einem Budweiser? Stell endlich den verdammten Kaffee weg!»

Bozzetto senkte den Blick auf seine Knie. «Ja», meinte er dann und stellte die Tasse neben seinen Sessel. «Ein Bier wäre nicht schlecht.»

Lardelli drehte sich um wie ein übereifriger Kellner, holte das Budweiser und gab es geöffnet Bozzetto. «Trinken wir auf Thelma», sagte er.

Bozzetto zögerte; er schien zu überlegen, ob es nicht pietätlos sei, auf jemanden anzustoßen, der tot und noch nicht einmal beerdigt war. «Und auf Al», löste er schließlich das Problem und hob die Flasche.

Um zwei Uhr morgens waren die drei längst völlig betrunken. Während Lardelli noch den Weg in seinen Bungalow gefunden hatte, saß Bozzetto auf einem der Sessel in der Lobby und kämpfte dagegen an, sich hinzulegen, weil ihm sonst übel geworden wäre. Luca hatte sich auf die Treppenstufen der Veranda gesetzt und ließ sich von der kühlen Nachtluft ausnüchtern. Die Sterne blinkten wie Feuerzeuge bei einem schlecht besuchten Konzert, Luca brachte die Melodie eines Billie-Holiday-Songs nicht mehr zusammen, und ein paar Grillen zirpten, als wollten sie ihm die Tonlage angeben. Als in Lardellis Bungalow die Lichter ausgingen, war es kurz vor drei Uhr.

Halbhund kam um vier. Luca sah ihn, wie er hinter dem Schuppen auftauchte, langsam in die Mitte des Platzes trottete und sich hinsetzte. Weder im Haus noch auf der Veranda brannte Licht. Der Hund bemerkte Luca erst, als der mit der Zunge schnalzte und leise pfiff. Sofort war er auf den Beinen, rannte ein paar Meter vom Haus weg, blieb dann stehen und blickte mit seinem einen Auge in Lucas Richtung.

«Na, du lebensmüder Desperado, hast du es wieder nicht geschafft, heute nacht?» Luca blieb bewegungslos sitzen, um den Hund nicht zu verscheuchen, und sprach leise, in einer fast zärtlichen Monotonie. Er versuchte zu erkennen, ob das Tier verletzt war, oder ob ihm wieder irgendein Körperteil fehlte, konnte in der Dunkelheit jedoch zu wenig sehen. «Hast du Hunger?» Als Luca sich rührte, zuckte Halbhund zusammen und zog sich ein paar Schritte zurück. «Du mußt was futtern, sonst kannst du nicht schnell genug vor die Autos rennen.»

Der Hund senkte den Kopf ein wenig. Das Winseln konnte auch ein loser Fensterladen oder Lardellis Bettgestell gewesen sein.

«Tut mir leid», sagte Luca. «Ich wollte mich nicht über dich lustig machen. Bin betrunken. Wie soll ich dir das erklären? Besoffen sein, das ist, als ob dich ein Wagen nur streift, dir nur so ein bißchen mit der Stoßstange eins verpaßt, gerade genug, daß du doppelt siehst und dir der Schädel brummt.»

Luca sah, wie das Tier den Kopf hob und leicht schräg legte. «Also, ich hol dir was zu fressen, ist noch eine Menge da. Bleib einfach dort sitzen und warte, bis ich zurückkomme.» Er erhob sich langsam und ging ins Haus, am mittlerweile schlafenden Bozzetto vorbei in die Küche, füllte die Reste, die Plurabelle nicht bekommen hatte, in eine große Schüssel und trug sie hinaus auf den Platz. Dann setzte er sich wieder auf die Stufen zur Veranda und wartete, bis das schmutzigweiße Fell des Hundes in der Dunkelheit auftauchte. «Gebackener Mais und Truthahn», verriet er dem Tier, das die Reste zwar gerochen hatte, aber noch mindestens fünfzehn

Meter von der Schüssel entfernt dahockte und Luca nicht aus dem Auge ließ. «Die grünen Dinger sind Erbsen. Magst du wahrscheinlich nicht so besonders, sind aber gesund.»

Halbhund setzte sich auf seinen schwanzlosen Hintern und hielt den Kopf schief.

«Soll ich dir was sagen? Morgen bin ich so alleine wie du. Alle gehen weg, und ich bleib übrig. Ich hab weiß Gott allen Grund, mich beschissen zu fühlen, aber wenn du denkst, ich gehe deswegen rauf zur Straße und lege mich vor den nächsten Laster, dann irrst du dich gewaltig.»

Der Hund hockte noch immer da, bewegte sich mit keiner Faser und hörte zu.

«Ich weiß, du bist müde», sagte Luca, und der Klang seiner eigenen Stimme schläferte ihn ein. «Du bist der älteste Hund der Welt. Aber das wissen nur wir beide. Mindestens siebzig oder achtzig Jahre müßtest du jetzt sein, in Menschenjahren gerechnet. Du bist der *His Master's Voice*-Hund, dein Bild war einmal auf Tausenden von Schallplatten, auf Plakaten und Illustrierten. In deinen Adern fließt Schellack. Du *kannst* gar nicht sterben, du dummer Köter, auch wenn du's noch hundert Jahre versuchst.»

Der Hund neigte den Kopf auf die andere Seite.

«Ich geh jetzt ins Bett. Du kannst meinetwegen noch bis zum Morgengrauen dort hocken und in deinen unsichtbaren Trichter schielen. Die Schüssel laß ich, wo sie ist. Wenn du deinen Arsch nicht hebst, fressen das Zeug eben die Mäuse und Vögel.» Luca stand auf und ging über den Platz zu seinem Bungalow.

Halbhund sah ihm nach. Er kannte alle Songs von Billie Holiday.

11

Lardelli war als erster wach. Als er in Lucas Bungalow stürmte, dachte Luca, Burt Tyrell sei zurückgekommen, um alle umzubringen.

«Es ist halb acht!» rief Lardelli, klatschte ein paarmal in die Hände und knipste das Licht im Badezimmer an.

«Sag mal, bist du verrückt?» Luca warf einen Blick auf seinen Wecker und hielt sich dann eine Hand vor die Augen. «Es ist halb acht!»

«Na eben» Lardelli tänzelte im Raum herum wie in einer Fernsehwerbung für Frühstücksflocken. «Ich dachte, ich weck dich früh genug.»

«Warum? Soll ich noch das Haus neu streichen, bevor wir gehen?»

«Wir müssen doch um zehn los, oder etwa nicht?» Lardelli hatte sich in einen der Sessel gesetzt und drehte Lucas Baseballschläger in der Hand.

«Ja, in zweieinhalb Stunden», stieß Luca hervor. «Ich bin um halb fünf ins Bett! Willst du, daß ich unterwegs einschlafe?»

«Wir könnten ein richtig tolles Frühstück machen», schlug Lardelli vor und legte den Schläger auf den Boden. Er steckte in einem teuren hellen Maßanzug, trug ein schwarzes Hemd und weiße Schuhe. Sein Duftwasser umgab ihn wie eine Aura.

Luca schloß mit einem Stöhnen die Augen. Eine Weile lag er einfach da und hoffte, Lardelli würde ganz leise das Zimmer verlassen, die Tür sachte hinter sich schließen, ins Haus gehen und Beltrametti belästigen, der Frühaufsteher war. Doch als er den Kopf hob und in die phosphorhelle Wirklichkeit blinzelte, saß Lardelli noch immer da, wippte mit den Füßen und zog sich die Manschetten unter den Jackettärmeln hervor. «Nein», murmelte Luca und ließ den Kopf ins Kissen zurücksinken.

«Ein richtiges amerikanisches Frühstück», ereiferte sich Lardelli. «Mit Schinken und Speck und Eiern und diesen Pancakes mit Sirup.» Er stand auf und rieb sich die Hände. «Und Bratkartoffeln.»

«Nein.» Luca drehte sich auf die Seite.

«Was nein? Keine Bratkartoffeln?»

«Hör zu, Umbi, ich bin nicht hungrig, sondern müde, sehr müde. Ich möchte noch ein Stündchen schlafen, ich brauche das einfach. Wenn du frühstücken willst, wunderbar, laß dich nicht davon abhalten. Vielleicht ißt der Alte mit dir, oder Frank. Aber laß mich bitte noch eine Weile in Ruhe! Ja?»

«Das ist unser letzter Tag, Luca!» Man konnte förmlich das Knarren des Bogens hören, den Lardelli überspannte.

«Ich bete dafür», gab Luca so ruhig er konnte zurück. «Bitte geh jetzt, Umbi.»

Lardelli ging tatsächlich zur offenen Tür. «Bis später also», sagte er, trat auf die Veranda hinaus und zog die Tür hinter sich zu.

Als Luca eine Stunde später in die Lobby kam, saßen Lardelli und Bozzetto, von ihrem Gepäck umringt, in den Sesseln und hielten Maulaffen feil. Die beiden erinnerten ihn an seinen Großvater, der immer schon drei Stunden vor Abfahrt in die Sommerferien auf einem Stuhl im Flur hockte. In der Hektik des Aufbruchs war es dann schon vorgekommen, daß die Familie im Auto saß und Luca in den Lärm des anspringenden Motors rief, sie hätten den alten Mann in der Wohnung vergessen.

«Ist er wach?» Luca machte eine Kopfbewegung nach oben.

«Wie man's nimmt», antwortete Lardelli, der noch immer etwas beleidigt schien.

«Er ist wieder so eigenartig», meinte Bozzetto. Er hatte den Inhalt seiner Schultertasche auf dem Tisch ausgebreitet, um sicherzugehen, daß er alles Lebensnotwendige bei sich hatte. «Er sieht sich einen Bildband über die römischen Katakomben an und murmelt vor sich hin.»

«Habt ihr gegessen?» Luca sah sich im Raum um, konnte aber nirgendwo schmutziges Geschirr entdecken.

«Ein bißchen was, in der Küche», gab Bozzetto zurück. Er betrachtete sein Paßbild und erkannte sich kaum wieder.

«Ich mache Kaffee. Wollt ihr auch noch mal welchen?» Luca ging, ohne eine Antwort abzuwarten, in die Küche. Die Ersatzteile für die Espressomaschine waren noch immer nicht angekommen. Luca setzte Wasser auf, machte Toast, kochte Eier, preßte Orangen aus. Nachdem er ein Tablett beladen hatte, verließ er die Küche und ging nach oben zum Alten, Lardelli und Bozzetto im Gefolge.

Beltrametti saß am Pult, hob kurz den Kopf und schrieb weiter.

«Guten Morgen, Signore Beltrametti», sagte Luca und stellte das Tablett auf den Tisch. «Wie fühlen Sie sich heute?»

Beltrametti legte den Bleistiftstummel weg. «Alles wird anders», sagte er. «Das ist nicht in meinem Sinn.» Er griff nach einem Filzschreiber und zeichnete einen großen Kreis auf das Blatt. «Ein langsamer Home Run, nichts bewegt sich, nur der Läufer, oder umgekehrt, die Welt dreht, der Spieler steht still.» Der Kreis füllte sich unter seiner Hand mit wirren Linien.

Bozzetto sah Luca an, als seien sie gerade Zeugen eines äußerst bedauerlichen Vorfalls. Er nahm die Tassen und Teller vom Tablett und schenkte Kaffee ein.

«Wenn es ihnen recht ist, essen wir heute alle hier bei Ihnen», sagte Luca, stellte sich hinter Beltrametti und schob ihn zu dem Tisch.

«Signora Erikson war häßlich wie die Nacht, aber sie war ein guter Mensch.» Beltrametti sah Lardelli an, der den Blick gleich abwandte und plötzlich geschäftig Teller und Marmeladengläser auf der Tischfläche verteilte.

«Ja», gab Luca Beltrametti recht. Er köpfte ein weichgekochtes Ei und stellte es vor den Alten hin.

«Eine gute Seele», meinte Bozzetto, der sich auf das Sofa gesetzt hatte und in seiner Tasse rührte.

«Waren Sie einmal in den Katakomben von San Callisto?» fragte Beltrametti.

Bozzetto schüttelte den Kopf. «Nein, leider.» Er nippte am Kaffee und verbrannte sich die Zunge.

«Ich war mal in den Priscilla-Katakomben in der Via Salaria», meldete sich Lardelli, der zaghaft einen Toast mit Butter bestrichen hatte.

«Unsere Köpfe», murmelte Beltrametti, «leergefressen bis auf den Kalk.» Er kicherte ein wenig, trank seinen Orangensaft und langte dann nach dem Glas mit Kiwimarmelade, in das er seine Toastscheibe tunkte.

«Signore Lardelli und Signore Bozzetto verlassen uns heute», sagte Luca nach einer Weile und legte dem Alten seine Pillen auf den Teller. «In einer halben Stunde fahren wir los.»

«Alles wird anders.» Beltrametti dehnte die Silben wie ein Lehrer beim Sprachunterricht. «Das kommt mir nicht gelegen. Ich ziehe die Beständigkeit vor.» Er schob einen Bissen Brot in den Mund, kaute lange, nahm die Pillen, trank seine Tasse leer und wischte sich, bevor er vom Tisch wegrollte, mit einer Serviette über den Mund. «Wollen Sie nicht noch ein wenig bleiben?» fragte er dann unvermittelt und sah Lardelli an.

«Nun ja», gab Lardelli nach einer Schrecksekunde zurück, «wir würden sehr gerne, aber mich zum Beispiel erwartet man in Mailand, die Arbeit, meine Frau...» Er wandte sich an Bozzetto, der sich beeilte, Ähnliches ins Feld zu führen.

«Ihre Tickets sind für heute gebucht», kam Luca ihnen zu Hilfe. «Zudem wird Doktor Pollard gleich hier sein. Die Untersuchung in der Klinik, erinnern Sie sich?»

«Mir liegt nur noch das Bleiben an Ort», vertraute der Alte Lardelli und Bozzetto an. «Die Bewegungslosigkeit des Körpers ermöglicht dem Kopf Rotation.»

Bozzetto nickte, während Lardelli an seinem Toast kaute.

«Wir sollten uns langsam auf den Weg machen», meinte Luca und winkte Lardelli und Bozzetto ans Pult. Die beiden Dichter schüttelten Beltramettis Hand, bedankten sich wie Kinder, die beim Großvater in den Ferien waren, und wünschten alles Gute.

Als sie das Gepäck im Wagen verstauten, fuhr Doc Pollard vor. Mit der Tasche in der Hand stieg er aus dem weißen Dodge und kam auf Luca und Bozzetto zu. Lardelli war ein letztes Mal in seinen Bungalow gegangen, um nachzusehen, ob er außer Abfall nichts zurückgelassen hatte.

Doc Pollard schüttelte den beiden ein wenig zu kräftig die Hand. «Wie geht es euch? Tut mir verdammt leid, daß ich gerade in *der* Woche nicht hier war.»

«Machen Sie sich keine Gedanken wegen uns», winkte Luca ab. «Wir haben's heil überstanden.» Er sah kurz zu Bozzetto und erwiderte dessen Lächeln. «Aber Mister Beltrametti macht mir Sorgen. In den letzten Tagen haben sich seine Absenzen gehäuft. Heute hat er kaum noch seine Gäste erkannt.»

«Klagt er über Kopfschmerzen?» wollte der Arzt wissen. Die weißen Haare seines Dreitagebartes sprossen aus sonnengebräunter Haut, und neben Luca und Bozzetto, die noch immer abgespannt und bleich waren, sah er aus wie ein Trapper neben kränkelnden Buchhaltern.

«Manchmal, ja», gab Luca zurück. «Dazwischen hat er Phasen, in denen er voll da ist und sich sogar an Geschichten aus seiner Jugend erinnern kann.»

Doc Pollard nickte. «Ich werde ihn mir mal ansehen. Müßt ihr los?»

«Ja, es wird Zeit.» Luca trat aus dem Schuppen und hielt nach Lardelli Ausschau.

«Gute Fahrt», wünschte Doc Pollard. «Ich rufe dich heute abend an, Luca.» Er drückte beiden die Hand, ging über den Platz und verschwand im Haus.

«Sag mal, hast du heute morgen eine Schüssel hier draußen gesehen?» fragte Luca, als Lardelli endlich in den Schatten des Schuppens trat.

«Die habe ich in die Küche gebracht», meldete sich Bozzetto. Er rieb seine Lippen mit Pomade ein und hängte sich die Sonnenbrille um den Hals.

«War sie leer?» wollte Luca wissen.

«Ja.»

«Hast du einen Hund gesehen?»

Bozzetto verneinte.

«Der verkrüppelte Köter?» Lardelli öffnete die hintere Wagentür und warf seine Tasche auf den Rücksitz.

«Halbhund, ja.»

«Der kam unter der Veranda hervorgerannt, als ich rausgegangen bin um sieben. Ist dort oben verschwunden.» Lardelli zeigte erst auf den Bungalow, wo Giannini gewohnt hatte, dann auf die Straße.

Während der Fahrt erzählte Luca von Halbhund, und Bozzetto erinnerte sich an die Diskussion, in der es um die Frage gegangen war, ob Tiere Selbstmord begingen oder nicht. Als sie am Flughafen ankamen, waren sie noch immer unterschiedlicher Meinung und beschlossen, sich bei Gelegenheit nach klärender Literatur umzusehen. Vor der Abflughalle bat Bozzetto einen der Kofferträger, ein Photo von ihnen zu machen, stellte sich zwischen Luca und Lardelli und legte beiden den Arm um die Schultern. Nach dem Einchecken setzten sie sich in die Bar, bestellten drei Martinis und stießen auf Beltramettis Gesundheit an.

«Ob du's glaubst oder nicht», meinte Lardelli etwas später, «ich werde diese verdammte Wüste vermissen.»

«Du kannst uns jederzeit besuchen.» Luca hatte den Satz kaum beendet, als ihm einfiel, wie verfahren die Situation der Stiftung und wie unsicher seine Zukunft war.

Betreten wandten Bozzetto und Lardelli den Blick ab, und eine Weile sagte keiner etwas.

«Wenn du mal wieder in Italien bist, mußt du unbedingt zu uns kommen», durchbrach Lardelli die unangenehme Stille. «Wir haben ein großes Haus und viel Platz.»

«Maria und ich würden uns ebenfalls sehr freuen», sagte Bozzetto hastig.

Luca lächelte und erhob sein Glas. «Werde ich bestimmt tun», versprach er, und sie tranken darauf.

Vor der Paßkontrolle holte Bozzetto einen Umschlag aus seiner Tasche und gab ihn Luca. «Das ist für Al. Umberto und ich haben unsere übriggebliebenen Dollars zusammengelegt.» Er sah Lardelli an, der zum ersten Mal seit Jahren verlegen lächelte.

«Die andere Hälfte hat unser kleiner Italo-Ami mitgehen lassen.» Lardelli wedelte mit der Hand. «Mach auf!» sagte er.

Luca öffnete den Umschlag, zog die Scheine ein Stück weit heraus und ließ sie zwischen Daumen und Zeigefinger hindurchgleiten; er zählte an die tausend Dollar und war für die nächsten paar Sekunden sprachlos.

«Wir dachten, er kann's gebrauchen», sagte Lardelli und legte Bozzetto die Hand auf die Schulter.

«Ihr verrückten Hunde», brachte Luca schließlich hervor und lachte. «Ich werde es ihm selber bringen. Seine Großeltern wohnen in Miami, dem hier in Arizona, keine hundert Meilen von Phoenix entfernt.» Er steckte das Geld in seine Hemdtasche.

«Sag dem Kleinen, wir wünschen ihm alles Gute.» Bozzetto strahlte, leuchtete geradezu.

«Mach ich», versicherte Luca und schüttelte Bozzetto lange die Hand.

Lardellis Händedruck war kurz, aber kräftig. «Schreib, wie's allen geht. Unsere Adressen hast du ja.»

«Klar.» Luca wartete, bis die beiden durch die Paßkontrolle gegangen waren, winkte ihnen noch einmal zu und verließ dann das Flughafengebäude.

Bevor er zurück zum Motel fuhr, ging Luca in einen Supermarkt und kaufte ein paar Dosen Hundefutter, ein Vitaminpräparat und einen roten Plastiknapf, der die Form eines Knochens hatte. Eine Weile stand er bei den Halsbändern, verwarf aber den Gedanken, eines für Halbhund auszusuchen. Die Kassiererin, bei der er die Waren bezahlte, hatte ein hübsches Gesicht, und Luca war drauf und dran, sie zu fragen, ob sie am Wochenende zu ihm herauskommen wolle. Sie hätten am Swimmingpool liegen und Musik hören können, am Abend hätte Luca ein wundervolles Essen zubereitet, und danach hätte sie selber entscheiden können, ob sie bei Luca oder in einem der anderen Bungalows die Nacht verbringen wollte. Während die schöne Supermarkt-Angestellte mit dem Lesegerät über die Preise der Artikel fuhr, stellte Luca sich vor, wie er ihr die Geschichte von Burt und Carl, von Thelma und Donatello erzählte, und wie die Frau fasziniert und entsetzt versuchen würde, ihn auf andere Gedanken zu bringen. Ihm fielen einige Möglichkeiten ein, wie sie ihn hätte ablenken und trösten können, und eine fast panische Sehnsucht befiel ihn.

«Sir?»

Luca zuckte leicht zusammen und blinzelte wie nach einem Blick in zu grelles Licht.

«Das macht elf fünfundachtzig.» Die Kassiererin lächelte und strich sich eine Haarsträhne aus der Wange. Sie hieß Lindsay Bernstine; das Namensschildchen prangte an einer weißen Bluse mit blauem Kragen und blauen Manschetten.

«Oh, ja, hier.» Luca reichte ihr das Geld und verstaute die Waren in zwei Papiertüten. Er überlegte krampfhaft, wie er es anstellen sollte, Lindsay in ein Gespräch zu verwickeln, und als sie ihm den Kassenzettel und ein paar Münzen hinlegte, sagte er: «Mein Hund ist nämlich krank.» Er drehte die Flasche mit dem Vitaminkonzentrat in der Hand.

«Was fehlt ihm denn?» Die Verkäuferin öffnete die Schublade der Registrierkasse und füllte eine Rolle Zehn-Cent-Münzen ein.

«Er wurde von einem Auto angefahren.»

«Oh, wie schrecklich», meinte Lindsay, und echte Anteilnahme lag in ihrer Stimme. «Ist er schwer verletzt?» Sie zerknüllte das Papier der Münzrolle, warf es in einen Abfalleimer und schob die Kassenschublade wieder zu.

«Ja, ziemlich», gab Luca zurück, vermied es jedoch, ihr Halbhunds Zustand zu beschreiben. «Haben Sie auch einen Hund?»

Lindsay lachte. «Nein. Wo ich wohne, sind Haustiere nicht erlaubt.»

«Wo ist das denn?» Aus den Augenwinkeln sah Luca eine dicke Frau mit einem Einkaufswagen auf die Kasse zukommen, und ihm wurde bewußt, daß er in Zeitnot geriet.

«Avondale», antwortete Lindsay.

Luca nickte. «Waren Sie schon mal in der Wüste? Ich meine, da, wo nichts ist, oder fast nichts?»

Lindsay lachte wieder. «Natürlich. Jeder, der hier lebt, war schon mal in der Wüste.»

«Gefällt sie ihnen?» Luca drehte sich nach der Frau um, die bereits ihre Einkäufe auf das Förderband der Kasse lud.

«Ja», meinte Lindsay, griff sich einen Beutel mit Vogelfutter und glitt mit dem Gerät über den Strichcode. «Ab und zu fahr ich nach Jackrabbit oder Santa Rosa.»

«Ich wohne nämlich draußen bei Rock Springs.» Luca warf einen Seitenblick auf die dicke Frau, die Futter für einen ganzen Zoo eingekauft hatte. «Ich arbeite in dem Motel, wo vor zwei Tagen diese Sache passiert ist. Sie haben bestimmt in der Zeitung darüber gelesen.»

«Nein. Welche Sache denn?» Lindsay hob den Kopf.

«In dem Motel», sagte Luca etwas kleinlaut. Mit einem Mal wurde ihm bewußt, daß er versuchte, einer Frau damit zu imponieren, daß er Zeuge einer Bluttat gewesen war.

«Dieser Italiener, der die Haushälterin erschossen hat?» Die dicke Kundin hatte ihre letzten Waren auf das Förderband gelegt und stand plötzlich neben Luca. «Ich habe heute morgen darüber gelesen.» Sie war so aufgeregt, als hätte sie gerade die Tausend-Dollar-Frage in einem Fernsehquiz beantwortet. Ihre schwarzen Haare waren zu einem Knoten gebunden, eine Kette aus Plastikkugeln hing um ihren faltigen Hals, und das Muster ihres Kleides war bunt genug, um den Vögeln zu Hause den Urwald zu ersetzen.

«Ich lese nie Zeitung», sagte Lindsay Bernstine und suchte den Strichcode auf einer Schachtel mit Körnermischung.

«Waren Sie eine der Geiseln?» Die schwitzende, vor Aufregung schwer atmende Frau rückte Luca noch etwas mehr auf den Leib.

Als sie ihn am Arm berührte, drehte Luca sich um, hob die beiden Papiertüten auf und rannte davon. Im

Wagen blieb er eine Weile über das Lenkrad gebeugt sitzen und unterdrückte einen Heulkrampf. Ein Penner mit einem Fahrradanhänger voller Trödel klopfte an das Seitenfenster und hielt die leere Hand hin. Seinen Kopf bedeckte eine verschmutzte Militärmütze, die Augen glotzten hinter den dicken Gläsern einer Brille, deren Bügel durch zwei an den Ohren befestigte Gummibänder ersetzt worden waren. Um den Hals hing ihm eine Schnur mit aufgefädeltem Eßbesteck. Trotz der Hitze trug er einen knielangen Mantel aus grobem, dunkelblauem Stoff, lange Drillichhosen und schweres Schuhwerk. Luca, durch den traurig grotesken Anblick daran erinnert, daß es anderen noch viel schlechter ging, kurbelte die Scheibe ein Stück weit herunter und schob eine Eindollarnote durch den Spalt. Der Mann nahm den Schein ohne Hast, faltete ihn sorgfältig zusammen und steckte ihn in die abgewetzte Brieftasche, die er aus einer Manteltasche gezogen hatte. Nachdem er sich bedankt und Luca einen schönen Tag gewünscht hatte, zog der Stadtstreicher weiter. Luca drückte die John-Lee-Hooker-Kassette ins Gerät, drehte die Lautstärke auf und fuhr los.

Im Postfach war außer einer Karte von Wesley Gomez und einem Brief von Beltramettis Bank nichts Nennenswertes. AUFTRITTE 18 BIS 19 UND 03 BIS 04 UHR schrieb Wesley. PUBLIKUM ENTWEDER STOCKNÜCHTERN ODER STURZBESOFFEN. MUSSTE SCHWEINISCHE WITZCHEN EINBAUEN, JETZT LACHER. WIE GEHT'S EUCH ALLEN? KOMM BALD, MANN!

Im Motel machte Luca sich daran, die Bungalows aufzuräumen, Wäsche zu waschen und die Küche in Ordnung zu bringen. Den Raum mit dem Wasserbett hatte er noch nicht betreten, und wenn er an Burt und Thelma dachte, konnte er sich nicht vorstellen, es in absehbarer Zeit zu tun. Er holte ein paar Pappkisten aus dem

Vorratsraum, trug sie in den Anbau und füllte sie mit Al's Sachen. Am Tag zuvor hatte er die Großeltern des Jungen angerufen und ihnen versprochen, das Spielzeug, die Kleider und übrigen Dinge so bald wie möglich vorbeizubringen. Er hatte es vermieden, lange mit Thelmas Mutter, deren Stimme immer wieder in Schluchzen kippte, zu reden, ließ Al grüßen und hängte auf.

Als Luca später Thelmas Schränke leerte, stieß er auf einen Stapel Italienisch-Lehrbücher, Lernkassetten und Übungshefte. Er setzte sich an einen Tisch, blätterte in den vollgeschriebenen Heften und sah die Bücher durch, deren Einbände sie als Lehrmittel für Fortgeschrittene auswiesen. «O Gott», murmelte Luca, sich bewußt werdend, daß Thelma wohl schon seit Jahren in der Lage gewesen war, das meiste, was die Autoren gesagt hatten, zu verstehen. Lardellis üblen Scherze fielen ihm ein, die Beleidigungen aus dem Mund von Lorenzo Arici, einem früheren Gast, der sich so zynisch und blasiert gab wie die Helden seiner erfolgreichen Romane, und auch die vielen halblauten dreckigen Bemerkungen, welche die Autoren immer wieder fallengelassen hatten, klangen in seinen Ohren.

Gegen Abend hatte Luca auch Thelmas persönliche Gegenstände in Koffer und Kisten verpackt und im Toyota verstaut. Obwohl er müde war, holte er den Baseballschläger aus seinem Bungalow, fuhr mit der Harley zu Maureen Gelbaughs Haus und schlug Bälle im Käfig, bis er Blasen an den Händen hatte. Danach setzte er sich auf die Verandatreppe und trank das Bier, das er in der Satteltasche des Motorrades mitgenommen hatte, rauchte eine Zigarette und sah dem Falken zu, der wie jeden Tag sein Revier abflog. Nach einer Weile schloß Luca die Augen. Er dachte an Piper Zabriskie, wünschte sich im einen Moment, sie wäre bei ihm, und im nächsten malte er sich aus, wie er sie zum Teufel jagte. Dann tauchte die Szene im Supermarkt vor seinem geistigen Auge auf. Wenn er sich vorstellte, er hätte Lindsay Bernstine für das Wochenende eingeladen, wurde ihm fast elend zumute, und er war froh, daß die fette Vogelliebhaberin dazwischengefunkt hatte. Der Falke schrie, Luca erhob sich, verstaute die leere Bierflasche und den Baseballschläger in der Ledertasche und fuhr nach Hause. Eine Zeitlang schien es, als folge ihm der Falke, doch dann schwenkte der Raubvogel ab und verschwand in dem schwelenden Streifen Helligkeit, der sich hinter den Hügelzügen gehalten hatte.

Doc Pollard rief im Motel an und sagte, Beltrametti habe die ersten Tests hinter sich und sei wohlauf. Noch zwei Tage wolle man ihn in der Klinik behalten und untersuchen, dann komme er zurück. Lucas Frage, ob man schon etwas über die Ursachen der Absenzen wisse, verneinte Doc Pollard. Aber er schlug vor, Luca nach Miami zu begleiten, um Al den Verband abzunehmen und dem dortigen Arzt das Krankenblatt, die Röntgenaufnahmen und ein paar Hinweise für die Behandlung des Jungen zu geben. Luca war froh, nicht alleine hinfahren zu müssen, und sie verabredeten sich auf den nächsten Morgen in einem Lokal in Apache Junction, das etwa zwanzig Meilen außerhalb von Phoenix lag.

Obwohl er nicht sehr hungrig war, machte Luca sich in der Küche ein paar Eier und Bratkartoffeln, trug den Teller zum Pool und legte sich in einen der Stühle. Die Arbeit und die Stunde im Schlagkäfig hatten ihn müde gemacht, und nachdem er gegessen hatte, schlief er ein.

12

Als Luca gegen zwei Uhr morgens erwachte, war ihm kalt. Dennoch blieb er eine Weile liegen, zog ein modrig riechendes Badetuch über den Körper und versuchte wieder einzuschlafen. Schließlich stand er doch auf, um in seinem Bungalow einen Pullover und eine Wolldecke zu holen.

Halbhund saß am äußersten Rand des Platzes; Mondlicht fiel auf seinen Körper und ließ das staubige Fell matt schimmern. Er blickte Luca an, hob das ramponierte Hinterteil und trottete einige Schritte davon, blieb stehen und setzte sich nach einigem Zögern wieder hin.

«Wie geht's, altes Haus?» rief Luca, und das Ohr des Hundes zuckte. «Hunger?» Er ging in die Küche, wo er den neugekauften Napf mit Futter und Wasser füllte. Er träufelte ein wenig von dem Vitaminpräparat über die Hundenahrung, trug den Napf hinaus und stellte ihn in der Platzmitte auf den Boden. Beim Pool zog er den Pullover an, legte sich hin und breitete die Wolldecke über sich aus. Er hatte den Stuhl so gedreht, daß er zwischen Gianninis und Lardellis ehemaligen Unterkünften hindurch genau auf die Stelle sehen konnte, wo der Napf stand. Trotz des Biers, von dem noch reichlich in der Kühlbox auf Eis lag, war an Schlaf nicht mehr zu denken; zudem machte die Kälte ihn munter. Luca trank, beobachtete die Käfer, die wie Schiffbrüchige auf Blättern im hellen Wasser des Pools trieben, rauchte und hielt ab und zu nach Halbhund Ausschau, der sich noch nicht in die Nähe des Futters gewagt hatte.

Um halb vier Uhr hatte Luca es satt, die ewig gleichen unerquicklichen Gedanken zu wälzen. Er stand auf und ging ins Haus, suchte ein Knäuel Schnur und spannte sie, schwankend auf einer Leiter stehend, zwischen den beiden ersten Bungalows und der Veranda. Dann holte er die Dekorationsgegenstände aus dem Vorratsraum und hängte sie an die Schnüre. «Wie gefällt dir das?» fragte er in Richtung des Bungalows, vor dem Halbhund lag und ihm zusah. Die Papierlaternen warfen farbiges Licht auf den Sand, und die Geistesblitze und Musenkußmünder schaukelten im lauen Wind. Al's monströse Schreibmaschine prangte über den Stufen zur Veranda, um deren Geländer sich Luftschlangen rankten wie Efeu. «Erinnert dich das nicht ein wenig an frühere Zeiten, an die Partys der Plattenfirma?» Luca holte die Kühlbox vom Pool und den Kassettenrecorder aus seinem Bungalow, setzte sich auf die Verandatreppe, hörte Musik, trank Bier und warf dann und wann mit Steinchen gegen die Dekorationen, damit sie sich bewegten. Er erinnerte sich an das letzte Abschiedsfest; auf Wunsch der Dichter hatte er eine Country-Band engagieren müssen und nach langem Suchen ein versoffenes Trio in einer Bar außerhalb von Buckeye aufgetrieben. Die drei Typen, alle über sechzig, vergewaltigten ein paar Hank Williams- und Willie Nelson-Songs, machten sich über das Essen her und wollten nach zwei Stunden mehr Geld, als für einen fünfstündigen Auftritt vereinbart war. Einer von ihnen, ein rothaariger Kerl, den seine Kumpel «Badger» nannten, fiel in den Pool, als er sein Hemd löschen wollte, das am Grill Feuer gefangen hatte, und der Schlagzeuger hustete ständig braunen Schleim aus seinen Lungen, den er überall hinspuckte. Beltrametti, damals noch gut zu Fuß und bei der Feier anwesend, schämte sich halb zu Tode und wies Luca an, die Musiker in den Schuppen zu bringen und sie mit ein paar Kisten Bier darin einzuschließen. Nachdem sich die *Skull Valley Skunks* bis zur Bewußtlosigkeit hatten vollaufen lassen, packte Luca sie in den Toyota, fuhr nach Buckeye und lud sie auf dem Parkplatz der Bar ab. Als er zurückkam, war die Party vorbei, und er setzte sich auf die Stufen der Veranda, trank Bier, hörte Musik und warf mit Steinchen gegen die Dekoration, genau wie jetzt.

Die Berge am Horizont begannen sich vor dem violetten Himmel abzuheben, als Luca in den Vorratsraum ging und in den Feuerwerkskörpern kramte, bis er eine Rakete gefunden hatte, deren Warnaufdruck groß wie die Schlagzeilen der ersten Mondlandung war. Er holte eine leere Weinflasche, suchte eine Stelle außerhalb des Motelgeländes, wo keine Büsche und Kakteen wuchsen, grub die Flasche zu einem Drittel im Sand ein und steckte den Plastikstab der Rakete in den Flaschenhals. Nachdem er die Flamme des Feuerzeugs an die Zündschnur gehalten hatte, rannte er ein paar Meter weit weg und duckte sich. Die Rakete, eine *Sparkling Spacerider* für zwölf Dollar und fünfundsechzig Cents, stieg mit einem Zischen hoch, schraubte sich in den Himmel, wurde schneller und mit zunehmender Höhe ruhiger, explodierte am Zenith der Flugbahn, ließ gelbe und weiße Funken regnen, beschrieb einen Bogen und fiel, eine rasch verwehende Rauchspur hinter sich herziehend, mehrere hundert Meter von Luca entfernt auf die Erde.

Eine Weile blieb Luca neben der Flasche sitzen, starrte in den Himmel und atmete die leicht schweflige Luft ein. Dann rappelte er sich auf und ging zurück ins Haus, um eine Kanne Kaffee zu kochen. In vier Stunden war er mit Doc Pollard verabredet, und er befürchtete plötzlich, bis dahin noch nicht nüchtern genug für eine Autofahrt zu sein. Er nahm Tasse und Thermoskanne, zog sich bis auf die Boxershorts aus, und setzte sich an der flachsten Stelle des Pools ins Wasser. Das Morgenlicht schimmerte auf der Oberfläche, die von Lucas trägen Bewegungen sanft gewellt wurde. Am Grund des Beckens sah er den verschwommenen Umriß einer Münze; vielleicht hatte Bozzetto sie hineingeworfen und sich etwas dabei gewünscht. Luca legte den Kopf zurück, sah eine Weile in den rasch aufhellenden Himmel und schloß dann die Augen. Er war ratlos, und eine unbestimmte Sehnsucht machte ihn betrübt und seltsam aufgeregt zugleich. Er stellte sich vor, im Meer zu liegen, aber das half nicht, und er war froh darüber. Plurabelle rief ein paarmal vom Garten herüber, und Luca öffnete die Augen. Die Kälte und der Kaffee ließen ihn bald hellwach werden, und nachdem er zitternd drei Tassen leergetrunken hatte, ging er in seinen Bungalow und zog sich an.

Lucas Haare waren noch feucht, als er auf der Veranda des Hauses saß und der einmotorigen Propellermaschine nachblickte, die über dem Motel gekreist hatte und jetzt in einen Sinkflug übergegangen war, um irgendwo in der Wüste zu landen.

Halbhund hockte unter der Veranda von Bozzettos ehemaligem Bungalow, und sein Auge leuchtete.

Epilog

Lieber Umberto

Bitte entschuldige, daß ich erst jetzt von mir hören lasse. In den letzten Monaten ist so viel passiert, daß ich nicht recht weiß, wo ich mit dem Erzählen beginnen soll.

Du erinnerst Dich wahrscheinlich, daß ich vor Eurer Abreise erwähnt habe, wir könnten eine neue Haushälterin gebrauchen, selbst wenn Beltrametti keine Gäste mehr einladen könne. (Was jetzt tatsächlich der Fall ist.) Zwei Wochen nach seiner Ankunft in Italien rief Francesco mich an und fragte, ob seine Schwester Maria für die Stelle in Frage käme, Interessenten, die die Zoohandlung pachten wollten, gäbe es bereits. Du kannst Dir vorstellen, wie überrascht ich war. Ich sagte Beltrametti Bescheid, und einen Monat später ist Francesco mit Maria hier angekommen. Ich habe sie im Anbau einquartiert, wo früher Thelma und Al gewohnt haben. Maria ist eine hervorragende Köchin, sie umsorgt den Alten wie ihren Lieblingsgroßvater. Beltrametti geht es körperlich recht gut, den Rollstuhl benutzt er jetzt nur noch am Morgen. Die Ärzte in Phoenix sagen, er habe die Alzheimer-Krankheit im Frühstadium, und so richten wir uns darauf ein, daß er geistig immer mehr nachlassen wird. Er scheint sich aber noch sehr wohl zu fühlen, und solange er keine physischen Gebrechen hat, die eine medizinische Behandlung erfordern, werden wir uns um ihn kümmern.

Ich weiß nicht, ob Du mit Francesco vor seiner Abreise aus Italien gesprochen hast. Jetzt, da die Zoohandlung verpachtet ist, scheint ihm eine Last von den Schultern genommen zu sein. Er schreibt jeden Tag ein paar Stunden an seinem Roman. (Die Geschichte seiner Kindheit und die seines Vaters, der in Brasilien nach dem Flugzeugwrack sucht.) Wenn das Buch fertig ist, will er es unter Pseudonym an die Verlage schicken. Frank Bennetto will er sich nennen. Bennett, wie Claire vom Pitfall's Point. Vor ein paar Tagen hat er ihr nach Midland geschrieben, und er redet davon, sie zu besuchen. Der Kerl ist nach einem Monat in der Wüste verrückter als ich nach über einem Jahr! Er will sich auch eine Harley kaufen, kannst Du Dir das vorstellen? Wir üben jeden Tag auf meiner Maschine und kriegen uns kaum ein vor Lachen. (Dem nächsten Brief lege ich ein Photo bei.)

Gestern waren wir bei Al. Wir fahren jede Woche einmal hin, Frank und ich. Dem Jungen geht es gut, der Bruch ist verheilt. Beltrametti hat ihm ein Bankkonto eingerichtet, auf das jeden Monat der Betrag eingezahlt wird, den Thelma als Haushälterin hier verdient hat. Vor ein paar Wochen hat er zum ersten Mal seinen Vater gesehen. Es muß ein ziemlicher Schock für ihn gewesen sein, denn Thelma hatte ihm gesagt, sein Vater sei tot. Ich habe den Kerl nicht kennengelernt, aber Al scheint nicht sonderlich begeistert von ihm zu sein. In den Weihnachtsferien kommt der Junge zu uns, Maria und Ronda wollen ihn unbedingt kennenlernen.

Von Ronda Clayborn kannst Du noch nichts wissen. Sie ist die Frau, die Burt Tyrell und Carl hierher geflogen hat, unfreiwillig natürlich. Sie hat als Pilotin in New Mexico gearbeitet, jetzt fliegt sie Touristen über den Grand Canyon. Vor drei Monaten ist sie zum ersten Mal neben dem Motel gelandet. Ich habe die Videokamera geholt und gefilmt, wie die Maschine in der Wüste herunterkam. Der Rest war dann wirklich wie im Film. Ich schnauzte sie an, weil sie mich zwei Tage zuvor beinahe über den Haufen geflogen hätte, und sie stauchte mich zusammen, weil sie die von mir abgefeuerte Rakete für ein Notsignal gehalten hatte und deshalb gelandet war. Dann erzählte sie von ihrem Flug mit Burt und Carl, und ich lud sie zu einer Tasse Kaffee ein. Jetzt kommt sie jede zweite Woche für ein paar freie Tage. Wir haben eine Rollbahn angelegt, Steine, Büsche und Kakteen beiseite geräumt und die Löcher aufgefüllt. Riley half uns mit einem zum Bulldozer umgerüsteten Lastwagen, und Maria hat eine Woche lang Flaggen genäht, die jetzt an Stangen entlang der Piste stehen.

Donatello wartet noch immer auf den Prozeß. Seine Eltern haben sich in der Nähe von Tucson in einem Motel eingemietet, damit sie ihren Sohn jederzeit besuchen können. Wenn Donatello Glück hat, billigt ihm das Gericht Notwehr zu. Ich dachte schon daran, ihn zu besuchen, aber bis jetzt habe ich es noch nicht geschafft.

Erinnerst Du Dich an Wesley Gomez, den Indianer, der Komiker werden will? Ich habe ihn besucht, als er noch in Los Angeles war. Er hat dort drei Monate lang Perlen vor die Säue geworfen und ist dann nach San Francisco, wo die Clubs besser sind. An Weihnachten kommt er für ein paar Tage her.

Viel mehr gibt es eigentlich nicht zu berichten. Am besten ist, Du besuchst uns mal. Wir hätten bestimmt eine Menge Spaß. Wie wär's mit Weihnachten? Wir planen auch ein berauschendes Neujahrsfest...

Laß bald von Dir hören!

Luca

PS: Halbhund! Er ist inzwischen so gut wie zahm und hat offenbar nicht mehr die Absicht, sich umzubringen. Ich habe ihm eine Hütte gebaut, gleich neben meinem Bungalow. Da hockt er drin und glotzt mit seinem Auge raus. Manchmal läßt er sich streicheln, aber es scheint ihm eher peinlich zu sein. Vielleicht schenke ich ihm ein Glasauge zu Weihnachten, ein himmelblaues.

Das Kuratorium des Kantons Aargau hat die Arbeit an diesem Buch mit einem Werkbeitrag gefördert, wofür der Autor sich bedankt.

Der Verlag dankt seinerseits dem Kuratorium für die Förderung des kulturellen Lebens des Kantons Aargau, der Kulturförderung des Migros-Genossenschafts-Bunds und der Erziehungsdirektion des Kantons Bern für die Förderung des vorliegenden Romans.